峡夏村籍

姜翕芬◎著

作家出版社

图书在版编目（CIP）数据

恢复村籍 / 姜翕芬著. -- 北京：作家出版社，2016. 4
ISBN 978-7-5063-8906-8

Ⅰ. ①恢… Ⅱ. ①姜… Ⅲ. ①长篇小说 - 中国 - 当代
Ⅳ. ①I247.5

中国版本图书馆CIP数据核字（2016）第088425号

恢复村籍

作　　者：姜翕芬
责任编辑：李亚梓
装帧设计：百丰艺术
出版发行：作家出版社
社　　址：北京农展馆南里10号　　**邮　　编：**100125
电话传真：86-10-65930756（出版发行部）
86-10-65004079（总编室）
86-10-65015116（邮购部）
E-mail:zuojia@zuojia.net.cn
http://www.haozuojia.com（作家在线）
印　　刷：北京明月印务有限责任公司
成品尺寸：170 × 240
字　　数：325千
印　　张：20.25
版　　次：2016年7月第1版
印　　次：2016年7月第1次印刷
ISBN 978-7-5063-8906-8
定　　价：43.00元

目录

一

我国北方的冬天是寒冷的。今年的冬天来得特别早，秋收秋种刚刚落下帷幕，寒流便席卷而来。大地被厚厚的积雪覆盖了，千里冰封，万里雪飘，冷风瑟瑟，寒气袭人。来自西伯利亚的寒风，像一群脱缰的野马，施展着淫威，驱赶着枯草落叶，驱赶着漫天的飞雪和夹杂着沙土的尘埃，发出阵阵嘶鸣，呼啸着掠过平原，穿过峡谷，飞过群山，无情地肆虐着茂丘县龙潭乡罗家村这个偏僻的小山村。这块饱经沧桑、满目疮痍的土地，显得更加凄楚忧伤，孤独苍凉。

家境贫寒的罗家村村民胡春林一家虽然得到了上级政府的救助，暂时解决了能吃饱饭的问题，但并没有摆脱贫困的蹂躏，仍是家徒四壁，清贫如洗。几间破烂不堪、四面透风的茅草屋，在凛冽寒风的肆虐下，摇摇欲坠，随时都有倒塌或被卷走的危险。他一家老少五口人就挤在这几间破茅草屋里，饱受着漫长严冬的煎熬。白天，由于没有御寒的衣服，他们很少出门。晚上，为了节省电费，很少开灯。每天晚上天刚一摸黑，胡春林就扯着嗓子朝两个孩子喊开了：

“吃了饭没事就早点睡觉，别开灯费电，一度电好几毛钱哪。”

“爸，这么早就睡觉，俺睡不着，玩会儿再睡不行吗？”女儿胡倩倩恳求说道。

“就是嘛，爸，俺姐说得对，太早了睡不着，您就让俺们多玩会儿再睡吧。”儿子胡小亮也附和着哀求说道。

“对啥对，你们光知道玩，不当家不知柴米贵，开灯就要用电，用了电咱们从哪儿出钱交电费啊！”胡春林训斥两个孩子说道。

“你也真是的，没本事挣钱，就有本事拿孩子出气，为了省那几毛钱的电费，每天晚上这么早就逼着孩子们睡觉，也不怕捂坏了眼珠子，嫁给你这样的窝囊废，也真是倒了八辈子霉了。”妻子刘翠凤嗔怪说道。

每当这时，胡春林就叹口气，不再说话了。

这天晚上，胡春林像往常一样，刚吃过晚饭就催着两个孩子上炕睡觉了。虽然外面寒气袭人，冷风刺骨，但屋里生着火，睡的又是火炕，屋内还是暖和的。一家人很快就进入了梦乡。

正当一家人睡得正香的时候，睡觉警醒的胡春林被刺鼻的浓烟熏醒了。他打开灯一看，只见满屋子都是烟雾，窗外还有亮光。他急忙披上衣服，想到院子里看看究竟发生了什么事情。当他来到院子时，眼前的情景让他惊呆了。只见自家堆放在院子墙外的柴草着火了。由于冬天天气干燥，柴草已经干透，很容易燃烧，加之柴草垛堆放得离正房比较近，大火借着风势，喷着火舌，发出“噼里啪啦”的声音，迅速蔓延开来，火舌很快就蹿到了正房的房顶上。顿时浓烟滚滚，火光冲天。

胡春林急忙返回屋子把正在熟睡的家人叫醒，并先把正在生病的母亲用破棉被裹着搀扶到院子里，又和妻子、女儿一起，把政府救助的几袋粮食和几件破家具抢运到院子里，便开始忙着救火。年幼懂事的儿子胡小亮知道自己救火起不了多大用，便拿起了家中的一个破脸盆，找了一根破木棍，跑到大街上，边敲打着脸盆，边扯着嗓子大声呼救。

“救火啊，救火啊，快来救火啊！”

“大爷、大娘、叔叔婶婶、大哥哥、大姐姐们，俺们家的房子着火了，求求您们快来帮俺们救火啊！”

……

这撕心裂肺的求救声，划破了沉寂的夜空，惊醒了熟睡的人们。听到求救声的村民们都纷纷拿着水桶，端着脸盆，跑来帮助救火。就连一些老人和孩子也都从睡梦中惊醒爬起来，赶来救火。当然也有一些村民认为这很有可能是人为纵火怕遭报复，虽听到了求救声，却躲在家里没敢出来。

火势在风力的助威下，越烧越旺，虽然参与救火的人很多，但由于缺乏水源，村前那条秀水河早已结了厚厚的冰层，取不出水来，只有离胡春林家几十米远的那口水井能够取水，又是在晚上，取水困难，仅靠这点水源可谓是杯水车薪。只能眼睁睁地看着大火一点点地把胡春林一家赖以生存的几间破茅草屋慢慢吞噬。

大火整整燃烧了一个多小时。胡春林一家准备越冬的所有柴草和三间栖身的破茅草屋变成了一片废墟，屋内没有搬出的家具和其他所用物品全部被烧毁或被砸碎。只有几架从房顶上掉下来的横梁和檩条横七竖八地躺在那里，不时冒出一丝丝青烟，屋内的地面上堆满了没有燃烧尽的茅草和积水。

这惨不忍睹的场面，令人心酸，令人心寒，令人心碎。许多前来参加救火的村民都忍不住流下了眼泪。他们既同情胡春林一家的不幸遭遇，也觉得这场大火着得蹊跷，烧得莫名其妙，甚至怀疑是有人纵火，纷纷谴责这个丧尽天良的纵火者。

“这柴火垛堆放在那里好好的，又是深更半夜的，没有人去碰它，咋就会着火呢？”

“我怀疑这里边有鬼，一定是有人故意纵火。”

“他奶奶的，真是没有人性，欺人太甚，连胡春林这么老实的人都欺负。”

“这是哪个挨千刀的干的缺德事，真是太可恨了，让公安局来查一下，查出来决不能轻饶了他。”

“这还用查吗？肯定又是罗大江那个乌龟王八蛋干的。这个坏种只要在咱们罗家村存在一天，咱罗家村的老百姓就永无宁日。”

“不会吧，胡春林又没得罪过他，他为啥要这么干？”

“咋没得罪，去年省信访局的领导到咱们村进行暗访，不就是到胡春林家来的吗？省委副书记郑廉风到咱们这里召开现场会，不是还把胡春林请到主席台上去的吗？他的叔叔罗方钊为此丢了面子，现在又被罢免了村主任，他能不恨吗？”

“罗大江这么做就是犯罪，应该让公安局把他抓起来。”

“说得轻巧，即使就是罗大江干的，他会承认吗？证据在哪里？咱们村这两年发生过那么多纵火案，多次都到公安局报过案，有一件查出过吗？”

“别着急，这俗话说得好，善有善报，恶有恶报，人善人欺天不欺，人恶人怕天不怕，多行不义必自毙。他这么做，早晚会得到报应的。”

“唉，这可苦了胡春林一家子了，这么冷的天，让他们到哪儿去安身？现在家里啥都没有了，这往后的日子可让他们咋过呀？”

“大伙都想想办法帮帮他们呗，总不能眼睁睁地看着他们一家老少就这样冻死饿死吧！”

……

夜深了，大火被扑灭了，前来参加救火的村民也都陆陆续续回家睡觉去了。只有胡春光、梁鑫、戚淑花、项天发、罗小惠和程二茂等几个人还没有离去。

望着眼前这悲惨的情景，早就被冷水和汗水浇透了全身的胡春林，已经忘记了疲劳，忘记了寒冷。他木呆呆地站在那里一句话也说不出来。他那本来就有病的老母亲虽然穿着衣服，身上还裹着被子，但早就冻透了。她蜷缩在冰冷的泥土地上，冻得浑身瑟瑟发抖，嘴里不住地“哎哟、哎哟”地痛苦呻吟着。女儿胡倩倩穿着一件露着棉絮的破棉袄紧紧地依偎在老人的身旁安慰着她，照顾着她。儿子胡小亮脸上早就被泪水和烟灰涂成了个大花脸。他边伤心哽咽地哭着，边扯着父亲胡春林的衣襟问道：

“爸爸，咱们家的房子被烧了，咱们的家没了，今天晚上咱们到哪儿去睡觉呀？以后咱们住在哪儿呀？”

看着眼前这一片狼藉，面对儿子的询问，胡春林心如刀绞，泪如泉涌。他没有回答，也不知该如何回答，泪水像断了线的珠子顺着脸颊滚淌下来。他真想大哭一场，真想找个人倾诉倾诉自己的心酸和泪水。可他连哭的权利都没有。他怕自己的哭泣会使家人更加伤心和难过。是啊，他是一家之主，是这个家里的顶梁柱。这一切，都需要他去想办法，都需要他去拿主意。现在，房子被烧了，就连这个破烂不堪的家也没了，一家老少今晚去哪儿过夜？如果在这个院子里待一夜的话，就算不会被冻死，恐怕也会被冻僵。今后一家老少又将在哪里生活？他想不出办法，找不出解决问题的答案。他眼含着泪水把儿子胡小亮紧紧地搂在怀里，喃喃地安慰他说道：

“小亮，都是爸爸不好，都是爸爸无能，没有保护好你们。放心吧，爸爸会想办法的，不会让你们冻死饿死在这里的。”

妻子刘翠凤也是悲恸欲绝。大火扑灭之后她就披头散发地坐在冰冷的泥土地上，一边不时地用手拍打着自己的大腿，一边不住地哭诉道：

“作孽呀，真是作孽呀！俺一家人都在屋里睡觉，草垛咋就会着火呢？这是哪个丧尽天良的人干的？父老乡亲们，你们大伙都说说，俺家春林这么一个大老实人，掉下树叶都怕打破了头，从俺嫁给他那天起，就没见他跟别人吵过架，俺也没得罪过啥人，为啥还有人跟俺们过不去，下这样的狠手，毁了俺们的家，这叫俺全家以后的日子可咋过呀？”

“他婶子，别伤心难过了，事情都发生了，哭有啥用啊。还是赶快想个办法吧，这样下去时间长了全家人都会冻坏的。”项天发的母亲戚淑花安慰她道。

“唉，房子都没了，还有啥法子好想啊。”刘翠凤显得有些绝望地哀叹道。

“嫂子，你不用担心，我们大伙不会扔下你们不管的。有我们吃的，就有你们吃的；有我们住的，就有你们住的，我们不会让你们受冻挨饿的。”胡春光也劝慰说道。

“春林哥、翠凤嫂子，俺春光哥说得对。你们不用难过。我们不能让坏人看热闹，会帮你们想办法的。”梁鑫也走过来安慰他们说道。

这时，胡小亮跑到胡春光和梁鑫的跟前，紧紧抓住他们两人的手，生怕他们俩走掉，眼里含着泪水恳求说道:“春光叔叔、梁鑫叔叔，俺知道您俩都是好人，您们俩千万别走，救救俺们吧，实在不行就先救救俺奶奶吧。俺奶奶年纪大了，还有病，她在这里睡觉会冻死的。”

听了胡小亮的哀求，胡春光和梁鑫的眼睛都湿润了。胡春光咬着牙强忍着泪水安慰他说道：“孩子，放心吧，叔叔不会走。叔叔一定帮你们想办法。”

胡春光与梁鑫的这番话，使胡春林深受感动。他满含着热泪，跪倒在胡春光和梁鑫等人的面前，哽咽地说道：“胡书记、梁鑫老弟、各位父老乡亲，我胡春林代表全家在这里给您们磕头了，谢谢您们。”

胡春光和梁鑫忙把胡春林扶起来异口同声地说道：“春林大哥，快起来，千万别这样，咱们都是街坊，你们家有了难，我们应该帮忙。”

话是这么说，可真办起来就遇到困难了。在场的这几个人谁家都没有空闲多余的房子可以安置下他们一家老少五口人。最后几个人商定，今天晚上先找地方让他们住下来，等天亮后再找村两委会想办法。梁鑫和罗小惠把胡春林的母亲跟女儿胡倩倩接回了家，项天发跟母亲则把胡春林和他的妻子以及儿子带回了家。

二

真是天有不测风云，人有旦夕祸福。一向忠厚老实、与世无争的胡春林怎么也不曾想到厄运会降临到他的头上。昨天晚上火灾发生后，他就再也没有合眼。虽然那些好心的父老乡亲们帮助他扑灭了大火，为他们提供了暂时安身的地方，项天发一家待他们如同亲人，非常热情，专门为他们腾出了一间房子，并把炕烧得热乎乎的。项天发的母亲戚淑花为预防他们受凉感冒，还专门为他们熬了姜汤。梁鑫和罗小惠也把自己的热炕腾出来让他的母亲和女儿住。但他知道，这只是暂时的，因为两家都没有多余的房子可供他们栖身。现在，他们全家人赖以生存的那几间茅草屋已经变成了废墟，荡然无存。确切地说，他们已经没有家了。这一家老少今后将在哪里安身？又将如何度过这个漫长而寒冷的冬天？且不说家里没有钱建新房子，就是有钱在这严寒的冬天也无法施工。胡春林想了一夜，也没有找到解决问题的答案，他几乎绝望了。

第二天天刚蒙蒙亮，胡春林就爬了起来，悄悄溜出了暂住的项天发的家，来到了他那个住了几十年现在已不复存在的家。眼前的情景让他心酸，让他难过。院子里一片狼藉，三间茅草屋只剩下了几堵残墙断壁，家里平日用的家具和各种物品除了他和女儿抢出了几件外，其余的全部被毁坏殆尽，做饭用的锅碗瓢盆也都被砸碎，几架从房顶上掉下来的横梁和檩条横七竖八地躺在屋框内，地上的积水早就结成了厚厚的冰层。只有那两间平日用来堆放杂物和农具破旧不堪的厢房因离堆放柴草的地方比较远，才幸免躲过了一劫。几只早起觅食的麻雀在厢房顶上叽叽喳喳叫个不停，仿佛在向人们诉说这里所发生的一切。

胡春林怎么也弄不明白，这柴草垛堆放在院子外边好好的，家里人都在睡觉，又是深更半夜的，咋就会突然着火呢？他也觉得这里面肯定有鬼，肯定是有人故意纵火所为。他来到院子外边堆放柴草的地方仔细查看，想查找出失火的原因，想寻找出纵火的证据。可柴草垛早就被烧得一干二净，查找了半天，也没有找出一点有价值的线索来。他坐在院子里，望着眼前这个赖以生存的家，如今却变成了一片废墟，忍不住泪水夺眶而出，继而号啕大哭起来。现在，家人都不在跟前，周围也没有其他人，他终于可以大哭一场了，终于可以释放一下心中的悲愤与痛苦了。

这哭声，是悲伤，是无奈，是绝望，也是呐喊。

人们猜测得没有错，胡春林家柴草垛失火的原因，确实是有人纵火。这个纵火者不是别人，就是罗方钊的侄子罗大江。这罗大江是村里出了名的刺儿头滚刀肉，生性阴险狡诈、专横跋扈、无恶不作，报复心极强。自从村民们因不满村两委会的工作和他叔叔罗方钊的所作所为，到处去上访，他们家里承包的鱼塘也因此而被收回之后，他就怀恨在心，伺机对那些带头上访的村民进行报复。胡春光家里的耕牛被投毒致死，项天发家里种植的玉米大面积被毁、承包的鱼塘被投毒，梁鑫开办的电器维修部被砸，程二茂家里养的猪被杀，罗世贵等许多村民家中的柴草垛被纵火焚烧，都是这个罗大江闹的鬼。去年，省信访局的领导因村民屡屡上访而到村里进行暗访时，走访了胡春林和程海霞两个贫困户。时隔不久，省委副书记郑廉风就召集省里有关部门的领导在罗家村召开了扶贫现场会，罗方钊为此而被罢免了村主任。罗大江认为都是胡春林和程海霞把省里的领导引来的。从此，他就对胡春林怀恨在心，总想寻找机会报复他。他之所以不恨程海霞，是因为他见程海霞人长得漂亮，对她存有幻想，总想把她弄到手。他原本是想跟过去一样，只烧胡春林家里的柴草垛，让他们一家没有柴草做饭取暖，给他点颜色瞧瞧。没想到城门失火，殃及池鱼，由于柴草垛离房子太近，风势过大，结果连房子也全部烧毁了。

人间自有真情在，一方有难，八方支援。胡春林的房子被烧，一家人无家可归，震惊了整个罗家村，也得到了广大村民的同情和关爱。这些淳朴而善良的村民们，尽管大家并不富裕，但他们都有一颗爱心。许多村民都向他们伸出了援助之手，为他们捐钱捐物，提供各种生活用品。有捐钱的，有捐衣服被褥的，有送柴草的，有捐锅碗瓢盆的。程二茂还说服了自己的父亲和未婚妻，把自己准备结婚用的房子腾了出来借给他们住。

在乡亲们的帮助下，胡春林一家总算暂时有了安身之地，摆脱了困境。

再说梁鑫因参与村民上访曾被罗家村村两委会开除了村籍，后迫于上访村民的压力又改为留村察看。在这期间，虽然那些上访村民四处奔走呼吁，上级领导也多次进行干预，但县官不如现管，由于原村主任罗方钊的极力阻挠，加之有乡长许茂才为其撑腰，梁鑫和罗小惠以及他们的儿子梁罗明的村籍问题始终没有得到解决，至今还背着一个留村察看的处分。

当然，罗方钊之所以要开除梁鑫的村籍，司马昭之心，路人皆知。罗家村的村民们心里都非常清楚，不仅是因为他参与和组织村民上访，还有一个更重要的原因就是他觉得梁鑫年轻有为，人品好，能力强，已经赢得了村民们对他的爱戴和拥护，已经对他这个村主任的位置构成威胁。上一届村两委会选举已经证实了这一点。在上一届村主任的选举中，他仅以微弱的优势战胜了梁鑫。如果让梁鑫重新回到罗家村，他这个村主任的乌纱帽就很难保住。所以，他想借此机会把梁鑫赶出罗家村。这样，他就可以高枕无忧了。谁承想，梁鑫的村籍还没有恢复，他这个村主任就已经被村民们罢免了。

罗方钊被罢免村主任后，胡春光、项天发、程友民、胡大禄、程二茂等一些有正义感的村民曾多次找村支书程大孟，强烈要求村两委会撤销对梁鑫、罗小惠和梁罗明留村察看的处分决定，恢复他们的村籍。

程大孟是一个为人谦和、做事圆滑、八面玲珑的人。他当村支书这么多年，就是抱着一个信念，不求有功，但求无过，明哲保身，谁也不想得罪。尽管在处理梁鑫的问题上他也投了赞成票，也知道这么做不妥，那是因为他知道罗方钊上面有靠山，畏惧罗方钊的权威和势力。这一切村民们都清楚，所以他们都恨罗方钊，并不恨程大孟。

程大孟之所以迟迟没有让村两委会研究讨论撤销对梁鑫留村察看的决定，倒不是害怕梁鑫抢了他这个村支书的位子，因为梁鑫还不是党员，对他还构不成威胁，他是害怕得罪罗方钊。所以，每当那些上访的村民找到他要求恢复梁鑫的村籍时，他就支支吾吾，找出一大堆理由来搪塞。

胡春光、项天发等人见找程大孟解决不了问题，只好去找乡里驻罗家村工作组组长、副乡长姜涵，希望他能够敦促村两委会尽快研究撤销对梁鑫做出的留村察看的决定。

姜涵从一开始就反对村两委会的这种做法，只是当时担任村主任的罗方钊因为有乡长许茂才撑腰，根本就没把他放在眼里，根本就不听他的意见。现在，罗方钊的村主任被罢免了，经乡党委研究，罗家村的工作在没有选举出新的村主任之前，暂时由程大孟和姜涵主持。姜涵找到程大孟，希望村两委会能尽快召开会议，研究撤销梁鑫、罗小惠和梁罗明留村察看的决定，程大孟接受了姜涵的这个建议。

这是姜涵进驻罗家村以来第一次以正式与会人员的身份参加村两委会会议。也许是出于好奇，也许是出于尊重，那些村两委会成员们都早早来到村两委办公室。乡里驻村工作组的秦科明和何云飞也列席了会议。

姜涵是一个心直口快的人，说话办事的特点是雷厉风行，不拐弯抹角，不拖泥带水。今天也不例外。会议一开始，他便开门见山，直奔主题：

同志们，咱们今天召开这次会议有两件事。这第一件事就是由于罗方钊同志被罢免了村主任。罗家村的村主任出现空缺，本应召开村民大会补选村主任，考虑到新一届村两委会换届选举工作马上就要开始了，就不再补选村主任了，经乡党委研究，决定由我暂时跟程大孟同志一起主持村两委会的工作。等新的村主任选举产生后，我这个代理村主任再靠边站。

这第二件事就是讨论研究撤销村两委会对梁鑫、罗小惠和梁罗明留村察看的决定，恢复他们的村籍。梁鑫同志自从与罗小惠同志结婚到罗家村当倒插门女婿这几年来，在组织团员青年开展文化建设、兴办科技夜校等方面都做了很多工作，完全融入了罗家村这个大家庭中。但由于组织和参与村民上访被开除了村籍，后又改为留村察看。我认为咱们村两委会的这种做法是不妥的，说严重一点这是侵犯人权，是违法的，既然错了，咱们就应该纠正。究竟该不该恢复梁鑫和罗小惠以及他们的儿子梁罗明的村籍，大家有什么意见请发表。

姜涵的话音刚落，村党支部副书记胡春光就站出来说道："姜涵副乡长说得对，咱们村两委会开除梁鑫村籍的做法确实是荒唐的，应该予以纠正。且不说我们没有这个权力，单就说'开除村籍'和'留村察看'这两个说法吧，你在辞典中都查不到，真是千古奇闻。这是罗方钊为打击报复揭露他丑恶罪行的人所想出的恶招、损招。不过，能创造出这两个词来，智商也真够高的了，建议国家有关部门应该为他颁发创造发明奖。"

听了胡春光的发言，在场的人都哄堂大笑。

“春光书记说得对，我们村两委会做出的这两个决定都是错误的，应该撤销。”村委会委员程友发也附和说道。

“我赞同春光和友发的意见，同意恢复梁鑫、罗小惠和梁罗明的村籍。”胡天凯也表明了自己的态度。

程大孟在村两委会对梁鑫一家先后做出的开除村籍和留村察看的决定中，虽不是积极的倡导者，但他都始终是站在罗方钊一边的。他觉得在这个问题上自己也是有责任的。所以，胡春光那带有讽刺意味的发言，使他极为不爽。他不满地瞟了胡春光一眼，坐在那里一个劲儿地抽烟，始终没有说话，一直没有表态。这时，在对梁鑫开除村籍和留村察看表决中两次都投了赞成票的村委会副主任罗海生坐不住了，跳出来反驳说道：

“我不同意你们几个人的意见。你们说咱们开除梁鑫的村籍是错误的，难道说他煽动和组织村民上访，跟村两委对着干就是正确的？你们别被他的假象所迷惑。这个人表面上看起来很老实，其实一肚子坏水。咱们村过去多么团结，多么安定。自从他到咱们村这几年把村子搅和成啥样子了？搞得干群关系紧张，群众上访不断，社会治安混乱。叫我说，这种人就应该开除他的村籍，给他个留村察看的处分已经够宽大的了。”

胡春光知道罗海生一直站在罗方钊一边，也知道要撤销对梁鑫、罗小惠和梁罗明留村察看的决定，他很可能会跳出来反对，但没有想到他竟会说出这番话来。于是，罗海生的话音刚落，他就忍不住站出来反击说道：

“我说海生，你说这话我不爱听。照你这么说，咱们罗家村出现的这些问题都是梁鑫造成的了？咱们村经济落后，老百姓没饭吃、没衣穿，都是梁鑫的责任了？开除梁鑫的村籍是正确的了？”

罗海生也不示弱，反唇相讥说道：“我说春光同志，请你不要乱扣帽子，我并没有说造成咱们村今天这种混乱局面全怪梁鑫，也并没有说开除他的村籍是正确的，至少他是有责任的，对他的处罚也是他咎由自取。还有咱们个别村两委成员，不是站在村两委会的立场上说话，维护村两委会的权威，而是跟那些上访村民搅在一起，跟村两委会对着干，煽动组织村民到处去上访，告村两委和罗方钊的状。这是一个村两委成员应该做的事情吗？他为啥要这么做？说穿了还不就是想把罗方钊赶下台，自己往上爬。现在，罗方钊被免职了，目的达到了，这不正是某些人想要的结果吗？”

胡春光一听罗海生说的这番话就是冲他来的，大为恼火，质问说道：“罗海生，你把话说清楚，别在这里指桑骂槐、指鸡骂狗。谁想往上爬了？咱们村两委会的职责就是应该为人民群众谋利益，难道说村民的合法权益不应该保护吗？请你说清楚，是谁想往上爬？”

“哼，说的比唱的还好听，是谁想往上爬谁心里清楚，还用我说吗？”

“你这是血口喷人。”

“谁血口喷人了？你以为大伙不清楚吗？其实咱们村这两年村民到处去上访的幕后策划者和罪魁祸首就是你胡春光。”

胡春光彻底被激怒了，从座位上站起来指着罗海生的鼻子骂道：“谁是幕后策划者和罪魁祸首？你他妈的这纯粹是在放屁！”

“你才放屁哪。”罗海生也毫不示弱，站起来与胡春光对峙着大声吼道。

胡春光再也忍不住了，冲到罗海生跟前继续用手指着他怒斥道：“你再敢胡说八道我就揍你。”

“你吹你妈的牛逼！你以为我怕你呀！你今天要是不揍我，就不是你娘养的。别觉得在部队上当了几天兵学了点拳脚功夫就有啥了不起，别人怕你，我可不怕。我罗海生不是吓大的。”罗海生也用手指着胡春光的鼻子挑逗说道。

胡春光和罗海生两人互不相让，剑拔弩张，一场肉搏大战即将发生。与会的其他几个村两委成员和秦科明、何云飞见状忙跑过来把他们分开。这时，坐在那里一直没有说话的程大孟才以一个领导的口气批评他们两人说道：

“我说春光、海生，你说你们两人一个是村党支部副书记、一个是村委会副主任，都是村两委会的主要成员，这么吵吵闹闹、打打杀杀的，传出去也不怕别人笑话。大家都是为了工作，有啥意见可以发表，千万别互相攻击，伤了和气。”

姜涵也劝解他们说道：“大孟书记说得对，你们两人都消消气。咱们开会就是让大家畅所欲言，有啥说啥，意见不一致是很正常的事情。不要因为意见不同就相互攻击、相互指责，甚至相互谩骂。一个领导班子如果连团结都搞不好，怎么能做好工作！”

在程大孟和姜涵的批评劝说下，胡春光和罗海生都回到了自己的座位上，没有再争吵下去，其他两委成员也没有人再发表意见。

姜涵见没有人再发表意见，便继续主持说道：

刚才，大家围绕着是否撤销对梁鑫、罗小惠和梁罗明留村察看的决定，恢复他们村籍的问题，发表了自己的意见。按照惯例，下面咱们就举手表决吧。同意恢复梁鑫、罗小惠和梁罗明村籍的请举手。

姜涵讲完后，首先带头把手举了起来，胡春光紧随其后也举起了手。接着，程友发和胡天凯也把手举了起来。程大孟见多数人都举起了手，知道自己这一票已经影响不了恢复梁鑫的村籍，于是也来了个顺水推舟，投了赞成票。

姜涵环视了几个村两委会成员，见有人没举手，便接着又问道：

“不同意的请举手。”

正在生气的罗海生和村委会委员、妇女主任韩玉霞把手举了起来。

姜涵又接着主持说道：

好，表决结束。表决的结果是五票赞成、两票反对。下面我宣布，撤销村两委会做出的对梁鑫、罗小惠和梁罗明留村察看的处分决定，恢复他们三人的罗家村村籍。从现在开始，他们就是罗家村的村民了，并享有罗家村村民的一切权利。大孟同志你散会后代表村两委会把这个决定通过大喇叭广播一下，明天再以村两委会的名义张贴一份公告，让全体村民都知道。今天的会议就开到这里，散会。

今天会议的场面完全出乎姜涵的意料。本来，今天的会议应由程大孟主持，可程大孟说啥也不肯主持。他原来认为罗方钊不在村两委会了，撤销对梁鑫、罗小惠和梁罗明留村察看的决定很顺利就可以通过，不承想仍有人坚决反对，而且胡春光和罗海生还为此而发生激烈争吵。这一切都充分说明，罗方钊的影响还在，还有不少支持者，人们对他还有畏惧心理。这也预示着今后罗家村两股势力的斗争还将更加激烈。他深深感受到这个代理村主任不好当。

三

村两委会会议结束后，程大孟就跑到办公室隔壁的仓库里打开了大喇叭。他并没有急于播送村两委会的决定，而是先播放了一首歌曲《在希望的田野上》。这是村两委会通过大喇叭下达通知或发布消息的前奏，其目的就是引起村民的注意。村民们只要听到大喇叭里播放音乐，就知道村两委会又要下达什么通知或发布什么消息了。

歌曲播放完之后，程大孟便扯着嗓子，对着话筒喊开了：

全体村民请注意，全体村民请注意，趁大家晚上都在家里还没有休息，我受姜涵副乡长和村两委会的委托，宣布两个决定：

第一个决定是乡党委的决定。由于罗方钊同志不再担任村委会主任了，咱们罗家村村主任的位子出现空缺，根据《中华人民共和国村民委员会组织法》的有关规定，可以召开村民大会补选村委会主任。由于新一届村两委会选举工作即将开始，在换届选举前就不再补选新的村主任了。经乡党委研究决定，在新的村主任产生前，由副乡长、驻咱们罗家村工作组组长姜涵同志临时主持村委会的日常工作。

第二个决定是村两委会的决定。今天晚上，我们村两委会刚刚召开了一个会议，研究讨论了梁鑫同志、罗小惠同志和他们的儿子梁罗明的村籍问题。经村两委会研究决定，撤销村两委会先前做出的对他们三人留村察看的决定，恢复他们的村籍。从今以后，他们是正式的罗家村村民，享受与其他村民同等的各项权利和义务。

此时，梁鑫吃完晚饭后正和家人一起坐在炕上看电视。听到广播后，他显得非常平淡，一句话也没有说。倒是他那天真可爱的儿子梁罗明不知发生了什么事情，听到大喇叭里念他的名字，高兴地跳起来跑到母亲罗小惠的跟前，拍着小手说道：

“妈妈、妈妈，您听到了么？大喇叭里在广播您和爸爸的名字哪，还有我的名字。”

可怜小罗明哪里知道，他才是一个不满三岁的孩子，就先后受到了开除村籍和留村察看两次处分。罗小惠知道跟孩子说他也不懂，没有理会他，继续在那里看电视。罗世龙在一旁愤愤地骂道：

“罗方钊这个王八蛋也有今天。真是善有善报，恶有恶报，时候不到，时候到了一切都报。人做事，天在看，老天爷是公平的，这就是报应。”

梁罗明见罗小惠不理他，又跑到罗世龙的跟前，眨巴着一双水灵灵的大眼睛问道：“姥爷、姥爷，您咋骂人哪？是不是大喇叭里没广播您跟姥姥的名字，您不高兴了？”

罗世龙把梁罗明搂在怀里，抚摸着他的头说道：“姥爷骂的是坏人，是害你爸爸、妈妈还有你的坏人。”

“姥爷，谁是坏人？是谁想害我和爸爸、妈妈？您告诉我，我拿着枪去打他，把他打死。”梁罗明边说边拿起放在炕上的玩具手枪，嘴里不住地喊着“啪、啪”地打了起来。

梁罗明的举动逗得全家人都笑了。

第二天早饭后，程大孟又让程友发起草了一份《关于恢复梁鑫、罗小惠和梁罗明村籍的决定》，张贴到村两委办公室大院的墙上。至此，被开除村籍的梁鑫一家三口终于又回到了罗家村，成为罗家村名副其实的村民。

正如人们所说的，在这个世界上，没有永远的敌人，也没有永远的朋友，只有永远的利益。其实，罗海生极力反对恢复梁鑫的村籍，并不是为了罗方钊，而是为他自己。他知道马上就要进行换届选举了。现在，罗方钊刚被罢免了村主任，再想登上村主任的宝座不是那么容易，而梁鑫一旦恢复了村籍，无疑是一个强有力的竞争对手。胡春光也是一个竞争对手，他之所以在会上反对恢复梁鑫的村籍，并借题发挥，大动肝火，揭胡春光的短，可谓是一石二鸟，一箭双雕。

再说罗方钊听到梁鑫恢复村籍的消息后，肺都快要气炸了。他怎么也不会想到自己这个村主任刚刚被罢免，梁鑫的村籍就被恢复了。想想这几年为了排斥打击梁鑫这个竞争对手，捍卫他这个村主任的位子，他挖空了心思，绞尽了脑汁，使出了浑身解数。现在，他彻底败下阵来，满盘皆输。村民们上访使他名誉扫地，村里与他偷情的几个女人都离他而去，当了十几年的村主任被罢免，处心积虑想把梁鑫赶出罗家村的计划落空。在被罢免了村主任的这些日子里，他饱尝了不当村主任的冷落与孤独。他无时无刻不在做着东山再起的美梦。就在村两委会研究通过了恢复梁鑫村籍的当天晚上，他就跑到了程大孟家里“兴师问罪”。

“我说大孟兄，咱们俩搭班子这么多年，配合得一直很默契，有福同享，有难同当，我罗方钊没有做对不起你的事情吧？你咋好意思跟我过不去呢？”

“方钊，这话从何说起，我啥时做对不起你的事情了？”程大孟被问得一头雾水说道。

“还说没做对不起我的事情，我刚不当村主任才几天，你就领着人把梁鑫那个搅屎棍子的村籍给恢复了，这不是明着跟我过不去吗？”罗方钊抱怨说道。

“咳，我以为做了啥对不起你的事情了呢，原来为这事生气啊。这事不能怪我，这是姜涵副乡长提出的意见。”程大孟解释说道。

“你别推卸责任。你是村党支部书记，你不同意他们能开会研究吗？”罗方钊不满地责怪说道。

程大孟见罗方钊责怪自己，很不高兴地反驳说道：“姜涵乡长是乡里的领导，是乡里驻咱们村的工作组组长，现在还是村委会的代理主任，他的话我不听能行吗？”

罗方钊被程大孟这番话噎得半天说不出话来，气得坐在那里一个劲儿地抽烟，过了一会儿，他才又责问道：“听说你也投了赞成票？”

“是啊，我确实投了赞成票，在我举手之前，村两委会的七个成员中已经有四人投了赞成票，即使我不投赞成票，恢复梁鑫村籍的决定也照样会通过。”程大孟解释说道。

“可当初开除梁鑫的村籍是咱们两人共同商定的意见。你为啥出尔反尔，也站到他们那边去了？你为啥不坚持？是不是因为我现在不是村主任了？别忘了，我现在虽然被免了职，可戏还并没有结束，谁笑到最后还不一定呢！”罗方钊带着怨恨和威胁的口气说道。

罗方钊的这番话把程大孟给激怒了。他毫不客气地反驳说道：“我说方钊，你说这话是啥意思？是在威胁我吗？我觉得我没做对不起你的事情，也没有出尔反尔。说句实话，当初你提出要开除梁鑫村籍的时候，我就曾经说过这样做不妥，你非要坚持这么做不可。我尊重了你的意见，可结果又怎样呢？梁鑫的村籍倒是被开除了，村民的上访并没有停止，而且越闹越厉害，连省里的领导都惊动了。后来，为了平息村民的上访，我提出恢复他们的村籍，你非要坚持留村察看，结果咋样，到头来还不是落了个鸡飞蛋打，你被罢免了村主任。事已至此，我劝你还是别想这件事了，想想以后咋办吧！如果你认为我没伤害你，咱们还是好兄弟，如果你觉得我伤害了你，那我也没办法，请便吧。”

罗方钊自知情绪失控，话说过了头，伤了程大孟的心。忙赔不是说道：“大孟兄，你千万别生气，是我错怪了你。今后咱们还是好兄弟。放心吧，不久的将来，我还会跟你一起搭班子的，我罗方钊是整不垮的。天不早了，我回去了，你也该休息了。”

罗方钊本想找程大孟兴师问罪，讨个说法，却不承想讨了个没趣。他恨透了那些上访的村民，恨透了梁鑫，恨透了姜涵。这一夜，他几乎整夜没有合眼。

第二天一大早，罗方钊就骑上摩托车，跑到乡里去告姜涵的状去了。他自从被罢免村主任之后，就再也没到乡里来过，倒不是没有时间，主要是因为怕见了乡里的领导抬不起头来。过去经常往罗家村跑的乡长许茂才也很少到村里来。两人已经很长时间没有见面了。也许是出于同情，也许是为了安慰，也许是做给他的老同学、罗方钊的大舅子哥、县公安局的副局长杨立峰看的，这次见面，许茂才没有冷落罗方钊，显得非常热情，非常客气。中午还叫上了乡派出所所长何润生一起，在乡政府旁边的靓靓酒楼设宴招待了他。

这靓靓酒楼是一个二层小楼，店面并不大，只有几百平方米的面积。一楼是大餐厅和厨房，二楼是雅间。酒店装修得也并不豪华，但在经济落后的龙潭乡，也算是一个比较上档次的酒店了。酒店老板名叫韩靓靓，三十刚冒头，身高一米六五左右。其人就像她的名字一样靓丽俊秀，似出水芙蓉。眉毛如月，睫毛如帘，圆圆的脸盘中镶嵌着一对甜甜的酒窝。尤其是她那双秋水般深邃明澈的眼睛和那对半裸在外、高高隆起的诱人丰乳，令那些好色之徒心旌摇曳，脑垂体紊乱。乡里那些有钱的老板和乡党委、政府大院里的当权者们闲着没事的时候，总喜欢往酒楼里跑，以吃饭为名，跟她拉关系、套近乎。乡里有好几个领导干部都跟她有染，当然这其中也少不了一向喜欢拈花惹草的许茂才。为此，这靓靓酒楼也就成了乡党委和乡政府接待的定点饭店。只要上面来了领导或者重要客人，都要在这里接待。

韩靓靓见许茂才、何润生和罗方钊三人走进酒店，忙迎上去娇声娇气地笑着说道："哟，许乡长、何所长，您们来了？欢迎欢迎。今儿又要接待何方贵客？"

有何润生、罗方钊在场，许茂才没敢说调情的话，只是含情脉脉地看了韩靓靓一眼说道："今儿没啥领导，也没啥贵客，只有我们三人，你安排一个雅间，我们谈点事情。标准你看着定，菜不要太多，好一点就行，再上一瓶好酒。"

"好的，许乡长，您就放心吧，包您满意，我这就去安排。"

韩靓靓说完，便把他们三人带到了二楼的一个雅间里，并安排服务员为他们泡茶倒水，然后就去忙别的事情去了。

许茂才和何润生、罗方钊三人在雅间里边吃菜喝酒，边聊着天。

"方钊，这些日子在村里忙些啥？你可是有些日子没到乡里来了吧？"许茂才没话找话地问道。

"唉，没忙啥。许乡长，我现在不是村主任了，到乡里来干啥，姥姥不疼，舅舅不爱，来了净给您们添麻烦。"罗方钊沮丧地回答道。

"方钊，我了解你这个人的脾气，无利不起早，无事不登三宝殿，没啥事的话，你是不会往乡里跑的。说吧，又发生什么事情了？是你又捅了啥娄子了呢，还是又有村民去上访了？"许茂才显得有些紧张地问道。

"我没捅啥娄子，也没有村民去上访。再说了，即使有村民上访，我现在已经不是村主任了，也与我无关。我今天来是想向您反映一个问题。"

"反映啥问题？"

"反映副乡长姜涵的问题。"

"姜涵咋了？他有啥问题？"

许茂才本来就对姜涵有意见，一听说罗方钊要反映姜涵的问题，便来了精神，急切地问道。罗方钊看了坐在旁边的何润生一眼，欲言又止。许茂才明白罗方钊的意思，便对他说道："何所长不是外人，自己人，有啥话你就说吧。"

罗方钊知道何润生是他大舅子哥杨立峰的部下，也知道他跟许茂才的关系不错，他之所以没敢说，是因为不了解何润生跟姜涵的关系如何。听许茂才这么一说，他放心了，显得非常气愤而抱怨地说道：

“许乡长，乡里为啥要派姜涵到罗家村包村？这个人实在是太坏了。他不仅没把您放在眼里，还处处跟我作对。从他到罗家村那天起，就没起啥好作用，不配合村两委会工作，不关心村里的经济发展，整天跟村里那些不三不四的人搅和在一起，支持村民上访，跟村两委会作对，把罗家村搞得乌烟瘴气。我这个村主任被罢免后，你们让他暂时主持村委会的工作，他更加嚣张，立马就召开村两委会会议，把梁鑫那个搅屎棍子的村籍给恢复了。”

许茂才知道姜涵一直没把他放在眼里，一听罗方钊说姜涵就来气。他吃了两口菜，把酒杯里的酒一饮而尽，愤愤地骂道：“这个姜涵真他妈的不是省油的灯。”

“许乡长，您说得对，这姜涵真不是什么好鸟，他平日在村里仗着自己是副乡长，根本就不把村干部放在眼里。”

“方钊，你说说姜涵他们在村里一天到黑都忙些啥？都跟些什么人在一起？”

“他们在村里正经事儿不干一点，到处游山玩水，今天跑到东山转转，明天跑到西山看看。闲着没事的时候，就跟梁鑫、项天发、胡大禄等那些不三不四的人搅和在一起。不仅如此，他还把秦科明跟何云飞这两个人带坏了。那个秦科明以谈恋爱为名，整天跟村里马善良的女儿马玉芳鬼混在一起，在村里造成了极坏的影响。”

“姜涵跟村里的那些女青年有没有不正常的关系？”

“这个倒是没发现。不过，虽然您是乡长，他是副乡长，可他根本就没把您放在眼里，经常在村民中说您的坏话，散布对您不满意的言论。”

“他都说了些啥？”

“他说您素质低、能力差、办事不讲原则，根本就不配当乡长。他还说您的外号叫‘许敛财’，办事不讲原则。经常利用手中的权力行贿受贿，不送礼不办事，送了礼乱办事。他还说，罗家村出现今天这样混乱的局面，都是您没有及时处理和解决村民上访所反映的问题造成的。”

罗方钊添油加醋、绘声绘色地说了姜涵一大堆坏话，其目的就是激起许茂才对姜涵的不满，以达到他报复姜涵的目的。罗方钊的这番话果然奏效，许茂才听后，那张本来就不苟言笑、布满沟壑的脸上顿时阴云密布，气得青筋都快要迸出来了，发恨说道：

“这个姜涵也真是太猖狂了，不给他点颜色瞧瞧，就不知道马王爷有三只眼。”

坐在旁边一直没有说话的何润生见许茂才真的生气了，不满地瞪了罗方钊一眼，安慰许茂才说道：

“许乡长，您消消气，别气坏了身子，何必跟姜涵一般见识呢。他是您的部下，就是再牛，不是照样还得听您指挥吗！”

听了何润生的话，许茂才那颗受到伤害的自尊心宽慰了许多，气也消了许多，没再继续问下去。罗方钊见自己的目的已经达到了，也没再说啥。三人继续喝酒。过了一会儿，许茂才似乎想起了什么又对罗方钊说道：

“方钊，我听何所长讲你们村胡春林家的房子前两天让人放火给烧了？有这事吗？”

“嗯，有这事。”罗方钊漫不经心地回答说道。

“这事不是你干的吧？”

罗方钊听后为之一震，但还是装着很委屈的样子回答说道：“许乡长，瞧您说的，我哪能干那种事。”

“不是你干的，是不是你的那个侄子罗大江干的？”

许茂才一提罗大江，罗方钊的脸唰地红了。胡春林家的房子被烧，虽然不是他指使的，但他知道是罗大江干的。为这事，他还狠狠地把罗大江大骂了一顿。不过，他还是故作镇静地否认说道：

“不可能吧。我问过罗大江，他说不是他干的。”

许茂才知道即使是罗大江干的，他也不会承认，但他并没有反驳罗方钊，而是非常严肃地说道：“方钊，中国有句老话说得好，要想人不知，除非己莫为。别以为你们爷俩这几年在村里做的那些缺德事别人都不知道。你问问何所长，其实这两年你们爷俩做的那些缺德事，乡派出所都知道，只是看在你大舅子哥杨立峰的面子上，没有治你们的罪。”

何润生也接过话题说道：“方钊，许乡长说得对，罗大江的行为确实已经严重构成了犯罪。你回去转告罗大江，如果他再这么折腾下去，早晚得进去。”

“方钊，你以后在村里也应该注意一下自己的形象，别整天在村里专横跋扈，趾高气扬。从这次被罢免村主任可以看出，村里有不少村民还是对你有意见的。现在不当村主任了，闲着没事别整天瞎逛悠，帮着老婆多干点庄稼地里的活。等过了春节就让你的大舅子哥杨立峰在城里给你找个活干干。别闲着没事整天惹是生非。”许茂才也毫不留情地指责说道。

听了许茂才和何润生的这番话，罗方钊吓得浑身直冒冷汗，哪里还敢狡辩，唯唯诺诺地答应说道：“许乡长，何所长，您们批评得对，我回去以后一定好好管教管教我那个不争气的侄子。我自己也一定注意，保证不给您们添麻烦。”

许茂才和何润生再也没有说啥，午饭吃了一个多小时就结束了。罗方钊又悻悻地回到了罗家村。

四

爆竹声中一岁除，
春风送暖入屠苏，
千门万户曈曈日，
总把新桃换旧符。
——王安石《元日》

时光荏苒，转眼又是一年。年年岁岁花相似，岁岁年年人不同。

纷纷扬扬的雪花，迎来了中国人最期盼、最隆重的春节。这是我们人生中韵味悠长的一个驿站，也是我们走向未来的起点。无论在送走的一年里酿造的是苦酒还是甜蜜，无论是成功还是失败，都将在这鞭炮齐鸣、辞旧迎新的欢乐海洋里封存到历史的记忆中，让我们的创伤复原，让我们的成功更加绚丽多彩，让我们的梦想展翅翱翔。

人逢佳节倍思亲。春节是亲人团聚的日子，也是盘点过去、畅想未来的日子。在这新春到来之际，不管是田间地头的劳作者，还是远在他乡的游子，都会放下手中的工作和学习，停下奔波的脚步，让自己的心沐浴在温暖的乡情亲情里。正在省城读大学的梁鑫的妹妹梁婕、罗小惠的妹妹罗海燕放假后都回到了自己的家乡。罗家村那些外出打工的村民们也都回到了村里，回到了自己的亲人身边。他们不仅带回了用辛勤汗水换来的丰厚收入，带回了大山外边的信息和城里人的生活理念，也带回了开启新的年轮大门的“吉祥”钥匙。整个罗家村都沉浸在庆祝新春佳节欢乐的海洋里。

天增岁月人增寿，春满乾坤福满楼。这个春节，对梁鑫一家来说，可谓是双喜临门，吉星高照。他的妹妹梁婕和罗小惠的妹妹罗海燕今年都要大学毕业了，都即将踏上自己新的人生旅途，不再需要家里为她们承担昂贵的学费。他跟妻子罗小惠和儿子梁罗明被开除了达两年之久的罗家村村籍又得到了恢复。一家人喜上眉梢，笑逐颜开。

然而，罗家村由于这几年村民与村两委会之间的矛盾冲突所造成的伤痕还未完全愈合，更由于上访村民与原村主任罗方钊的斗争还在继续，这一个春节，对罗家村村民而言，是树欲静而风不止。在辞旧迎新的欢歌笑语中，还会有不和谐的音符出现。

这个春节，对罗方钊而言，可以说是失败与失落相依、冷漠与孤独相伴。春节前，他在村民们一片声讨和谴责声中被罢免了村主任。从此，他一下子跌进了低谷，失去了专横跋扈的舞台，失去了受尊崇的地位。没有人再拍他的马屁，也没有人再给他送礼，甚至连给他拜年的人都少得可怜。他恨那些罢免他村主任的村民，更恨梁鑫，如果没有他到罗家村当这个倒插门女婿，如果没有他煽动组织村民到处去上访，他也许就不会有今天。他后悔当初不该说服罗世龙，促成了梁鑫与罗小惠的婚事，让自己陷入今天这样如此尴尬的境地。

大年三十的晚上，罗方钊和他的哥哥罗方谦两个家庭聚在一起。尽管他的妻子杨瑞芬准备了丰盛的美酒佳肴，但全家人怎么也高兴不起来。尤其是罗方钊，怒气填胸，心情凝重，忧郁寡欢，只顾坐在那里自斟自饮，一个劲儿地喝闷酒。听着外边的鞭炮声和孩子们的嬉戏打闹声，他心里不是滋味，竟然潸然泪下。家人都知道他心情不好，理解他此时的感受，没有人去指责他，没有人去抱怨他，都来安慰他，劝导他，向他敬酒。

“我说方钊啊，想开点，这个村主任当不当的无所谓，别气坏了身子，留得青山在，不怕没柴烧。来，咱们喝酒。”他的哥哥罗方谦安慰他说道。

罗方钊从小是罗方谦看大的，兄弟俩感情很深。别看他平日在村里横行霸道，但对他这个哥哥还是非常尊重的。听了罗方谦的这番话，他似乎宽慰了许多，委屈地说道：

“大哥，他们这是欺人太甚，我咽不下这口气。这村里的工作没有搞好也不是我一个人的责任，还有村党支部书记和其他村两委成员，凭啥把屎盆子往我身上扣，让我一个人承担责任，而程大孟却稳坐钓鱼台？这不是吃柿子专拣软的捏欺负人吗？”

“他二叔，大过年的，别净想那些烦心的事，多想点开心的事情。”罗方谦的妻子史美英也劝慰道。

“嫂子，谢谢您，我知道您跟我哥都是为我好，关心我。放心吧，我罗方钊是不会倒下去的。我哥说得对，留得青山在，不怕没柴烧。”

“唉，你能这么想我跟你嫂子就放心了，看你这些日子的狼狈样子，真为你担心。”罗方谦长叹了一口气说道。

“是啊，二叔，俺爸俺妈说得对，您一定要保重。放心吧，他们不让您好过，我也不会让他们好受。”他的侄子罗大江瞪着一双凶狠的眼睛说道。

罗方谦虽然并不完全清楚自己的儿子罗大江平日都干了些啥，但他知道自己的儿子不是个省油的灯，在村里干了不少坏事，也知道他说这句话的意思。不无担心地教训他说道：

“大江，你也老大不小了，都快三十岁的人了，到了该娶媳妇的时候了，多干点正事儿，别总是惹是生非。你这样整天打打杀杀的，谁家的闺女愿意嫁给你呀？”

罗大江虽然诡异、怪僻、凶残，但对自己的父母却是毕恭毕敬。听了父亲罗方谦的这番话，他没有狡辩，也没有再说啥，可他心中的复仇之火却还在熊熊燃烧。

一向为人谦和、与世无争的杨瑞芬知道丈夫罗方钊的为人，也知道他这些年做了不少缺德事，村民们罢免他的村主任那是他自食其果，罪有应得。可他毕竟是自己的丈夫。她对罗方钊是既爱又恨。她并不在意罗方钊是否当村主任，也并不在乎他有没有作为。心安茅屋稳，性定菜根香。她所希望和期盼的是有一个安定舒心的生活环境，有一个温馨和谐的家庭。刚才，罗方钊与罗方谦父子的对话她都听到了。她不赞成他们的看法，她觉得，这么斗下去怨怨相报何时了？在平日与罗方钊谈到这个话题的时候，两人总是吵架。她坐在那里一直没有说话。罗方谦的妻子史美英见杨瑞芬不说话，便说道：“他婶子，你今天忙忙活活做了这么多菜，真是谢谢你，你咋也不说话呀？”

“嫂子，瞧您说的，大过年的，一家人在一块吃顿团圆饭，这不是应该的吗？让俺说啥呀？说了他也不听。他当村主任这些年把村里人都快得罪光了，到街坊邻居家里串门人家都不愿意搭理。俺不愿过整天打打杀杀、提心吊胆的日子，只希望一家人能够平平安安地过日子就行了。”妻子杨瑞芬抱怨说道。

罗方钊的女儿罗婷婷正在读高中，儿子罗大伟正在读初中，两个孩子都很懂事。他们知道自己的父亲刚被罢免了村主任心里不痛快，没有去抱怨他，也没有提啥要求。尽量做一些让他开心高兴的事，说一些让他开心高兴的话。女儿罗婷婷安慰罗方钊说道：

“爸，您别伤心难过了，当村主任有啥好的，费力不讨好，还得罪人。我看咱们村有不少人都在外面打工，等过了春节您也出去打工吧！让我大舅舅在城里给您找份工作。”

“是啊，爸，俺姐说得对，俺们班里很多同学的父母都在外面打工，听说一年能挣好几万块钱呢！”儿子罗大伟也附和说道。

别看罗方钊在外面脾气挺大，但对两个孩子还是很疼爱的。不能说言听计从，至少还是很尊重他们的意见的。听了女儿罗婷婷和儿子罗大伟的劝导，他沉思了半天没有说话。

妻子杨瑞芬见罗方钊不说话，知道孩子的劝导触动了他，便也顺着孩子的话题说道：“我觉得两个孩子的这个主意不错，过了年你就出去打工吧，家里有我照顾就行了。”

罗方钊是一个非常固执的人，不到黄河心不死，不见棺材不落泪。尽管妻子和孩子们都劝他出去打工，他也有这个念头，但他不死心，不想就这么认输，他知道过完春节就要进行村两委会换届选举了。他想再搏一把，还想着那个村主任的宝座。他犹豫了一会儿，看了两个孩子一眼，然后端起酒杯一饮而尽说道：“好好上你们的学吧，你们就不用劝我了，我哪儿也不去，就在村里跟他们斗到底，看到底是谁笑到最后。”

一家人都知道罗方钊的脾气，决定了的事情，别人是很难说服他的。所以，没有人再劝他，也没有再说啥。晚宴就这样结束了。

晚宴结束后，杨瑞芬便和两个孩子跑到另一个房间看电视去了。罗方钊由于心情不好，加之又多喝了些酒，早早就上炕睡觉了。

寒随一夜去，春逐五更来。除夕之夜，春节进入了高潮，大江南北，举国上下，人们都沉浸在欢乐的海洋里。震耳欲聋、五彩缤纷的烟花爆竹炸开了浓重的黑幕，划破了宁静的夜空，仿佛要到天庭去报喜，去接受上天的祝福。相互拜年的人们纷至沓来，络绎不绝。人们相互问候着、祝福着，那些上了年纪的老年人或有身份、有地位的人则坐在自己家里，温上一壶醇香的美酒，泡上一壶热茶，等待着晚辈或下属来拜年，接受着亲友的祝福。

除夕之夜，罗方钊仍然没有起床，也没有开灯，把自己关在房间里，有人来给他拜年，他也不应声，不理会。而活泼好动的女儿罗婷婷和儿子罗大伟早就跑出去找同学和小伙伴们玩去了。

正当人们沉浸和陶醉在辞旧迎新的欢歌笑语中时，不幸的事情发生了。家住村东头的程友生家中的柴草垛燃起了熊熊大火。火光冲天，映照着大半个罗家村如同白昼。

火光就是召唤，火光就是命令。没用程友生的家人呼喊求助，在外拜年的村民看到火光后都自发地跑来帮助救火。人多力量大，用了半个多小时大火就被扑灭了。

就在人们惊魂未定、准备继续拜年时，住在村西头的项天发家中的柴草垛又燃起了大火。人们又只好跑到村西头，帮助项天发家里救火。项天发家中的大火还没有扑灭，家住村南头的胡春光家中的柴草垛又燃烧了起来。在除夕之夜仅仅几个小时的时间里，就先后有十几户村民家中的柴草起火燃烧，让那些救火的村民疲于奔命，应接不暇。

这一起起熊熊大火，浇灭了村民们庆祝佳节欢乐的圣火，碾碎了他们的心，也烧出了他们的凝聚力。他们当然明白，这绝不是意外失火，肯定是有人故意纵火制造混乱。人们纷纷诅咒和谴责那个纵火者。

“真是作孽呀，大过年的都干这种缺德事，走着瞧吧，非遭报应不可。”

“我看这是有人蓄意破坏，其目的就是要把咱们罗家村搞乱。”

“这是哪个丧尽天良的人干的，要是让我逮住了，非把他放到大火里烧烤了不可。”

“这事肯定是罗方钊指使人干的。他刚被罢免了村主任，心里不好受，他这是在报复。”

“我觉得罗方钊就是再坏也不会干这种缺德事，十有八九是他的那个侄子罗大江干的。罗大江这个人别看年龄不大，一肚子坏水，报复心极强。”

“咱们应该到乡派出所去报案，让派出所的人到村里查查到底是谁干的。不能让他逍遥法外。”

“仅仅烧了几个柴草垛，又没造成多大的损失，公安局才不会管呢。你们没看到胡春林家的房子全部被烧了，公安局的人到村里来了好几趟，不是到现在还没有破案吗？”

“难道就真的没有办法治这种人了吗？就这样让他横行下去吗？”

“多行不义必自毙。放心吧，这种人早晚会遭报应的。”

……

村民们猜测得没有错，罗家村除夕之夜燃起的这十几起火灾，都是罗大江一个人所为，罗方钊也并不知情。早在春节前，他就谋划好了，要对那些跟他们家里有矛盾的村民和几个村民上访组织者实施报复，甚至连行动的时间、目标和路线都做了周密的安排。除夕之夜起床后，他先跑到他的叔叔罗方钊家里拜了个年。然后就混杂在拜年的人群中，穿梭在大街小巷，实施着他的复仇计划，寻找着复仇的目标。他先来到了村东头程友生的家附近，等拜年的人们走远后，便把事先准备好的点燃的香烟和火柴用一根橡皮筋捆在一起，扔进了程友生家堆放在院子外边的柴草垛里，然后躲在远处偷看。当他看到柴草燃起熊熊大火，村民们赶来救火后，他才悄悄溜走，跑到村西头项天发家的附近，等程友生家的柴草垛的大火快扑灭时，他又用同样的办法点燃了项天发家的柴草垛。当村民们赶到项天发家中救火时，他又跑到村南头胡春光的家点燃柴草垛。有些村民正帮着别人家救火，自己家的柴草垛也燃起了熊熊大火。

就这样，罗家村的村民们在惊恐不安中度过了这个难忘的春节。

五

农民工，这个令人称颂而家喻户晓的群体，已成为中国当今经济发展和城市建设的亮丽风景线和不可缺少的生力军。他们像一棵棵随风摇曳的小草，根却深深地植入了这片原本不属于他们的土地上；像一个个技艺高超的建筑师，打造装扮着一座座美丽的城市；像一个个辛勤的园丁，守护着一方方净土；也像一群群远行的候鸟，冬去春来，重复着一年一度的远征与折返。公园里、马路旁、建筑工地、学校工厂到处都有他们的身影，到处都流淌着他们洒下的汗水，到处都凝结着他们的智慧和劳动的结晶。

春节过后，罗家村那些外出打工的村民们便开始打点行装，准备踏上新的征程。他们告别了年迈的父母，拥别了读书的儿郎，流下了一串串眷恋的泪水，憧憬着未来，背起简单的行囊，陆陆续续走出了大山，走出了黄土地，涌进了茫茫的农民工大潮之中。

这几年，由于罗家村的经济比较落后，外出打工的人越来越多，许多村民都加入了外出打工的行列，村里的青壮年劳动力所剩无几。

父母走了，可他们的孩子还留在村里。有的把孩子留给爷爷、奶奶或外公、外婆照顾，有的男人外出打工，女人在家里照顾，有的则托付给了自己的亲戚朋友照顾，有的甚至只有几个孩子在家，根本无人照顾监护。这些留守儿童由于父母不在身边，得不到父母的照顾和看管，得不到应有的监管和教育。教育缺失，监管不到位，致使一些留守儿童变得寂寞无聊，无拘无束，行为散漫，柔弱内向，性格孤僻，思维偏执。

对留守儿童的监护教育，成为全社会所关注的热门话题，也成为罗家村人必须面对的一个问题。虽然村里在几年前就根据上级要求，建起了所谓的“留守儿童活动室”，但那不过是聋子的耳朵——摆设，做给上面看的，没有实际性的内容，只有一块沽名钓誉的牌子，根本发挥不了什么作用。罗方钊被罢免村主任后，村委会的日常工作暂时由副乡长、驻罗家村工作组的组长姜涵负责。姜涵为此曾多次找到村党支部书记程大孟商量，希望村两委会能想办法解决罗家村留守儿童的监护教育问题。程大孟告诉他，村里目前根本就没有条件解决这个问题。

为了解决留守儿童的监护教育问题，姜涵只好到村民中寻求解决问题的答案。他去找那些在外打工的村民的亲属，广泛听取他们的意见，让他们帮助出主意，找办法。有人提出创办留守儿童幼儿园的建议，把那些还不到入学年龄的儿童都集中起来，进行统一管理、统一教育。姜涵觉得这个主意不错。可由谁来牵头组织？资金从哪里来？师资怎么解决？场所设在什么地方？这些问题都需要去面对，都需要去解决。

姜涵知道，要想创办留守儿童幼儿园，资金和师资这两个问题最关键。而罗家村本来就很穷，有钱的人很少，即使有钱也未必愿意拿出来建幼儿园。他想到了梁鑫。他知道梁鑫这两年开办电器农机维修部挣了些钱，有投资的条件，也有这个理念。他决定亲自去找梁鑫谈谈，做做他的思想工作。关于师资问题，他想到了马玉芳，想到了罗小惠和钱招娣。这三个人既是同学，又是好朋友。她们年轻，有文化、有事业心和责任感。如果能把这三个人请出来，留守儿童幼儿园的师资问题就可以解决了。马玉芳、罗小惠和钱招娣三人都在村里，没有外出打工。马玉芳是因为与乡里驻村工作组的秦科明正处在热恋之中，不愿意离开村子。梁鑫的妻子罗小惠因为孩子小，加之家中开办的电器农机维修部需要帮助打理。项天发的妻子钱招娣则因为家里承包的鱼塘需要帮助照顾没有外出打工。姜涵准备找梁鑫、项天发、罗小惠和钱招娣等几个人谈谈，做做他们的思想工作，希望他们能对创办留守儿童幼儿园予以支持。马玉芳的工作，他准备让秦科明去做。

生命如花，爱情是蜜。爱情，是一种灵魂与灵魂碰撞的火花；爱情是一种情缘，一种期待，一种向往。自从秦科明到罗家村驻点包村认识了马玉芳之后，两人就坠入了爱河。开始马玉芳的父母并不同意这门婚事，怕这些大学生小白脸靠不住，怕自己的女儿吃亏上当。后来见两人爱得情真意切，难分难舍，也就默认了。从此，秦科明成了马玉芳家里的座上客。马玉芳家里做了啥好吃的，总是要把秦科明请到家里一起分享。当然，马玉芳家里的农活，秦科明也是主力军。两人闲暇之余，经常漫步在田间地头、山林草丛。秀水河边、蛤蟆湾畔、蟒蛇山下，到处都留下了他们挽手漫步、促膝谈心、倾诉衷肠的身影。

当秦科明得知姜涵想让梁鑫等人出资，让马玉芳、罗小惠和钱招娣作为师资队伍的骨干力量创办留守儿童幼儿园的设想时，也觉得这个办法可行，觉得马玉芳当一个幼儿教师还是比较合适的。加之自己与马玉芳的这种特殊关系，做她的思想工作，犹如囊中取物，唾手可得，不会有啥问题。于是，他愉快地接受了姜涵交给他的这个任务。

暮色笼罩着大地。初春的北方，乍暖还寒，空气中透着一丝丝凉意。这天晚饭后，秦科明像往常一样，与马玉芳漫步在秀水河边，两人边走边聊。当秦科明把姜涵的想法告诉她时，没想到却遭到了她的拒绝。

“科明，请你告诉姜乡长，俺不想当幼儿教师，不想当这个孩子王。”

“为啥？”秦科明不解地问道。

“不为啥。俺不愿意跟那些淘气的孩子打交道，整天受累生气。”马玉芳解释说道。

“你嫌照顾孩子受苦受累，那将来你自己有了孩子咋办呀？”

“俺这一辈子也不要孩子，俺才不愿受那个累呢。”其实，马玉芳说的这句话倒不是真话，她是在故意气秦科明。

秦科明听马玉芳说一辈子不要孩子，心里极为不爽，不知道她说的是气话，信以为真，十分关切地问道：“玉芳，你真的想一辈子不要孩子吗？”

“不要孩子不是挺好吗？这样咱们俩就不用整天为照顾孩子操心受累了。”马玉芳假装一本正经地说道。

“那你结婚干啥？”秦科明真的有些生气了，质问马玉芳说道。

“结婚就一定要生孩子吗？现在城里不是有很多青年夫妇都结婚不要孩子吗？”马玉芳振振有词地说道。

秦科明竟真的相信了。他不知道马玉芳为啥竟然会有这种想法，也不知该如何去回答她、去面对她，茫然不知所措，半天没有说话。他从口袋里掏出了一支香烟点上，两人默默地向前走着。

马玉芳看到秦科明的这副表情，知道他真的相信了，也知道他不会接受这个要求，暗中窃喜。但她不忍心欺骗他，捉弄他，于是开心地笑着说道：“咋了？科明，真的生气了？逗你玩呢，放心吧，等咱们结了婚，我一定给你生个大胖小子。”

秦科明闻知马玉芳说的不是真话，是在跟他开玩笑，转怒为喜。他把马玉芳紧紧地抱在怀里，给了她一阵狂吻，嗔怪说道：“玉芳，没想到你这么老实的人也会说谎话捉弄人，你真是够坏的。”

马玉芳紧紧依偎在秦科明的怀里，撒娇说道：“人家不是跟你开个玩笑嘛。要是我们俩结了婚不要孩子的话，就是你这一关能通过，你爸、你妈那一关也过不了。”

秦科明当然没有忘记与马玉芳此次约会的目的。两人经过一阵暴风骤雨般的狂吻之后，他便又切入正题问道：“玉芳，这么说你不愿意当幼儿教师也是在开玩笑了？”

“那可不是开玩笑，我说的可是真心话，我真的不喜欢当幼儿教师，不喜欢整天跟那些孩子们打交道。”马玉芳解释说道。

“玉芳，难道你不支持我的工作了？”

“俺当不当幼儿教师跟支持不支持你的工作有啥关系？”马玉芳有些不解地问道。

“当然有关系了。上级要求关注那些外出打工村民家中的留守儿童的监护教育问题，姜涵副乡长想让村两委会办这件事，可村里没有这个条件，他想了一个主意，想让有条件的村民投资，创办一个私立的留守儿童幼儿园，把村里的那些不够入学年龄的留守儿童都集中起来，统一进行监护教育。想让梁鑫投资，让你跟罗小惠还有钱招娣三个人担任幼儿教师。姜涵副乡长知道咱俩的关系，就把做你思想工作的任务交给了我。我可是在姜涵副乡长那里打了包票的，你不接受这个任务，我咋向姜涵副乡长交差呀？”秦科明恳求说道。

马玉芳的性格是活泼好动，爽直泼辣，喜欢自由自在的生活。她打心眼里不愿做这个孩子王，不愿当这个幼儿教师。可当自己的恋人秦科明提出这个要求时，她陷入了两难的抉择境地。她犹豫了半天，为了支持心爱人的工作，最后还是同意了秦科明的要求。不过她也提出了自己的条件。

“要想让我当幼儿教师也可以，但我有个条件。”

“啥条件？你说吧。”秦科明急切地问道。

“我们马上结婚。结了婚我就听你的，你让我干啥我就干啥。”

“你这算啥条件呀，我不是跟你说了吗，咱们俩现在结婚不合适。”

“那你说啥时合适？你是不是压根就没打算跟我结婚？只想玩弄我的感情？”马玉芳心怀忧虑地质问秦科明。

“玉芳，你想哪去了，我是那种人吗？”

“你是不是那种人只有你自己知道，我又不是你肚子里的蛔虫。你既然不是那种人，我们恋爱好几年了，人家罗小惠和钱招娣都有孩子了，为啥我一提结婚你就躲躲闪闪的？”马玉芳不依不饶地追问说道。

秦科明一听扑哧笑了，说道：“玉芳，你好可爱呀！到现在还不相信我。你就放心吧，我秦科明不是那种忘恩负义的人，这辈子非你不娶。”

“那你为啥不想结婚呀？”

“我不是早就跟你说过了吗，我现在在你们村里扶贫，怕别人说闲话，说我在村里光忙着谈恋爱，不顾工作。等扶贫工作结束了我返乡里时就跟你结婚。也跟梁鑫一样，到你们罗家村当个倒插门女婿。这回你该高兴了吧？”

“科明，你说的可是真话？”

“当然是真话了。我没有骗你。”

“科明，你真好，看来我没有看错人。有你这句话俺就放心了。我听你的，你说叫我干啥我就干啥！”马玉芳说完，在秦科明的脸上狠狠亲了几口。

做通了马玉芳的思想工作，秦科明如释重负。两个人说着笑着消失在了夜幕之中。

这几天，姜涵也没有闲着。他跟乡里驻村工作组的何云飞一起忙着做梁鑫、罗小惠和项天发、钱招娣等人的思想工作。

这天晚上，当他们来到梁鑫和罗小惠家时，恰逢全家人正在吃饭。姜涵便说明了来意，并向他们详细介绍了创办留守儿童幼儿园的构想。梁鑫和罗小惠是非常开明而爽快的人，听后表示赞同姜涵的意见，并答应出资。却不承想半路上杀出了个程咬金，遭到了梁鑫的岳父罗世龙的强烈反对。他不仅不同意出资，而且坚决反对梁鑫和罗小惠参与创办留守儿童幼儿园。他很客气地对姜涵说道：

“姜乡长，这是村两委会的事，您咋找到俺家里来了？您找错门了吧？我看这事您还是找别人去吧，俺们家干不了。”

姜涵早就听说罗世龙是村里出了名的“铁算盘”，无利不起早。也知道他因为梁鑫的问题对村两委会有意见。在他看来，创办留守儿童幼儿园只有付出，没有回报，无利可得。他当然不会同意了。于是，姜涵笑着解释说道：

“世龙叔，您说得没错，这确实是应该由村两委会考虑的事情。可罗家村的情况您也清楚，村两委会根本就没有这个能力和条件。现在上级要求关注那些留守儿童的监护教育问题，咱们总不能眼睁睁地看着那些外出打工的村民把孩子扔在家里没人管吧？这不是没有办法才跑来求您老人家吗！再说了，创办留守儿童幼儿园不仅是服务，办好了还有利润呢。”

梁鑫早就预料到自己的岳父罗世龙不会同意这件事情，所以才让姜涵到家里来说，以便与姜涵一起共同做做他的思想工作。姜涵说完后，他也附和说道：

“爸，姜乡长说得对，咱们投资创办留守儿童幼儿园，不仅对那些外出打工的村民有利，对咱们也有利。一方面全村符合条件的学前儿童都可以到幼儿园去接受教育，您的宝贝小外孙梁罗明也可以到幼儿园去。另一方面因为创办留守儿童幼儿园是收费的，不是免费的，如果上幼儿园的孩子多了，经营好了，还可以获得一定的经济效益。现在全国很多地方包括一些农村，都有私立幼儿园。这也是国家允许和提倡的。所以，我觉得咱们投资创办留守儿童幼儿园是一件一举双赢的事情。”

听了姜涵和梁鑫的解释，罗世龙觉得他们说得有些道理。但他还是不无忧虑地说道：

“你们说得也有些道理，我不是不支持你们。可你们想过没有，管理和照顾那些顽皮不懂事的孩子可不是件容易的事情，严了不行，松了不行，稍有点问题，孩子的家长就会找上门来。再说了，即使你们真的把留守儿童幼儿园办起来，能有几个孩子到幼儿园去？没有孩子上幼儿园，哪来的经济效益？”

坐在那里吃饭的罗世龙的老伴方秀花听了他们三个人的对话，觉得姜涵和梁鑫说得有道理，便责怪罗世龙说道：

“你就是个老脑筋，总是怕吃亏，跟不上形势的发展。这人不能光为自己活着，咱村那些外出打工的把孩子扔在家里没人管，整天满街跑，闹得街坊邻居鸡犬不宁，是该想个办法把他们管起来，让他们的家长也放心。既然姜乡长看得起咱们，孩子们愿意做，你就让他们去做吧！”

“是啊，爸，俺妈说得对，您就让俺们试试吧，不试咋知道会不会成功？当初梁鑫开维修部您不是也很担心吗？现在不也成功了吗？我愿意跟那些孩子打交道。您老就放心吧，我们会做好的。”罗小惠也附和说道。

罗世龙见老伴和女儿、女婿都同意投资创办幼儿园，没再提啥反对意见，沉思了一会儿说道：“我说不过你们，既然你们都觉得好，那你们就做呗，可到时做砸了哭鼻子别怪我没提醒你们。”

姜涵见罗世龙同意投资，创办留守儿童幼儿园有了着落，心里自然非常高兴。他紧紧握着罗世龙的手说道：

“世龙叔，我代表乡里驻村工作组的全体同志，也代表村两委会和那些外出打工的村民们，对您及你们全家表示衷心的感谢。您老就放心吧，我们会把留守儿童幼儿园办好的。”

随后，姜涵又和何云飞一起找到了项天发和钱招娣，做通了他们的思想工作，并租借了村民闲置的四间民房作为留守儿童幼儿园的场所。为了节约资金，罗世龙还发挥了会木工手艺的特长，亲自为留守儿童幼儿园制作了桌椅板凳和睡床。

经过半个多月的紧张筹备，罗家村留守儿童幼儿园正式挂牌成立，彻底解决了那些外出打工村民的后顾之忧。

六

村两委会换届选举工作又开始了，这是农村民主政治生活中的一件大事，也是关系到能否推动农村经济发展、改善民生的一件大事。龙潭乡党委对这次换届选举工作非常重视，专门成立了换届选举领导小组，乡党委书记欧阳山亲自挂帅，担任领导小组组长，乡党委副书记、乡长许茂才和乡党委分管政工工作的专职副书记齐为民担任领导小组副组长，其成员分别由人大、纪检、民政、农业和公安等几个部门的主要负责同志组成，全乡的村两委换届选举工作也由此而拉开了帷幕。

在罗家村，由于这些年村两委会不作为，村里经济落后，民不聊生，加之原村主任罗方钊横行霸道，胡作非为，以致由此而引发的村两委会与村民之间的矛盾冲突不断加剧，使这次换届选举竞争异常激烈，硝烟弥漫。

首先进行的是村党支部的换届选举。本来，在候选人的双推过程中，大部分党员和村民都推荐富有正义感和开创精神的胡春光为党支部书记的候选人，可到了乡换届选举领导小组那里却被调了包，其理由是胡春光曾组织参与过村民上访，违背了组织原则，破坏了村里的安定团结。老谋深算的原村党支部书记程大孟又如愿以偿继续连选连任，胡春光仍被选为村党支部副书记，胡天凯被选为支部委员。

村委会换届选举一开始，矛盾的双方就展开了激烈的博弈，斗争达到了白热化。尤其是村主任这个位子，各方势力都当仁不让，明争暗斗，纷纷推荐他们所信任的人。有推荐程大孟的，有推荐胡春光的，有推荐梁鑫的，有推荐罗方钊的，也有推荐罗海生的，甚至还有推荐胡大禄和罗大江的。仅仅几天的时间，光村主任的候选人就推荐了几十个。

在这些被推荐的候选人当中，各自的心态不同。程大孟虽然也有村党支部书记与村主任一肩挑的欲望，但他心里非常清楚，仅靠他的能力与水平，要想改变罗家村贫穷落后的面貌，要想控制眼前这混乱不堪的局面，是根本不可能的。他是一个八面玲珑、左右逢源的人，谁当村主任，与谁合伙搭班子，都是无所谓的事情。胡春光倒是一个最有竞争力的对手。他曾当过兵，在部队上入了党，受过党的多年教育，有能力，有水平，有正义感，也很有群众基础。但他却力荐让梁鑫当村主任。通过跟梁鑫这几年的交往，他认为梁鑫虽然年轻，但他有文化、有理想、有抱负、有经济头脑和开拓精神。如果让梁鑫当村主任，罗家村贫穷落后的面貌一定会改变。而刚刚恢复村籍的梁鑫似乎对这个村主任并不感兴趣，虽然自己已被推荐为村主任的候选人，但他仍然像往常一样，整天奔波于罗家村和梁家村之间，忙他的电器农机维修部的生意。项天发、胡大禄、罗大江等其他候选人知道自己的竞争力不强，当选的可能性很小，根本就没有这个欲望。在这些候选人当中，最期盼、最迫切，志在必得的就是罗海生和罗方钊。

常言道，“天下熙熙，皆为利来；天下攘攘，皆为利往”。这罗海生跟罗方钊是本家。罗海生高中毕业后没考上大学，便回村务农。靠着能说会道、溜须拍马，攀上了罗方钊这个高枝，很快就入了党，进了村两委会班子，当上了村委会副主任。这些年来，他之所以对罗方钊唯命是从，甘愿称臣，一个鼻孔出气，始终站在罗方钊一边。一是出于感恩，他觉得没有罗方钊，就没有他的今天；二是畏慑于罗方钊的势力和他的社会关系。他知道罗方钊在乡里有乡长许茂才这棵大树。在县里，有他当公安局副局长的大舅子哥杨立峰撑腰，没有人能撼动他。他也抱定了罗方钊这棵大树。靠着这棵大树，他还可以继续往上爬。所以，这些年来，尽管罗方钊做的很多事情他都看不惯，但出于上述原因和自身利益的考虑，他都视若无睹，甚至助纣为虐。当罗方钊被村民们罢免了村主任时，他虽然对那些上访村民和梁鑫心存不满，但也心中窃喜，暗自高兴，感到机会终于来了，这个“副”字也该去掉了，能在这次村两委会的换届选举中当上村主任，是他梦寐以求的愿望。

当然，罗方钊更是志在必得，企图东山再起。他因村民上访被罢免村主任之后，他那在县公安局当副局长的大舅子哥杨立峰就没给过他好脸，把他大骂了一通，骂他作茧自缚，骂他是扶不起的阿斗。一直护着他的乡长许茂才也是恨铁不成钢，从此疏远他，不再理会他。罗方钊表面上也收敛了许多，不像过去那么盛气凌人，专横跋扈；也不像过去那样拈花惹草，整天围着女人转。他像变了个人似的，见了村里的父老乡亲，总是含着微笑，很有礼貌地跟他们打招呼。每天不是跑到自家的责任田里帮着妻子杨瑞芬干些庄稼活，就是走街串户，找能说上话的村民打牌下棋，拉呱聊天，联络感情，笼络人心。在一些村民眼中，他似乎已经变了。

罗方钊所做的这一切，都是在为重新选村主任做准备。其实，他是一个自尊心、好胜心和报复心极强的人。被罢免了村主任，他岂能忍受这种耻辱，吞下这个苦果？岂能善罢甘休，坐以待毙？他恨透了那些上访的村民，更恨透了胡春光、梁鑫、项天发、程友民和胡大禄等那些带头上访的组织者。尤其是对梁鑫更是恨入之骨。如果不是他到罗家村当这个倒插门女婿，怎会有村民上访的事情发生？如果不是那些上访村民屡屡上访，自己这个当了十几年的村主任怎会被罢免？他总想找机会进行还击，挽回他失去的颜面。现在，机会终于来了，他想借这次村委会换届选举的机会，重新登上村委会主任这个宝座。

为了能够重新夺回村主任的位子，罗方钊真可谓是绞尽脑汁，挖空心思，使出了浑身解数。当然，他心里非常清楚，走政治这条路，就得有靠山，没有靠山是行不通的。哪怕是一个村主任这样的小官。于是，他又想到了乡长许茂才和自己的大舅子哥杨立峰。只要他们俩肯帮忙，这个目的就能够达到。

这天早饭后，罗方钊让妻子杨瑞芬准备了一些小米、绿豆等五谷杂粮和土鸡蛋，还抓了两只老母鸡，骑上摩托车跑到县城里找他的大舅子哥杨立峰去了。

杨立峰对他这个不争气的妹夫罗方钊是既爱又恨。他非常厌恶罗方钊的所作所为。但为了自己的妹妹和两个外甥，他又不能坐视不管。一见面，杨立峰就没好气地质问罗方钊说道："你又来干啥？"

也许是这些年来自己做的坏事太多，心感愧疚；也许是有把柄在杨立峰手里握着，心里感到胆怯。罗方钊打心眼里害怕杨立峰，每次见了面就像老鼠见了猫似的。所以，他对杨立峰的冷漠态度已经习惯了，并不在意，满脸堆笑说道：

"大哥，好久没见你了，想你了呗，进城来看看你。"

杨立峰冷笑了一声，板着面孔连讽带刺地说道："我用不着你想，还是多想想你的老婆孩子吧，多想想今后该怎么做人吧。你千万别想我，一想我准没好事。遇上你这号人，真是西瓜皮擦屁股，没完没了。是又强奸了哪个良家妇女让我帮你毁灭证据呢？还是又有村民上访让我帮你抓人呢？"

杨立峰的话一下子戳到了罗方钊的痛处，他脸顿时红了，心里极为不爽，但还是有些不好意思地笑着辩解说道："大哥，瞧你说的，我哪能去干那种事，那可是犯法。"

"还狡辩，你以为你干不出来呀？既然你说你不会干那种事，那我问你，你强奸钱招娣的事又怎么解释？"杨立峰毫不留情面地反唇相讥说道。

"那……那不是那天晚上我喝醉酒了吗，要不是因为天冷喝了酒，你就是借我个胆我也不敢干那种事。"罗方钊继续辩解说道。

"你还敢嘴硬狡辩，你强奸钱招娣的事要不是我让人把证据毁了，现在恐怕你还在监狱里了哪。既然你说强奸钱招娣是喝多了酒。那么你跟你们村里程大伟的老婆丁丽洁，还有胡天祥的老婆贾菊花又是怎么回事？"

罗方钊听后为之一震。他不知道杨立峰是怎么知道这些事情的。当然，他是不会承认的，忙否认说道："这是哪个王八蛋造的谣？根本没有的事。"

"行了，别演戏了。要想人不知，除非己莫为。我们公安局是干啥的？是搞侦破工作的。你在村里做的那些缺德事，我都知道。我妹妹当初怎么瞎了眼嫁给了你这样的男人，整天正经事儿不干一点。像你这样见了女人拉不动腿的男人，就应该给你把下面那个惹祸的东西割掉，让你当太监去。另外，还有你们村这几年发生的那些投毒案、纵火案，不都是你指使你的那个侄子罗大江干的吗？你以为真的是公安局没有破案呀？都是那些破案的同志看在我的面子上压下了，你这样折腾下去早晚非进去不可，希望你以后不要再干这些伤风败俗的缺德事了。"

杨立峰的一番数落与斥责，说得罗方钊身上直冒冷汗。他没有想到杨立峰对他所做的一切了解得这么详细，这么具体。看来他在自己这个身为公安局副局长的大舅子哥面前，简直就是一个裸体，什么事情也瞒不过他的眼睛。他也知道自己当村主任这些年来做的违法乱纪和伤天害理的事情实在太多太多。因此，他没有再狡辩，也不敢抬头看杨立峰，像一个霜打的茄子，耷拉着脑袋坐在那里，一个劲儿地抽烟。

看到罗方钊的狼狈相，杨立峰没有再去指责他，态度缓和了许多。说道：“方钊，不是我说你，孩子都这么大了，不为大人想，也总该为孩子多想想吧，以后一家人好好过日子，家里缺啥跟我要，别再去干那些违法乱纪、伤天害理的事情了，否则到时候谁都救不了你。”

罗方钊见杨立峰态度有所缓和，这才敢抬起头来。显得非常诚恳，唯唯诺诺地说道：“大哥，你批评得对，我听你的，今后一定改，保证再也不给你添麻烦了。”

杨立峰见罗方钊表示了悔改之意，也没有再指责他。他知道罗方钊进城找他肯定有事，便问道：“我知道你这个人的特点无利不起早，没事是不会来找我的。说吧，今天来找我又有啥事？你又捅什么娄子了？”

“大哥，我没捅啥娄子，今天来是有事想跟你商量。”罗方钊忙解释说道。

“啥事？”

“现在，农村两委会的换届选举又开始了，我想再竞选村主任。”

“方钊，我说你脑子是不是进水了，没事找事。为啥非要当这个村主任不可，费力不讨好，还整天给我惹麻烦。”

“我咽不下这口气。我当了十几年的村主任，给村里赢得了那么多荣誉，没有功劳也有苦劳，收缴提留又不是我罗方钊定的，村里贫穷落后也不是我罗方钊一个人的责任，还有村党支部书记哪，还有其他村两委成员哪。那些刁民凭啥罢免我的村主任？这不是明着欺负人吗？我不能让他们的阴谋得逞，不能就这么窝窝囊囊地被他们赶下台来，这样我脸上不光彩，你也没有面子。你知道村里有些老百姓说你啥吗？”

“他们说我啥？”杨立峰显得有些好奇地问道。

“他们说你也是一个好色之徒，说你有好几个情人；说你不配穿这身警服；说你假公济私、徇私枉法；说你的手伸得太长，干预罗家村的工作。”

罗方钊说这些话的目的，就是想激起杨立峰对罗家村村民的不满，引起对他的同情与支持，达到让他支持自己竞选村主任的目的。罗方钊的这个激将法还真管用。杨立峰顿时被气得脸色铁青，怒容满面。坐在那里，好长时间没有说话。过了一会儿，他才对罗方钊说道：

“选举工作开始了吗？”

“已经开始了。”

“候选人定了没有？”

“现在正是候选人的双推阶段，村里推荐的候选人不少，但乡里还没有研究确定。”

“村里推荐的候选人都有谁？”

“村里推荐的候选人，有几十口子哪。有不少村民推荐我。主要竞争对手有程大孟、胡春光、罗海生、胡天凯和梁鑫。特别是梁鑫，是我最强的竞争对手，上次竞选村主任，我就差一点败在他的手里。一定不能让这个搅屎棍子当上村主任。如果让他当了村主任，他还不骑在咱们头上拉屎啊。再说，如果真的让他当了村主任，不仅是我的颜面扫地，就连你跟许乡长的面子也丢尽了。”

杨立峰跟梁鑫打过几次交道，对梁鑫基本是了解的。他知道，梁鑫虽然年轻，但不论是从人品看，还是论能力、论群众基础，罗方钊都不是他的对手。但罗方钊毕竟是他的妹夫，亲不亲一家人。他当然不希望梁鑫当这个村主任。所以，他不无忧虑地说道：

“方钊，你告诉我，如果让你参加村主任竞选，胜率有多大？”

“我不敢说一定成功，但我想只要你跟许乡长肯帮忙，让我作为候选人参加竞选，取胜的把握还是很大的。当然，最好请你给许乡长打个招呼，设法阻止梁鑫参加竞选，只要他不参加竞选，其他几个人不管谁作为候选人，我都不怕。”罗方钊胸有成竹地说道。

“你就敢这么肯定？我看你太高看自己了吧？要真像你说的那样，你这个村主任还能被罢免吗？你们村的情况我虽然不完全了解，但也了解一些。即使梁鑫不参加竞选，程大孟、胡春光和罗海生这几个人也都很有竞争力。你别忘了，现在的村委会选举都是由村民们直接选举产生，不是由上级机关决定任命的。况且，你刚被罢免了村主任，罢免你的那些村民会投你的票吗？依我看，你还是放弃吧。”杨立峰泼冷水说道。

罗方钊一听说让他放弃，那种盛气凌人、志在必得的雄心荡然无存。他像一个泄了气的皮球沮丧地说道：“照你这么说难道就没有希望了吗？不管能否成功，总要试试吧。难道说这仗还没有打咱们就举手投降吗？就这样认输吗？”

“我并没说让你放弃竞选，我只是提醒你不管谁当候选人都不要低估对手，不要盲目乐观。要想战胜对手，就必须熟悉对手，找出对手的软肋，研究打败对手的办法。只有这样，才能取得胜利。像竞选村主任这样的事情，靠的就是民意，靠的就是选票。你往我这里跑是没有用的，还是应该回去多做做村民的工作，多拉些选票。实在不行，就来点小恩小惠，该请客的请客，该送礼的送礼。农民容易满足，他们得了好处就会投你的票。现在选干部哪有不拉选票的。”杨立峰提醒罗方钊说道。

罗方钊本以为自己做了那么多缺德事，伤透了杨立峰的心，杨立峰是不会支持他的。他进城来找杨立峰也是硬着头皮，抱着试试看的态度。没想到杨立峰会这么支持他。他十分感激地说道：

“好的，大哥，你说的这些我都记住了。有你的支持，我就有信心了。我回去后一定按你说的办，决不让你失望。不过，你一定给许乡长打个招呼，让他们推荐我作为候选人参加竞选。”

“净说些废话，这还用你教我怎么做吗？我知道该咋做。回去把你的事情做好就行了。但愿这次你别再让我失望。”杨立峰不耐烦地训斥他道。

有了杨立峰的撑腰，罗方钊似乎抓到了救命稻草，似乎又看到曙光，看到胜利在向他招手。

七

龙潭乡的村两委会的换届选举工作已接近尾声，大多数村子新的村两委会领导班子都已选举产生出来了，唯有罗家村的村委会选举遇到了难产，迟迟没有定下来，村民推荐的几十个村委会主任的候选人，究竟确定由谁作为最终的候选人，村选举委员会犯了难。没有办法，他们只好把皮球踢到了乡换届选举领导小组那里。

乡换届选举领导小组在罗家村村委会主任候选人问题上，也产生了严重的分歧。焦点就集中在程大孟、胡春光、罗方钊、罗海生和梁鑫等几个人身上。在讨论会上，以乡党委书记欧阳山为代表的和以乡长许茂才为首的两派之间展开了激烈的口舌大战。双方针锋相对，互不相让。

主持会议的欧阳山首先开门见山，直奔主题，阐明了自己的观点，提出了自己所建议的候选人。

“罗家村是一个大村，也是咱们乡目前问题比较多的一个村。村里经济落后，老百姓生活困难，社会治安混乱，村民上访不断。造成这些问题的原因虽然是多方面的，但一个很重要的原因就是村两委会领导不力、干群关系紧张造成的。所以，我们一定要借这次村两委会换届选举的机会，推选出一个有能力、有魄力、有良好的群众基础，能带领群众致富的村主任。罗家村的情况我虽然不完全了解，但也了解一些，也跟一些村民打过交道，和他们交谈过。从我了解和掌握的情况看，我认为胡春光和梁鑫作为村主任的候选人比较合适。据了解，胡春光这个人曾当过兵，在部队上工作很出色，多次立过功，并入了党。复员回村后一直担任村党支部副书记，工作很认真，且富有正义感，在村民中很有威信。梁鑫这个人，我也跟他打过几次交道，有所了解。给我的印象和感觉是，他虽然年轻，但有文化、有理想、有抱负、有思路，有股子闯劲儿。听说他还是一个倒插门女婿，刚到罗家村就组织全村团员青年开办了农民科技夜校，向村民们传授科学文化知识，很受百姓的欢迎，后来不知啥原因就停办了。现在，他分别在梁家村和罗家村开办了两个电器农机维修部，不仅方便了群众，听说收入也很可观。我认为这两个人不管是谁当了村主任，罗家村的现状都会有很大的改观，经济都会有很大的突破和发展。所以，我建议让胡春光和梁鑫作为罗家村村委会主任的候选人。”

欧阳山的话音刚落，许茂才便按捺不住地站出来反驳说道：

“欧阳书记，我不赞成你的观点，也不同意胡春光和梁鑫作为罗家村村主任的候选人。你推荐这两个人，说明你对罗家村的情况还不够了解，只知其一，不知其二。你所说的这两个人的优点和特点，只不过是一些表面现象。他们并不像你说的那么好。我倒是觉得罗家村之所以出现今天这样混乱的局面，罪魁祸首就是这两个人。他们挑拨干群关系，蓄意制造矛盾，组织煽动村民到处去上访，围攻党政机关办公场所，造成了极坏的影响，不仅把罗家村搞得乌烟瘴气，也给咱们龙潭乡和整个茂丘县抹了黑。这样的人怎么能让他们当村主任呢？我还是建议让程大孟和罗方钊作为罗家村村主任的候选人。程大孟和罗方钊虽然有这样那样的缺点和错误，但他们对罗家村的工作和发展还是有贡献的，出过不少力，流过不少汗。罗家村有很多工作在咱们乡还是走在前面的。而且这两个人过去一个是村党支部书记，一个是村委会主任，团结和谐，配合非常默契。至于说罗家村这几年经济发展缓慢和目前出现的这些问题，不能把责任全部推到程大孟和罗方钊身上。所以，我坚决反对把胡春光和梁鑫列为罗家村村主任的候选人。”

欧阳山早就知道许茂才跟程大孟和罗方钊之间的关系，也清楚他与梁鑫因其母亲发生车祸而产生的过节。但没有想到许茂才的心胸如此狭隘，至今耿耿于怀，更没有想到他会跳出来公开否定自己的意见，而且态度如此强硬，毫无商量的余地。他当然也不同意许茂才提出的程大孟和罗方钊这两个候选人。听了许茂才的发言，他心里极为不悦，但还是强压着心头的怒火，心平气和地说道：

“许乡长，你说我对罗家村的情况了解还不够，这我不否认。你说造成罗家村经济落后和今天这种混乱局面的罪魁祸首是胡春光和梁鑫，这我不敢苟同。责任还是在村两委会。当然，我并没有否定程大孟和罗方钊同志的工作，如果否定的话，就不会在这次换届选举中再安排程大孟同志担任村党支部书记了。我只是觉得程大孟同志年龄大了，魄力少了，让他村党支部书记和村主任一肩挑，恐怕力不从心。而罗方钊同志刚被罢免了村主任的职务，说明他已失去了民心，再推荐他作为村主任的候选人不太合适。胡春光和梁鑫跟我非亲非故，没有任何关系。我之所以推荐他们两人，是考虑到他们两人都有这个能力。我知道你对胡春光同志和梁鑫同志都有成见，但我们不能感情用事，要以工作为重。”

许茂才听欧阳山说他感情用事有些恼怒。毫不示弱地反唇相讥说道：“欧阳书记，请你把话说清楚，谁感情用事了？我倒觉得你是在感情用事。”

“我怎么感情用事了？”

“胡春光身为村党支部副书记，一个共产党员，应该维护班子的团结，遵守党的纪律，有问题应该通过正当渠道向上级组织反映，而他却煽动组织村民到处去上访，给我们的工作带来了很大的被动，造成了极坏的影响。梁鑫到罗家村当倒插门女婿这几年，他所做的一切，都是沽名钓誉，为自己谋利益，对村里的经济发展没做任何贡献，倒是他组织煽动村民上访，把一个本来很和谐的罗家村搞得鸡犬不宁。这一切，你都是知道的。可你却视而不见。就因为这两个人跟你走得近，你就把他们俩当成了救苦救难的观世音菩萨，推荐他们作为村主任的候选人，难道这不是感情用事又是什么？”

“胡春光和梁鑫组织村民上访是不对，确实给我们的工作带来了很大的麻烦，造成了极坏的影响。但那也是事出有因，不能全怪他们，我们的工作也有失误的地方。如果我们把工作做好了，如果我们能把他们反映的问题及时解决了，他们会到处去上访么？”欧阳山一语双关地说道。

“欧阳书记，你这话啥意思？照你这么说都是我们的错了，他们组织村民上访倒是有理了？”许茂才怒气冲冲地质问道。

“许乡长，你别激动，我没这个意思。但我觉得我们乡党委和乡政府在处理罗家村村民的上访问题上确实有些失误的地方。乡里从一开始就安排由你负责处理罗家村村民的上访问题。可是你处理得咋样？问题非但没有解决，结果越闹动静越大，上访的群众越来越多，闹出了梁鑫被开除村籍、留村察看这样的笑话，甚至连省里的领导都惊动了，跑到罗家村来召开现场会，闹得咱们光着屁股推磨，转着圈丢人。如果不是你袒护罗方钊，工作不力，处理不及时，会出现这样的被动而混乱的局面吗？”欧阳山毫不留情，一针见血地指出了罗家村村民上访迟迟得不到解决的原因。

欧阳山的这番话戳到了许茂才的痛处。他见欧阳山揭他的短处，怒气冲冲地从座位上站起来说道：“欧阳书记，你说话要有证据，别血口喷人。我啥时袒护罗方钊了，你少给我扣帽子。你要是觉得我这个乡长不称职，可以让县里把我给免了。照你这么说，好像别人都没工作，就你在工作似的。哼，真是屎壳郎跑到马路上冒充小轿子。别以为多喝了几瓶墨水就了不起。别忘了，这些人走的路比你过的桥还多，少拿权力压人，我许茂才不吃这一套。”

“许乡长，你别激动，我们是在谈工作，不要搞人身攻击。难道你做错了还不允许批评吗？难道在处理罗家村村民的上访问题上你没有责任吗？”

“我不认为我在处理罗家村村民的上访问题上有啥过错的地方。我倒觉得是有些人的软弱助长了那些上访者的嚣张气焰。如果不是我们乡党委和乡政府一味地迁就退让，罗家村会出现今天这样的混乱局面吗？”许茂才不服气地为自己辩解道。

“啥叫迁就退让，难道说老百姓的合法权益不应该受到保护吗？难道说村民对村两委会的工作有意见不应该向上级反映吗？难道说村民的村籍就可以随便开除吗？我们当然不希望老百姓去上访，但对群众的上访我们还是应该正确对待。只要他们反映的问题属实，就应该积极想办法帮助他们解决，而不能光靠围追堵截，靠拖、压、打对待群众的上访，这样做只能激化矛盾，解决不了问题。”

“真是站着说话不腰疼。你说得倒轻巧，对老百姓的上访，有些问题能够解决，而有些问题根本就无法解决，你说咋解决呀？就像罗家村村民所反映的多收缴提留的问题吧，现在钱早就花光了，你从哪里拿出这笔钱退还给他们？”

“能退就退，不能退就跟老百姓说清楚嘛，他们会理解的。现在，梁鑫的村籍恢复了，罗方钊的村主任被罢免了，虽然没有把多收缴的提留退还给他们，村民不是也没有去上访的了吗？”

“我没那本事，以后咱们乡再有村民去上访，由你来处理好了。给我们树立个榜样，让我们见识见识你的水平。”许茂才不服气地反驳道。

会议刚刚开始，欧阳山和许茂才就交上了火。两人剑拔弩张，唇枪舌剑，互不相让，吵得面红耳赤。在场的其他几个与会者都坐在那里看热闹，没有一个人说话，也没有一个人站出给他们劝架。

愤怒就像决堤的洪水，淹没人的理智，让人做出不可思议的蠢事。欧阳山没有想到许茂才会当着这么多乡领导干部的面公开顶撞他，公开跟他对着干。他自知自己刚才的情绪有些失控，说话有些过头；也知道两人这么吵下去不会有什么结果，只会越吵越僵，甚至使会议无法继续开下去。作为乡党委书记，作为这个班子的掌门人，他当然不希望看到这样的局面。因此，他强压着心头的怒火，心平气和地说道：

“好了，许乡长，都是我的态度不好，咱们俩别吵了，别为这事伤了和气。咱们不管推荐谁作为罗家村村委会主任的候选人，都是为了工作。刚才，咱们俩都已经发表了自己的意见，究竟让谁作为罗家村村主任的候选人比较合适，还是让大家发表意见吧。”

许茂才见欧阳山软了下来，气也消了许多，没有再说啥。可由于欧阳山和许茂才两人发表了截然不同的意见，其他几个与会者心里都非常清楚，如果同意欧阳山的意见，势必就会得罪许茂才。如果同意许茂才的意见，欧阳山就会不高兴。这让他们左右为难。几个人都坐在那里，你看看我，我看看你，面面相觑，没有人再敢发表意见。

欧阳山见大家都不发言，望了一眼坐在自己正对面的副乡长姜涵，笑着说道：“姜乡长，你在罗家村包村蹲点已经几年的时间了，对罗家村的情况比较熟悉，对村民推荐的这几个候选人也比较了解。你说说，让谁当村主任候选人比较合适？”

姜涵是一个心直口快、不畏权贵的人。本来，欧阳山提出让胡春光和梁鑫作为候选人之后，他就想发表自己的意见。可没有想到还没等他发言，许茂才就提出了反对意见，而且两人为此而争吵起来。虽然他很讨厌许茂才，看不惯许茂才的一些做法，尤其是在处理罗家村村民上访的问题上，他与欧阳山有同感。罗家村的混乱局面，就是由于许茂才处理不当造成的。但他毕竟是乡长。书记和乡长吵架，哪有他插嘴的份儿。所以，他只能沉默不语，坐山观虎斗。当欧阳山点名征求他的意见时，他便毫不顾及地谈了自己的看法和观点：

“在这四个候选人中，我赞同欧阳书记的意见。组织上安排我到罗家村蹲点包村快两年了，没有把罗家村的工作搞上去，我深感愧疚。但我对罗家村和这四个候选人的基本情况还是了解的。我也觉得胡春光和梁鑫这两个人是罗家村村主任比较合适的人选。这两个人的基本情况欧阳书记都已经介绍了，符合实际情况，我不再重复。尤其是梁鑫，我想多说两句。他虽是一个倒插门女婿，还很年轻，但他品质好，有朝气、有文化、有组织领导能力，还有一股初生牛犊不怕虎的冲劲，如果让他当村主任，罗家村肯定会发生翻天覆地的变化，经济发展会有一个大的腾飞。当然，程大孟、罗方钊也不错，这些年对罗家村的经济发展也做了很多工作，两人配合得也很好，但他们缺乏魄力，而且罗方钊刚被罢免了村主任，群众未必会拥护他。”

许茂才见姜涵站在欧阳山一边说话又急了，怒斥道：“我们今天召开的是村两委会换届领导小组会议，姜涵不是领导小组成员，只是列席会议，他的意见不能算数。”

“咋不算数，姜涵同志虽然不是换届选举领导小组成员，但他是咱们乡党委和乡政府派到罗家村驻点包村的组长，研究罗家村的问题，他是最有发言权的。”欧阳山反驳许茂才说道。

推选程大孟和罗方划作为罗家村村主任的候选人，这是许茂才和杨立峰密谋策划好的。他们这么做的目的，就是想把胡春光和梁鑫这两个有力的竞争对手先排除在外，等候选人确定之后，再动员程大孟放弃竞选，这样做既不违背村两委会选举法的有关规定，又没有竞争对手，罗方钊这个村主任就会成为囊中之物。这就是许茂才为何拼命反对让胡春光和梁鑫作为村主任候选人的根本原因。没想到一开始欧阳山就提出让胡春光和梁鑫当候选人，打破了他的计划，姜涵又站在欧阳山一边，他当然不肯让步。他巡视了一圈在场的几个人，想听听其他几个领导小组成员的意见，可没有人再发言。他怕计划落空，无法向杨立峰和罗方钊交代，只好自己又站出来态度非常强硬地说道：

“不管你们咋说，反正我不同意让胡春光和梁鑫做候选人，我还是要推荐程大孟和罗方钊。”

欧阳山见许茂才坚持自己的观点，感到很无奈，可又不想为此跟他发生争吵，更不想妥协。他觉得这是一个原则问题，是决定罗家村命运的大事，不能让步。没有办法，他只好说道：“既然我们两个人的意见不一致，那就让大家来决定吧！你们几位同志到底是啥意见，请发表吧。”

欧阳山连问了几遍，几个与会者始终再没有人发言。会议陷入了僵局，候选人也无法确定。最后，还是乡党委副书记、村两委会换届选举领导小组副组长齐为民打破了这个僵局。他打圆场说道：

“欧阳书记、许乡长，你们二位都是为了工作，都是为罗家村好，别为这点小事伤了和气，影响了团结。我看这样好不好，你们二位不是都推荐了两名候选人吗？那就从你们推荐的候选人当中各选一名作为村主任的候选人参加选举，把决定权交给罗家村村民，让他们去决定自己的命运吧，让他们去选出自己新的当家人来。”

齐为民的发言没有再引起波澜。真是“言未及之而言谓之躁，言及之而不言谓之隐，不见颜色而言谓之瞽”。他不像姜涵说话那么直白，那么坦诚，他是一个非常聪明深谙官道的人，凡事小心谨慎。他知道欧阳山和许茂才两人一个是书记、一个是乡长，而自己作为乡党委副书记，谁都惹不起，谁都得罪不起，不发表意见又不好。所以，他想出了一个折中的办法，使双方都能接受，都不得罪。他的发言也算是给欧阳山解了围。欧阳山知道再讨论下去也不会有啥结果，所以只好宣布休会，改日再研究。

经过乡换届选举领导小组多次开会讨论磋商，也是经过欧阳山与许茂才双方反复的较量与博弈，罗家村村主任的候选人最终尘埃落地。欧阳山推荐的梁鑫和许茂才推荐的罗方钊两人被确定为罗家村村主任的正式候选人。

在罗家村，一场村主任的竞选博弈也由此而拉开了帷幕。

八

罗方钊自从被罢免村主任之后，真正感受到了人情硗薄，世态炎凉，感受到了被歧视、被冷落的滋味。村主任这个官虽然小得可怜，放到显微镜底下都照不到纱帽翅，但毕竟也是个官，也有权力，有地盘，有百姓，自然也就有崇拜者和追随者。在他当村主任这十几年的时间里，村民们对他是毕恭毕敬，见了他老远就打招呼。自己庄稼地里的农活，根本就不用他操心，不用他动手，那些想讨好他的村民就都帮他干了，甚至连种子、化肥等农用物资都有人无偿提供。逢年过节，当然也少不了送礼者，虽不像官场上那些当权者们可以收到丰厚的大礼，但也是小礼不断，诸如烟酒糖茶和家里所需要的一些生活用品，经常会有人送过来，根本就不需要自己花钱。自从被罢免村主任之后，他一下子就掉进了冰窖里，那些献媚讨好者早就跑得无影无踪，昔日宾客盈门的热闹场面也变得门可罗雀，无人问津。有不少村民即使在街上见了他，也像见了陌生人一样，连个招呼都不打。甚至像躲瘟疫一样，老远看到他就绕道而行。真是“在官三日人问我，离官三日我问人”。

一向争强好胜过惯了被捧生活的罗方钊不甘心自己的失败，不甘心过这样寂寞孤独的生活。他无时无刻不在想重新找回他失去的尊严。现在机会终于来了。他岂能袖手旁观，岂肯放过？

罗方钊心里非常清楚，要想获得村主任选举成功，就必须首先获得候选人的资格。不能被列入候选人，他重返村两委会舞台的美梦就会落空。村里的选举委员会虽然已经推荐他为村主任的候选人，但最终的决定权还是在乡里。他想到了乡长许茂才。他知道许茂才不仅是他大舅子哥杨立峰的同学，也是他多年的靠山和支持者，只要许茂才肯帮忙，他这个候选人就能够顺利通过。当然，他也知道，许茂才是一个非常贪婪的人，人送外号“许敛财”一点也不过分，不管谁找他帮忙办事，就是关系再好，不送礼他也不会帮忙的。办这么大的事，仅仅送几条烟、几瓶酒是很难打动他的。没有办法，为了达到自己的目的，罗方钊只好忍痛割爱，把家里珍藏多年的一只翡翠玉手镯拿出来，又从银行提了一万元现金，送给了许茂才。许茂才客气了一番之后，就把礼物收下了。杨立峰也多次跑到乡里跟许茂才打招呼，让他一定想办法把罗方钊列为村主任的候选人。

拿人钱财，替人消灾。收了礼的许茂才自然懂得这个道理，为了达到目的，他早就把正义与原则抛到了脑后。这才出现了前面所说的在乡换届选举工作领导小组研究确定罗家村村主任候选人时，他为了保住罗方钊这个候选人，不惜与乡党委书记欧阳山闹翻。

这些日子，罗方钊又活跃了起来。当他得知自己被确定为村主任的正式候选人之后，似乎又看到了希望，看到了胜利的曙光。为了确保竞选成功，重新登上村主任这个宝座，他绞尽脑汁，挖空心思，展开了全面攻势。他把个别农村在村两委会选举中存在的诸如贿选、许愿、威胁恐吓、打击竞争对手等各种卑鄙手段，全部都用上了。他根据每个村民的特点和他们之间的关系采取不同的手段。或请客送礼；或对那些需要批宅基地等有求于村两委会的选民做出承诺；或恐吓威胁那些胆小怕事的选民，如不投他的票，将会遭到报复；或在村民中广造舆论，“咱们罗家村没有人了么？让一个外村人来当村主任，简直是奇耻大辱。”

当然，罗方钊心里也非常清楚，要在这么短的时间内做完这些事情，仅靠他一个人的力量是远远不够的。于是，他把能够用的力量全调动了起来，并对每个人都做了周密细致的分工，确定了所要做的工作和所要联系的选民。他的亲哥哥罗方谦、本家兄弟罗方辉和侄子罗大江，自然成了他这次竞选的主力军和马前卒，罗方谦和罗大江负责后勤保障工作和购买物品，罗方辉则负责为他准备竞选演讲材料。

这些日子，冷清了多日的罗家大院也突然热闹了起来。每天都是宾客盈门，宴会不断。为能争取更多选民的支持，拉到更多的选票，罗方钊真是拼了血本。几乎每天都在家里大宴宾客，把村里能够请到的选民都请了个遍。用他的话说，这就叫感情投资，舍不得孩子套不到狼，等当了村主任再把它捞回来。凡是到他家里做客的选民，不仅可以吃上美味佳肴，喝上醇香的美酒，每个人临走时还可以得到一份价值几百元的厚礼。

这些日子，县公安局副局长杨立峰也成了罗家村的常客。他几乎每隔三五天就要到罗家村跑一趟，美其名曰是到罗家村来检查指导工作。乡长许茂才和乡派出所所长何润生每次都亲自陪同。

程大孟是村里的党支部书记，在村主任没有选举出来之前，村里的接待工作就由他全权负责，可他只有陪同的义务，却没有决策权。杨立峰每次到村里来，许茂才都要求程大孟把饭局安排在罗方钊家里，而招待的全部费用都要让村里买单。程大孟虽然心里不爽，可没有办法，这是乡长的命令，他不能不服从。程大孟也觉得这么做有些不妥，便提醒许茂才说道：

“许乡长，以后咱们招待客人是不是换个地方，别总安排在罗方钊家里。”

“为啥？”许茂才有些不解地问道。

“村里过去来了客人是大都安排在罗方钊家里，那是因为他是村委会主任，老百姓就是有意见也不会说啥。可现在罗方钊已经不是村主任了，咱们再把客人安排到他的家里让村里买单，这样做是不是不太合适？况且，方钊还是这次村主任的候选人。这村里人多嘴杂，我是怕村民们知道了说闲话。”程大孟解释说道。

“怕啥，罗方钊虽然现在不是村主任，但他已经被确定为这次村主任的候选人，很快不就是村主任了么？再说了，杨立峰局长跟别的客人不一样。他既是县里的领导，也是罗方钊的大舅子哥。他到自己的妹妹家里吃饭，这是情理之中的事情，有啥不合适的？”许茂才不以为然地说道。

“他到自己妹妹家确实是情理之中的事，可他每次到村里来吃饭都让村里买单，这恐怕就不合适了吧？”程大孟显得有些为难地说道。

“我说大孟啊，你到底是真糊涂还是假糊涂，我和杨立峰局长到你们村是来检查指导工作的，不是来走亲戚的。你们村里不买单难道说还要让人家罗方钊买单不成？那我问你，你认为应该到哪里去吃？是不是应该到你们家里去吃才对呀？”许茂才很不高兴地反驳程大孟说道。

“许乡长，您别误会，我不是这个意思。您们就是想把饭局安排到我家里，我也不敢接这个任务，因为我家那口子您也知道，她不会招待客人，条件也不如方钊家里好。我只是怕这样做让那些爱嚼舌头的老百姓知道了对您们这些当领导的影响不好。”

许茂才听后哈哈大笑起来。笑得程大孟感到莫名其妙，丈二和尚摸不着头脑，不知自己说错了啥，做错了啥。笑完之后，他拍着程大孟的肩膀问道：

“大孟，这到底是村民的想法还是你的想法？你程大孟不说是村里买的单，村民咋会知道？我说你这个人哪里都好，就是胆小怕事，掉下来树叶怕打破头，吃顿饭就把你吓成这样，还能做成啥大事？这事你就甭管了，照我的安排去做就行了，出了问题我担着，做好你的接待工作就行了。”

程大孟本来是怕村民知道了这件事造成不良影响，想提醒许茂才换个接待办法，却不承想拍马屁拍到了马蹄子上，讨了个没趣。许茂才非但不领情，反而很不高兴，把他挖苦了一顿。程大孟没有再说啥，闷闷不乐地做他的接待工作去了。

正如程大孟所说的，杨立峰和许茂才这几天频繁地往罗家村跑，根本就不是为了工作。明眼人一看就明白，他们是来为罗方钊选村主任制造声势、出谋划策、捧场助威的。杨立峰这么做自然是在情理之中的。而许茂才之所以不遗余力地帮助罗方钊竞选，除了他跟杨立峰是同学，又收受了罗方钊送给他的珠宝和钱财的原因外，还有一个不为人知的秘密，就是在罗方钊担任罗家村村主任这十几年里，两人一直狼狈为奸，相互勾结，相互利用。罗家村就是许茂才的一块自留地、一个小金库。他到上面送礼或自家所需要的花生、苹果、板栗等土特产，大都是由罗家村为他提供的。他购置物品在乡里处理不了的钱款，都是在罗家村报销的。当然，罗家村两委会在工作中遇到什么问题和阻力，惹了什么麻烦，许茂才都会挺身而出，为他们挡着、罩着，帮他们擦屁股。罗家村村民因村干部腐败和负担过重等原因而屡屡上访问题迟迟得不到解决，都是因为许茂才从中作梗。只是在罗方钊被罢免村主任这个问题上，他迫于上级机关和村民的双重压力没有顶住。许茂才心里非常清楚，一旦梁鑫当了村主任，罗家村这块自留地就将不复存在。

罗方钊打心眼里感激杨立峰和许茂才的鼎力相助。有了他们两人的支持，他似乎找到了主心骨，找到了救星，信心更大了，底气更足了。他满含感激之情对许茂才说道：

“许乡长，我这次能成为村主任的候选人，多亏您的帮忙。真不知道该怎么感谢您才好。等我选上村主任之后，一定好好孝敬您。来，让我先敬您一杯酒。”

“方钊，你知道就好，为了你这个村主任候选人，我都跟欧阳书记闹翻了。谢倒是没有必要，只是希望你别辜负了我们的期望。”许茂才嘱咐道。

杨立峰也接过话茬，满含感激之情说道：“是啊，茂才，这些年来，我这个不争气的妹夫给你惹了不少祸，添了不少麻烦，要不是你护着他，帮着他，还不知道会折腾成啥样子呢！这次又是你排除阻力，力挺把他列为村主任的候选人。来，我也敬你一杯。”

“立峰，你咋跟我也客气起来了？咱们是老同学，客气啥。你不是也经常帮我吗。前几年，我小舅子开车撞了梁鑫的母亲那件事，不是你帮我摆平的吗？”

“茂才，你不说我都忘了，那都是过去的事了，小菜一碟，举手之劳何足挂齿，比起你对罗方钊做的那些事来，这点小事算不了什么。”

“行了，立峰，都是自家人，别扯那些没用的了。我知道你这几天三番五次到罗家村来的目的。咱们还是商量商量如何帮助罗方钊竞选村主任的事吧。”

许茂才的建议得到了所有在场人的赞同。杨立峰十分关切地对罗方钊说道：“方钊，这么多人都来帮你，你可不能让大家失望啊！你说说，准备工作做得咋样了？村里的选民联系得咋样了？”

“我在这里首先谢谢许乡长及各位对我的关心和支持。放心吧，我都准备好了，该联系的都联系了，该做的都做了，该送的都送了，该请的都请了，就连竞选的演讲材料也都准备好了，我觉得应该没啥问题。万事俱备，只欠东风，就等着选举了。”罗方钊胸有成竹地说道。

看到罗方钊眉飞色舞、得意忘形的样子，老谋深算的许茂才不无担心地叮嘱说道：“方钊啊，你可千万不能掉以轻心，大意失荆州啊。工作一定要做扎实，做全面，要一户户地跑，一个选民一个选民地联系。凡是能够联系到的选民，一个都不能漏。你别忘了，你的竞争对手可是梁鑫。这个人不好对付。别看这小子年轻，到罗家村时间也不长，又是个倒插门女婿，可据我了解，他在村民中很有威望，很有号召力。”

杨立峰也嘱咐说道：“许乡长说得对，一定不能麻痹，不能轻视对手，不能盲目乐观。同时还要注意方式方法，千万别让那些别有用心的人抓住辫子，告你贿选。”

“好的，许乡长、大哥，您们说的话我都记住了，我一定继续把工作做好，决不让您们失望。”罗方钊激动地表态说道。

“好，那我们就期待着你胜利的好消息。为了方钊能顺利当上村主任，咱们干杯！”许茂才说完便举起酒杯，在场的其他人也都举起了酒杯，一饮而尽。

人一旦被私欲蒙住了心灵，就会沦落为欲望的奴隶。就这样，身为一乡之长的许茂才和身为县公安局副局长的杨立峰，为了所谓的亲情和一己私利，丢掉了道德，丢掉了责任，丢掉了正义，丢掉了原则。金钱把他们的眼睛遮住了；浊酒把他们的良心浇灭了。真可谓是：“玉杯饮尽千家血，银烛烧残百姓膏，天泪落时人泪落，歌声高处哭声高。”

九

梁鑫跟罗方钊不同，他似乎并不在意是否能当上这个村主任。他的心思根本就没用在这上面，既没有像罗方钊那样大宴宾客，也没有去找村民串联拉选票。虽然他已被村选举委员会和乡换届选举工作领导小组确定为村主任的正式候选人，但他还是像往常一样忙他的电器农机维修部。

春耕春种马上就要开始了，前来维修电器和农机具的人特别多。梁鑫在梁家村和罗家村开办的两个维修部的铺面都不大，人手又少，活太多忙不过来。他每天不是在罗家村维修部帮着干活，就是跑到梁家村维修部去，时常还要跑到乡里和县城里采购一些电器和农机具的零部件。只有到了晚上维修部下班之后，他才有空静下来准备竞选村主任的演讲材料。

这天早晨，梁鑫吃过早饭后像往常一样，准备去县城采购一些维修所需要的物品。同时想顺便到县城找他开办印务公司的老同学范光辉，让他帮着把已经草拟好的竞选村主任的演讲材料打印出来。

梁鑫刚把车发动好准备动身的时候，他那可爱淘气的儿子梁罗明从屋里跑了出来，抱住他的腿嗲声嗲气地问道：

“爸爸，您这是又要开车到哪儿去呀？”

梁鑫笑着弯下腰抚摸着小罗明的头说道：“好儿子，爸爸要进城。”

“爸爸，我也要进城，您带我一起去吧。”梁罗明恳求说道。

“不行，爸爸今天有很多事情要办，改天爸爸再带你进城去玩。”

“爸爸，您就带我去吧，我会乖的，不会惹您生气的，到了城里我帮您看车。”

“好儿子，爸爸知道你很乖，可爸爸今天真的不能带你去，快找妈妈去吧！”

儿子梁罗明见父亲梁鑫不肯带他进城不高兴了，小嘴噘得老高就想哭。梁鑫特别喜欢这个天真活泼的儿子，不想让他受到委屈，便俯下身子把他抱起来，在他的脸上亲了一口安慰他说道：“乖儿子，你是个好孩子，在家里一定听姥姥、姥爷和妈妈的话，爸爸进城给你买好吃的，买玩具。”

梁罗明一听梁鑫说要给他买好吃的，买玩具，那张稚嫩的小脸顿时由阴转晴，开心地笑了。他紧紧搂住梁鑫的脖子说道：“爸爸，您说话可得算数。妈妈说了，说谎的孩子不是好孩子。”

梁鑫又在梁罗明脸上亲了一口说道：“乖儿子，妈妈说得对，做人要诚实，说谎不是好孩子。放心吧，爸爸说话算数，到城里一定给你买很多很多好吃的，买很多很多玩具。”

妻子罗小惠见儿子梁罗明缠着梁鑫不放，忙走过来说道：“乖儿子，别老缠着爸爸，爸爸进城还有大事要做，快下来，自己玩去吧。”

听了罗小惠的话，乖巧懂事的梁罗明从梁鑫的身上溜了下来，嘴里不住地喊着：“好的，妈妈，爸爸进城给我买好好去了，爸爸进城给我买好好去了。”说完蹦着跳着跑开自己玩去了。

梁鑫和罗小惠望着儿子梁罗明欢快远去的身影，都开心地笑了。罗小惠见梁鑫穿的衣服比较单薄，十分关切地说道：“梁鑫，天气冷，你进城要多穿点衣服。”

“放心吧，我穿得不少，冻不着。”梁鑫边发动车边满不在乎地说道。

“带钱了吗？”

“带了。”

“城里的小偷多，把钱一定装好。”

“知道了。”

“路上开车一定要小心，山路不好走，开得慢点。”

“知道了。”

“在城里办完事早点回来，别让家里人惦记着。”

罗小惠不放心地千叮咛、万嘱咐，说得梁鑫都有点烦了。他调侃说道：“你就别惦记着了，我今天晚上就不回来了。”

“为啥？”罗小惠有些不解地问道。

“我在城里找个相好的，安个家，以后就不回来了。”梁鑫板着面孔说道。

“你敢，你要是在城里找了相好的，我就领着孩子去找你，看你怎么收场？”罗小惠信以为真回击说道。

“小惠，你今天这是咋了？婆婆妈妈的，唠叨个没完没了，好像嘱咐孩子似的，好像生离死别似的。年纪轻轻的就这么唠叨，要是老了还不知唠叨成啥样子呢。我不就是进城买点东西吗，又不是不回来了。”梁鑫有点不耐烦地说道。

“人家不是为你好吗？要是换了别人我才不管哪，真是好心当驴肝肺。”罗小惠显得有些生气地抱怨说道。

“跟你开个玩笑，我知道你关心我。你就放心吧，我又不是第一次进城，会照顾好自己的，办完事我就回来。”梁鑫满含深情地说道。说完就开车上路了。

“办完事早点回来，别让家里人惦记着。”

“知道了。”

罗小惠站在家门口，目送着梁鑫驾驶着农用车远去的身影，直到看不见才回了家。

初春的北方，乍暖还寒。虽然空气中还透着一丝丝凉意，但大地已在严冬的沉睡中醒来。太阳爬上山头，像一个含羞的少女，半遮半掩地把温暖的光辉洒落在充满生机的密林和草地上；雄鹰在空中盘旋，俯瞰搜寻着地面的猎物。喜鹊、黄莺、八哥和那些叫不上名字的鸟儿，各自展现着它们漂亮的身姿和羽翼，发出阵阵悦耳动听的声音，穿梭在松林和灌木丛之间；清澈潺潺的溪水，像一条条大自然的血脉，滋润着这块土地；那些在微风中翩翩起舞的落叶乔木，早已蓄满生机，整装待发。蛰伏在地下的各种动物和昆虫，正在蠢蠢欲动；弥漫着腐朽气味的枯草开始萌发新芽；肩负着报春使命的迎春花已经开始绽放。这一切，都预示着生机盎然的春天即将到来。

常言道，人逢喜事精神爽。这些日子，对梁鑫来说，真可谓是好事连连。被开除了的村籍几经周折终于得到了恢复；两个电器农机维修部越开越大，宾客盈门，生意红红火火；现在又被确定为村主任的候选人。他驾驶着新购买的农用机动车盘旋在崎岖的山路上，吸吮着清新的空气，浏览着沿途这秀丽的山川风光，嘴里哼着小曲，好不惬意。在他的脑海里，不时描绘着未来发展的宏伟蓝图。时而勾画着如何扩大自己的电器农机维修部，如何扩大经营规模，开辟新的经营项目，创办电器农机维修有限公司；时而思索着如果自己被选为村主任后，如何根据罗家村的实际情况发展经济，带领全村人走上富裕之路……

梁鑫来到茂丘县城时，已是上午十点多钟。他没有急于到商场去购买维修部所需要的电器和农机具零部件，而是先到了他的同学范光辉那里，准备把草拟好的竞选村主任的演讲材料打印出来。

梁鑫跟范光辉已经有很长时间没有见面了，两人见面后，范光辉先安排他的员工为梁鑫打印演讲材料。然后两人便在范光辉的办公室里侃起了大山。两人在学校时就是好朋友，多日不见，有说不完的话，道不完的情。他们海阔天空，谈古论今，天文地理，政治经济，人情世故，理想前途，从国际谈到国内，从国内谈到省内，从省内谈到茂丘县，聊着聊着，就谈到了梁鑫的家庭和工作上。

“梁鑫，我真弄不明白，你说你的维修部开得好好的，干吗要去竞选村主任呢？你是不是脑袋进水了？”范光辉不解地问道。

“光辉，咱们都是老同学，我是啥样的人你还不了解吗？我并没有当官的欲望，这个村主任其实我也不想当。可大伙信任我、推荐我，尤其是村党支部副书记胡春光，这个人你也认识。他是一个复员军人，在部队上就入了党，很有能力，也很能干，很有正义感。大伙推荐他，他却说我比他更合适，极力推荐我。为了让我当这个村主任，他都放弃了竞选。再说了，我看不惯程大孟、罗方钊那样的村干部。他们当村干部，不是为老百姓办事，而是利用手中的权力，欺压百姓，谋取私利，中饱私囊。尤其是罗方钊简直就是个人渣。依仗着他在县公安局当副局长的大舅子哥杨立峰和乡长许茂才撑腰，在村里正经事儿不干一点，专横跋扈、欺男霸女、无恶不作。刚被罢免了村主任，他又通过关系成了这次竞选村主任的候选人。我这次就是要跟他竞选。如果再让这样的人当村主任，罗家村就永无出头之日，老百姓就永远没有好日子过。”梁鑫解释说道。

“你说的这些我都能理解，大伙是看重你有这个能力才推选你。可你想过没有，罗家村那么穷，干群关系那么紧张，村风又不好，即使你当了村主任，也未必能把罗家村贫穷落后的面貌改变了。”范光辉泼冷水说道。

“穷则思变嘛，我觉得穷不可怕，怕的是没有信心，没有思路，没有好领导。全国有很多农村过去不都是很穷吗？可他们靠着党的富民政策，靠着自己艰苦创业，现在都富起来了，连城里人都比不上他们富裕。罗家村的资源丰富，老百姓都很淳朴，我相信，只要有一个好领头人，罗家村也一定会改变贫穷落后的面貌，走上富裕之路的。”梁鑫满怀信心地说道。

“梁鑫，我相信你的能力，也佩服你的胆识，但也为你做出这样的选择感到遗憾和惋惜，总有一天，你会后悔的。你想过没有？即使你真的当了村主任，真的把罗家村搞好了，又能咋样呢？不就是一个村主任吗？有必要做出这样的牺牲吗？像你这样有头脑、有创业精神的人，如果在城里发展，用不了几年，你就可以富起来，可以成为一个大老板。”

“光辉，我知道你这都是为我好。我也知道城里的条件比农村好。可咱们中国是个农业大国，有九亿多农民，如果大家都跑到城里来发展，农村咋办？别忘了，农村也有农村的优势。既然我做出了这样的选择，就不会后悔。”梁鑫十分坚定地说道。

范光辉知道梁鑫的脾气，认死理，决定了的事情，别人是很难说服他的，所以没有再劝他。无奈地说道：“好了，随你的便吧。你既然决定了，我也不勉强你。如果在村里实在混不下去了，或是再让别人把你的村籍给开除了没地方可去的话，就来找我。”

中午，范光辉在饭店里摆了一桌，又找了几个朋友作陪，设宴招待了梁鑫。吃完午饭后，两人又聊了一会儿天，梁鑫才带着范光辉为他打印好的那份村主任竞选演讲材料离开了印务公司，跑到商场里去购买维修部所需要的电器、农机具零部件。购买完零部件后，他没有忘记对儿子的承诺，又跑到玩具店和食品店为儿子购买了几件玩具和一些小食品。

黄昏时分，梁鑫完成了此次进城的全部使命，开着他的农用车，兴高采烈地踏上了回乡的路。当他离开县城后，天色慢慢暗了下来，夕阳已经躲进了地平线，落日在天边燃烧着云霞汇成一片火海，路上的车辆和行人也越来越少。梁鑫加大了油门，在山路上疾驰而行。正当他驾车走到一个陡峭的山坡快到坡顶时，灾难发生了，一辆迎面疾驰而来的大货车冷不防地朝他冲了过来。梁鑫还没回过神来，就被大货车撞出了路面，连人带车滚到了路旁深达十几米的山沟里。把他撞进山沟里的大货车竟然没有停下来救人，甚至连车速都没减就跑远了。

真是祸兮福之所倚，福兮祸之所伏。天有不测风云，人有旦夕祸福。谁也不承想会发生这样的悲剧。这悲惨的一幕，恰好被两个骑自行车的中年农民看到了。两位善良的中年农民没有袖手旁观，一边大骂那个丧尽天良、撞了人见死不救的肇事司机，一边扔下自行车跑到山沟里救人。

当两人来到十几米深的山沟时，眼前的场面惨不忍睹，只见梁鑫驾驶的农用车四轮朝天，面目全非。车头的前面被撞得凹了进去，车窗玻璃的碎片散落了一地，驾驶室的两个车门由于撞击严重扭曲变形，梁鑫头朝下被挤压在驾驶室里，一只手还紧紧地抓着方向盘，殷红的鲜血不时从身上和头上流出来，染红了农用车，染红了地面上的枯草和沙土。两个中年农民没有多想，立刻就投入了紧张的抢救工作。他们用石头砸，用车上的维修工具撬，费了很大的力气才把扭曲变形的车门撬开，把挤压在驾驶室里处于昏迷状态的梁鑫拽了出来。

两个中年农民一边用毛巾擦着梁鑫血肉模糊的脸，一边不断地呼喊道："同志，你醒醒；同志，你醒醒，快告诉我们你是哪个村的？我们也好到你家里去报个信。"

两人呼唤了一阵见梁鑫没有反应。其中一个提议说道："你看他流了那么多血，人恐怕是不行了，赶快报警吧。"

另一个中年农民没有马上做出反应。他又仔细看了看昏迷中的梁鑫说道："大哥，我看人好像还没有死，还有气，没听别人说过吗，救人一命胜造七级浮屠。咱们还是赶快把他背上去拦辆车，送到医院抢救吧，或许还能救活，晚了恐怕就没命了。"

"好，那咱们就赶快救人吧。"

两个中年农民没有再犹豫，立即把梁鑫搀扶起来，一个背着，一个在后面托着，非常艰难地从十几米的深沟里把梁鑫背到了公路上。

也许是真的有事，也许是怕惹麻烦，也许是缺乏爱心。两个中年农民把梁鑫背到公路上后，一连拦了好几辆车，也没有车停下来，没有人肯帮助他们。这时，被大货车撞得昏迷过去的梁鑫终于苏醒了过来。他躺在那里，血肉模糊，疼痛难忍，眼睛里滚着泪水，痛苦地呻吟着，呼唤着：

"我的妈呀，疼死我了。我的妈呀，疼死我了。爸、妈，您们快来救救我呀！小惠快来救救我呀……"

看着梁鑫那痛不欲生的样子，听着他那撕心裂肺的呼救声，两个中年农民都为他遭此不幸而伤心难过，忍不住流下了眼泪。他们两人一个站在路中间继续拦车求救，另一个则守护在梁鑫的身旁，一边用毛巾紧紧捂住他正在往外淌血的伤口，一边安慰他说道："同志，你坚持住，你一定要坚持住。我们会救你的，会把你送到医院去抢救的。同志，你是哪个村的？叫什么名字？请你告诉我们。我们也好给你的家人送个信。"

人间自有真情在。一辆过往的面包车见状停了下来。好心的面包车司机和两个中年农民一起把梁鑫抬上了车，年龄大的中年农民随面包车去了医院，另一个则骑着自行车连夜跑到罗家村报信去了。

十

抢救梁鑫的两个中年农民是本家兄弟，哥哥叫韩永立，弟弟叫韩永德，龙潭乡韩家村人。两人都是四十多岁，都在县城里打工。梁鑫被大货车撞伤的时候，正好兄弟二人下班回家路过此地。

暮色笼罩了大地，天完全黑了下来。梁鑫很快就被送到了县人民医院。心地善良的中年农民韩永立像对待自己的亲人一样，跑前跑后，跑上跑下，把刚刚发的几百元钱的工资全部拿了出来，为梁鑫挂了号，交了医药费，然后就一直守护在医院的抢救室的走廊里，等待着梁鑫家人的到来。

到梁鑫家里报信的弟弟韩永德，由于对罗家村比较熟悉，很快就来到了罗家村，打听着找到了梁鑫的家。此时，梁鑫的妻子罗小惠正跟父亲罗世龙、母亲方秀花以及儿子梁罗明坐在暖融融的炕头上，等待着梁鑫回家来吃晚饭。听说梁鑫进城出了车祸，生命垂危，全家人如五雷轰顶，魂飞魄散。罗小惠哪里还顾得上吃饭。她把儿子交给父母照顾，自己带上钱和梁鑫的衣服，叫上梁鑫的两个好朋友项天发和程二茂，开着农用三轮车急匆匆地连夜赶到了县人民医院。

当他们赶到县人民医院时，梁鑫已被送进了手术室。护送梁鑫到医院的那个中年农民韩永立还仍然守护在那里。在韩永立的引领下，罗小惠等人很快就找到了梁鑫所在的手术室。罗小惠连句感谢的话也没顾得上说，就像疯了一样往手术室里闯。结果被值班护士拦住了。值班护士告诉她：多亏送得及时，要是再晚来半个小时，病人可能就没命了。病人伤势很重，流血过多，不仅多处骨折，而且腹腔内还有瘀血。本应等病人家属来了签字后才能做手术，值班大夫考虑救人要紧，没经家人同意就对病人进行了手术，只是让送他来的这位好心的大哥做了担保。现在病人正在进行手术抢救。请你们家属配合病人治疗，抓紧办理住院手续，并在手术协议上签字。

罗小惠从帮助抢救梁鑫的那个中年农民韩永立那里了解了事情发生的经过。她一屁股坐在病房外的连椅上，望着手术室里透出的灯光，心都快要碎了，泪如泉涌。伤心欲绝地说道："梁鑫要是有个三长两短，叫我们娘俩以后的日子可咋过呀？！"

"小惠，你别难过，梁鑫不会有事的。"项天发在一旁安慰她说道。

"是啊，小惠姐，我天发哥说得对，俺梁鑫哥不会有事的，吉人自有天相，大夫不是正在抢救吗？他一定会迈过这个坎的。"程二茂也安慰罗小惠说道。

"天发、二茂，你们俩就别宽慰我了。我心里非常清楚，一个大活人从十几米高的地方摔到山沟里，结果可想而知。再说了，医院都下了病危通知书，能说没事吗？"罗小惠说完，就失声痛哭起来。

项天发也禁不住流下了眼泪。他当然也知道梁鑫的伤情非常严重，生死未卜。但为了安慰罗小惠，不使她过度伤心难过，他还是强忍着泪水哄骗她说道："小惠，你别多想，医院下病危通知书，那是他们怕担责任。"

"小惠姐，事情已经发生了，难过也没有用，我们还是为梁鑫哥祈福吧，祝他手术成功，能够躲过这一劫。你一定要挺住。你要是倒下了，谁来照顾俺梁鑫哥和这个家呀？"

"小惠，二茂说得对，梁鑫现在最思念、最想见到的就是他的亲人。你是他最亲爱的人，如果你病倒了，梁鑫做完手术回到病房看不到你会更难过的。"

此时此刻的罗小惠不管项天发和程二茂如何劝慰，啥话也听不进去，啥话也不想说。她满脑子都是梁鑫被撞伤后血淋淋的悲惨情景，仿佛听到梁鑫伤痛欲绝所发出的"小惠救救我、小惠快来救救我"的求救声。她的那双眼睛，紧紧盯着手术室的大门，期盼着手术尽快结束，期盼着梁鑫能够被抢救过来，能够转危为安，起死回生。

罗小惠的泪水像断了线的珠子淌下来。她怎么也不会想到，梁鑫早上从家里出门时还好好的，现在都成了这个样子，将要离她而去。她无法接受这个现实，无法承受这个打击。她憎恨那个肇事的大货车司机见死不救，感激那两个素不相识、心地善良的中年农民，是他们给了梁鑫一丝生的希望。刚才由于太伤心、太难过，连句道谢的话还没来得及说。当她缓过神来准备感谢他时，那个中年农民韩永立却不知道什么时候已经离开了。她呆呆地坐在那里，真想放声大哭一场，发泄心中的痛苦和愤懑，可又怕惊扰了手术室里正在抢救的梁鑫，怕惊扰了其他病房的病人。她只能坐在那里为梁鑫默默地祈祷，只能坐在那里默默地抽泣。

这时，项天发才想起罗小惠到医院来得急，很可能还没有吃饭。便对她说道："小惠，你还没吃晚饭吧？我让二茂到外边给你买点吃的吧？晚了饭店就都关门了。"

"谢谢你，天发，我不饿。你们俩要是饿的话，就到外边去吃点吧，我在这里守着，手术恐怕一时半会儿还完不了。"

"我们俩都吃了，小惠姐，你还是吃点吧，不吃饭可不行。"程二茂说完，就要起身出去买饭。

"二茂，既然你们俩都吃了就别出去买了，买回来我也不能吃，我吃不下去。"

项天发和程二茂也知道，在这种情况下，罗小惠不可能吃下饭去，没有再勉强。三人坐在手术室外边走廊的连椅上，谁也没有再说话，谁也没有离开，都焦虑不安地等待着手术尽快结束。

焦虑就像一把锋利的剑，插进人的肉体，搅得人疼痛难忍，惶恐不安。时间一分一秒地过去了，手术室里的灯光始终亮着，手术室的大门始终没有开启。罗小惠、项天发和程二茂三人的心都快要跳到嗓子眼了。尤其是罗小惠都快要崩溃了。他们不知道手术进行到啥程度了，也不知道梁鑫还能不能被抢救过来。

经过六个多小时的紧急抢救，手术室的灯才灭了，手术终于结束了。当梁鑫被推出手术室时，罗小惠、项天发和程二茂三人几乎不敢相信眼前这个躺在手术车上，全身缠满绷带、腿上打着石膏板、伤痕累累、脸色蜡黄、只有鼻孔还出气的人，就是昔日那个英俊潇洒、充满生机和活力的梁鑫。罗小惠心如刀绞。她紧紧抓住那个刚从手术室里做完手术走出来的中年大夫，急切地问道：

"大夫，请您告诉我，我丈夫到底咋样了？手术成功吗？人还有救吗？"

那个中年大夫非常理解罗小惠此时的心情，他用疲惫不堪的眼光看了一眼罗小惠叹息说道："这个病人伤得不轻，幸亏送来得及时，要不然就没命了。他身上大腿、肋骨等多处骨折，脾脏被挤破，腹腔内有大量的瘀血。现在已把他内脏的瘀血清除了，脾脏也缝合好了，骨折的地方都打了石膏板进行了固定，手术还算成功。不过，病人伤得太重，还没有完全脱离生命危险，还需要进一步观察。"

罗小惠、项天发和程二茂三人听说梁鑫有救了，都长长松了一口气。罗小惠立即用手机把这个好消息告诉了一直守在电话机旁的父母罗世龙和方秀花。

当天晚上，因梁鑫正在进行抢救，生死未卜，怕他的父亲梁旺达和母亲柳春秀接受不了这个现实，罗小惠没敢告诉他们。直到第二天一大早，罗小惠才把这个消息告诉了他们。正在做饭的梁鑫的母亲柳春秀听到这个不幸的消息，哪里还顾得上吃饭，急忙让梁鑫的好朋友梁栓柱用摩托车把她送到了县人民医院。看到儿子这惨不忍睹的样子，她悲恸欲绝，心都快要碎了，也不管是在医院里，周边还有其他病人，哭得死去活来。

"泉子（梁鑫的乳名），都是娘害了你。当初你爸坚决反对，娘就不应该让你到罗家村当这个倒插门女婿，受人欺负，遭人暗算。你看你到罗家村这几年，遭了多少罪，受了多少委屈，都折腾成啥样子了？你说你这维修部开得好好的，竞争啥村主任呀？他们把你看成眼中钉、肉中刺，不把你弄死，他们是不会善罢甘休的。泉子，咱还是回梁家村吧，那才是你的家，有妈在身边护着你，他们就不敢欺负你了。这老话说得好，金窝银窝不如自己的狗窝，咱们就是吃糠咽菜，也总比把命搭进去好呀。"

老人的哭诉，使医院里的值班医生和护士也都忍不住流下了眼泪。

"大娘，这里是医院，请您不要哭了，保持安静，这样会影响病人治疗和休息的。"直到护士过来劝阻，她才停止了哭泣。

第二天，梁鑫因车祸被撞成重伤的消息不胫而走，迅速传开了。这不幸的消息，震惊了罗家村和梁家村，也震惊了整个龙潭乡，牵动着无数人的心。人们都为他的不幸遭遇而感到难过，感到痛心，感到惋惜，感到难以置信。

"唉，都说好人有好报，多好的小伙子呀，咋会遭到这样的不幸呢？"

"离村主任选举只有几天的时间了，梁鑫还能回来参加村主任的竞选吗？"

"还竞选啥村主任，伤成这个样子，命能保住就不错了。听医院的大夫说就是将来治好了，恐怕也是个残疾人。"

“咱们罗家村人就是受穷的命，穷了这么多年，刚想找一个好当家的领着咱们致富又泡汤了。”

“我相信梁鑫会好起来的。等他出院后，我们还选他当村主任，领着我们大伙致富。”

“我们也希望梁鑫能尽快好起来，也希望他能当村主任。可这只是个美好的愿望。你们也不想想，即使梁鑫的伤治好了，也不可能在这么短的时间内康复。这俗话说，伤筋动骨一百日。他根本就不可能回来参加村主任的竞选了。不参加竞选，又怎么可能当村主任呢？现在，村主任就两个候选人，梁鑫这一退出，看来这个村主任的位子又是罗方钊的了。要是再让罗方钊当了村主任，咱们罗家村就彻底完蛋了，老百姓又要遭殃了。”

“依我看，这事肯定又是罗方钊和罗大江这两个乌龟王八蛋搞的鬼。不然的话，咋会这么巧，眼看就要进行村主任选举了，梁鑫就出车祸了，我觉得他们这是怕竞争不过梁鑫，才使出这样下三烂的手段来。”

“这一招也太狠了吧，如果真是罗方钊干的，那可真是丧尽天良。”

“可罗方钊和罗大江家里都没有大货车呀？怎么可能是他们干的？”

“可以花钱雇有大货车的人嘛，这年头雇凶杀人的事还少吗？”

“即使梁鑫不能参加竞选，我们也不能再选罗方钊当村主任，决不能让他的阴谋得逞。”

“没有证据的事，不能瞎说，诬蔑好人，也许这就是个巧合。”

“你们不能一有事就把屎盆子往罗方钊身上扣，这样对罗方钊不公平。”

……

也许是出于同情，也许是因为梁鑫用自己的行动赢得了人们对他的爱戴，也许是关心他能否继续参加村主任竞选，前来医院探望他的人还真不少，纷至沓来，络绎不绝，经常排成长队。在这些探视者中，既有罗家村和梁家村的村民；也有在梁鑫维修部维修电器、农机具受到过恩惠照顾的其他村的村民和同学朋友；还有龙潭乡党委书记欧阳山、乡党委副书记齐为民、副乡长姜涵等乡里的干部。梁鑫在省城读大学的妹妹梁婕和罗小惠的妹妹罗海燕闻讯后也都专程赶了回来。就连罗方钊也猫哭耗子假慈悲，提着水果、罐头等补品跑到医院里来看他。胡春光、项天发、程二茂、程友民、胡大禄、范光辉等梁鑫的那些好伙伴以及同窗好友则轮番守护在医院里，帮助家人对其护理照顾。

经过紧急抢救和精心护理，梁鑫终于脱离了生命危险。与此同时，事故发生的第二天，胡春光和项天发就根据那两个中年农民提供的肇事大货车的车牌号码到县交警大队报了案，希望他们能够尽快帮助查到那个肇事司机，追究其相关责任，赔偿给梁鑫造成的人身伤害和经济损失。可令他们万万没有想到的是，交警队的工作人员查了半天，也没有找到那辆肇事大货车的相关信息。

“你们提供的车牌号码对吗？是这辆大货车吗？”接待他们的那个工作人员提出质疑问道。

“没错，我们找当时在现场的两个目击证人询问过了，就是这个车牌号码。当时天并不黑。他们不会看错的。”项天发十分肯定地回答道。

“可咱们县大货车及周边县的大货车牌照的有关信息我都查过了，根本就没有你们提供的那辆大货车的相关信息。如果你们提供的车牌号码没有问题的话，这个车牌号码很可能是假的。”那个工作人员解释说道。

“车牌号码是假的？这怎么可能哪？怎么会有假车牌呢？”胡春光和项天发几乎异口同声地问道。

“怎么不可能？现在啥东西没有假的，不足为怪，有些驾驶员为了逃避违章处罚，经常套用牌照。不过，根据你们介绍的情况，我倒觉得这不像是一起普通的交通事故，倒像是故意制造的交通事故。”

“为啥说是故意制造的？”胡春光有些不解地问道。

“因为从你们提供的情况看，那辆被撞的车刚上坡时，那辆大货车一直停在坡顶上没动。直到那辆被撞的车快到坡顶时，那辆大货车才启动，而且一启动就直接冲向了被撞的车辆。而且使用的是假牌照，从这一点分析，我觉得是有意的，不像是单纯交通事故。”那个工作人员进一步分析说道。

“那咋办？照你这么说，那个肇事司机还能查出来吗？”项天发焦急地问道。

“没有车牌号码，肇事司机又跑了，再说还不一定是咱们县的车，很难查。要不你们再到县公安局刑侦大队去报个案，让他们帮助查一下，或许能查到。”那个工作人员建议说道。

这个结果，是胡春光和项天发万万没有想到的。看来这是有人蓄意制造的一起车祸。他们立刻想到了报复，怀疑这很有可能是罗方钊指使人干的，知道再到公安局去报案也不会有什么结果，只好无奈地回到医院把情况如实告诉了梁鑫和罗小惠。

那位交警部门的工作人员分析得没有错。事实正像人们所猜到的那样，这起交通事故的确不是意外，而是罗方钊的侄子罗大江一手精心策划的。

前些日子，当罗家村选举委员会和乡换届选举工作领导小组确定罗方钊和梁鑫为罗家村村主任候选人之后，梁鑫更是成了罗方钊的眼中钉、肉中刺，成了他重新登上村主任宝座的最大绊脚石。他恨透了梁鑫，觉得梁鑫搅了他的局，打破了他长期掌控称霸罗家村的黄粱美梦。当然，他也深知梁鑫这个竞争对手的厉害。在上一届村委会换届选举中，那时梁鑫才刚到罗家村不久，就差一点把自己打败，他仅以微弱优势胜出。今非昔比，现在的梁鑫，羽毛更加丰满，人气更旺，要想打败他，谈何容易。尽管在这之前，罗方钊为了竞选这个村主任已经做了很多工作，使出了所有的看家本事和全部伎俩，大摆宴席、请客送礼、用一些小恩小惠拉拢贿赂选民，并把他在县公安局当副局长的大舅子哥杨立峰和乡长许茂才这两个靠山请来，为他坐镇指挥，呐喊助威。甚至恫吓一些胆小的村民如不选他当村主任，将会遭到报复。但他还是觉得心里不踏实。他最大的愿望就是让这个竞争对手主动退出。只有这样，他才能一枝独秀，才能毫无悬念地重新当选为村委会主任。他曾托人找到梁鑫求情，想以重金劝梁鑫退出竞选；也曾扬言，如果梁鑫当了村主任，将永无安宁之日。可尽管他软硬兼施，梁鑫根本不予理会，似乎是铁了心要跟他作对，要跟他一决高下，横行霸道惯了的罗方钊当然不甘心就这样认输。

这天晚上，罗方钊又和他的侄子罗大江一起密谋策划村主任的竞选问题。罗方钊说出了自己的担忧和顾虑。心狠手辣、阴险狡诈的罗大江瞪着一双凶狠的眼睛献殷勤地说道："叔，您不用担心，这事好办，我有办法让梁鑫那小子乖乖地退出竞选。"

罗方钊惊奇地看着罗大江问道："大江，你有啥办法能让梁鑫退出竞选，快说出来让叔听听。"

"叔，这事您就甭管了，反正我有办法，到时候您就知道了，就等着当您的村主任吧！"罗大江狡黠地说道。

罗方钊知道他这个侄子坏心眼多，鬼点子多，做事不计后果，怕他闹出大乱子来不好收场。有些担心地嘱咐道："你千万可别把事情闹大了，只要能让梁鑫那个搅屎棍子退出竞选就行了。如果真把事情闹大了，就算你大舅是公安局局长也救不了咱们。”

“叔，放心吧，我有分寸，不会把事情闹大的。”罗大江胸有成竹地说道。

第二天，罗大江就跑到洪川县找到了他的一个开大货车跑运输的朋友。当罗大江说明来意后，开始，他的这个朋友说啥也不肯干。但最终还是经不起金钱的诱惑。最后，双方以一万元的酬金达成协议，先由罗大江向对方预付酬金五千元，等事成之后再付另外五千元。

为了防止撞错了人，罗大江事先还让这个开大货车的司机以维修电器的名义，专程到梁鑫的维修部进行了踩点，熟悉梁鑫的面孔，并记下了梁鑫经常驾驶的那辆农用车的车牌号。

从那天之后，罗大江就开始暗中盯梢梁鑫的行踪，寻找伺机下手的机会。

机会终于来了。这天一早，罗大江发现梁鑫要开车进城，便骑上自己的摩托车尾随进了城，并用手机通知了他事先买通好的那个开大货车的司机，让他也进了茂丘县城。梁鑫的一切行踪，都在他们的视线之中。梁鑫在县城里待了一天，他们也在县城里苦苦等了一天。直到梁鑫买完东西准备离开县城时，罗大江才让那个买通的大货车司机换上假牌照，提前把车开到了梁鑫返回村里必经之路的一个山坡顶上，准备伺机下手。

当然，这一切，梁鑫全然不知。当他开着车到了那个山坡快到坡顶时，那个大货车司机认准了是梁鑫的车，便驾车从坡顶上冲下来直奔梁鑫的车而去，把毫无防备的梁鑫连车带人撞进了十几米的深沟里，然后驾车逃之夭夭。

得知梁鑫出车祸住进了医院，罗方钊终于长长地松了一口气。

十二

这是一项加强基层政权建设的重要举措；

这是一次正义与邪恶的较量；

这是一场没有硝烟的战争。

经过激烈的博弈与较量，罗家村村两委会的换届选举工作已接近尾声，两委会成员也都基本尘埃落定，只有村委会主任还没有选举产生出来。

本来，由于村主任候选人之一的梁鑫因车祸住进了医院，曾有不少村民提出建议，要求推迟村主任的选举日期，待梁鑫康复后再进行选举，但遭到了乡换届选举领导小组的拒绝，其理由是既然选举日定了就不能随意更改，村主任的选举必须按规定的日期进行。

罗家村村民们期待已久的新的村主任竞选终于来到了。也许是为了行使自己的权利，投上神圣的一票；也许是关心新的掌门人究竟花落谁家；也许是拿了别人的钱，收了别人的礼，来还感情债的。这天一大早，村民们就潮水般地涌向了村两委会办公室的大院。就连那些在外打工的村民也大都返回了村里，行使他们神圣的权利。能容纳上千人的村两委会大院顿时挤满了人。

不知何原因，没有人组织，也没有人指挥，与会的村民们都自觉或不自觉地分成了两大阵营，泾渭分明，支持罗方钊的聚到了一起，力挺梁鑫的聚到了一起，有的甚至一家人由于支持的对象不同都没有坐到一起。那些与会的村民们个个都表情严肃，沉默寡言，没有了昔日的欢歌笑语，也没有凑到一块打牌、下棋逗乐的。尤其是那些支持梁鑫的村民，心情更为沉重。梁鑫因车祸住进了医院已无法参加竞争演讲。根据换届选举领导小组的规定，不参加演讲就将失去竞选资格。他们既为梁鑫的身体状况而担忧，更为罗家村将再次失去一个好当家人而难过。只有那些跟着自家的大人跑来凑热闹、不谙世事的孩子们，还在那里无忧无虑地相互追逐着、嬉戏打闹着。

程大孟、胡春光和村选举委员会的其他几个成员正在那里忙着布置会场。会场虽然条件简陋，倒也不失庄严肃穆。这里没有高大宽敞的主席台，没有五颜六色的灯光和红地毯。主席台是用几张破旧的长条桌临时拼凑搭建起来的。桌面盖上了红布，摆上了话筒和茶杯。主席台的两侧分别摆放着一个红色投票箱。会场后面的墙上挂着“罗家村村主任选举大会”的横幅，会场周边的墙上张贴着“认真贯彻落实好《村民委员会组织法》”“搞好村两委会换届选举，推动农村经济发展”“加强基层民主政治建设”等标语口号。

龙潭乡党委对罗家村的村主任选举也极为重视。考虑到罗家村的情况比较复杂，矛盾比较突出，选举工作进展得不一定顺利，乡党委书记欧阳山提出让乡党委副书记、换届选举工作领导小组副组长齐为民前往坐镇指挥，乡长许茂才也提出要求参加，欧阳山知道许茂才这么做是为了罗方钊，但他又找不出反对的理由，只好同意了。这样，罗家村的村主任选举，乡里就派出了一个由乡长许茂才，乡党委副书记齐为民和副乡长、驻罗家村工作组组长姜涵等人组成的庞大阵容的指导组，亲临现场进行督导指挥。与此同时，考虑到罗家村社会治安比较混乱的状况，怕村民闹事，为确保选举工作顺利进行，许茂才还让乡派出所所长何润生亲自带领几名公安人员前往维持会场秩序。

上午九点多钟，罗家村村主任的竞选博弈正式拉开了帷幕。乡里前来坐镇指挥的许茂才、齐为民、姜涵、何润生等几个乡里的领导悉数登场，坐在主席台上。新当选的村党支部书记程大孟和副书记胡春光也都在主席台上就座。

罗家村的村民都知道许茂才与罗方钊之间的关系，也知道何润生与杨立峰之间的关系。明眼人一看就明白，乡里之所以派出这么庞大阵容的指导小组前来坐镇指挥，其实就是来为罗方钊捧场撑腰的。所谓要确保选举顺利成功，说穿了，就是要确保罗方钊能够顺利当选。

大会由程大孟主持。程大孟自新当选村党支部书记之后还是第一次在全体村民面前公开亮相。但见他满脸春光得意，习惯地用手敲了几下话筒，冲着台下喊道：

各位父老乡亲，请大家静一静，不要说话了。离会场远一点的同志请往前靠一靠，带小孩的家长，请把你的孩子照看好，不要让他们到处乱跑。咱们罗家村村主任的选举大会马上就要开始了。

也许是程大孟的话起了作用；也许是为竞选一个村主任乡里来了这么多大干部，这样的阵势从未见过，感到好奇；也许是希望尽快进入选举程序，投上自己神圣的一票，选出新的当家人。会场马上就静了下来，那些嬉戏打闹的孩子们也都乖巧地跑到了自己父母的身边。程大孟见全场静了下来，便宣布会议开始：

尊敬的各位领导、各位父老乡亲，大家上午好！咱们罗家村村主任选举大会现在开始。在开会之前，我首先隆重介绍一下出席今天选举大会的乡里的各位领导。他们分别是咱们龙潭乡党委副书记、乡长、乡换届选举工作领导小组副组长许茂才，乡党委副书记、乡换届选举工作领导小组副组长齐为民，副乡长、驻咱们罗家村的工作组组长姜涵，乡派出所所长、乡换届选举工作领导小组成员何润生，还有驻咱们村工作组的乡干部秦科明、何云飞等同志。下面，让我们以热烈的掌声对各位领导莅临咱们罗家村指导村主任的换届选举工作，表示衷心的感谢和热烈的欢迎。

乡党委和乡政府对我们罗家村村两委会的换届选举工作非常重视，曾多次到咱们村指导换届选举工作，使咱们村两委会的换届选举工作进展比较顺利。现在，村两委会成员已全部选举产生出来了。我本人又被选为村党支部书记，在这里，我也借此机会对乡里的领导及罗家村的全体党员道一声谢谢。我们今天召开这个村民大会，是要选举产生咱们罗家村的村委会主任。选举工作开始后，广大村民踊跃报名，积极推荐。推荐了几十个村主任的候选人，经村选举委员会和乡换届选举工作领导小组讨论酝酿，最后确定了两名候选人，这两名候选人就是罗方钊同志和梁鑫同志。他们二人究竟谁能当选为新一届村委会主任，还是由大家来决定。在选举前，首先让我们以热烈的掌声欢迎许茂才乡长讲话，给我们作指示。

这许茂才别看官不大，派头可不小。他从程大孟手里抓过话筒，习惯地干咳了两声，用傲视的眼神扫了一圈台下的村民，然后便亮开他那沙哑的嗓门，毫不客气地作起了指示：

罗家村的父老乡亲们，你们好！

我今天跟齐为民副书记、姜涵副乡长和何润生所长到罗家村来，一方面是代表乡党委和乡政府来看望大家；另一方面是指导监督咱们罗家村村委会主任的选举工作。

大家都知道，今年是全国广大农村村两委会的换届选举年。做好村两委会的换届选举工作尤为重要。既是加强农村政权建设、实现村民自治的一件大事，也是深化农村改革、推动农村经济发展、改善农民生活的重要保障。省、市、县和咱们龙潭乡对这次村两委会的换届选举工作都非常重视，为搞好这次村两委会的换届选举，都专门下发了文件，对换届选举工作进行了全面部署，提出了具体要求。我们龙潭乡各村的村两委会的换届选举工作都进展得比较顺利，现在已基本结束。你们罗家村的村两委会成员也都选举产生出来了，只有村主任还没有选举产生出来。今天是罗家村选举委员会确定的村主任的选举日。我看到来的人特别多，这说明大家对村主任的选举非常重视，非常关心。我相信，你们会行使好手中的权利，选出你们信任的村主任来。

这些年来，罗家村村两委会在上级党委和政府的正确领导下，认真贯彻落实党的农村政策，推动了各项工作全面发展。尤其是村党支部书记程大孟和村主任罗方钊两位同志，紧密团结，密切合作，率先垂范，为罗家村的发展做了大量富有成效的工作，有很多工作都走在了全乡的前面，曾多次被评为乡里的先进单位或先进集体，当然也存在着一些问题和不足。但有些问题不能全怪村两委会，乡里也有责任。比如这几年收缴提留的问题，由于收缴提留的标准比较高，引起了大家的不满，甚至到处去上访，讨说法。其实，这责任不在村两委会，是我们乡党委和乡政府对中央精神吃得不透、贯彻得不够坚决造成的。你们村的村两委会为此背了黑锅，罗方钊同志还为此被罢免了村主任。这次换届选举，又有不少村民推荐他为村主任候选人，这充分说明大家对罗方钊同志的工作还是肯定的，还是信任他的。当然了，梁鑫同志也是一个很优秀的青年，也有一些村民推荐他为村主任的候选人。村选举委员会和乡换届选举工作领导小组把他们两位同志确定为你们村村主任的候选人，充分尊重了大家的意见。但很遗憾的是，梁鑫同志前几天进城遭遇了车祸，现仍在医院里接受治疗，将来身体恢复到啥程度也无法预料。对他的不幸遭遇，我深表同情，深感遗憾。这样一来，他就无法参加村主任的竞选演讲了。不能参加竞选演讲，就意味着退出村主任的竞选。这样，村主任的候选人就剩下罗方钊同志一个人了。当然，也可以另选他人。不管你们选谁当村主任，乡换届选举工作领导小组都会尊重你们的选择。

最后，我衷心祝愿罗家村村主任的选举能够圆满成功，也希望新一届村两委会不辜负村民们对你们的期望，恪尽职守，努力工作，尽快改变罗家村贫穷落后的面貌。

许茂才的话音刚落，罗大江和支持罗方钊的村民就热烈地鼓起掌来。他的讲话明显带有倾向性，就是力挺罗方钊。

许茂才的讲话，也引起了不少村民的不满，尤其是那些支持梁鑫的村民开始窃窃私语，一些人甚至开始骂娘，场下出现了骚动。

“奶奶的，这叫啥选举？分明就是强奸民意，逼着咱们选罗方钊。就是梁鑫不能参加选举，咱也不能再选罗方钊那个王八蛋当村主任了。”

“按照许乡长的说法，罗方钊倒成了好干部了，成了咱们村的救世主了？”

“谁不知道许茂才跟罗方钊穿一条腿的裤子。听说这些日子他跟罗方钊的大舅子哥经常往咱们罗家村跑，不就是为罗方钊当村主任出谋划策拉选票吗？”

“许茂才这个王八蛋也不是什么好鸟，吃人饭不拉人屎，没听说乡里有不少人都叫他‘许敛财’吗？罗方钊肯定给他送礼了，要不然他不会这么卖命。”

“如果再选罗方钊当村主任，咱们罗家村就彻底完了。”

“梁鑫既然住院了，为啥不能等梁鑫身体康复了再选？我看这就是个阴谋，决不能让他的阴谋得逞。”

“如果梁鑫不能参加竞选，咱们就弃权。”

……

许茂才没有想到他的讲话会在村民中引起这么强烈的反响，遭到这么多村民的反对。他见场面如此混乱，便提醒程大孟继续开会。

程大孟也觉得许茂才的讲话明显偏袒罗方钊。但许茂才的话他又不能不听。他又从许茂才那里拿过话筒，大声喊道：

请大家静一静，如果谁有什么意见想发表，可以站起来说，别在下面嘀嘀咕咕开小会。如果没有啥意见，咱们就继续往下进行。

程大孟的话音刚落，胡大禄就站起来说道：“我有意见，我认为你们这么做不公平。梁鑫是因为车祸住院无法来参加竞选的，你们凭啥要取消他的选举资格？”

“不管是啥原因，他不来参加竞选演讲，就应该取消他的选举资格。”罗大江站起来反驳说道。

“梁鑫躺在医院里，刚脱离了生命危险没有几天，两条腿粉碎性骨折，还打着石膏板，咋来参加竞选演讲呀？我们建议推迟选举时间，等梁鑫的身体完全康复了再进行选举。”程友民也站起来提议说道。

“我坚决不同意，选举委员会定下的选举日子不能随便改变，不能参加竞选演讲就是弃权。”韩玉霞站起来反对说道。

“我觉得这是一个阴谋。梁鑫早不出车祸，晚不出车祸，为啥偏偏要进行村主任选举就出车祸了？而且撞伤他的那辆大货车用的还是假牌照。这肯定是有人在暗中捣鬼，其目的就是阻止梁鑫参加村主任的选举。”项天发愤怒地谴责说道。

“天发，你把话说清楚，是谁在捣鬼？请你拿出证据来。没有证据，别在这里胡说八道，血口喷人。叫我说，那是因为梁鑫怕落选，怕丢面子不敢来参加竞选，故意制造的车祸。”罗大江带着挑衅的口气说道。

胡大禄一听这话就火了，腾地又站起来，指着罗大江的鼻子骂道：“你他妈的这是在放屁，我看就是你罗大江捣的鬼。”

罗大江虽然心里有鬼，但还是装着若无其事的样子指着胡大禄的鼻子反击说道：“你才放屁呢，想打架呀？老子不怕你，我正闲得手痒痒哪。”

“打架怎么了？老子也不怕你。”胡大禄也被激怒了，毫不示弱地一边说着，一边往前冲。幸亏被坐在他旁边的项天发、程友民等人拉住了。

……

整个会场乱了套。一部分罗方钊的支持者和梁鑫的支持者形成两大阵营，相互指责着，相互对骂着，唇枪舌剑，各不相让。不管程大孟对着话筒怎么喊，他们根本就听不进去。这时，许茂才从程大孟手里抢过话筒，大声喊道：

“那些大吵大闹的同志，请你们都给我闭嘴。这是在开会，不是让你们来打架的。谁要是再吵嘴打架，就滚出会场去。否则，就以破坏选举罪让派出所的公安人员把他抓起来。”

许茂才毕竟是一乡之长，在这些村民眼里，就是个大官。他的话就是命令，就是圣旨。他这一喊还真管用，双方停止了争吵与对骂，都气呼呼地坐下了。

会场又静了下来。

梁鑫不来参加竞选，这是许茂才所期盼的。村民们为此会提出质疑也是他早就预料到的。当然，他也怕把事情闹大影响罗方钊当选。他见会场静了下来，接着又很温和而严肃地说道：

同志们，我刚才已经说过，梁鑫同志因车祸住进了医院，这是谁也不希望看到的。至于有村民说这是有人故意制造的车祸，说话可要有证据，不能信口雌黄，扰乱民心。如果你有证据就拿出来吧，咱们乡派出所的同志就在这里，我马上派人把他抓起来。可如果没有证据在这里胡说八道，那就是诬陷。要知道诬陷他人是要被追究法律责任的。至于梁鑫同志因故不能前来参加竞选，我也深感遗憾，深表同情，但不能因为同情就不讲原则，不讲规矩。有的同志提出要求推迟选举时间，这个建议不能采纳。你们村村主任的选举时间是由村选举委员会和乡换届选举工作领导小组研究决定的，不能说改就改。梁鑫同志不能来参加竞选演讲，那他就放弃了被选为村主任的权利。这个问题我已经说清楚了，谁要是再无理取闹，就将以破坏选举罪论处。

许茂才的这番讲话还真是起到了震慑作用。那些罗方钊的支持者心里自然高兴，而支持梁鑫的村民虽然心里不服，但也没有人再敢站出来说话。

十二

程大孟见会场静了下来，怕双方对峙的村民再起哄闹事，忙拿过话筒继续主持会议：

同志们，刚才许茂才乡长代表乡党委和乡政府作了一个重要的讲话。他在讲话中强调了这次村两委会换届选举的重要意义，充分肯定了咱们罗家村上一届村两委会所做的工作，指出了我们在工作中存在的问题和不是，并对新的村两委会的工作提出了希望和要求。我们一定要认真贯彻落实好许乡长讲话的指示精神，把今天的选举大会开好，把村主任选好，把咱们罗家村今后的工作做好，让领导放心，让村民满意。

大会进行下一项，由村主任候选人向全体村民进行竞选前的演讲。下面请罗方钊同志上台演讲。

罗方钊今天特别得意。因为在竞选前的较量博弈中，他利用各种手段打败了所有的竞争对手，唯一可以与他抗衡的竞争对手梁鑫也因车祸躺在医院里无法前来参加竞选。虽然选举还没有开始，但他觉得村主任这个位子已成为他的囊中之物，非他莫属。所以，他显得春风得意，非常自信地走上主席台，用一种志在必得的眼神扫视了一圈台下的村民，然后从容不迫地从口袋里掏出了罗方辉事先为他准备好的竞选演讲稿，摆出一个领导作报告的姿态，开始了他的竞选演讲：

尊敬的许乡长、齐书记、姜乡长、何所长，尊敬的罗家村各位父老乡亲：

能重新站在这个主席台上进行村主任竞选演讲，我感到非常高兴。在这里，我首先要感谢乡里的领导和大伙对我的支持和信任。

本来，今天是我跟梁鑫同志同台进行竞选村主任，可梁鑫同志因为出了车祸不能前来参加竞选了。作为竞争对手，我深感遗憾，也深表同情。不过，在演讲前我要澄清一个事实。有人说，梁鑫同志的车祸是我指使人干的，这简直是胡说八道，血口喷人，栽赃陷害，瞪着眼睛说瞎话。在这里，我向大家郑重声明，我罗方钊宁可不当这个村主任，也绝对不会做那种缺德的事情。

还有一件事情需要跟大伙说明白。这两年因为多收缴提留，给大伙的生活造成了很大的困难，一些村民为此多次到上面去上访，甚至还给我编造了其他一些罪状，罢免了我的村主任。刚才，许乡长已经在讲话中把这件事情讲清楚了，那是乡里布置的任务，并不是村两委会和我罗方钊的意思。我只是因为当村主任而背了黑锅，但我不怪大伙，我能理解大伙的心情。

罗方钊的这番表白引起了那些上访村民的强烈不满。会场再次出现了骚动，他的演讲也被打断。好打抱不平的胡大禄按捺不住心中的怒火又站了起来。他大声斥责罗方钊说道：

“罗方钊，别在这里狡辩了。你这些年这个村主任当得啥样大伙谁不清楚。难道说咱村老百姓这么穷也是乡里造成的吗？难道说学校里那些被砸死、砸伤的学生你没有责任吗？难道说咱村里发生的那些投毒放火事件都与你无关吗？难道说梁鑫发生的这次车祸真的就与你一点关系都没有吗？我看未必。”

罗方钊恨胡大禄恨得咬牙切齿，但他心里有鬼，又怕惹怒了村民不投他的票，前功尽弃。所以，尽管胡大禄向他发难，他还是强忍着没敢发火，没敢反驳。这时，乡派出所所长何润生站起来威胁说道：

“请大家静一静，我何润生带着派出所的公安人员来参加这次选举大会，就是来维持会场秩序的。如果谁再大声喧哗、大声吵闹，破坏会场秩序，将以破坏选举罪论处，我马上让维持秩序的公安人员把他抓起来。”

坐在胡大禄旁边的项天发和程友民怕他吃亏，忙拉他坐下，其他人也没有敢再起哄的。罗方钊在那里站了很久，见会场静了下来，才又重新开始了他的竞选演讲：

各位领导、各位父老乡亲，下面就把我当村主任后的设想和打算向大家汇报一下：

我当了十几年的村主任了，可以说对咱们罗家村的一山一水、一草一木都非常熟悉。也知道这些年咱们村贫穷落后的病根在哪里。这就是山高路险，道路不通；虽然水源充足，可无法利用，不能旱涝保收；销售渠道不畅，生产的粮食、水果卖不出去；没有挣钱的工副业生产项目。村里的大多数青壮年劳动力都跑到外面打工去了。那些守在家里死啃庄稼的人，辛辛苦苦干一年，也挣不到几个钱。现在，全国许多地方的农村都富起来了，有的甚至富得流油，人均收入一年就是几万块，真是令人羡慕。前年，我随乡里组织的参观团到山东一个农村去参观学习，人家那个村一年的财政收入就是几十个亿。不仅村里有挣钱的生产项目，还有好多个体户和专业户。有养猪专业户、奶牛专业户和养鸡专业户，甚至还有养花专业户。全村都住上了小洋楼，喝上了自来水，家家户户都有小汽车，让我大开眼界，茅塞顿开，深受启发，也深感惭愧。

我回到村里后，曾跟大孟书记多次讨论过咱们罗家村的发展规划。因为当时咱们村一直在闹上访，这个规划就没有实施。如果这次大伙能选我当村主任的话，我会与其他村两委成员们一起，认真研究制定出咱们罗家村的近期发展目标和远景规划。把通往各村的路修好；把能够建塘坝的地方再修建几座塘坝，确保旱涝保丰收；建几个能挣钱的农副业生产项目；充分利用咱们村的资源优势，大力发展养殖业，养猪、养牛、养羊、养鸡、养鱼；再组建一个建筑公司，把咱们村外出打工的青壮年劳动力都召回来，一起到城里去揽活挣钱。这样，用不了几年，咱们罗家村就会富起来，大伙就再也不用为吃饭穿衣发愁了。

我知道我说这些大伙可能不相信，说我光说大话不干实事，那就请大伙看我的实际行动吧！

以上就是我当村主任后的规划和打算，说得不对的地方，请各位乡里的领导和各位父老乡亲批评指正。

尽管村民们尤其是那些富有正义感的村民们对罗方钊的演讲并不满意。在他演讲谈到今后的规划与打算时，甚至有不少村民在台下偷偷撇嘴，认为他这是在说大话，笼络人心，根本不可能兑现，但乡长许茂才和所长何润生的话还是产生了震慑作用，没有人敢再站出来起哄闹事。当然，他们最感到惋惜的还是梁鑫不能来参加竞选演讲，不能竞选村主任了。

罗方钊演讲结束后，程大孟接着又主持说道：

同志们，刚才罗方钊同志进行了一个精彩的竞选演讲。他在演讲中把当村主任后的规划和打算都展现给了大家。本来，村选举委员会和乡换届选举工作领导小组确定了两名村主任的候选人。刚才许乡长已经说了，另外一个候选人梁鑫同志因遭遇车祸在医院里不能前来参加竞选演讲。按照村选举委员会和乡换届选举工作领导小组的规定，不参加竞选演讲，就是自动放弃竞选。这样，村主任的候选人就剩下罗方钊同志一个人了。下面，咱们就开始进行投票。请检票人各就各位，检查票箱，然后开始投票。写票的地点可以在会场，也可以到会场外边去，离家近的同志还可以跑到自己家里去填写。投票时间规定为三十分钟。大伙必须在三十分钟之内填完选票，并把选票投到票箱里去。填写选票只能选一人，选两个或两个以上的无效。你如果不同意罗方钊同志，可以弃权，也可以另选他人。下面开始发选票。

就在程大孟刚说完这句话工作人员准备发选票时，一辆白色的救护车直奔会场疾驰而来。会场所有的人都把目光聚集到救护车上。救护车在会场外边停了下来。车门打开后，只见一个头上缠满绷带、腿上打着石膏板、坐在轮椅上的伤病患者，被几个医护人员从救护车上抬了下来。

当罗小惠和另外一个医护人员推着这个伤病患者走进会场时，人们立刻就认出了坐在轮椅上的伤病患者竟然是梁鑫。

“梁鑫回来了，梁鑫回来了，咱们罗家村有救了。”

“梁鑫，好样的，我们支持你。”

……

会场顿时沸腾了，不少村民都站起来高喊着跑到梁鑫跟前同他握手。有的甚至从罗小惠和医护人员的手中抢过轮椅，把他推到了会场的最前边。

梁鑫的突然出现，使所有与会人员都感到震惊，感到意外，也使那些支持他的村民们感到振奋和激动。

许茂才和罗方钊万万没有想到躺在医院里的梁鑫会来参加今天的竞选。梁鑫的到来，打乱了他们的如意算盘。面对突如其来的场面，主持会议的程大孟也没了主意，不知如何是好，他只好请示许茂才。许茂才虽然心里极为不快，但他也明白，在这种情况下，如果不让梁鑫参加竞选，必然会惹起众怒，那些梁鑫的支持者肯定不会善罢甘休，闹不好还会引起群体上访。他和齐为民、姜涵、程大孟嘀咕了一阵之后，只好停止发选票，让梁鑫到台上进行竞选演讲。于是，程大孟又改口主持说道：

同志们，本以为梁鑫同志受了重伤在医院里，不能前来参加竞选。现在梁鑫同志既然来了，选举还没有开始，那咱们就先请梁鑫同志进行竞选演讲，等他演讲完了咱们再投票。下面就请梁鑫同志进行竞选演讲。

罗小惠和医护人员把梁鑫推到主席台上。梁鑫坐在轮椅上向台下的村民们招了招手，便开始了他的竞选演讲：

尊敬的各位领导，尊敬的罗家村的各位父老乡亲，首先感谢您们对我的厚爱和信任，推荐我为村主任的候选人。

大家恐怕没有想到我会坐在轮椅上回来参加村主任的竞选吧？说句实话，连我自己也没有想到。前几天，我莫名其妙地遭遇了一场车祸，已经是死过一次的人了，医院都曾下过病危通知书。我到阎王爷那里去报到，阎王爷让小鬼们查了半天也没有找到我的名字，不收留我。在那里，我见到了我的爷爷奶奶，见到了许多已故的罗家村的前辈们。他们对我说，回去吧，你还年轻，你的爸爸、妈妈、妻子和孩子都需要你，罗家村的父老乡亲需要你。你不是被推荐为罗家村村主任的候选人了吗？咋跑到这里来了？不摘掉罗家村贫穷落后的帽子，不让罗家村的父老乡亲们都过上幸福美好的生活，你就别回来。所以，他们又把我送回来了。

我跟罗小惠结婚到罗家村当倒插门女婿这几年的时间里，可以说是经历了无数次风风雨雨和酸甜苦辣。先后被开除过村籍，后又改为留村察看，直到几个月前才又恢复了我的村籍。我知道这不是大伙的心愿，只是个别人的行为。所以，我仍然深深地爱着这块土地，深深地爱着罗家村的各位父老乡亲。

今天，我这是第二次坐在这里竞选村主任了。这充分说明了罗家村的父老乡亲并没有对我这个倒插门女婿另眼看待。不管能不能选上村主任，我都将永远跟大家一起，用我们勤劳的双手和智慧，彻底改变罗家村贫穷落后的面貌。下面就把我当选村主任后的设想和打算向各位领导以及各位父老乡亲们汇报一下。有说得不对的地方，请大家批评指正。

大家都知道，我们罗家村是一个远离县城的偏远山区。交通不便，信息不灵，种植技术落后，缺少能赚钱的工副业生产项目，政务不公开，干群关系紧张，这些都是我们罗家村经济落后的原因。如果大家选我当村主任，我准备与其他村两委成员们一起，重点做好以下几方面的工作：

（一）加强村里的公路建设。这俗话说得好，要想富先修路。我们村现在的道路很不畅通，只有通往县城的路还勉强能够跑机动车，到周边其他几个村的路都是一条条羊肠小道，又窄又难走，到了夏天的雨季让水一冲，几乎就没有路。这样一来，咱们生产的粮食、水果都运不出去，只能眼睁睁地看着烂掉。我想在农闲的时候，咱们各家各户都出一些义务工，用两年的时间，把咱们村通往县城的路修成柏油路，把通往周边各村的路都修成能跑机动车的路。

（二）加强咱们村的水利建设。咱们罗家村是个山区，怕旱不怕涝。虽有秀水河从我们村前流过，村里前些年还修了两个小塘坝，但一遇到天旱的时候河里就没有水，不用说是浇地，有时连吃水都有困难。我想在我担任村主任这几年里，再修建两个塘坝，把夏天的雨水全部储存起来，扩大土地的灌溉面积，做到旱涝保收。

（三）调整产业结构，实现农、牧、副、渔全面发展。深化农村改革，调整产业结构，坚持以粮为主，多种经营，引导各土地承包户因地制宜，在种好农作物的基础上，多种一些经济作物，大力发展畜牧养殖业，并充分利用我们是山区的优势，发展大棚种植，发展林果业生产，不仅使大家都有饭吃，有衣穿，还要有钱花。

（四）实行农、工、贸一体化，促进全村经济发展。这常言说得好，无农不稳，无工不富，无商不活。在修好道路、搞好水利建设、调整好种植结构、确保农业生产的基础上，结合咱们村的资源优势和市场需求，建工厂、开矿山、发展旅游业。一是准备把我在罗家村开办的电器农机维修部无偿地拿出来作为村集体的产业，并在此基础上扩大经营规模和服务项目，拟成立电器农机维修有限公司；二是准备投资筹建两个能储存水果和蔬菜的恒温库，把咱们村产的蔬菜以及苹果、板栗、山楂等水果储存起来，集中向外销售；三是建一个食用油制品公司，利用咱们村玉米、花生和大豆多的资源优势，压榨食用油对外出售；四是开发旅游产业。据地质专家考察，咱们村凤凰山和蛤蟆湾一带，不仅山清水秀，风景优美，而且还有丰富的地下温泉资源。准备寻求一些有经济实力的企业家和投资商合作，联合开发温泉旅游产业，把那些有钱的城里人和大山外边的人都吸引到咱们这里来旅游度假。

（五）加强文化教育建设，努力提高广大村民的科学文化水平。咱们村的小学自从教室倒塌砸死砸伤学生之后，就全部被上级教育部门列为了危房，不能再使用。现在，学生们都是在租用的民房里上课。不仅影响了教学质量，也影响了村民们的正常生活。如我能当村主任的话，一是准备加强与县乡教育部门的联系与沟通，争取他们在资金上给予支持，尽快把小学重新建起来，让孩子们有一个既安全又舒适的环境读书；二是开办农民科技夜校，加强对村民的文化教育和科技知识的培训；三是等将来村里有了钱，我们还要建文化大院、图书馆和科技馆，建幼儿园和敬老院，做到小有所教，老有所养。

（六）坚持政务公开，民主管理，民主决策。一是坚持民主管理，民主决策。今后村里的大小事情，都要由村两委会集体研究决定，充分发挥村两委成员的集体智慧和作用；二是坚持村务公开、政务公开，村里所有事情都让村民知情；所有的开支账目全部上墙张榜公布；三是坚持廉洁勤政，不假公济私，不利用手中的权力为自己谋取私利；四是建立村民代表大会制度，从村民中按比例选出一定数量的有文化、有议政能力、富有正义感的村民，作为村民的议事机构，今后凡是村里的重大决策、重大事项，在村两委会研究之后，都要经过村民代表大会集体讨论通过，让全体村民都来监督村两委会的工作。

（七）加强村容村貌建设，构建社会主义新农村。今后村里的基础设施建设和村民的新住宅建设，实行统一规划，统一布局。做到住房整齐，街道畅通，村容整洁。等咱们有了钱，还要实行旧村改造，还要建小洋楼，建煤气站和自来水塔，让家家户户都用煤气做饭，家家户户都能用上自来水，咱们也过上城里人的生活。

以上就是我当选村主任后的一些设想和打算，如果大家相信我，就投我一票；如果不能当选，我还会像上次说的那样，做一个罗家村遵纪守法的合格村民。

梁鑫的话音刚落，台下便爆发出热烈的掌声，经久不息。这掌声，含着敬佩，含着信任，含着期盼。就连坐在主席台上的齐为民、姜涵等人也都为梁鑫这精彩的演讲情不自禁地鼓起掌来。只有许茂才和一些罗方钊的支持者沮丧地坐在那里没有鼓掌。尽管选举还没有开始，他们似乎已经感到危机。掌声停下后，程大孟又接着主持说道：

同志们，刚才我宣布的梁鑫没有参加竞选演讲而取消竞选资格无效。这次村主任的候选人仍然是罗方钊和梁鑫两位同志。现在，他们两人都已经进行了竞选演讲。下面，咱们就开始投票选举。关于选举应注意的事项和要求，我刚才已经说过了，这里就不再重复。下面就请大家领取选票准备投票吧，并请大家把选票填写好后在规定的时间内投到票箱里去。

程大孟一讲完，村民们都踊跃地跑到台上去领取选票。那些拿到选票的选民，有的直接就在会场上把票填写好后投到票箱里去了；有的跑到村委会办公室或在大院里一个角落填写选票；有的则跑到自己家里去填写选票；还有一些不识字的老人和妇女只好寻找自己信赖的人代写选票。

两个投票箱放在主席台的两张条桌上。那些写好选票的村民陆续地走近票箱，投下了自己神圣的一票。半个小时很快就过去了，选票也投完了，村民们又重新回到了会场，谁也没有离去，都在期待着选举结果。

程大孟让人从学校里搬来一块大黑板用来登记选票。村选举委员会推选程大孟为总检票人，胡春光和罗大海为检票人。胡春光负责唱票，罗大海负责写票，乡里驻罗家村工作组的秦科明和何云飞则分别负责监督唱票和写票。一切准备就绪后，唱票工作正式开始。

“梁鑫、罗方钊、罗方钊、梁鑫、程大孟、胡春光、罗海生……”

胡春光不断地高声宣读着被选者的名字，罗大海则不时地在被选者名字的下方画着“正”字。被确定为候选人的梁鑫和罗方钊两个名字下面的“正”字在不断增加，交替上升。慢慢地，梁鑫名字下面“正”字占了上风，遥遥领先。

唱票工作进行了一个多小时，选举结果终于浮出水面。全村有选举资格的村民九百五十七人，其中有三十一人因外出打工脱不开身没有回来参加选举，也没有委托他人代为选举，有九百二十六人参加了选举或委托家人投了票。梁鑫以精彩的演讲得到六百二十八票，挖空心思、志在必得的罗方钊由于失去了民心，只得了二百三十五票，另外，程大孟得了十二票，胡春光得了三十五票，罗海生得了十四票，韩玉霞得了两票。

唱票结束后，由程大孟代表村选举委员会宣读了选举结果。

选举结束了，梁鑫以高尚的品质和精彩的演讲赢得了村民们对他的信任，就连那些被罗方钊花钱请客买通的选民也倒向了梁鑫一边。他以绝对的优势击败了罗方钊，当选为罗家村新一届村委会主任。许茂才气得连招呼都没打就回到乡里去了。罗方钊像一只斗败了的公鸡、霜打了的茄子，灰溜溜地离开了会场。村民们开始欢呼，整个会场沸腾了，不少村民都跑过来为他祝贺，祝他早日康复。就连那几个送他来的医务人员也深受感动，为他感到自豪。

梁鑫坐在轮椅上，满含着热泪，紧紧地抓住那些前来向他祝贺的村民的手，一句话也说不出来。

十三

患难之交见真情。梁鑫能够回到村里参加村主任的竞选演讲，这还要感谢他的那个老同学范光辉。自从他发生车祸住进医院之后，范光辉几乎每天都到医院来看望他，安慰他，鼓励他。看到他脱离了生命危险，范光辉打心眼里为他高兴。他也觉得梁鑫这个车祸出得蹊跷，觉得这很有可能与他竞选村主任有关，很可能是有人为阻止他竞选村主任故意制造的。他也曾找到他在县交警队工作的朋友，想让他帮助查找那个肇事的大货车司机，但始终没有结果。

离罗家村村主任选举日一天天临近。梁鑫虽然已脱离了生命危险，但浑身缠着绷带打着石膏板，还无法下床，那些支持他的村民们看着他躺在病床上，颇感无奈，心急如焚。他们心里非常清楚，梁鑫想在这么短的时间内恢复健康参加竞选是根本不可能的。但他们又于心不甘，不想让梁鑫放弃这个机会，更不想让罗方钊的阴谋得逞。于是，很多人都跑到医院里劝他一定要参加竞选，有人甚至出点子要用担架抬着他去参加竞选，都被他拒绝了。选举的头一天，胡春光、项天发、胡大禄和程友民等人又跑到医院里来，试图劝说他，最终还是没有成功。

范光辉得到这个消息又来到医院。两人见面寒暄了几句之后，范光辉便试探着问道："梁鑫，听说明天就是你们罗家村村主任的选举日子了，难道你真的要放弃这次竞选吗？"

"不放弃能咋办？我现在这个样子，满脸是绷带，全身是夹板，连路都不能走，咋回去参加竞选？”

“你的心情我能理解，你的身体状况我也了解，虽然现在还缠着绷带打着夹板，但已无生命危险，完全可以回去参加竞选。这俗话说得好，伤筋动骨一百日，你的伤不是一天两天能治好的，等你把伤养好了，选举早就结束了，只要你想回去参加竞选，办法由我来想。”

“光辉，你就别劝我了，我累了，真的好累，我还年轻，还想多活几天，不想再去蹚这个浑水了，也不想当这个村主任了，谁愿意当就让谁当去吧。”梁鑫叹了口气，无奈地说道。

“梁鑫，这可不是你的风格，在我印象当中，你是一个顶天立地的男子汉，是一个很要面子、永不服输的人，咋就打退堂鼓了呢？没想到你竟然是个懦夫，受了这么点挫折，就当起了缩头乌龟。他们这么做，不就是为了阻止你参加竞选吗？你这么做，不正是他们想要的结果吗？”

范光辉的这番话，句句戳在了梁鑫的心口上。他之所以不想回去参加，确实是有顾虑。一方面是身体的原因；另一方面则是担心回去参加竞选，将再次遭到报复。他躺在那里眼含着泪水，半天没有说话。

范光辉见梁鑫没有表态，接着又鼓励他说道：“梁鑫，我能够理解你的心情，希望你不要被他们的恐吓吓倒，魔鬼最怕见阳光。你就别再犹豫了，你要还是个男人的话就勇敢地站起来，去跟他们斗，决不能让他们的阴谋得逞。”

在范光辉的劝说下，梁鑫终于下了决心，同意回村参加村主任的竞选。于是，范光辉找到医院院长说明了情况，希望医院能提供帮助，让梁鑫回村参加村主任竞选。医院院长是一个非常富有正义感的人，爽快地答应了他的请求，不仅为梁鑫安排了救护车，还安排了一名医生和一名护士随车救护，以防不测。这才出现了前面所说的梁鑫坐在轮椅上回村参加竞选村主任演讲的那一幕。

梁鑫坐在轮椅上回村参加竞选演讲，并赢得了村民们的信任当选为村主任的故事，在龙潭乡乃至整个茂丘县引起了强烈的反响，被传为佳话。人们既为他的不幸遭遇而深表同情，也为他的顽强意志和忘我牺牲的精神所感动。茂岭市和茂丘县的各大新闻媒体的记者闻讯后都纷纷跑到医院里来采访他，并撰写了《轮椅上的竞选演讲》《倒插门女婿当上村主任》《从开除村籍到村主任》等新闻稿件和录像录音进行宣传报道。一时间，梁鑫成了新闻人物。到医院里来看望他的人也越来越多。不仅有罗家村、梁家村以及龙潭乡其他村的村民，还有一些看了新闻报道后慕名而来的其他乡的村民，甚至连那些过去站在罗方钊一边的村民也都跑到医院里来看望他。

已是耄耋之年的程向前的母亲庞月花老人让儿子用自行车带着她，专程跑到医院里来看望梁鑫。望着全身缠满绷带躺在病床上的梁鑫，庞月花老人心如刀割，老泪纵横，紧紧抓住梁鑫的手说道：

“大侄子，俺这条老命是你给捡回来的。那天晚上要不是你和小惠心眼好，收留了俺，俺可能早就被冻死了。你的大恩大德俺这辈子也忘不了。前些日子听说你被车撞了，真是替你捏一把汗。这是哪个丧尽天良的干的？他不得好死。”

梁鑫也紧紧抓住庞月花老人的手十分动情地说道：“婶子，谢谢您老人家惦念着我。我没事了，放心吧。我跟小惠做的那点事，您老就不要总挂在心上了。孝敬老人那是我们晚辈应该做的。我向前哥和向进哥当时也是一时糊涂，他们现在不是待您很好吗！我衷心祝愿您老人家幸福美满，健康长寿。”

“大侄子，俺知道你是个好人。你当了村主任，咱罗家村就有救了。大伙相信你，俺也相信你。相信你能让罗家村富起来，让全村的老百姓都过上好日子。”庞月花老人满含期盼之情说道。

“婶子，您就放心吧，我梁鑫不会让您老人家和大伙失望的。等我的伤好了就回去跟大伙一块干，一定让咱罗家村富起来，让罗家村的父老乡亲都过上好日子。”

“大侄子，你婶子我受了一辈子穷，有你这句话俺就放心了，就是不知俺能不能等到那一天。”

“婶子，您就放心吧，您一定会等到那一天的。”

在场的人听了梁鑫和庞月花老人的对话，都开心地笑了。

曾因村民上访多次到罗家村进行过暗访的县委副书记丁忠信看到新闻报道后，也带着慰问品到医院来看望梁鑫，并安慰他、鼓励他说道：

“小伙子，我看了对你的报道，好样的。大伙选你当村主任，这是众望所归，是对你的信任。希望你不要辜负乡亲们对你的厚望和期盼，充分发挥你的聪明才智，发扬爱岗敬业和不怕吃苦的精神，团结村两委会一班人，解放思想，开拓创新，把这个村主任当好，把罗家村的工作做好，彻底改变罗家村贫穷落后的面貌，让老百姓尽快富起来。等你把罗家村真正搞好了，变富了，我们还到罗家村去召开现场会，推广你们的致富经验。”

梁鑫没有想到县里的领导也会来看他。这着实令他兴奋，令他感动。他满含感激之情、满怀信心地说道：

“丁书记，这两年罗家村的老百姓到处去上访，我也参加了，给您和县里惹了不少麻烦，这都是因为贫穷和村干部失信于民造成的。请您放心，既然父老乡亲信任我，选择了我，我不会让领导和百姓失望的。一定好好干，干出个样子来。不过，您可一定要兑现您的承诺。”

“那好，咱们就一言为定，我期待着你们的好消息。”

竞选胜利了，可梁鑫怎么也高兴不起来。因为他知道自己肩上担子的分量，知道当了村主任之后将要面对的困难和问题。罗家村的经济落后，干群关系紧张，派系矛盾严重，社会治安混乱，不甘失败的罗方钊等人还会对他进行打击报复等等。这一切，都需要他去面对、去理顺、去解决。

晚上，梁鑫躺在病床上，除了要忍受伤痛的折磨外，还要去思考自己将要面对的困难和问题。他思绪万千，百感交集，开始有些后悔。后悔自己不该到罗家村来当这个倒插门女婿；后悔自己当初不应该冲动好胜去竞选这个村主任，为了竞选这个村主任，他曾被开除过村籍，甚至连自己还在吃奶的儿子也跟着受牵连；为了竞选这个村主任，他受到过无数伤害，甚至差一点送了性命。可当他想到这几年罗家村的父老乡亲们对他的帮助和厚爱时，想到在他竞选演讲时村民们送来的一阵阵热烈的掌声和一双双期待的眼睛时，想到选民们投给他的一张张信任的选票时，想到县委副书记丁忠信的鼓励和鞭策时，他又深受鼓舞，信心倍增。他觉得既然罗家村的父老乡亲们信任他，支持他，选他当村主任，自己就有责任和义务带领大家去改变罗家村贫穷落后的面貌。

梁鑫没有再犹豫，也没有再徘徊。他开始履行他这个村主任的职责，开始运筹帷幄，把病房当成办公室，把探望他的人当成了解致富信息、谋划致富之路的重要渠道。他把村两委会的其他成员请到病房，与他们一起探讨和研究罗家村今后的发展思路，描绘罗家村的宏伟蓝图，并把他在县城里开印务公司的老同学和其他朋友和同学都请到医院里来，向他们学习致富经验，向他们了解大山外边的致富信息。他还让妻子罗小惠从书店里买来了《致富信息》《基层民主政治建设》《温泉构造及利用》《社会主义新农村建设指导》等一大摞书，不断进行学习充电。

常言道，伤筋动骨一百日。梁鑫的伤势如此严重，没有几个月的时间是难以完全愈合康复的。可他在医院里根本就待不住，伤势刚刚有所好转，他就闹着要出院，大夫怕他的伤口感染愈合不好，开始坚决不同意，无奈受不了他一天天软磨硬泡，只好同意了。

梁鑫在医院里住了不到一个月就出院了。他的老同学范光辉为了让他行动方便，专门为他定做了一个轮椅和一副拐杖。出院那天，医院领导深为梁鑫的精神所感动，破例免费为他提供了救护车，亲自把他送回罗家村。姜涵、秦科明和何云飞三位驻罗家村工作组的乡干部，村两委成员程大孟、胡春光、程友发，还有项天发、程友民、胡大禄、程海霞等许多村民闻讯后都到村口迎接他。

救护车驶进了罗家村。梁鑫见有这么多领导和村民在村头欢迎他，既感到意外，又感到高兴。这是他到罗家村当倒插门女婿以来第一次受到如此隆重的礼仪。他忙让救护车停下来，坐在轮椅上让罗小惠推着他缓缓前行，与前来迎接他的人们频频握手，招手致意。

“梁鑫回来了，梁鑫回来了。”

欢迎的人群高呼着潮水般地围了过来，有的则放起了自己带来的烟花爆竹，程海霞听说梁鑫今天出院，也没有下地干活，一大早就跑到山上采了很多鲜花，恭恭敬敬地献给了梁鑫，惹得罗小惠都有些醋意。

“姜乡长、程书记、春光哥，我梁鑫何德何能，你们组织这么多人来欢迎我。”梁鑫有些激动地说道。

“美得你，别自作多情了，这可不是我们组织的，都是乡亲们听说你今天要出院，自发跑来欢迎你的。”程大孟带着羡慕和嫉妒的口气说道。

“梁鑫，有这么多乡亲们自发起来欢迎你，看来你小子人缘不错啊！”姜涵调侃说道。

“姜乡长，你就别寒碜我了。我梁鑫吃几碗干饭别人不清楚，您还不清楚吗？”梁鑫有点不好意思地说道。

“梁鑫，你的伤还没好，咋就跑回来了呢？”胡春光十分关切地问道。

“是啊，梁鑫，春光说得对，你应该把伤养好了再回来，不应该这么早就出院，伤口复发了咋办？”姜涵也嗔怪说道。

“姜乡长，春光哥，不知为啥，我在医院里待不住，总想着早点回来。”

“我知道你的想法，也知道你为啥在医院里待不住，你的心里牵挂着这个家，牵挂着全村的老百姓。不过还要在家好好养伤，不要忙着工作，等你把伤完全养好了再工作。”姜涵嘱咐说道。

站在旁边一直插不上话的项天发从罗小惠手中接过轮椅，边推着梁鑫缓缓前行边开玩笑说道：“梁鑫，你小子真是福大命大，刚发生车祸那两天，医生下了病危通知，你被关在医院的重症监护室里，可把我们吓坏了，小惠吓得一个劲儿地伤心掉泪，咋劝都劝不住。我们以为再也见不到你了，没想到你恢复得这么快。”

“谁说不是，刚出事那两天医生把我关在重症监护室里，一个亲人也见不到，连个说话的都没有，我当时以为真的要到阎王爷那里去报到了，心都快要崩溃了，没想到阎王爷不收留我，又把我送回来了。”梁鑫开玩笑说道。

“竞选村主任那天，大伙都以为你回不来了，罗方钊当村主任是板上钉钉的事情了，都很难过，很失望。没想到你回来了，而且演讲得非常精彩。真是令人振奋和钦佩。”项天发赞叹说道。

“唉，这事说起来还要感谢咱们的老同学范光辉，没有他的鼓励和支持，没有他给我的勇气，我是不会回来参加竞选的。”

……

姜涵、程大孟和胡春光等人陪着梁鑫边说边聊，很快就到了家。今天，梁鑫的家里像过大年一样热闹。一大早，罗世龙和老伴方秀花就让人把梁鑫的父母梁旺达和柳春秀接了过来。一家人忙着清理卫生，杀鸡宰羊，大摆宴席，为梁鑫接风洗尘，庆祝他康复出院，庆祝他竞选成功。姜涵、秦科明和何云飞三位乡干部和村两委成员们都应邀参加了宴会。一家人欢歌笑语，笑逐颜开，好不热闹。只有梁鑫的父亲梁旺达怎么也高兴不起来。看着儿子满身的绷带和打着夹板的双腿，显得忧心忡忡。他不担心别的，他是担心儿子的安全，担心他再次受到伤害。

梁旺达的担心不是没有道理的。罗方钊本来以为这次村主任的换届选举一切都做得天衣无缝，这个村主任的位子非他莫属，不承想梁鑫突然出现在竞选现场，煮熟的鸭子飞了。他怎能甘心哑巴吃黄连默默吞下这个苦果？此时此刻，他并没有闲着。当他从别的村民口中得知梁鑫今天要出院时，心里恨得咬牙切齿。吃过早饭后，他就跑到村里通往县城道路的山坡上，躲在那里偷偷窥探。刚才梁鑫进村时所发生的一切，他都看在眼里，失落感油然而生。尤其是当他看到姜涵、程大孟、胡春光等那些乡里驻村工作组的干部和村两委会的人都在村口迎接时，肺都快要气炸了。他暗暗发狠说道：“别高兴得太早了，等着瞧吧，有你们难受的时候，有你们哭的时候。”

十四

梁鑫出院后，并没有天天躺在家里养伤。他没有忘记自己在竞选村主任时所做的承诺，没有辜负罗家村的父老乡亲对他的期盼和厚望。伤情刚刚有所好转，他便一头扎进了村两委会的工作中，每天都让妻子罗小惠用轮椅把他推到村两委会办公室，与乡里驻村工作组的姜涵、秦科明、何云飞，以及村党支部书记程大孟、副书记胡春光、村委会副主任罗海生等人一起，梳理分析罗家村这些年经济落后的原因，探索研究罗家村今后发展的宏伟蓝图。

罗家村的村两委会办公室就坐落在村前的秀水河边，是二十世纪七十年代建成的，它伴随着罗家村人经历了三十多年的风风雨雨，目睹了贫穷落后给罗家村人带来的辛酸和泪水。房子虽然不是危房，但也是满目疮痍，伤痕累累，破烂不堪。由于年久失修，房子早就没了本来的面目。外壁的石头墙上到处都残留着张贴标语和宣传材料所留下的痕迹。屋内石灰墙由于长时间的烟熏火燎，早就没了白色的踪影，变成了黑褐色的地图。原来的玻璃窗所剩无几，破碎的玻璃窗全部都是用旧报纸或硬纸板替代的。

这村两委会办公室共有五间房子。其中三间是村两委们办公用的，也是罗家村的政治、经济和文化活动中心。平日里村两委成员们办公、开会，村里来了客人，上级领导到村里来检查指导工作，都在这里进行。另外两间是仓库，单独开了一个门，村里所有的物资都放在这个仓库里。梁鑫虽然到罗家村当倒插门女婿已经有几年的时间了，平日也经常到村两委办公室或开会、或玩耍，但却从来未进过这个神秘的仓库，也不知道这个仓库里究竟藏着些啥值钱的宝贝。现在，他当了村主任，成了罗家村的掌门人，当然需要了解村里的所有情况，包括村里的家底。

这天早饭后，梁鑫来到办公室闲着没事，便让胡春光从会计程友发那里拿来钥匙，想看看仓库里究竟有些啥东西。门刚一打开，一群正在觅食嬉戏打闹的老鼠见有人来了便纷纷逃窜，迅速跑进了墙角的洞穴里躲藏起来，一些胆子大的甚至还回头看了他们两眼才逃走。走进仓库，梁鑫这才算看清了里面所藏的“宝贝”。与其说是仓库，倒不如说是个杂物间。仓库里并没有啥值钱的东西，所谓值钱的东西，也只有一台躺在角落里长期闲置不用的195柴油机和一台抽水泵，这台柴油机和抽水泵早就锈迹斑斑，上面覆盖着一层厚厚的尘土和鸟粪。在靠近窗户的一侧放着一张破旧三屉桌和一把椅子。桌子上放着一架扩音机和一个话筒。这大概就是原村主任罗方钊过去经常向全村村民发号施令的地方了。在仓库的另一侧，有几张破旧不堪的长条桌和几条长板凳，横七竖八地躺在那里。而另一张长条桌上则整齐地摆放着十几块大小几乎一样而材质不同的牌匾。这就是仓库里的所有物资，也是罗家村村集体的全部家当，当然还有几十万元的债务。

梁鑫对别的东西不感兴趣，倒是对这十几块牌匾产生了兴趣。他感到好奇，感到纳闷，不知道这些牌匾都是干啥用的。他走到长条桌前，拿起牌匾一块一块地看，但见这些牌匾都是新的，几乎都没有用过。从材质上看，有木质的，有铜质的。木质的都是白底黑字，铜质的都是黄底红字。从牌匾的内容上看，每块牌匾的内容都不一样，分别写着：“罗家村党员活动室”“罗家村民兵之家”“罗家村团员青年活动室”“罗家村计划生育活动室”“罗家村科技文化活动室”“罗家村留守儿童之家”，等等。

看着这些令人眼花缭乱、制作精美的牌匾，梁鑫不解地问道：“春光哥，这些牌匾都是干啥用的？”

“梁鑫，这你就不懂了吧。你可别小瞧了这些牌匾。虽然它值不了几个钱，用处可大着哪。”胡春光显得很神秘地说道。

“瞧你说得神神秘秘的，几块破牌匾，既不能当饭吃，也不能挡风遮雨，能有啥用处啊？”梁鑫有些疑惑不解地问道。

“为了所谓的政绩呗。你没看到咱们办公室里墙上挂的那些锦旗和奖牌吗？有很多荣誉都是用这些牌匾换来的。”胡春光愤愤地说道。

“牌匾还能换奖牌？这倒是没听说过。春光哥，你告诉我这到底是咋回事？”梁鑫感到有些好奇地问道。

“当然了，这有啥好奇怪的。这就叫做上有政策，下有对策。咱们罗家村的村干部，干工作不行，拍马屁、搞花架子还是有一套的。他们不关心村里的经济发展，不关心老百姓的生活，工作没有做好，却欺上瞒下，拿了不少荣誉。这些年咱们村获得县里和乡里给的荣誉，加起来也有几十个。”

“可我还是不明白，那些荣誉跟这些牌匾有啥关系？”

“咋没有？不仅有关系，而且关系大着哪。上级布置了任务，要求开展啥工作，搞啥活动，村里没有条件做或者不想做，他们就派人跑到县城里定做一块相同内容的牌匾挂上去，迎接上面的检查，等上级检查验收完了之后再把挂的牌匾拿下来，相应的荣誉也就到手了。你就说咱们办公室挂的‘先进党支部’和‘党员活动先进单位’的奖牌吧。我从部队当兵回村也有十几年的时间了，还是村里的党支部副书记，当然对村里党支部的活动和党员的活动情况都了解。村里除了党支部换届选举开过几次党员大会外，从来就没开过其他党员会议，更没有组织党员开展过啥活动，组织过啥学习。甚至这些年来村里连一个新党员也没发展。可咱们村几乎年年都是乡里的‘先进党支部’和‘党员活动先进单位’。再说那个‘文化建设先进单位’的奖牌吧，是前年刚发的。这你也知道，咱们村除了你刚到罗家村时组织开办过半年的科技夜校外，啥时再搞过文化活动，啥时再对村民开展过科技教育？乡里有关部门到村里检查验收前，他们一方面派人到县城里定做了这块‘罗家村文化活动室’的牌匾，另一方面买了几本图书和杂志，还从老百姓那里借了一些，等检查组进村验收结束后，再把从老百姓那里借来的图书和杂志还给他们，把‘罗家村文化活动室’的牌匾拿下来。就这样，‘文化建设先进单位’的荣誉就到手了。”

“真想不到这些不值钱的牌匾还有如此大的作用。”梁鑫颇有感慨地说道。

“梁鑫，你知道咱们村的老百姓给这个仓库起了个啥名字吗？”

“叫啥名字？快说来听听。”梁鑫急切地问道。

“老百姓都叫它‘智能小屋’，有的甚至叫它‘造假工厂’。”

“罗方钊这个王八蛋干工作不行，搞花架子欺上瞒下倒是有一套。”

“哎，这有啥好大惊小怪的。现在那些当官的像罗方钊这样的大有人在。

他们满嘴里喊着权为民所用、情为民所系、利为民所谋，而实际上却是高高在上，不办实事，搞形式主义，摆花架子，为了所谓的政绩，虚报浮夸，瞒天过海。他们这么做，欺骗的是党和政府，坑害的是老百姓。你听说过《特殊的欢迎队伍》这个故事吗？”胡春光有感而发，问道。

“没听说过，啥《特殊的欢迎队伍》？快说来听听。”梁鑫显得有些好奇地问道。

“这可是一个非常有趣的故事，不能随便讲给你听。你要想听，等哪天到你家里摆上好酒好菜，我再讲给你听。否则，我是不会告诉你的。”胡春光卖关子说道。

“春光哥，你就别卖关子了，我很想听这个故事，今天就讲给我听听吧。先敬你一支烟，酒席改日补上。”梁鑫说着从口袋里抽出了红塔山烟，递了一支给胡春光说道。

“那好吧，我今天就讲给你听，你可别忘了欠我一顿酒席。”

“我不会忘的，改日一定兑现，让小惠炒几个菜，咱们俩喝个够。”

胡春光没有再卖关子，便向梁鑫讲述了这个《特殊欢迎队伍》的故事：

这是一个真实的故事，也是一个领导干部虚报浮夸的故事。故事就发生在咱们县李家屯乡宋家村。

前几年，上级号召在农村大力发展畜牧养殖业生产，并对养殖工作开展好的单位或项目给予扶持奖励。李家屯乡的领导为了骗取上级的扶持资金和荣誉，便虚报浮夸，向县里有关部门写报告，说他们乡的畜牧养殖业搞得如何如何好，全乡各村都是猪满圈、牛羊满山坡，还涌现出了许多养猪专业户、养羊专业户和养奶牛专业户。而实际情况并不像他们说的那样，各村虽然出现了一些养猪、养羊和养奶牛的农户，但数量都不多，都没有形成规模，根本不像他们所宣传的那样。

县里有关部门看了他们的报告后，觉得李家屯乡的经验值得推广，决定在这个乡召开发展畜牧养殖业现场会。这下子可愁坏了乡党委和乡政府那些领导们。他们根本就没有想到县里会来乡里召开现场会。如果现场会一开，他们虚报浮夸的事情就会败露。于是乎，他们马上召开紧急会议研究应对办法。会议最终决定：把全乡各村散养的猪、牛、羊都集中到畜牧养殖工作搞得比较好的宋家村，应对现场会的召开，等现场会结束了，再把所借用的猪、牛、羊还给那些养殖户。他们怕那些养殖户不愿意，还专门研究了借用的补偿办法，即每借用一头猪、一头牛或一只羊，由乡里出钱，给予一定的补偿，并把任务下达到各村，由各村两委会的干部负责抓落实。

现场会召开的头一天，他们就把全乡各村养殖户能够集中的猪、牛、羊都集中到了宋家村，并安排专人进行管理。为了防止那些被借用的猪、牛、羊混在一起不好认领，他们还对所有借用的猪、牛、羊都进行了严格的登记，并分别编了号码。

也许是为了借这次现场会推动全县畜牧养殖业的发展，县里对这次现场会还真是够重视的。现场会那天，县里分管农业畜牧工作的副县长、县农业局局长、县畜牧局局长、全县各乡镇的党委书记、乡镇长以及分管农业和畜牧业工作的副乡镇长都来了，与会者足有上百人。

现场会开得非常隆重而热烈，由县畜牧局局长主持，分管副县长讲话，李家屯乡的乡长介绍经验。在现场会上，出现了非常壮观的一幕，不仅到处可以看到满山坡的牛羊在吃草，在道路两侧吃草的牛羊好像受过专门训练似的，不仅整齐排成一行，还边吃草边向那些前来参加现场会的领导频频点头致意，表示欢迎。与会者都很钦佩，赞叹不已。县里对李家屯乡的做法非常满意，不仅授予了这个乡畜牧养殖先进单位，还拨给他们五十万元，作为发展畜牧养殖的扶持基金。这就是《特殊的欢迎队伍》这个故事的由来。

听到这里，梁鑫将信将疑地问道："春光哥，你这个故事是杜撰的吧，天下哪有这么听话、这么有礼貌的牛羊，还能向领导频频点头？"

"这可不是我杜撰的，这可是一个真实的故事。当时有许多省里、市里和县里的新闻媒体也都应邀参加了现场会，都对现场会进行过报道呢。这个《特殊的欢迎队伍》，就是有的报纸报道过的题目。如果你不信，可以到李家屯乡宋家村去问问。我还没有讲完，你就打断了我的话，这后边还有故事呢。那些牛羊当然不会那么听话、那么有礼貌，这其中有个奥秘你不知道。"

"啥奥秘？快说给我听听。"

"梁鑫，你虽然也在农村长大，甚至也养过牛羊，但牛羊有个特点你未必注意，就是它们喜欢吃带有盐水的草，乡畜牧所的技术员当然懂得这个道理。

"现场会的头一天，他们把牛羊集中起来之后，一天没喂它们草料，然后在召开现场会的当天一大早，派人用喷雾器把现场会上领导要经过的道路两旁的草坪喷洒上盐水。你想想，那些牛羊都饿了一天了，又遇上了最喜欢吃的盐水草，它们能吃得不欢吗？这就是这些牛羊为啥朝着领导频频点头的奥秘。”

“原来是这样呀。他们这么做不是公开弄虚作假欺骗上级领导吗？就没有人站出来揭发他们吗？”

“揭发啥，谁会去告呢？荣誉拿到了，扶持资金到手了，那些被借用牛羊的用户也都得到了补偿。不过，现场会结束之后，还真惹出了麻烦，差一点闹出人命来。”

“惹啥麻烦了？”

“你想啊，那些从各村集中起来的牛羊虽然都登了记，还做了标记，编排了号码，可动物毕竟不是人。它们被集中起来关在一起，相互摩擦碰撞，有一些牛羊把自己身上的编号或标记碰撞掉了。等现场会结束之后那些借用牛羊的养殖户前来认领自己的牛羊时，已辨认不出哪只牛羊是自家的了，都想挑好的。于是，有些养殖户之间为争夺牛羊互不相让。甚至有两个养殖户为争夺一只羊而大打出手，差一点闹出人命来，幸亏乡里的领导出面调解，才避免了流血事件的发生。”

听完这个故事，梁鑫觉得既可笑又可憎，可他怎么也笑不出来。看着这个“智能小屋”，望着眼前这些罗家村的所谓家产，他感慨万千，心情沉重。他掂出了自己肩上的分量，知道他这个村主任今后要走的路还很长很长，任重而道远。

十五

此时的梁鑫，心里耸起的是大山，奔腾的是大海。他伤好痊愈后，就像一只上足发条的钟表，更像一台加足马力的发动机，不知疲倦地思索着，工作着。他与村两委会的其他成员一起，在乡驻村工作组的支持和指导下，用汗水和着泥土，用智慧和着胆识，大刀阔斧地对罗家村的各项工作进行了全方位的梳理谋划。从道路建设到水利工程建设，从农作物的种植结构到资源的开发利用，从加强基层民主政治建设到文化建设，从学校建设到村容村貌建设，进行了全面规划，全面调整，全面推进。

村两委会围绕这些发展规划，又分别制定了具体实施意见。为了促进和保障村里的经济发展，使村民们增产增收，他们先后组织成立了“果蔬协会”“畜牧业养殖协会”和“粮食协会”等多个产业协会，做到产、供、销一条龙；为了改善村民的居住环境和生活条件，他们聘请专家对村容村貌进行重新规划设计；为缓解干群之间的对立情绪，取信于民，他们制定了村务公开、政务公开等各项规章制度，村里的各项开支账目都定期张榜公布，让村民们知情知政；为了能够集思广益，充分发扬民主，减少工作失误，村里还建立了村民代表大会制度，成立了村民议事会，项天发、罗大海、程友民、马玉芳等进步青年和村里的几个老党员等都是村民代表大会的代表。村里的重大决策、重大投资项目以及村民们所关心的一些焦点热点问题，在村两委会提出意见后，都要提交村民代表大会议事会讨论审议。凡是村民代表大会议事会不同意的决策或投资项目，村两委会一律按村民代表大会的意见办。

与此同时，梁鑫还说服了自己的家人，把自己苦心经营的电器农机维修部无偿地拿出来献给了村里，并在此基础上建起了新的厂房，扩大了经营规模，拓宽了维修服务项目。

常言道，万事开头难，巧妇难为无米之炊。面对千疮百孔、资金匮乏的乱摊子，要想彻底改变罗家村贫穷落后的面貌，谈何容易？要开发资源，建工厂上项目，就需要资金，没有资金是寸步难行。为了筹措资金，梁鑫、程大孟、胡春光等村两委成员们到处求助。他们跑了乡里跑县里，跑了工行跑建行，跑了建行跑商行，跑了商行跑农村信用社，所有的关系都找了，所有的银行和信用社都跑了，几乎跑断了腿，磨破了嘴皮，收效甚微，没有人肯相信他们，没有哪家银行或信用社愿意担这个风险，把款贷给他们。没有办法，他们只好另寻门路，另辟蹊径，发动村民集资。村两委会对集资的重要性和必要性、集资办法、资金的使用以及集资回报等都进行了认真的讨论研究，并交由村民代表大会议事会进行了审议通过，做出了《关于集资发展罗家村经济的决定》，然后由村主任梁鑫通过大喇叭向全村村民进行宣传发动。

罗家村的大喇叭自罗方钊被罢免村主任之后就再也没有响过。梁鑫上任后，为了发挥大喇叭的作用，引导广大村民勤劳致富，大喇叭又响了起来。只不过现在所播放的内容已经完全变了，不是那些发号施令和村民们毫不关心的内容了，而是一些村民们所关注的致富信息、农业生产科普知识以及村里当天所发生的重大事情。村两委会安排程二茂和马玉芳专门负责大喇叭的广播，让他们通过网络和报刊搜集一些相关的广播内容，了解采写村里当天所发生的重大事情，每天晚上村民都在家吃晚饭的时候，用大喇叭广播半个小时。村两委会的这一举措，深受村民的欢迎。

这是梁鑫当村主任之后第一次通过大喇叭向村民讲话。这天晚上，他连饭都没有顾得上吃，就来到广播室，通过大喇叭把这个《决定》向村民进行了广播。尽管他的普通话讲得并不标准，带着浓重的乡音，但村民们却都听得非常明白，也非常喜欢听，因为这是关系到他们切身利益的事情。

各位父老乡亲，借此机会，我首先感谢大家对我的厚爱和信任，选我当村主任。我一定不辜负大家对我的厚望，努力把罗家村的工作做好。

前段时间，我与其他村两委成员一起，对咱们罗家村今后的经济发展、产业结构调整、精神文明建设和文化建设、村里各项基础设施建设和村容村貌建设等，进行了全面的规划，并分别制定了实施方案。这几个方案都已提交村民代表大会议事会审议通过。为解决资金不足的问题，村两委会又研究制定了一个《关于在村民中集资发展罗家村经济的决定》，这个《决定》也得到了村民代表大会的认可。下面，我受村两委会的委托，把这个《决定》向大家报告一下，希望大家给予支持和响应。

一、关于集资的目的意义。关于这次集资的目的意义，我不说大家也清楚，就是为了促进咱们罗家村的经济发展，增加大家的收入，改善大家的生活条件和生活环境。我们要发展经济，没有钱是不行的，而咱们村集体非但没有一分钱的积蓄，还有几十万元的债务。这些日子，我跟大孟书记等几个村两委成员分头到咱们乡和县里的几家银行和信用社都跑了个遍，希望能够贷点款发展咱们村的经济，可他们都不信任我们，怕我们贷了款到期还不上，没有一家银行愿意把款贷给我们。所以，我们才做出了这个集资的《决定》。

二、关于集资的范围和办法。这次集资的范围主要是罗家村的全体村民，当然，外村村民或你们的亲戚朋友中有钱愿意参与集资的，我们也欢迎。集资完全采取自觉自愿，不下达指标，不搞硬性摊派，有钱就集，没有钱就不集。集资的最低限额为一百元，多者不限，越多越好，时间为一个月，地点就设在村两委会办公室。

三、关于集资资金的管理使用问题。本次集资所筹资金由村两委会负责统一管理，统一安排使用。全部用于村里的经济发展和新建生产项目上，其他方面的开支不得借用挪用。资金使用情况由村民代表大会负责监督。

四、关于集资的回报问题。这是大家最关心的一个问题，就是集了资有没有风险，能不能得到回报，得到啥样的回报。我在这里明确告诉大家，村两委会开展的这次集资是有偿的，是有回报的。对大家的集资，村两委会将对其采取保护政策，集资所得回报将根据村里的经济发展和企业的盈利情况向大家分发红利，但最低也不会低于银行的贷款利率。如果所投项目出现亏损，将由村两委会负责偿还大家的集资。

五、其他。关于《决定》中的未尽事宜，由村两委会负责解释。如在集资和资金使用过程中出现问题，由村两委会和村民代表大会共同研究解决。

以上就是这个《决定》的基本内容。希望大家能够理解村两委会的苦衷和用意，积极响应，踊跃参加。我知道咱们罗家村这几年经济落后，大家并不富裕，手里的存款也不多，有一份力就出一份力，有一份爱心就献一份爱心吧，众人拾柴火焰高。我在这里代表村两委会对大家表示衷心的感谢。

祝大家晚安！

《决定》做出后，梁鑫首先带头把自己这两年开维修部赚的钱和他的岳父罗世龙外出做木工活积攒下的十万元钱全部拿出来集了资。村两委其他成员也都把自家的所有存款拿了出来。

这个《决定》，在村民中引起了强烈的反响。也许是深为梁鑫的精神所感动，也许是出于对他的信任，也许是希望能得到更多的回报，村民们集资的热情非常高涨。在集资的头一天一大早，梁鑫和村支书程大孟、会计程友发以及村两委其他几位成员就来到了村两委办公室，等待着那些前来交集资款的村民。令他们没有想到的是，前来缴纳集资款的村民还真不少，竟然排成了长队。队伍中既有中青年村民，也有老人和儿童。最令人关注的是那位曾经当过兵、参加过抗日战争、解放战争，拥有四十多年党龄的老党员胡景宗老人。老人一生中虽然生活清贫，但为人坦荡，嫉恶如仇，富有正义感。他曾因对前任村两委会的工作强烈不满，多次让孩子们推着他到上级反映情况；也曾因对领导乘坐的豪华轿车不满而在扶贫现场会上用烟袋锅敲击过乡长许茂才的小轿车。已是耄耋之年的胡景宗老人，满头银发，身躯佝偻，手里拿着一个黑色的塑料袋，拄着一根木棍拐杖，步履蹒跚地来到集资现场。梁鑫对胡景宗老人的到来感到非常意外，忙把他迎进办公室。

“景宗大伯，您老人家咋来了？”梁鑫非常亲切而不解地问道。

“怎么，我就不能来了？”胡景宗老人说道。

“当然能来了，您老人家是咱们罗家村德高望重的老革命，我们欢迎还来不及哪。我们只是担心您老人家年龄这么大了，腿脚不利索，走路不方便。以后有啥事叫家里其他人来就行了，或是让人喊我们一声，我们到家里去。”梁鑫边说着边为老人倒了一杯茶水。

胡景宗老人用颤抖的手接过茶水，捋了捋花白胡须，高兴地说道：“侄女婿，有你这句话大伯我就高兴了。这些年来还没有村干部到俺家里去过呢！看来大伙没有看走眼，你是个好小伙子，能把咱们罗家村搞好。”

“景宗大伯，谢谢您老人家对我的信任，我一定不让您老人家失望。改日一定抽时间到家里去看望您人家。”

“唉，俺一个孤老头子了，看不看俺没啥，还是忙你们的工作吧。”

梁鑫不知道胡景宗老人为啥会在这个时候突然到办公室。也不知道他对集资的态度，是反对还是拥护，怕他是来搅局的，不免有些紧张。他还是很和蔼地试探着问道：“景宗大伯，您老人家今天到办公室来有啥事呀？”

“听说你们村两委会不是要集资建厂子吗？俺是来集资的。这是孩子们孝敬俺的，俺没舍得花，还有俺平日积攒下来的一些零钱，钱不多零碎了点。不过，这是俺的一点心意，也不知道有多少，你们就数数吧，有多少算多少。”胡景宗老人边说边把他手里的那个钱袋子递给梁鑫。

梁鑫从胡景宗老人手里接过了那个沉甸甸的黑色塑料袋打开看了看，除了上面放了几张五十元和一百元的外，里面全都是零钱，而且大都是一分、二分、五分、五角和一元的硬币。他深为老人的精神所感动，眼睛有些模糊了。他又把黑色塑料袋还给胡景宗老人说道：“景宗大伯，您老人家的这些钱我们不能收，您把它拿回去吧。”

“为啥？嫌钱少还是嫌钱零碎不好数？”胡景宗老人非常生气地质问道。

“都不是。”

“那是为啥？”

“景宗大伯，您老人家别生气。我们既不是嫌您集资的钱少，也不是嫌集资的钱零碎。因为这是孩子们孝敬您的养老钱，您拿回去买点好吃的吧。村里就是再困难，也不能让您老人家把养老的生活费拿出来集资。”梁鑫解释说道。

胡景宗老人一听扑哧笑了，转怒为喜说道：“唉，我还以为你们嫌钱零碎不要呢！你们不用为我担心，我那几个儿子和女儿都很孝顺，他们不会饿着我的。我来集资这点钱，不图有啥回报，只想为咱们罗家村的经济发展做点事情，让咱们罗家村能够尽快富起来。”

“那我就代表村两委会和全村村民谢谢您老人家。”梁鑫紧紧抓住胡景宗老人的手说道。说完，就又从老人的手中接过那个黑色塑料袋子，安排人帮着数钱去了。

胡景宗老人交来的集资款虽然不多，只有一千五百多元钱，但几乎都是零钱，几个村民数了半个多小时才清点完。老人带着会计程友发为他开的收据，高兴地离开了。

村民胡春林因家中房子被烧，经济困难，春节过后，只好带着女儿胡倩倩随着村里的民工潮外出打工去了。当他得知村里搞集资发展经济时，便把挣到手的三千元钱的工资全部寄回了家，其中一千元作为家人的生活费，另外两千元钱作为集资款，让儿子胡小亮交到村两委会，以表达对梁鑫和父老乡亲们的感谢之情。

胡小亮穿着一身打了补丁破烂不堪的衣服和一双几乎五个趾头都露在外面的黄色胶鞋，排在队伍中间，格外引人注目。不少村民都用异样的眼光看着他，觉得他们家里穷得叮当响，似乎他不应该站在这个队伍中。

胡小亮并不在乎人们对他的看法。他眨巴着一双明亮的大眼睛，手里紧紧握着那两千元钱，生怕被别人抢走，也不跟周边的人搭讪，一个人站在那里默默地跟随着队伍往前走。临近中午的时候，他终于排到了办公室的门口。梁鑫见了好奇地问道：

“小亮，你也是来交集资款的吗？”

胡小亮“嗯”一声便把钱递了上去。

梁鑫从胡小亮手中接过钱数了数又问道：“小亮，你这钱是从哪来的？是谁让你来的？”

“梁鑫叔叔，这钱是俺爸爸寄回来的，是他跟俺姐姐在外面打工挣的，他在外面忙回不来，让我把这些钱交给您。”胡小亮瞪着大眼睛，稚声稚气地说。

梁鑫知道胡春林家里生活困难，被烧毁的房子还需要翻建，根本就没有条件集资，便把钱递给胡小亮说道：“小亮，你把这些钱拿回去吧。回去跟你爸爸妈妈说，他们的心意村两委会领了，这些钱还是留着你们盖新房子用吧。”

“不，梁鑫叔叔，俺爸爸说了，让俺一定把这些钱亲手交给您，等他跟俺姐在外面打工挣了钱，俺们再盖新房子。”胡小亮说完，把钱扔下就跑了。

在场的几个村两委成员都为胡景宗和胡春林的精神所感动。从这两个人的身上，他们看到了人心的向背，看到了村民的期盼。

十六

有道是，得道多助，失道寡助，众人拾柴火焰高。由于村两委会做出的《关于在村民中集资发展罗家村经济的决定》合民心，顺心意，得到了村民的拥护和响应。在短短一个多月的时间里，就收到村民的集资款一百多万元，全村近三百户村民，除少数村民因家庭特别困难或因有顾虑没有参与集资外，绝大多数村民都把自己家里多年的积蓄全部拿出来集了资，有的甚至把准备盖房子或准备结婚娶媳妇的钱都拿了出来。与此同时，村两委会还通过财产抵押、高息借贷等形式，从银行或亲戚朋友那里融资一百多万元，从而解决了村里发展经济资金不足的问题。

为了用足用好这些来之不易的资金，全面推动罗家村的经济发展，村里注册成立了“罗家村农工贸集团有限公司”。由程大孟兼任集团公司的党委书记，梁鑫兼任集团公司董事长，胡春光兼任总经理，罗海生、胡天凯和韩玉霞兼任副总经理，程友发兼任总会计师。同时，他们还在结合本村的资源优势和对市场进行充分调查研究的基础上，先后注册成立了“罗家村恒润食品有限公司”“罗家村商贸有限公司”“罗家村油脂有限公司”“罗家村电器农机维修有限公司”和“罗家村鸿达建筑有限公司”五个分公司。

为政之要，莫过于先于用人。人是第一生产力，是一切事业成败的关键。汉朝开国皇帝刘邦也曾说过：“夫运筹帷幄之中，决胜千里之外，吾不如子房（张良）。镇国家，抚百姓，给饷馈，不绝粮道，吾不如萧何。连百万之众，战必胜，攻必取，吾不如韩信。此三者，皆人杰也，吾能用之，此吾所以取天下者也。项羽有一范增而不能用，此其所以为我擒也。”这个故事强调的就是人才的作用。毛泽东也曾经说过：“政治路线确定之后，干部就是决定的因素。”梁鑫虽然只是个村官，但他也懂得人才的作用和价值，知道要发展罗家村经济，选好人、用好人是关键这个道理。为确保这些投资项目都能够产生应有的效益，造福百姓，他提出对各个分公司负责人实行竞聘上岗的建议。他的这个建议得到了村两委会和村民代表大会议事会的一致通过。决定对各分公司的总经理实行聘任制，面向全村进行公开竞聘，坚持能者上、庸者下，每届聘期为三年。被聘任的各分公司总经理有权决定本公司副职的人选，有权根据本公司的经营范围和市场需求，依法自主经营，自行调整本公司的产业结构和经营项目。其工资待遇与公司效益挂钩，完不成任务者就地免职，另行竞聘。凡年满十八岁以上的本村村民，不分男女，只要是身体健康，作风正派，有一定的组织领导能力，均可报名参加竞聘。

为确保竞聘工作公开、公平、公正，村两委会还专门成立了竞聘工作领导小组。领导小组成员由村两委会全体成员和村民代表大会议事会的部分代表组成。由程大孟任组长、梁鑫和胡春光为副组长，并请乡里驻村工作组的姜涵、秦科明和何云飞三人作为竞聘工作的监督员，对竞聘工作实行全程监督。通过竞聘演讲和领导小组无记名投票，选聘出各分公司的总经理，然后由集团公司向其颁发聘任书。

也许是权力的诱惑，也许是利益的驱动，也许是想借助于这个平台展现自己的才能，为罗家村的经济发展献一份爱心，贡献一份力量，报名参加竞聘的人还真不少。既有刚满十八岁的青年，也有年逾花甲的老人。有的甚至一个岗位有二十多人报名。就连罗方钊的侄子罗大江也报了名参加竞聘。

这些日子，罗家村也真够热闹的。那些报名参加竞聘者大都在摩拳擦掌、绞尽脑汁地精心准备着自己的演讲材料。有的竞聘者全家动员，一齐上阵，帮助出谋划策，帮助开展市场调查，帮助准备演讲材料；有的竞聘者甚至还将自己所要竞聘公司的经营思路、目标任务以及发展规划写出了长达数万字的企划书。当然，也有一些根本就没啥能力的滥竽充数者，也知道自己胜出的可能性不大，只是抱着有枣无枣打三竿的想法，想碰碰运气。

竞聘地点就安排在罗家村小学在村里租用的两个相邻的教室里。一个作为竞聘者的演讲区，一个则是竞聘者的等候区。竞聘现场虽然条件简陋了些，但并不失庄重，不仅设有评委席、监督席和演讲席，还设有旁听席，邀请各生产组组长和部分村民代表参加旁听。每个竞聘岗位都是分别进行。参加竞聘者通过抽签来决定竞聘顺序。为防止竞聘者之间相互影响，窃取或借用他人的演讲思路和经营理念，所有竞聘者都必须在等候区等待，根据抽签顺序，由引领者负责把竞聘者带到演讲区进行演讲。每个竞聘者的演讲时间不得超过十分钟。如评委有啥疑问，还可以向竞聘者提出询问。待竞聘者演讲全部结束后，由评委们进行无记名投票，选出最优秀的竞聘者作为各个分公司总经理的人选。

竞聘这天一大早，竞聘现场的周围就聚满了人，有来为自己的亲人捧场的，也有前来凑热闹的。他们甚至比竞聘者和评委来得还早。为保证竞聘工作正常进行，民兵连长胡天凯还安排了几个民兵在竞聘现场周围进行巡逻。当主持人梁鑫宣布竞聘工作正式开始后，那些竞聘者们便以饱满的热情，开始了他们的竞聘演讲，展开了博弈。

尊敬的各位领导、各位评委、各位父老乡亲们，大家上午好。在此首先感谢村两委会给我提供这样一个展示自己的机会。

我叫项天发，今年二十九岁，高中文化程度，为人谦和，性格外向，作风正派，身体健康。我要竞聘的是“罗家村恒润食品有限公司”总经理的岗位。

我是一个地地道道的农民，高中毕业回乡后就一直在家里务农。虽然没当过啥领导，也没搞过企业，但我管理过果树，种过蔬菜，承包过鱼塘，跑过小买卖，懂得水果、蔬菜和鱼的种养技术，懂得市场营销之道，并具有一定的组织领导能力。所以，我觉得我能胜任这个岗位。

以上就是我的基本情况和竞岗优势。如果评委们相信我，聘任我担任“罗家村恒润食品有限公司”总经理，我一定不辜负领导和同志们对我的信任，尽职尽责，努力工作，率先垂范，严以律己，带领公司全体员工，打造优质品牌，创造一流的业绩。一方面不断提高生产能力，扩大生产规模，由粗加工向精加工、细加工发展，打造绿色食品和环保食品，保证产品质量，提高市场竞争力；另一方面要不断拓展市场营销渠道，把我们生产的水果、蔬菜和牛羊肉等各种食品销往全国各地，将来还要打到国际市场上去。力争当年就实现利润一百万元，第二年翻一番，第三年聘期届满时实现利润三百万元。

为了实现这一目标，我准备带领公司的全体员工主要从以下三个方面开展工作。一是根据市场需求开发和建立塑料大棚蔬菜、水果种植基地，不仅要把我们生产的蔬菜、水果销往一些大中城市，还要让全村的老百姓在冬天能够吃上新鲜蔬菜；二是充分发挥咱们村山林多、饲料多的资源优势，建立畜牧养殖基地，养牛、养羊、养猪、养鸡；三是建恒温库和低温库，把村民们种植并准备出售的粮食、水果和蔬菜收购起来，进行精加工、细加工，实现种植、加工、储存和销售服务一条龙。

项天发的竞聘演讲，有思路、有措施、有目标，令人鼓舞、令人振奋、令人信服，赢得了评委们和旁听者们一片热烈的掌声。接下来便是罗大江的竞聘演讲。他竞聘的岗位也是“恒润食品有限公司”总经理的岗位。尽管他非常憎恨梁鑫，也憎恨现在这个村两委会，但他觉得当总经理是个肥差，既有利可图，又能提高自己的身价，提高自己的社会地位。能否做好工作他没有想过，只要能捞到好处就行。这样的机会他岂能放过？为了能够谋到这个职位，他也动了一番脑子，做了一些准备，写了一份竞聘演讲材料。当然，由于他平日好吃懒做，不学无术，肚子里的坏水不少，墨水却少得可怜。更何况他根本就不懂经营，品质又极差，写出的竞聘演讲材料水平就可想而知了。但见他一改平日那种趾高气扬、盛气凌人的姿态，装出一副毕恭毕敬的样子说道：

亲爱的程大孟书记、梁鑫主任，亲爱的各位评委，我在这里有礼了，首先让我给您们深深地鞠上一躬，感谢您们给我罗大江这个机会，让我竞聘总经理这个岗位。

我罗大江虽然从小就不爱学习，没上过几天学，没读过几天书，只有初中文化，斗大的字识不了几个，不会咬文嚼字，不会说好话唱高调，更不会说什么豪言壮语，但我认为牛皮不是吹的、火车不是推的，有文化未必都能干成大事，没有文化也未必做不成大事。当领导不能靠花架子，不能靠说大话。靠的是能力，靠的是实力，靠的是权威，靠的是人脉关系。我为啥要竞聘“恒润食品有限公司”这个总经理呢？这是因为，我觉得我罗大江有这个能力。食品公司不就是种水果种蔬菜吗？然后把种的水果和蔬菜卖出去。这事并不难，我从小就跟着我爸在庄稼地里干活，所有的水果蔬菜我几乎都会种。至于说做买卖，卖水果、卖蔬菜，这更是我的强项。我不仅有很多哥们在跑买卖，还有我大舅（指杨立峰）现在是咱们县公安局的副局长，有权有势，有很多人脉关系网。他如果让哪个单位买点水果蔬菜，哪个单位会不给他这个面子？所以我认为，我有能力当好这个总经理。

在这里，有一件事我要做个说明，还我自己一个清白。我知道评委当中有人可能对我有意见，不信任我，甚至对我有误会，认为这几年村里发生的那些纵火案、投毒案都是我罗大江干的。这真是天大的冤枉、天大的委屈。我罗大江怎么可能干出那样的缺德事呢？这都是那些不怀好意，或者对我有意见的人给我造的谣，请你们不要相信这些谣言。不过，我罗大江是一个有仇必报的人，人不犯我，我不犯人；人若犯我，我必犯人。当然，我罗大江也是一个知恩图报的人。如果谁有恩于我，我会终生难忘，加倍回报他的。

各位评委，请您们相信我，投我的票吧。只要您们能够选我当这个总经理，我不会让您们失望的，不仅会让公司挣到更多的钱，而且我还会感谢您们、报答您们的。

罗大江的竞聘演讲，没有实质内容，没有经营思路，没有奋斗目标，更没有发展规划。其实就是一个自我标榜、自我吹嘘、自我狡辩的表白，也是向评委们发出的警告和恐吓。对于他的为人和能力，谁人不知，谁人不晓？

在“恒润食品有限公司”总经理竞聘演讲结束之后，便是“鸿达建筑有限公司”总经理的竞聘演讲。其中，程大奎的竞聘演讲引起了评委们的关注，得到了评委们的一致好评。他在演讲中说道：

尊敬的各位评委、各位监考官、各位父老乡亲，能站在这里参加竞聘总经理的演讲，我感到非常高兴，也非常自豪。这样的竞聘在咱们罗家村历史上还是第一次。这充分证明了村两委会对人才的重视，也充分证明了村两委会对振兴和发展罗家村经济的信心和决心。我作为一个罗家村村民，有责任、有义务为村里的经济发展做出自己应有的贡献。

我叫程大奎，今年三十九岁，中专毕业，曾在咱们县里的高职学校学习过两年的建筑专业知识，并曾干过近二十年的泥瓦匠。我所竞聘的岗位是“罗家村鸿达建筑有限公司”总经理的职务。我知道自己对建筑知识还学习得不深不透，与那些建筑专家和工程师比起来还相差甚远。但这常言说得好，山中无老虎，猴子成大王。我毕竟对建筑行业的知识还懂一些。在咱们罗家村虽然泥瓦匠不少，但真正系统学习过建筑行业知识的还没有。我觉得我有能力把咱们村的建筑公司带好，让它为咱们村的建筑工程和经济发展发挥应有的作用。如果领导相信我，选我当这个总经理，我将不负众望，不辱使命，以实际行动回报您们对我的厚爱，努力把建筑公司的工作做好。具体说来，主要准备做好以下几方面的工作。

一是加强队伍建设，努力打造一支技术精良、爱岗敬业的建筑队伍。咱们罗家村虽然学习建筑知识的人不多，但泥瓦匠不少。有的村民甚至从事建筑工作几十年，有着丰富的实践经验。有不少村民现在还在外边打工从事建筑工作。如果我当了“鸿达建筑有限公司”的总经理，首先就把这些人都请回来，让他们加入到咱们的建筑公司。同时，准备从社会上高薪聘请几位建筑专家和工程师，让他们担任公司的顾问和工程技术人员。

二是抓好队伍的思想作风建设和业务培训，提高公司员工的政治素质和业务水平。坚持经常组织公司员工进行政治理论学习，教育他们牢固树立正确的人生观和价值观，牢固树立爱岗敬业精神，并坚持定期请专家和工程技术人员对员工进行业务知识培训，以提高他们的政治素质和业务知识水平。

三是加强制度建设，做到工作管理制度化。俗话说得好，没有规矩不成方圆。要想把工作做好，光靠教育是不行的，还必须有制度做保障。我上任之后，将根据公司的实际需要，并借鉴其他同行业的经验，准备制定出《总经理、副总经理工作守则》《公司财务管理制度》《公司技术人才引进使用办法》《安全生产管理办法》等各项规章制度，使公司的各项工作都纳入规范化、制度化的轨道。

四是坚持“质量第一、用户至上”的原则，确保工程质量。建筑工程是百年大计，关系到人们的财产和生命安全，马虎不得。在施工过程中，我们将始终坚持抓好工程质量，强化质量管理，健全质量保障体系，落实安全生产责任制，严把质量关，确保每一项工程不论大小，都要做到保质保量，让客户满意，让用户放心。

五是坚持改革创新，不断开拓新的市场。就我们现在的施工技术和管理水平而言，建个平房和简单楼房还勉强可以承担，但要建高楼大厦和复杂工程的话，那就是老鼠啃天，无处下口了。要使咱们的建筑公司能够生存下去，能够发展壮大起来，就必须适应市场经济发展的需要，坚持解放思想，与时俱进，改革创新。通过提高技术水平和工程质量，不断开拓新市场，开创新局面。不仅要把咱们罗家村的建筑工程全部承接下来，还要不断向周边的村子扩展和延伸，将来有了条件，还要到县城甚至省城去发展。总之一句话，就是要打造一流的建筑队伍，创造一流的业绩，取得最佳经济效益，向全村人民交上一份合格而满意的答卷。

……

竞聘工作在紧张有序地进行着，竞聘演讲还在继续。那些报名参加竞聘者八仙过海，各显其能。他们用饱满的热情和必胜的信心，充分展现着自己的聪明才智，展现着自己的组织领导才能和经营理念，令评委和旁观者们赞叹不已。有的岗位竞争异常激烈，胜负难分。

经过竞聘工作领导小组两天的紧张工作，“罗家村农工贸集团有限公司”所属的五个分公司总经理的人选终于全部浮出水面。项天发、罗大海、程大奎、胡景明和程二茂五个竞聘者脱颖而出，成为各个分公司的领军人物。项天发被聘为“罗家村恒润食品有限公司”总经理，罗大海被聘任为“罗家村商贸有限公司”总经理，程大奎被聘任为“罗家村鸿达建筑有限公司”总经理，胡景明被聘任为“罗家村油脂有限公司”总经理；程二茂被聘任为“罗家村电器农机维修有限公司”总经理。程大孟和梁鑫代表村两委会和集团公司向这五位分公司的总经理颁发了聘任书。这场激烈竞聘大战终于尘埃落定，画上了一个圆满的句号。从此，罗家村的经济发展步入了快车道。

十七

竞聘工作结束之后，在竞聘中胜出的各个分公司的总经理们便开始走马上任，践行他们在竞聘时所做出的承诺，大刀阔斧地开展工作。这些总经理们也都纷纷效仿村两委会的做法，在各自的公司内部实行了竞聘上岗。从公司的副总经理到各个部门负责人，都是通过竞聘选拔出来的。与此同时，他们还把整个工作都引入了竞争机制，建立了严格的管理制度和奖惩机制，制定了岗位目标责任制，实行了绩效工资考核机制。员工的工资与劳动效率以及公司的效益挂钩，多劳多得，少劳少得，不劳不得。各个分公司都与总公司签订了承包责任书，员工们则分别与各自所在的公司签订了劳动合同。村民们基本上都有了自己工作的岗位，就连那些外出打工的村民也都陆陆续续返回了村里，投入到了村里的经济发展大潮之中。

为确保各分公司能够正常运行，村两委会用筹措到的这些资金，为各分公司购置了必要的生产设施，建起了必备的生产基地和厂房。先后为建筑有限公司购置了塔吊和搅拌机；为油脂有限公司购置了榨油机，建起了一个年生产能力为五百吨的榨油车间；为食品有限公司建起了一个面积为二百多平方米的低温库和两个面积分别为一百五十多平方米的恒温库，建起了二十个塑料种植大棚；为电器农机维修有限公司建起了厂房，购置了必要的车床、刨床等维修设备；为商贸有限公司建起了商贸中心。

为学习与借鉴外地的管理经验，提高管理素质和管理水平，村两委会和集团公司多次分期分批组织各公司主要负责人，赴山东省的南山、西王和江苏省的华西村等一些经济工作搞得比较好的富裕农村进行参观学习，取经学艺，赴山东省的寿光等地学习塑料大棚的种植技术和管理经验。

这些公司的创办与崛起，给罗家村的经济发展带来了生机和活力，也使罗家村的百姓们看到了曙光，看到了希望。尤其是塑料大棚的种植成功，打破了罗家村冬季因天寒不能种植蔬菜的传统观念，成了一道亮丽的风景线。

村两委会出资所建的二十个种植蔬菜的塑料大棚，就建在村东头山坡下面一片土质比较肥沃的土地上。二十个大棚分两排而建，每排十个，每个有一亩多地，中间有一条十多米宽的柏油马路。在大棚的前边还盖有十间平房，其中有五间是大棚生产基地管理人员的办公室和业务洽谈室，另外五间则是蔬菜储存室。塑料大棚建成后就交由“恒润食品有限公司”管理。公司总经理项天发为了能够把这些塑料大棚种好管好，不仅多次派人到外地学习塑料大棚的种植管理经验，还把在外边打工、有种植蔬菜经验的程友生请了回来。程友生不负众望，充分发挥自己的技术特长和爱岗敬业精神，把全部心血都用在了塑料大棚的种植管理上。在程友生和其他管理人员的精心管理下，塑料大棚种植终于获得了成功。而且生长和经营状况良好，收入也十分可观。一年下来，二十个塑料大棚就实现利润五十多万元。

由于罗家村地处北方寒冷地区，塑料大棚的种植在春夏秋三个季节管理起来还比较容易，而到了冬季管理起来就比较难了。每当冬天来临，气温常常降到零下二三十摄氏度，塑料大棚的保温是个大问题。除在大棚上面覆盖厚厚的草帘之外，大棚内的保温主要是靠土暖气来解决。稍有疏忽，大棚内的蔬菜就有可能被冻坏或被冻死。为能把大棚种好管好，程友生和那些管理者们几乎吃住在大棚里，一点都不敢怠慢，晚上还要轮流值班。

村两委会和食品有限公司对大棚生产基地也都极为重视，经常到这里来检查指导工作，帮助解决工作中遇到的困难和问题。春节前夕，当检查组再次来到大棚生产基地时，检查组的所有成员都为塑料大棚管理得如此之好表示赞叹。

虽然已是数九寒天，棚外冷风刺骨，寒气袭人。而大棚里却是春意融融，菜香扑鼻，一片丰收的景象。

大棚生产基地的负责人程友生向检查组介绍道：“由于咱们大棚种植的蔬菜产品优良，绿色环保，价格便宜，深受用户的欢迎，一直供不应求。春节前后的蔬菜早就全部预订出去了，有的客户还预交了定金。”

看着这长势喜人的蔬菜，听着这令人振奋的消息，大家都赞不绝口。程大孟颇有感慨地说道：

“以前我总以为咱们这个地方冬天天气太冷，不适宜搞大棚种植。现在看来，我这个观点是错误的。以后咱们有了钱还要投资多建一些这样的塑料大棚。这样既能保障咱们村的老百姓在冬天都能吃上新鲜的蔬菜，还能为咱们罗家村创造更多的经济效益。”

胡春光调侃道：“难怪有人说小姐把辈分搞乱了，大棚把季节搞乱了。这塑料大棚就是好，要不是有塑料大棚，咱们这里在这么冷的冬天怎么可能吃上这么好的新鲜蔬菜啊！”

驻罗家村工作组的副乡长姜涵边品尝着小西红柿边称赞道：“天发，你们的塑料大棚搞得不错呀，不仅方便了群众，还为村里带来了非常可观的经济效益，你这个食品公司的总经理也成香饽饽了。”

“是啊，我们也没有想到塑料大棚的生意会这么好。这都是友生哥他们几个人的功劳。为了种好管好这些塑料大棚，他们可真是没少操心，没少吃苦。如果没有他们的精心管理和细心照料，大棚的蔬菜就不可能长得这么好。”项天发笑着回答道。

梁鑫对陪同他们参观的项天发和程友生说道：“天发、友生哥，你们辛苦了。大棚能种植成功，这都是你们的功劳。我们村两委会代表全村的父老乡亲谢谢你们。同时，希望你们在过春节时给每一户村民都准备一个菜篮子，让乡亲们都能够吃上咱们自己种的新鲜蔬菜。”

项天发爽快地答应说道：“没问题，友生早就考虑好了，而且都已经做好准备，保证让全村的父老乡亲们在过春节的时候都能吃上咱们自己种的新鲜蔬菜。”

程友生见检查组夸奖他们大棚管理得好，心里美滋滋的。他十分谦和地说道：“谢谢领导的关心和表扬。村两委会和食品公司把大棚生产基地交给俺们管理，这是对俺们的信任。种菜是俺的老本行，苦点累点没啥，只要能把菜种好，领导和大伙满意就好。再说了，咱们的塑料大棚之所以搞得这么好，还要感谢咱们的秦技术员。他为了帮助俺们种好大棚，没少操心，经常跑到这里来对俺们进行技术指导。”

秦科明听后笑着说道:“友生哥，您也太客气了，这点小事您还挂在嘴边上。我在大学里学的就是这些东西，只不过是耍耍嘴皮子而已，工作都是您们干的，功劳还应该归功于您们。”

程友生又满含感激之情地说道：“俺没啥文化，当领导出点子不行，干点体力活还可以。您们就放心吧，俺们一定会把大棚管好的。”

“我看咱们村两委应该开个庆功会，像程友生这样为村里经济发展做出突出贡献的人，就应该给他们记功奖励。”胡春光提议道。

“春光书记的这个提议不错。咱们罗家村今年各个公司的工作都做得很有成效，经济效益也很可观，是应该好好总结一下。”梁鑫表示赞同说道。

“好啊，回头咱们村两委会开个会好好研究一下，制定出一个评奖办法来，让各个部门都好好总结一下，然后召开一个由全体村民参加的总结表彰大会，对那些为咱们罗家村的经济发展做出突出贡献的单位和个人进行大张旗鼓的表彰。不仅要对他们进行精神鼓励，还可以对他们进行物质奖励，以推动和促进咱们罗家村的经济发展。”程大孟也附和说道。

姜涵也有感而发说道：“真是只有想不到的，没有做不到的。没想到才仅仅一年的时间就发生这么大的变化。照这样发展下去用不了几年，罗家村就能够彻底改变贫穷落后的面貌。我们这个工作组也就完成了使命可以打道回府了。”

村委会副主任罗海生则只顾低头在那里吃水果，一言未发。因为在竞聘时他曾力挺罗大江，坚决反对让项天发担任食品有限公司的总经理，说他只会耍嘴皮子说大话没有能力。没想到事实给了他一个响亮的耳光，他觉得有些不好意思。这时，梁鑫又提醒项天发和程友生说道：

“天发、友生哥，天气这么冷，你们一定要注意防寒防冻，要确保大棚内的温度，千万可别把蔬菜冻坏了。另外，还要注意防火、防盗，防止有人搞破坏。”

项天发胸有成竹地说道：“你就把心放在肚子里吧。我们会注意的。友生哥的心可细了，干事可认真了。到了冬天，他几乎每天晚上都守在大棚里值班。半夜里还要起来检查每个土暖气的供暖情况，生怕冻了蔬菜。”

程友生也满怀信心地说道：“梁主任，你就放心吧，我们保证过春节的时候让乡亲们都吃上俺们种的新鲜蔬菜。”

检查组边走边聊，边走边品尝着各种美味可口的新鲜水果。他们从一号大棚看到二号大棚，又从二号大棚看到三号大棚；从西红柿大棚看到韭菜大棚，又从茄子大棚看到黄瓜大棚……那绿油油的韭菜和菠菜；那饱满而结实的大头菜和菜花；那身姿苗条、身穿绿衣裳、头戴小黄花的黄瓜；那红似孩子的脸蛋、挂满枝头、争相斗艳的西红柿；那身穿紫袍、怕羞似的躲在茂密的绿叶下面的茄子；那青似山羊角、红似灯笼的辣椒；那爬满枝架、像一条条绿色长龙的丝瓜……真是招人喜欢，令人流连忘返。

夜深了，咆哮一天的凛冽寒风并没有收敛，继续施展着淫威撕扯着这漆黑的夜幕，仿佛要征服这个世界。此时罗家村的人们早就躲进了自家的热炕头上进入了香甜的梦乡。此时，在大棚生产基地值班的程友生与另一名管理人员胡小强在给大棚的土暖气加完煤之后，又冒着刺骨的寒风把所有的大棚都仔细检查了一遍，看是否有被大风刮起的草帘或被刮破的塑料布，然后才放心地回到值班室休息。就在两人刚刚进入梦乡不久，就被“噼里啪啦”的茅草燃烧声和火红的亮光惊醒了。两人警觉地穿上衣服想到外边看个究竟。当他们走出值班室时，顿时被眼前的情景惊呆了。只见靠近山坡并排的十号大棚和二十号大棚同时燃起了熊熊大火。外边的路灯也因大火烧断了电线而灭了。望着眼前的熊熊大火，程友生心里非常清楚，仅靠他跟胡小强两人的力量是根本无法扑灭的。他立即给项天发和梁鑫等人打电话求助。

梁鑫接到求助电话后立刻跑到村两委办公室打开扩音器，通过大喇叭向全体村民求救。

“全体村民请注意，全体村民请注意，深更半夜把大家吵醒，真是不好意思，实属无奈。因为咱们村的蔬菜大棚着火了，请大家听到广播后赶快去救火，请大家听到广播后赶快去救火。”

火警就是命令，火警就是动员令。在睡梦中被惊醒的村民们听到广播后都纷纷爬起床来，挑起水桶，端着脸盆，拥向大棚生产基地，甚至还有一些老人和孩子也都加入了灭火大军。

整个大棚生产基地浓烟滚滚，火星四溅。大火借着风势迅速蔓延开来，从十号大棚烧到九号大棚，又从九号大棚烧到八号大棚。熊熊大火划破了宁静的夜空，照亮了罗家村漆黑的夜晚。虽然前来救火的人很多，而且每个大棚里都放有盛满水的水缸和灭火器，但由于火势太大，根本就是杯水车薪，无济于事。

大火蚕噬了一个个塑料大棚，也烧灼着村民们的心。

十八

大火整整烧了两个多小时才被扑灭。二十个塑料大棚在顷刻之间几乎全部化为灰烬，只有在最前边的几个塑料大棚由于扑救及时，保护措施得当才幸免于难，逃过了一劫。

第二天一大早，程大孟、梁鑫、胡春光和项天发等人就来到大棚生产基地，查看火灾造成的损失情况。只见整个大棚生产基地到处都散落着尚未燃尽的木棍和茅草，到处都是积水结成的厚厚的冰。那些本来长势喜人，即将上市的西红柿、辣椒、黄瓜、韭菜等各种蔬菜和水果已经狼藉不堪。有的东倒西歪，摇摇欲坠；有的耷拉着脑袋，遍体鳞伤；有的躺在结了冰的水洼里痛苦地呻吟；有的被冻得早就变了颜色。初步估算，这场大火造成的直接经济损失高达五十多万元。

村里的经济状况刚刚有所好转就发生这样的事情，这是程大孟、梁鑫等这些村干部们所始料不及的。望着眼前的情景，他们欲哭无泪。为了尽快查明火灾原因，给全村父老乡亲一个交代，村两委会立刻向公安机关报了案。

由于火灾所造成的经济损失比较大，乡派出所和县公安局对这个案件都非常重视，组成了一个由县公安局刑侦大队大队长邢战成和乡派出所所长何润生亲自参加的联合办案组，第二天上午就来到了大棚生产基地的火灾现场，投入了紧张的侦破工作。办案组兵分两路。一路负责拍照录像，现场取证，评估火灾造成的损失情况。一路负责找相关人员谈话，了解火灾发生前后的情况。

办案小组在村里忙了整整一天。他们在了解了基本情况之后便撤走了。临走时还把项天发、程友生和胡小强三人带走了。办案小组的这一举动，令全村人感到震惊，迷惑不解。更让那三个被带走的人的亲人焦虑不安，急得像热锅上的蚂蚁，纷纷跑来找梁鑫，询问这究竟是咋回事，想问个明白，讨个说法。

“梁鑫，天发是啥样的人你清楚。他昨天晚上就没出过家门，我们很早就睡下了。这大棚的火又不是他放的，公安局为啥要抓他？”项天发的妻子钱招娣怒气冲冲地找梁鑫质问道。

“梁主任，俺家程友生为人忠厚老实，这你们是知道的。自从村里让他管理大棚以来，他都快把大棚当成自己的家了，几乎把全部的心思都放在了管理大棚上，家里的活都是俺一个人干。他怎么可能去放火呢？这不是冤枉好人吗？”程友生的妻子金兰芝满肚子委屈地诉说道。

“就是嘛，友生哥跟俺家小强都是忠厚老实的人，他们怎么可能去放火呢？梁主任，你们村两委会可要给俺们做主呀！”胡小强的妻子于敏兰也恳求道。

梁鑫当然不相信这火是他们三人放的。但他不明白公安局为啥要把他们三人带走，只好安抚她们道：

“招娣、兰芝嫂子、敏兰妹子，你们的心情我完全能够理解，这事摊在谁身上谁都会焦急。不过请你们放心，村两委会对这件事不会坐视不管的。赶明儿我到公安局去问问这究竟是咋回事，再给你们答复。只要这场火灾与他们三人没有直接关系，我想公安局会把人放回来的。”

项天发和程友生被抓，食品有限公司和大棚生产基地群龙无首。为接受教训，防止类似的事情发生，也为了不影响食品有限公司和大棚生产基地的工作，村两委会连夜召开了一个紧急会议，乡里驻村工作组的姜涵等人也列席了会议。会议通报了火灾的基本情况和造成的损失，研究了如何进一步加强安全生产和保卫工作的意见，并决定由梁鑫、胡春光和胡天凯三人配合公安机关继续做好案件的侦破工作；决定在项天发和程友生没被放回来之前，食品公司的工作暂时由副总经理胡天力主持，大棚生产基地的工作暂时由何新洲负责。

为了弄清项天发、程友生和胡小强三人为何被公安机关带走，就在办案小组离开村子的第二天上午，梁鑫和胡春光就来到了乡派出所，找到了所长何润生。何润生告诉他们：“人是县公安局刑侦队带走的，现被押在县公安局看守所里。听说这三人都是犯罪嫌疑人。具体情况我也不清楚，你们还是到县公安局刑侦大队去问问吧。”

梁鑫和胡春光又来到了县公安局刑侦大队，找到了刑侦大队的大队长邢战成。三人昨天刚刚见过面，彼此都认识，无须再作介绍。邢战成热情地接待了他们，请他们在沙发上坐下，并为他们分别沏了一杯茶，非常客气地问道：

“你们二位今天来找我有啥事？是不是火灾案件又有啥新线索了？”

“那倒没有，邢大队长，我们罗家村发生这么大的火灾，给您们添了这么大的麻烦，真是不好意思。我们俩今天来主要是想问问，您们为啥要抓项天发、程友生和胡小强？他们的家属找我们要人，问我们公安局为啥要抓他们。我们也无法回答，只好跑到公安局来想问个明白。”梁鑫也没客气，开门见山说明来意。

其实，不用梁鑫说，邢战成早就知道了他们的来意。因为在他们两人到来之前，何润生已经打过电话来了。邢战成这么问只是客套而已。他点上了一支烟边抽边慢条斯理地解释说道：

“你们二位大老远地跑到县城里来就是为这事呀？打个电话过来不就行了吗。在回答你们提出的这个问题之前，我首先要纠正你们一个错误的认识。我们不是抓人，把他们三人带到公安局来是让他们配合接受调查的。因为这三个人当中有两个是案发时在现场值班的当事人，另外一个是他们公司的领导。在案件侦破之前，他们是最大的嫌疑人，有义务配合我们调查破案。如果抓到了纵火嫌疑人或证明他们确实与纵火案无关，我们会把人放回去的。还请你们跟他们的家人解释清楚。”

梁鑫一听只是为了配合调查就把他们三人押到看守所里关了起来，觉得有点不可思议。他不知道邢战成这闷葫芦里到底卖的是什么药，不知道公安局为啥要这么做，可又不能发火，只好笑着恳求说道：

“邢大队长，既然不能确定他们三人就是犯罪嫌疑人，只是配合调查，您看是不是先把他们放回去，您们啥时需要找他们了解情况，让他们随叫随到就是了。”

“那可不行，如果把他们放回去，人跑了咋办？”邢战成回绝道。

“他们不会跑的。我相信这不是他们三人干的。您就让他们先回去吧，我们会让他们配合您们调查的。”胡春光也恳求道。

“不行，我说不行就是不行。你们怎么就能肯定这个案子一定与他们三人无关？又怎么敢肯定他们一定不会跑呢？”邢战成显得有些不耐烦地反驳说道。

梁鑫见邢战成执意不肯放人，很是无奈，又恳求说道："邢大队长，您说得也有道理。我们两人今天是受村两委会的委托来向您求情的。您看这样好不好，他们三个人都有自己的工作，尤其是项天发还担任着食品公司的总经理，到年底了，公司有很多事情等着他去处理。我跟春光在这里给他们做个担保，您先放他们回去。如果他们不配合或者人跑了，由我们俩来承担责任，愿打愿罚随您们。"

"我说不行就不行，别说是你们村两委会，就是龙潭乡党委来求情也不行。我们公安局刑侦队是负责侦破案件、保护人民的，管不了你们村里的工作。不管你们咋说，我们现在是不能放人的。"邢战成断然拒绝说道。

"那请问邢大队长，你们啥时才会放人？"胡春光十分关切地问道。

"等案件有了结论，确认他们没有啥问题，我们自然会把人放回去的。"邢战成回答道。

不管梁鑫和胡春光如何恳求，如何解释，邢战成始终没有同意把项天发、程友生和胡小强三人放回来。没有办法，他们只能无功而返。

这场大火是如何烧起来的？为何村两委会刚刚检查完大棚生产基地的工作就发生这样的事情？尤其是项天发、程友生和胡小强三人被公安机关带走，使村里谣言四起，村民们议论纷纷，众说纷纭。

"唉，多好的大棚呀，一场大火就全烧没了，真是太可惜了。"

"听说要损失几十万哪，这可都是咱们老百姓的集资款啊。"

"这深更半夜的，大棚里没有人，咋就会着起火来呢？"

"听说是大风刮断电线引起的火灾。唉，咱们罗家村人就是穷命，刚挣了点钱就发生这样的事情。"

"一定要查清楚责任，是谁造成的损失就让谁赔偿。"

"你们可能还被蒙在鼓里吧？听说这场火灾是项天发指使程友生和胡小强干的。"

"这怎么可能呢？"

"咋不可能？要不是他们三人干的，公安局为啥要把他们三人抓起来？听说程友生和胡小强在公安局里都招供了。"

"项天发为啥要这么做？"

"无非就是想多捞点钱呗。"

“多捞钱跟烧塑料大棚有啥关系？”

“咋没有关系？听说大棚生产基地今年的收成不错，而项天发和程友生见钱眼红，狼狈为奸，经常卖了菜收了钱不入账，或是多收少报，把贪污的钱私分。前两天村两委会组织大检查时发现了这个问题，要组织人对大棚生产基地的财务进行审计，项天发害怕了。他怕事情败露遭到处罚，就把大棚生产基地的所有账目和发票放到了十号大棚里，准备制造一场火灾，把所有的证据都销毁，掩人耳目。没想到火势太猛，难以扑灭，才导致了这场悲剧的发生。”

“唉，真是知人知面不知心，想不到项天发这么老实的人还能干出这么卑鄙的事情来。”

“你们都是从哪得到的这些消息？这纯粹是造谣，项天发不是那种人，他不可能干出这么缺德的事情来。”

“既然是造谣，那公安局为啥把他们三个人都抓起来了呢？”

……

真是三人言虎，人言可畏，越传越邪乎，越传越离谱，甚至还有人说项天发在公安局畏罪自杀了。项天发、程友生和胡小强的亲人们更是坐立不安，急得像热锅上的蚂蚁，以泪洗面，天天去找程大孟和梁鑫哭着闹着要人。梁鑫和胡春光又先后多次跑到县公安局刑侦大队进行交涉，希望他们能尽快放人，但始终未果。直到项天发、程友生和胡小强三人被带走后的第七天，才被无罪释放回到了村里。

这场火灾究竟是何原因引起的？火灾现场因救火而全部被破坏，塑料大棚内的电线已几乎全部被烧焦。究竟是因为大风刮断电线造成短路引起的，还是有人故意纵火所为，公安机关最终也没有下定论。邢战成当然也知道火灾不是项天发、程友生和胡小强三人所为。他这么做无非就是想讨好自己的上司杨立峰。因为罗方钊在县公安局当副局长的大舅子哥杨立峰就分管刑侦工作和社会治安工作。邢战成既是杨立峰的部下，也是他的忠实追随者。他曾随杨立峰到过几次罗家村，对罗家村的基本情况以及罗方钊与村民之间的恩恩怨怨也有所了解。他知道项天发和程友生都与罗方钊叔侄矛盾很深，想借此机会讨好杨立峰，便以配合调查为由将项天发、程友生和胡小强三人抓到公安局里关押了一个星期。

大棚生产基地火灾的发生，不仅使罗家村蒙受了巨大的损失，也使罗家村刚刚有所好转的社会治安又蒙上了一层恐怖的阴影。

十九

真是浊者自浊，清者自清。项天发、程友生和胡小强回到村里之后，那些关于他们相互勾结纵火销毁证据的流言蜚语自然也就不攻自破。当然，他们并不知道公安局这么做是有人在报复他们，还误以为只是为了配合调查火灾发生的原因。

项天发回到村里，便立即投入了紧张的工作。作为一个公司的总经理，到了年底，又被公安局关了七天，不知有多少事情等着他去拍板，也不知有多少工作等着他去处理。尤其是大棚生产基地在这场火灾中几乎毁坏殆尽，至今还没有查出火灾的原因。虽然火灾的发生与他没有直接关系，但作为大棚生产基地主管部门的负责人，造成如此大的损失，他难辞其咎。他不知道该如何向村两委会和全体村民交代；不知道该如何向那些已经签订了购买蔬菜合同的客户交代；更不知道再从哪里去筹措资金重建大棚生产基地。这一切，都需要他去面对，去思考，去处理。

然而，这场火灾所引起的风波远比他们想象的要复杂得多，斗争要尖锐得多，甚至连村两委会都始料不及。就在项天发、程友生和胡小强回村几天之后，村两委办公室大院的墙上出现了大字报。不少村民闻讯后都跑过来看。梁鑫正好到办公室里有事，便也凑过去想看个究竟。只见大字报标题《告全体村民书》几个醒目的大字赫然在目。再看下面的内容是：

尊敬的罗家村各位父老乡亲，今天，我们怀着无比悲愤的心情告诉大家一个不幸的消息，咱们省吃俭用集资的钱全部被那些不负责的败类打了水漂，血本无归。

我们都是罗家村忠厚老实而听话的村民，为了推动和促进村里的经济发展，尽快脱贫致富，我们响应村两委会的号召，都把自己家中多年来辛辛苦苦积攒下来的那点血汗钱交了集资款，有的甚至还把准备盖房子的钱或准备结婚娶媳妇的钱都拿出来集了资。虽然村两委会在集资时曾做过承诺，保证我们的集资款不低于银行存款利息并可以分得红利，保证我们的集资款不会少一分一厘。可由于某些领导和管理者不负责任，玩忽职守，致使咱们刚刚建起不久、投资近百万元的大棚生产基地几乎全部被烧毁，造成直接经济损失几十万元。真是令人心寒，令人心碎，令人愤慨。为此，我们要为全体村民讨回一个公道，并强烈呼吁：

（一）强烈要求村两委会追究造成大棚生产基地火灾的管理者及其主管部门负责人的责任，并赔偿火灾所造成的一切经济损失。

（二）强烈要求撤销项天发恒润食品有限公司总经理的职务；撤销程友生大棚生产基地负责人的职务。

（三）强烈要求追究村两委会和集团公司主要负责人的责任，并撤销其职务。

（四）强烈要求村两委会把集资款全部退还给村民，以减少损失。

以上所述是全体村民的共同心愿和要求。如果村两委会不能满足我们提出的这些要求，我们将誓不罢休，坚决斗争到底。

罗家村部分富有正义感的村民

看了《告全体村民书》，梁鑫知道这又是那些居心叵测的人在借大棚生产基地的火灾大做文章，挑起事端，煽动村民的不满情绪和对村两委会不信任，破坏经济发展。他刚到办公室坐下不久，就有一些村民手里拿着集资款的凭证，陆陆续续来到村两委会办公室要求退还集资款。一会儿工夫，就来了几十口子，不仅办公室里没有下脚的地方，就连院子里也挤满了人，甚至连罗小惠的亲叔叔罗世贵也在其中。这些要求退还集资款的村民都是听信了谣言或看到了《告全体村民书》而来的。个个面带怒容，毫不客气地质问道：

“梁主任，听说村里开办的那些公司都没挣到钱，有的还赔了本。现在，大棚生产基地又被烧了，俺们那些集资款全部都赔进去了，这是真的吗？”

“梁主任，请你告诉我们，这大棚生产基地的火灾是咋引起的？你们村两委会对那些事故责任人准备咋处理？造成的这些经济损失由谁来承担？”

“梁主任，这些集资款可都是俺们的血汗钱，俺就是因为相信你和村两委会才参加集资的。可没想到一把大火把俺们的集资款都烧了，这让俺们全家以后的日子可咋过呀！”

“梁主任，这集资活动俺不参加了，你们快把钱退还给俺们吧。”

“梁主任，不是俺不想集资，俺家里确实等着用钱，你们就把集资款退还给俺吧，利息和红利俺都不要了，只要能把本金退还给俺就行。”

“梁主任，俺那些集资款可是准备盖房子用的。本想通过集资多挣点钱。没想到会发生这样的事情。这让俺以后从哪弄钱盖房子呀？”

“这集资本来就是自愿的，甭说那些没用的，快把集资款还给我们吧。”

……

那些要求退还集资款的村民把梁鑫团团围住，生怕他跑掉似的。你一言，我一语，群情激愤，言辞激烈，态度坚决，大有要不回集资款誓不罢休之势。幸亏有乡里驻村工作组的姜涵、秦科明和何云飞等人在场帮助维持秩序。否则，发生啥样的后果还真不敢想象。

梁鑫见前来讨要集资款的村民太多，办公室容纳不下，只好来到院子里做他们的思想工作。他看了一眼站在不远处始终没有说话的罗小惠的叔叔罗世贵有些不解地问道：

“二叔，您老人家也是来退集资款的吗？”

罗世贵有些不好意思地点了点头。梁鑫接着又问道：“难道说您们家里也等着用钱吗？”

“我们家暂时是不需要钱，可你也知道，这些集资款是留着给你的两个弟弟大川和大超结婚娶媳妇用的。如果这些集资款没了，我拿啥给他们娶媳妇呀？”罗世贵支支吾吾回答说道。

“二叔，您老人家的心情我能够理解。难道说您连我也不相信了吗？村两委会是不会让您的那些集资款打水漂的。我的两个弟弟不是还没找对象吗，等他们真的找了对象需要用钱的话，村两委会会把钱退还给您的。”梁鑫安抚他说道。

罗世贵了解梁鑫，也非常喜欢这个侄女婿。他知道梁鑫是一个说话算数的人，也是一个能干大事的人。他之所以也跑来凑热闹要求退还集资款，是受了别人的挑拨和煽动才来的。老伴和孩子都反对他来，可他不放心还是来了。听了梁鑫的这番话，他沉默不语了。

梁鑫知道这些前来要求退还集资款的村民大都跟罗世贵一样，都是因为受了个别人的挑唆，担心自家的集资款泡了汤而来的。只有少数人是别有用心，是在利用火灾事件制造恐慌，煽动村民的不满情绪，破坏村里的安定团结，其最终目的就是要把他赶下台去。因此，面对那些情绪激动、强烈要求退还集资款的村民，他没有发火，没有流露出抱怨和不满情绪，而是满含深情地说道：

各位父老乡亲，请大家静一静，让我先说两句，我说完后你们再做决定好不好？在这里，我首先代表村两委会感谢您们对咱们罗家村经济发展所给予的支持和帮助，感谢您们对我梁鑫的厚爱与信任。

您们的心情我完全能够理解，知道这些集资款都是您们的血汗钱，是您们多年来不舍得吃、不舍得花辛辛苦苦积攒下来的。也知道大棚生产基地发生的火灾使您们担心害怕了。但我们不能一遇到困难和挫折就畏首畏尾，停滞不前，这样是永远不会成功的。

我在这里给大家讲一个寓言故事。这个故事是美国著名作家斯宾塞·约翰逊写的。题目是《谁动了我的奶酪》。故事讲的是有两只小老鼠“嗅嗅”和“匆匆”和两个小矮人“哼哼”与“唧唧”，它们共同生活在一个迷宫里。奶酪是它们期盼所要追寻的东西。有一天，它们经过努力同时发现了一个储量丰富的奶酪仓库，便在其周围构筑起自己的幸福生活。可这种幸福生活并不长，突然有一天，奶酪不见了，使它们失去了生存的源泉。“嗅嗅”和“匆匆”立刻穿上挂在脖子上的鞋子，开始出去寻找新的奶酪。结果，它们很快就找到了更新鲜更丰富的奶酪。两个小矮人“哼哼”和“唧唧”面对这突如其来的变化犹豫不决，烦恼丛生。始终固守在已经消失的美好幻觉中追忆和抱怨，无法接受奶酪已经消失的残酷现实。经过痛苦生活的折磨和激烈的思想斗争，“唧唧”终于冲破了思想束缚，穿上了久置不用的跑鞋，重新走进了漆黑的迷宫，踏上了寻找新的奶酪之路，并历经千辛万苦，最终找到了更多更好的奶酪。而“哼哼”却畏难发愁，不愿冒这个风险，仍然停留在原来的地方郁郁寡欢。当然，它也永远找不到新的奶酪，最终只能被饿死。

这个故事告诉我们，遇到困难和问题，要勇敢去面对。不能像小矮人“哼哼”那样总是害怕，不敢去面对，不敢去改变，这样会把事情弄得更糟糕。我们应该像小矮人“唧唧”那样，不畏艰险，勇往直前，学会在迷宫中寻找自己的成功之路。

我们村两委会发动大家集资，就是在为罗家村的经济发展寻找出路，不能因为出了点问题就害怕了，就要退缩。这样就永远没有出路，我们村的经济就永远得不到发展。我知道您们担心，尤其是前几天大棚生产基地发生的这场火灾，造成了很大的损失，把大家烧怕了，您们怕这些集资款肉包子打狗有去无回。不过，请大家放心，村两委会在集资时就做出过承诺，大家的集资款不会低于银行的贷款利息，更不会少一分一厘。我在这里向大家做个保证，只要我梁鑫还在，只要我还当这个村主任，不管遇到什么困难，我们村两委会都不会食言，都会兑现这个承诺的。

梁鑫这番推心置腹的表态，使在场的大部分村民都为之感动，也使他们吃了一颗定心丸，表示相信他说的话，相信村两委会，不再要求退还集资款。但仍有少数人并不领情，继续向他发难，甚至抓住自己听不明白而产生误解的《谁动了我的奶酪》的寓言故事吹毛求疵。

“梁主任，你别以为自己学问高俺就听不出来。你把俺们这些人都比喻成了老鼠和小矮人。这不是在侮辱我们的人格吗？你自己才是小矮人哪。”

“对，请你把话说清楚，到底谁是小矮人？”

梁鑫听后觉得又气又好笑。他知道这几个人是在没事找事。但他没有生气，而是继续赔着笑脸说道：

“请您们别误会。我没有侮辱您们的人格。没错，在这个故事中，我们都是小矮人。所不同的是我们究竟是要做像‘哼哼’那样畏难发愁不思进取的小矮人呢？还是做像‘唧唧’那样不畏艰险勇往直前的小矮人？”

一直在帮着维持秩序的姜涵、秦科明和何云飞等人听后也觉得好笑。姜涵深为梁鑫的工作方法而感到钦佩。他见大多数要求退还集资款的村民已被说服，情绪基本稳定，甚感欣慰。他也劝慰大家说道：

同志们，你们能够踊跃参加集资，这是对村两委会工作的信任和支持，也是对罗家村的经济发展献上的一份爱心、贡献的一份力量。村两委会集资就是为了发展村里的经济，让全村父老乡亲尽快走上致富之路，都能过上幸福美好的生活，这是不容置疑的，也正是你们所期盼的。

大棚生产基地发生的这场火灾，是我们大家都不愿看到的，也确实给咱们罗家村的经济发展带来了很大的影响和困难。但事情已经发生了，我们就必须面对，不能怨天尤人，打退堂鼓，更不能丧失信心。

梁鑫主任这个故事讲得好，比喻打得也好。它告诉我们，在困难面前不进则退，等待和观望是没有出路的。只有不畏艰险勇往直前，才能够战胜困难，找到出路。请大家不要轻信那些谣言，动摇信心。要相信村两委会一定能够带领大家战胜困难，走出困境的。

姜涵讲完后，梁鑫又接过话题说道：

姜涵乡长所讲的，也正是我们村两委会所要做的。我们不会让大家失望的。该说的我们都说了，道理大家也都明白了。如果您们当中还有人想不通，执意想要退还集资款，就请您先到办公室登个记，我们决不勉强，会尽快把集资款退还给您们的。如果想明白了，那就请回去吧。不过，我在这里把丑话说在前面，如果您退了集资款，将来咱们村里的经济发展了，村里有了钱，别人都分了红利，您没有分到，可千万别眼红，别后悔。

也许是梁鑫和姜涵所说的话打动了他们，也许是真的想明白了，那些要求退还集资款的村民没有人再说啥，也没有人到办公室里去登记要求退还集资款，都慢慢地散去了，就连那些企图制造矛盾、挑起事端的人也都灰溜溜地走了，村两委会的大院和办公室又恢复了平静。至此，这场由大棚生产基地火灾引发的村民要求退还集资款的风波终于得到平息。

二十

真是一波未平，一波又起。

由大棚生产基地火灾引发的村民要求退还集资款的风波虽然已经平息，但要求追究火灾相关人员及领导者责任的呼声还在蔓延，还在发酵。继《告全体村民书》之后，在村两委会办公室大院的墙上和各个分公司的大门口，又多次出现了类似内容的大字报和传单，矛头直指项天发和程友生，影射梁鑫、胡春光等村两委会成员，大有黑云压城城欲摧，不把他们赶下台去誓不罢休之势。

为妥善处理大棚生产基地火灾事件，尽快平息这场风波，确保罗家村社会治安稳定，经济持续稳定发展，村两委会召开了由村两委全体成员、部分村民代表大会代表和各分公司主要负责同志参加的扩大会议。乡里驻村工作组的姜涵、秦科明和何云飞也列席了会议。会议是在食品有限公司会议室举行的。为使与会者能够充分发表自己的意见，项天发因是当事人被要求回避。

会议由村党支部书记程大孟主持。他在主持中显得很沉重地说道：

同志们，最近，咱们罗家村发生了一件令人痛心的事情。我不说大家也知道，就是“恒润食品有限公司”所属的大棚生产基地发生了严重的火灾，造成了巨大的经济损失。据初步估算，这场火灾共烧毁塑料大棚十五个，烧毁黄瓜、茄子、西红柿、韭菜和辣椒等各种蔬菜数万斤，直接经济损失高达五十多万元，不仅影响了正常的生产秩序，还在广大村民中引起了强烈的反响和不满情绪。要求退还集资款和要求追究大棚火灾相关人员及领导者责任的呼声不绝于耳。

火灾发生后，虽然我们已经报了案，县公安局和乡派出所也派公安人员到现场进行过调查取证，但案件至今没有侦破，初步结论是由于工作人员管理不善，大风刮断电线导致电线短路引起的。

我们今天召开这个村两委扩大会议，就是想听听大家的意见，看这件事该如何处理，究竟应不应该追究相关人员及领导者的责任？以便给全村父老乡亲一个交代。大家有啥意见请发表。

也许是出于同情，觉得大棚生产基地的火灾是意外事故，不应该追究相关人员及领导者的责任；也许是碍于情面，怕得罪人。大家你看看我，我看看你，面面相觑，没有人站出来说话，没有人发表意见，就连刚才还在底下窃窃私语的人也都停止了谈话，会场一片寂静，空气像凝固了似的。

程大盂见没有人发言，知道大家都有顾虑，不想得罪人。他环视了一圈问道：

“大家咋都不说话呀？你们不把自己的想法说出来，咱们咋讨论研究处理意见呀？”

程大盂连问了几遍，还是没有人响应，没有人发言。没有办法，他只好点兵点将，对坐在自己身旁的胡春光说道：

“春光书记，你先说吧，说说你对这件事的看法和你的意见。”

胡春光本不想先说，但见程大盂点自己的名字，又不好拒绝，只好先发言。

“既然大盂书记让我说，那我就先说两句吧。大棚生产基地的火灾确实给咱们罗家村的经济发展带来了很大的损失，是一件令人痛心的事情。一些村民对此不满并要求退还集资款是完全可以理解的。但提出追究相关人员及领导者的责任、撤销项天发食品有限公司总经理职务的要求就有些过分了，我不赞成这么做。因为自食品有限公司和大棚生产基地建立以来，项天发和程友生都兢兢业业、勤勤恳恳，一心扑在工作上，而且都取得了显著的成绩，经济效益也很可观，基本上实现了在竞聘时所做出的承诺。大棚生产基地的火灾只是一个意外，又不是他们两人失职造成的。况且这场火灾究竟是因线路短路造成的，还是有人故意搞破坏纵火造成的，公安机关至今也没有定论。在这种情况下就追究他们的责任，显然是不公平的，是会让人心寒的。应该让他们从火灾中吸取教训，加强管理，积极采取补救措施，尽快把造成的损失夺回来。”

胡春光的发言，引起了其他几个分公司总经理的共鸣。刚才还冷落的会场顿时热闹起来。不用主持人程大孟点名，便纷纷站出来发表自己的感慨和意见。

“春光书记说得对，这一年来，天发总经理和友生哥为食品公司和大棚生产基地的发展出尽了力，操碎了心，而且还取得了这么好的成绩，不能因为工作中出了点问题就追究他们的责任，甚至还要撤销他们的职务，这样做也太让人心寒了吧！”商贸有限公司总经理罗大海首先站出来鸣不平。

“就是嘛，天发和友生为人都忠厚老实，勤劳能干，食品公司和大棚生产基地取得这么好的成绩，这与他们的努力是分不开的。我们应该本着惩前毖后、治病救人的原则去解决问题。不能因为出了点问题就一棍子把人打死。要这样的话谁还敢当领导呀？”油脂有限公司总经理胡景明附和说道。

“我也不赞成对天发和友生进行处理。因为火灾虽然造成的损失很大，但这毕竟是一个意外，不是他们的错。我们搞建筑工程的也经常会遇到一些意外事故。如果一出了事故不问青红皂白就处理，就撤职，那我还不如现在就辞职算了。”鸿达建筑有限公司总经理程大奎有感而发说道。

村委会副主任罗海生因与胡春光有矛盾，两人始终尿不到一个壶里，一开会讨论问题两人就吵架。他听胡春光如是说，又见几个分公司的经理们都站在胡春光的立场上说话，抢了风头，心中甚为不悦，便站出来反驳说道：

“春光，按照你的说法项天发和程友生就没有责任了？功是功，过是过，不能因为做出些成绩来就可以掩盖错误。几十万块钱一把大火都烧没了，能说没有责任吗？我知道你跟项天发和程友生的关系好，我跟他们两人也无怨无仇，但关系再好也不能不讲原则，不要忘了，这些钱可都是全村老百姓的集资款，都是他们的血汗钱呀。如果我们不做任何处理，就这样不了了之，老百姓能答应吗？不管火灾是啥原因引起的，项天发和程友生两人作为大棚生产基地的管理者和主管部门的领导，都脱不了干系，都应该承担责任。”

“海生，你把话说明白，谁不讲原则了？难道说处分他们、撤他们的职就是讲原则，不处分他们、不撤他们的职就是不讲原则？”胡春光不满地质问罗海生道。

“难道我说错了吗？发生这么大的事情都可以不追究责任，都可以置老百姓的呼声于不顾，这叫讲原则吗？这可不是你胡春光做事的风格。”罗海生反唇相讥说道。

“火灾造成的损失是很大，可这只是个意外，项天发和程友生并没有什么过错，凭啥还要追究他们的责任？”

“不管火灾是不是意外，作为大棚生产基地的管理者和领导，都有不可推卸的责任。”

“按照你这个逻辑，那我们这些村干部都应该承担责任，都应该受到处分了？”

“我可没这么说，你这是在抬杠。”

坐在旁边的姜涵见胡春光跟罗海生两人吵得面红耳赤，互不相让，怕再这样吵下去真的打起来影响了开会，便站出来打圆场说道：

“我说春光、海生，你们俩咋一讨论问题就吵架？你们俩就这样吵上一天一夜也解决不了问题，各自说出了自己的观点就行了。都是为了工作，别伤了和气，影响了团结。我觉得你们俩说得都对，都有道理。至于项天发和程友生应不应该承担责任，要不要给予处分，要不要撤职，你们村两委会研究决定就是了。”

在姜涵的劝说下，胡春光和罗海生两人都没再说啥。会场再次陷入了沉寂。主持会议的程大孟见没有人发表意见，便对梁鑫说道：

“梁主任，你是啥意见？请谈谈你的意见吧。”

梁鑫本想等大家都谈完了再发表自己的意见。没想到程大孟点他的将。他也没有推辞，便说出了自己的观点和意见：

刚才，春光书记、海生主任以及几位公司的负责同志都发表了自己的意见。正如姜涵乡长所说的，你们谈的这些意见都对，都有道理。这些意见概括起来无非就是两种观点：一种观点是认为火灾属于意外事故，大棚生产基地的管理者和主管部门的领导没有过错，不应承担责任；一种观点则认为虽然火灾是意外事故，但造成的损失比较大，作为大棚生产基地的管理者和主管部门领导有不可推卸的责任，应该追究他们的责任。这两种意见实际上也是广大村民中存在的两种观点。前几天，就有一些村民担心自己的集资款打了水漂，血本无归，拿着集资款的凭证跑到村两委会办公室，要求退还集资款。正好姜涵乡长等乡里的工作组也在场，我们通过做工作，他们才打消了顾虑，放弃了退还集资款的念头。

至于火灾是咋引起的，我赞成春光书记所说的意见。尽管公安机关现在并没有结论，但我也觉得这场大火烧得蹊跷，不像是线路短路引起的。如果是因大风刮断电线造成线路短路引起的，怎么可能两个大棚同时短路？而且是在远离值班室处在上风口的十号大棚和二十号大棚呢？很可能是有人故意纵火所为。这场火灾确实给咱们罗家村的经济发展带来了很大的损失和困难，老百姓有不满情绪和担心顾虑也是完全可以理解的。当然，也有个别不怀好意的人唯恐天下不乱，借机挑起事端，制造矛盾，煽动群众的不满情绪，我们不能让他们的阴谋得逞。同时，大家还要积极提供线索，配合公安机关继续做好破案工作，争取尽快把那个纵火者揪出来，把他绳之以法。

我这么说不是在推卸责任，也不是在为项天发和程友生解脱。不管咋说，事情已经发生了，我们就必须正确面对，勇敢地把责任承担起来。不仅项天发和程友生应该承担责任，我们村两委会的所有成员都应当承担责任。尤其是我这个村主任和集团公司的董事长更应当承担主要责任。我愿与项天发和程友生一起接受处罚。在开会之前，我曾与项天发同志交谈沟通过。他态度非常好，表示愿意接受处罚，并表示有信心把造成的损失夺回来。

我在这里也向大家表个态，既然罗家村的父老乡亲相信我们，把集资款交给了我们，我们就有责任、有义务把它管理好，使用好，不能让他们失望。当然了，追究责任不是目的，是为了更好地总结经验教训，把今后的工作做好。我们应该好好研究一下，如何对大棚生产基地采取补救措施，尽快把造成的损失夺回来，给全村父老乡亲交上一份合格而满意的答卷。

梁鑫的发言，赢得了与会者的一致称赞。尤其他那不回避矛盾、敢于承担责任的精神，令在场的所有人都感到钦佩，感到振奋。程大孟见梁鑫表明了自己的态度，也不甘落后，随之表态说道：

我完全赞成梁鑫主任的意见。我觉得梁鑫主任说得非常对。发生这样的火灾，造成这么大的损失，不管火灾是咋引起的，我们这些村干部都有责任。我这个村党支部书记和集团公司的党委书记，也愿和大家一起承担这个责任。

听了梁鑫和程大孟的发言，姜涵有感而发说道：

你们能这么想很好，遇到困难和问题不相互指责、不相互推诿，都争着主动承担责任。这充分表明了你们村两委会是一个团结而有战斗力的集体。只要你们能够精诚团结，坏人就钻不了空子，就没有克服不了的困难，罗家村就有希望。

其他与会者也都发表了自己的意见，阐明了自己的态度。与会者经过认真讨论达成共识，提出了具体处理意见。程友生作为大棚生产基地的负责人和值班者，负有管理不善的责任，罚款五千元，胡小强罚款三千元。项天发作为主管部门的负责人罚款一万元。梁鑫主动提出要求跟项天发有同样的责任，自罚一万元。程大孟、胡春光和罗海生作为村两委会和集团公司主要负责人，各罚款五千元。同时要求恒润食品公司要积极筹措资金重建大棚生产基地，采取切实有效措施，尽快把火灾造成的损失夺回来。

至此，这场大棚生产基地的火灾风波终于得到了平息。

其实，正像人们所猜测的那样，这场火灾确实不是线路短路造成的，而是有人纵火所为。这个纵火者不是别人，就是那个要求退还集资款闹得最凶的罗大江所为。

罗大江这么做可谓是一箭三雕。一是为了报复项天发。他与项天发结怨已久。项天发的妻子钱招娣在前几年乡里修水库时被罗大江的叔叔罗方钊强奸。项天发为此而多次到有关部门控告罗方钊，并组织村民到处去上访要求罢免罗方钊村主任的职务。罗方钊为此而被罢了官，丢了乌纱帽。在鱼塘承包时，项天发公开站出来与他叫板竞标，使他们家失去了承包多年的鱼塘。这次食品有限公司总经理竞聘，他又一次败给了项天发。所以，罗大江恨透了项天发，总想寻找机会对他进行报复。二是为了报复程友生。罗大江与程友生几年前曾因天旱浇地时发生过冲突。罗大江与父亲罗方谦把程友生打成重伤。程友生把他们父子俩告上法庭。他们家为此而赔偿了程友生几千元钱的医疗费。三是想通过制造火灾，把水搅浑，把罗家村的社会治安搞乱，破坏村里的经济发展，把梁鑫赶下台去。

为了实施这个复仇计划，这些日子，罗大江曾多次到大棚生产基地踩点。他曾想在即将上市的蔬菜上喷洒剧毒农药，试图造成那些购买蔬菜者食物中毒，让公安机关追究大棚管理者的责任。可又觉得这样做不妥。一方面是怕造成严重后果难以收场；另一方面是因为每个塑料大棚白天都有人值班，晚上又大门紧闭，他找不到下手的机会。他也曾想在天寒地冻时把大棚上面覆盖的草帘搬开，把上面的塑料薄膜用刀子割破，让寒风灌进大棚把里面的蔬菜冻坏，可又觉得这样做太麻烦，而且还容易暴露。最后，他又故伎重演，选择了纵火。在夜深人静的时候，他偷偷溜进了大棚生产基地，把两支早就准备好的点着的香烟分别扔进了十号大棚和二十号大棚的草帘上。两个大棚的草帘借着风势很快就同时燃烧起来，并迅速蔓延到前面的大棚上，从而导致了这场火灾的发生。

罗大江纵火烧毁了大棚生产基地的塑料大棚，也有不少村民曾怀疑过他，但由于证据已被大火烧毁，又是深更半夜作案，没有人看见，公安机关最终也没能破案，使他又逃过了一劫，逍遥法外。

火灾风波之后，项天发和程友生蒙受了不白之冤，受到了经济处罚，但他们并没有气馁，没有被压垮，也没有等待依靠，而是认真总结经验教训，重整旗鼓，采取积极措施，千方百计挽回火灾所造成的损失。他们一方面对那些已经签订购买蔬菜合同而无法兑现的客户登门致歉，向他们说明原因，取得他们的谅解和信任；另一方面召开动员大会，发动食品有限公司的全体员工集资筹款，进行生产自救，重新修复了被烧毁的塑料大棚，恢复了蔬菜种植，使大棚生产基地很快就又步入了正常的运行发展轨道。

二十一

有道是，十年树木，百年树人。教育乃立国之本，民族兴亡之大计。

罗家村小学几年前因发生教室坍塌而砸死砸伤学生事件后，学校的全部教室就被上级教育主管部门列为危房禁止使用。由于村里经济落后，无力再建新的学校，两百多名学生只好租借村里的民房作为临时教室，从而造成教学点分散，难于管理的状况。不仅影响了教学质量，而且也影响了村民的正常生活秩序。那些顽皮好动的学生们一下了课，就相互追逐着、嬉戏打闹着满街到处乱窜，搅得整个村子乌烟瘴气，鸡飞狗叫。一些嘴馋的学生甚至跑到村民的菜地或院子里偷食瓜果梨枣。还有的顽皮学生甚至爬到房顶上，把村民家里正在做饭的烟囱堵上，气得村民们多次拧着学生的耳朵找到老师，要求加强对学生的管理。

重建罗家村小学，成了全体村民共同关注的一件大事，也是新的村两委会列为村里今后发展规划的一项重点工程。自新的村两委会产生那天起，就把学校的重建工作纳入了议事日程。村里的经济状况稍稍有所好转，他们就开始筹划学校的重建，并得到了村民代表大会议事会的一致通过。

为了得到上级教育主管部门的支持，申请到学校重建资金，梁鑫和乡里驻村工作的副乡长姜涵等人多次到县教委和乡里汇报情况。县教委和乡教委两级教育主管部门对罗家村小学的重建工作也都非常重视，分别拨款五十万元和二十万元，支持罗家村小学的重建。

新建的罗家村小学是一栋可容纳三百多名学生就读的三层楼房，总投资三百多万元。从规划设计到施工建设，完全是按照现代化学校的标准进行的。不仅有标准的体育场和实验基地，还有图书室、阅览室和实验室。学生在学校里可以得到德、智、体全面发展，师生们再也不用因刮风下雨怕教室倒塌而担惊受怕。

由于准备工作充分，资金到位，施工队伍技术力量雄厚，工程进展得非常顺利，从奠基到竣工仅仅用了不到半年的时间，一所崭新的罗家村小学就展现在广大村民的面前。到秋季开学的时候，学生们就将告别没有教室、四处流浪的时代。

为了纪念教室坍塌事件，牢记这深刻的教训，缅怀在教室坍塌事件中被活活夺去生命的程小冬和韩笑笑两名学生，在乔迁新校这一天，村两委会与学校联合举行了隆重的庆祝大会。程小冬的父亲程向前、母亲丁秀兰，韩笑笑的父亲韩顺民、母亲王玲也应邀参加了庆祝活动。

这天一大早，程向前的妻子丁秀兰就在女儿程小丽的陪同下，带着水果、糕点、水饺和冥币等祭品，来到了学校后山儿子程小冬的墓前，祭奠在教室坍塌中被夺去生命的儿子程小冬。望着湛蓝的天空中飘浮的一朵朵云絮，望着远处那翩翩起舞、散发着稻谷香的金色海洋，看着满山遍野那挂满枝头、露着笑脸的红彤彤的苹果和郁郁葱葱的苍松翠柏，看着眼前两个长满杂草、显得有些苍凉肃静地躺在那儿的坟头，丁秀兰悲愤填膺，泪如泉涌。

丁秀兰跟女儿程小丽一起清除了程小冬坟前的杂草，拿出祭品，一样一样摆放着，边摆放边喃喃地说道：

“冬儿，妈妈跟姐姐看你来了。你在那边还好吗？没有人欺负你吧？长高了吧？想爸爸、妈妈了没有？你知道吗？这些年来妈妈天天都在想你。要不是为了你爸爸和你姐姐，妈妈早就到那边去陪你了。妈妈今天给你带来了很多好吃的，还有你平日最爱吃的饺子，是妈妈亲手为你包的，你快吃吧，妈妈看着你吃。”

“冬儿，你知道吗？过去咱们家里穷，连饺子都吃不上，还有妈妈知道你从小就喜欢穿运动衣，整天吵着闹着要运动衣穿，可当时因为咱们家里没有钱，到你走的时候，爸妈也没给你买上一件运动衣。现在好了，咱们村富了，咱们家也有钱了，你快回来吧，妈妈天天给你包饺子吃，让爸爸带着你进城去买运动衣。你喜欢啥样的就买啥样的，给你买好多好多运动衣，让你穿个够。另外，妈妈还要告诉你一个好消息，咱村现在有新学校了，是一个三层高的大楼房，建得可漂亮、可结实了，教室再也不会倒塌了，可以安心上课了。”

“冬儿，妈妈跟你说了这么多，你都听到了吗？你咋一句话也不说，咋不理妈妈？”

女儿程小丽也含着泪哀悼说道：“弟弟，姐姐好想你呀，你也想姐姐了吧？弟弟，妈跟你说的这些话你都听到了吗？你知道吗？你走了以后，妈想你都想疯了，天天拿着你的书包，喊着你的名字，伤心欲绝，精神失常。奶奶想你想得眼睛都哭瞎了。爸爸因为你和妈妈所遭到的不幸对生活失去信心而寻短见，悬梁自尽，差一点命丧黄泉，是那些好心的叔叔阿姨救了他们。要不是有那些好心人相助，咱们这个家恐怕早就没了。不过你放心，我会照顾好咱们的奶奶、爸爸和妈妈的。弟弟，你在那边也一定要照顾好自己，别饿着，别冻着，想吃啥就吃啥，想穿啥就穿啥，需要啥的话就告诉姐姐，姐姐会常来看的，会给你送过来的。”

听了女儿程小丽的哭诉，丁秀兰再也忍不住了，趴在程小冬的坟头失声恸哭起来，边哭边用手拼命地扒着坟头上的泥土哽咽地说道：

“冬儿，妈妈想你呀，你一个人在那边妈妈不放心，快跟妈妈回家吧。”

女儿程小丽怕母亲丁秀兰过于悲伤受到刺激旧病复发，过来劝慰她说道：

“妈妈，我知道您心里难受，知道您想弟弟，可弟弟已经走了，不可能再回来了，您别太伤心难过了，这样会哭坏身子的，学校的庆祝大会马上就要开始了，咱们走吧。”

此时，悲伤欲绝的丁秀兰根本就听不进女儿的劝告。她哭得是那么悲切，那么令人心碎。这哭声，含着悲愤，含着思念，含着期盼，回荡在群山波谷之间。

丁秀兰也不知哭了多久，也许是哭累了，也许是想明白了，母女俩才怀着依依不舍的心情离开了程小冬的墓地。

韩笑笑的父亲韩顺民和母亲王玲也来到了自己女儿的坟前，铲除了坟前的杂草，祭奠了自己的女儿。

庆祝活动是在学校新建的操场上进行的。县里分管教育工作的副县长夏立本、县教委主任冷秋雨、乡党委书记欧阳山、乡长许茂才、副乡长姜涵等县乡领导，周边几个村子两委会的主要成员以及学生家长都应邀参加了庆祝大会。在庆祝大会召开前，出席大会的领导以及全体师生一起来到程小冬和韩笑笑的墓前，向这两名在教室坍塌事件中不幸遇难的学生敬献了花圈，进行了哀悼。

上午十时整，庆祝大会正式开始，由罗家村小学校长罗方辉主持。大会在进行了隆重的升旗仪式和高唱《国歌》之后，罗方辉首先代表学校向出席会议的领导和学生家长介绍了学校的基本情况；回顾了罗家村小学这些年所走过的艰难历程；回顾了教室坍塌事件的经历及沉痛教训；表达了各级教育部门及村两委会对学校厚爱和重建的感激之情；表达了热爱教育事业，做好教育工作的信心和决心。

梁鑫代表村两委会在庆祝大会上发了言。他在发言中说道：

今天，是罗家村小学大喜的日子，也是我们罗家村村民大喜的日子。在这个大喜的日子里，我们不能忘记关心支持学校重建工作的各级领导，不能忘记那些为学校新建工作付出辛勤劳动的人们，让我们对他们表示衷心的感谢；更不能忘记在教室坍塌事件中被夺去鲜活生命的程小冬和韩笑笑两位同学，让我们对他们表示深切的哀悼。

罗家村小学是咱们罗家村人接受启蒙教育的基地和摇篮。学校的兴衰关系到罗家村的兴衰。这些年来，学校为村里和社会培养了许多各种优秀人才。有的当了工程师，有的当了技术员，有的参了军还在部队上提了干，有的成了国家干部，走上了领导岗位，还有的当了大老板。这是罗家村小学的骄傲。这里也是我妻子的母校，我对这个学校有着深厚的感情，深深地爱着这个学校，所有的罗家村人也都深深地爱着这个学校。

罗家村小学的原校舍是在二十世纪七十年代建成的。前些年，由于学校教育经费紧张，村里经济困难，校舍年久失修，学校的全部校舍都成了危房，导致了教室坍塌砸死砸伤师生悲剧的发生。师生们从此走上了无家可归之路，只能靠租用民房进行教学。

重建罗家村小学，是罗家村全体村民的共同心愿，也是我们村两委会的重点工作之一。为了尽快让师生告别没有校舍到处打游击的时代，也为给孩子们创造一个良好的学习环境，在村里的经济状况有所好转之后，村两委会多次召开会议，就学校的重建问题进行专题讨论研究，在全体村民中广泛征求意见，并向上级教育主管部门汇报求援。

罗家村小学的重建，得到了县教委以及乡党委、乡政府的大力支持与帮助，也得到了周围几个村子的大力支持与帮助。今天，夏立本副县长、冷秋雨主任、欧阳山书记、许茂才乡长和姜涵副乡长等领导又在百忙中前来参加新建学校的乔迁庆祝大会，借此机会，我代表罗家村村两委会和全体村民，代表罗家村小学的全体师生，表示衷心的感谢和热烈的欢迎。

最后，祝罗家村小学越办越好；祝老师们身体健康，工作顺利，阖家欢乐；

祝同学们好好学习，天天向上。

县教委和乡教委以及附近几个小学都发来贺信或致贺词，祝贺罗家村小学新学校落成。副县长夏立本也在庆祝大会上讲了话。他在讲话中满含深情地说道：

各位来宾、各位同学、罗家村的父老乡亲、罗家村小学的老师和同学们，你们好！

能够应邀前来参加罗家村小学新建学校的庆祝大会，看到有这样一所现代化的学校展现在我们面前，我感到非常开心，非常高兴。在此，首先祝贺罗家村小学的乔迁之喜。

前几年，罗家村小学发生的那场震惊全县甚至全省的教室坍塌事件，致使二十多名师生不同程度地受伤，两名学生丧失了鲜活的生命，悲剧是惨痛的，教训是深刻的。当时，我曾跟县委林海风书记和冷秋雨主任一起到医院里看望过那些受伤的老师和学生。也曾到村里安抚过两个受害学生的家长，处理过他们的后事。那疼痛难忍、撕心裂肺的呼救声，那失去亲人悲恸欲绝的场面，使我终生难忘。痛定思痛，作为一个分管教育工作的副县长，没有保护好你们的孩子，这是严重的失职。为此，我深感内疚，深表歉意。在这里，我要向你们说一声“对不起”！

教育是民族振兴、社会进步的基石，是提高国民素质、促进社会全面发展的根本途径，寄托着无数家庭对美好生活的期盼。我们应该充分认识到抓好教育工作的重要性和必要性，坚定信心、毫不动摇地抓好教育工作。罗家村村两委会富了不忘教育，舍得为教育花钱，投资几百万元建起了这样一个环境优美、设备齐全的现代化学校。这种做法值得称赞，值得倡导。为此，我代表县委、县政府，也代表全县的广大教育工作者，向你们表示衷心的感谢。

借此机会，我还要感谢那些辛勤工作在教育第一线的广大教职员工。古人云：春蚕到死丝方尽，蜡炬成灰泪始干。古往今来，人们都把教师比作春蚕，比作蜡烛，还有人把教师比作人梯、铺路石、园丁等等。教师职业是崇高而神圣的。多年来，我县广大教师尤其是你们这些工作在偏远山区的广大教师，牢记党和人民的重托，以崇高师德风范、丰富的知识和严谨的工作态度，在神圣的岗位上呕心沥血，在艰苦的环境中耐得清贫、耐得寂寞，安贫乐教，无怨无悔。在这里，我向你们道一声“你们辛苦了！”

我坚信，罗家村小学在县乡两级教委的正确领导下，在龙潭乡党委、乡政府和罗家村村两委会的关心支持下，在师生们的共同努力下，一定会越办越好。一定会为罗家村的经济发展，为罗家村的新农村建设，为我国的社会主义现代化建设，培养出更多的优秀人才。

夏立本的讲话，高屋建瓴，满含真情，满含祝福，满含期盼，赢得了与会者一片热烈的掌声。

庆祝大会结束了，参加庆祝大会的领导和学生家长们都相继离开了学校。教室里又传来了学生们的琅琅读书声。

二十二

思路决定出路，信念成就未来。真是心有多大，舞台就有多大，只有想不到的，没有做不到的。各分公司在村两委会及集团总公司的领导和支持下，在总经理的带领下，工作都开展得如火如荼，风生水起，争相斗艳，创造了一个又一个辉煌，开创了罗家村经济发展的新局面。

恒润食品有限公司在经历了火灾风波之后，坚持生产自救，坚持以市场需求为导向，坚持用户第一、顾客至上原则。大棚生产基地的塑料大棚由原来的二十个增加到五十个，并根据市场需求，又修建了一个面积为二百平方米的低温库和一个面积一百五十多平方米的恒温库，实现了种植、加工、储存、销售服务一条龙。生产经营规模不断扩大，销售收入不断增加。由于他们生产加工的蔬菜、水果绿色环保，产品质量好，深受用户的欢迎，产品不仅远销北京、上海等国内的一些大中城市，还出口日本、韩国、俄罗斯等国家和地区。三年共完成销售收入三千多万元，实现利税三百多万元，兑现了项天发在竞聘时所做出的承诺。

油脂有限公司充分利用当地油料作物资源丰富的优势，在创办初期一个年生产能力为五百吨榨油车间的基础上，又建起了两个年产能力分别为五百吨的榨油车间，不仅开发了花生油的生产加工，还开发了玉米油和豆油的生产加工。三年来，共加工花生油、玉米油和豆油三千余吨，完成销售收入一千五百余万元，实现利税一百余万元。其中，他们生产加工的“好友”牌浓香花生油和玉米胚芽油还分别荣获省优、部优产品。

鸿达建筑有限公司成立后，很快就拉起了一支近两百人的建筑施工队伍，并从社会上聘请了多位建筑专家和工程技术人员担任公司的技术顾问和技术指导。施工水平和施工质量不断提高，施工范围越来越广，不仅把本村的建筑工程几乎都全部承揽了下来，还打进了县城甚至省城。其中有几项工程还被上级有关部门评为优质工程。与此同时，他们还建起了“鸿达机械公司”，专门生产建筑机械。三年共获利税二百多万元。

电器农机维修有限公司是在梁鑫原来开办的维修部的基础上发展起来的。他们坚持以便民服务为宗旨，从小到几十元钱甚至几元钱的收音机、电饭煲等电器用具，大到几百元乃至几千元的农用机械都维修，百姓的需要都是他们的服务项目。而且收费合理，服务周到，深受用户的欢迎。三年来，公司发展非常迅速，不仅有了自己的维修车间和生产厂房，还与社会上的其他公司合作，承接了一些机械零部件的加工业务，创造利税一百多万元。

商贸有限公司自创办以来，与先前成立的“粮食协会”“畜牧水产养殖学会”和“果蔬协会”等几个协会密切配合，为百姓们架起一座联系市场销售渠道的纽带和桥梁。及时为百姓们提供各种致富信息和产品销售渠道，使村民们生产的各种农副产品都能及时销售出去，所需要的各种农用物资及生活用品都能及时送到手中。三年销售收入达到一千多万元，获得利润近百万元。

经过三年的艰苦创业，罗家村的经济发展终于走出了低谷，走出了困境，初具规模，初见成效，共完成销售收入近亿元，实现利润近八百万元，年人均收入达到了上万元，罗家村的人们真正感受到了经济发展给他们带来的变化和幸福。

梁鑫用自己的实际行动赢得了村民们对他的信任与爱戴。三年后，在新的村两委会换届选举中，虽然罗方钊又跳出来与他竞争村主任，但他毫无悬念地又连选连任，当上了村主任，并光荣地加入了中国共产党。程大盂仍是村党支部书记，胡春光为副书记，罗海生为村委会副主任，其他村两委会成员也都没有啥变化。从此，罗家村的经济走上了快速发展的轨道。

为总结这几年所取得的辉煌成就，进一步推动罗家村经济的快速发展，村两委会与集团总公司联合在各分公司中开展了评先树优活动。对那些在经济发展中做出突出贡献的先进单位和个人予以表彰，并召开了隆重的庆祝大会。鸿达建筑有限公司、商贸有限公司和电器农机维修有限公司三个分公司被评为先进集体，罗家村农工贸集团有限公司还荣获了茂丘县“发展农村经济先进单位”的荣誉称号。

恒润食品有限公司虽然各项工作都做得很好，实现利润最高，但由于曾发生过火灾事件，故没有被评为先进单位，项天发也没有被评为“最佳总经理”。程大奎、罗大海、胡景明和程二茂四人荣获了“最佳总经理”的荣誉称号。部分分公司的副总经理以及优秀员工都分别受到了记功嘉奖的表彰。对全村经济发展做出突出贡献的恒润食品有限公司总经理项天发和鸿达建筑有限公司总经理的程大奎，村两委会还分别奖励了他们一辆价值十余万元的小轿车。

颁奖大会这一天，当主持人程大孟宣读获奖者的名单时，这些获奖者个个身披红色彩带，胸戴大红花，在礼仪小姐的引领下，在威武雄壮的音乐声中陆陆续续走上领奖台，从程大孟、梁鑫、胡春光、罗海生等村两委会的领导手中接过锦旗和获奖证书。获奖者感人的事迹和他们为罗家村经济发展所做出的贡献着实令人敬佩，令人羡慕，令人尊重。鸿达建筑有限公司总经理程大奎代表获奖者讲了话，发表了获奖感言。他在发言中说道：

能够获得这么高的荣誉，能够站在这个领奖台上，我感到非常开心，非常高兴。在这里，我首先要感谢村两委会及集团公司的领导，还要感谢罗家村的父老乡亲，感谢建筑有限公司的各位工程技术人员和全体员工。如果没有您们，我就不可能当这个总经理，也不可能有这么好的成绩。

我程大奎活了大半辈子，干了二十多年的泥瓦匠，过去都是给别人打工，从来就没有想到能当这个总经理。更没有想到咱们罗家村会变化这么大，这么充满朝气；也从来没有看到老百姓的生活像现在这么富裕。这都多亏咱们选了一个好当家人，多亏有一个坚强有力的村两委领导班子，才带领咱们走上致富之路的。我在这里也代表各分公司的全体员工和所有获奖者道一声，谢谢您们！

我们鸿达建筑有限公司自成立以来，在村两委会和集团公司领导的关心支持下，从无到有，从小到大，从弱到强，现在已经发展成为一个拥有二百多人的建筑施工队伍、拥有二级建筑资质的企业。三年来，我们建筑有限公司共完成大大小小的建筑施工项目一百多个，每项工程都是保质保量完成的，均受到了用户的好评，有好几项工程还被建筑主管部门评为优质工程。

我在这里也向各位领导和大伙表一个态。如果在新一轮总经理的竞聘中还让我当建筑有限公司的总经理，我将继续带领公司的全体员工，打造一流的建筑施工队伍，创造一流的业绩，为咱们罗家村经济发展做出更大的贡献。

颁奖大会结束时，梁鑫代表村两委会和集团公司作了总结讲话。他在讲话中说道：

尊敬的各位父老乡亲，大家不会忘记吧，三年前，我是坐在轮椅上，满身缠着绷带来到这里的。是您们给了我勇气，给了我支持，我才当上这个村主任的。在不久前的村两委会换届选举中，大家又推选我当村主任，借此机会，我首先要感谢您们对我的厚爱和信任。

三年多来，为推动和促进咱们罗家村的经济发展，在大家的关心支持下，我们不仅成立了“罗家村农工贸集团有限公司”，还先后创办了“恒润食品有限公司”“油脂有限公司”“鸿达建筑有限公司”“电器农机维修有限公司”和“商贸有限公司”等五个分公司，并对这五个分公司的总经理实行了竞聘上岗。程大奎、项天发、罗大海、胡景明、程二茂这五位在竞聘中胜出的总经理没有辜负乡亲们对他们的厚望。他们在各自的岗位上兢兢业业、勤勤恳恳，恪尽职守，八仙过海，各显其能。坚持解放思想，开拓创新，不断创造佳绩，创造辉煌。鸿达建筑有限公司不仅把咱们村的全部建筑工程都承揽了下来，还打进了县城，走进了省城，并有几项工程被县里的有关部门评为优质工程。油脂有限公司生产的“好友”牌花生油和玉米胚芽油还荣获了省优、部优产品。恒润食品有限公司生产的水果蔬菜等食品，不仅打进了北京、上海等一些国内的大中城市，还走向了世界，远销日本、韩国和俄罗斯等国家和地区。为此，我代表村两委会和集团公司对各分公司所取得的巨大成就表示热烈的祝贺，并对您们所付出的辛勤劳动表示衷心的感谢!

三年来，我们共完成销售收入一亿多元，实现利润八百多万元，全村固定资产达到了两千多万元，年人均收入近万元，是三年前的十倍。不仅偿还了过去欠下的全部债务，还重建了罗家村小学，建起了幼儿园和托儿所，解放了大批家庭妇女劳动力；修建了多条柏油马路，解决了交通不便的问题，改善了百姓的生产条件和生活环境，实现了我在上一届村主任的竞选大会所做出的承诺。

潮平两岸阔，风正一帆悬。现在，咱们罗家村的经济工作已经有了一个良好的开端，为今后的发展打下了一个良好的基础。在新一届村主任任职期间，我将一如既往，再接再厉，继续和大家一起为彻底改变咱们罗家村贫穷落后的面貌而努力。今后，我们将继续加大对各分公司的投入，不断拓宽销售渠道，扩大经营规模，增加经济收入。同时，我们还将开发凤凰山温泉，修建温泉度假村和温泉疗养院，发展旅游事业；还要修建文化大院和老年公寓，做到少有所教、老有所养。等以后经济条件更好了，我们还要进行旧村改造，让家家户户都像城里人一样住上二层小楼。真正把咱们罗家村建设成为一个生产发展、生活富裕、村容整洁、管理民主、乡风文明的社会主义新农村。

我坚信，只要我们能够同舟共济，心往一处想，劲往一处使，共谋发展大业，我们的目标就一定能够实现！

颁奖大会在一片欢快的音乐声中结束了。从梁鑫的讲话中，村民们看到了希望，看到了曙光。

为庆祝经济发展所取得的辉煌成就，村两委会还专门邀请了省京剧院和县歌舞剧院到村里进行了三天三夜的文艺演出。

正是农闲季节，又喜逢新春佳节。这几天，罗家村可真够热闹的，就像赶大集一样，人山人海，人声鼎沸。村民欢欣鼓舞，奔走相告，邀亲请友，共赏好戏。就连周边村子的那些卖儿童玩具和小食品的商贩们也都赶来凑热闹。

省京剧院先后为村民们上演了《霸王别姬》《沙家浜》《红灯记》《西安事变》《龙江颁》《红云岗》等反映抗日战争和历史故事的京剧。县歌舞剧院则表演了《最美村官》《万水千山》《牵挂》和《沂蒙颂》等话剧，并与村民们一起联合举行了大型演唱会。

演员们精湛的演出，让村民们大开眼界，大饱眼福，那起伏跌宕、扣人心弦的故事情节，那悠扬婉转、激情豪迈的歌声，回荡在群山波谷之间，滋润着他们的心田，让他们在欢歌笑语中度过了一个愉快而难忘的春节。

二十三

再说村民庞月花老人，一生经历了太多的坎坷太多的磨难。在她年轻的时候丈夫就去世了，曾有一些男人向她伸出过爱的橄榄枝，也曾有一些无赖之徒想占她的便宜。但为了两个儿子不受虐待，不看别人的脸色，她拒绝了所有向她求爱的人，赶走了一次次骚扰，守住了寂寞，守住了贞洁。忍受着艰难困苦生活的蹂躏与煎熬，忍受着周边人对她的冷漠与歧视，硬是把两个儿子程向前和程向进抚养成人，并为他们娶了媳妇成了家。不承想两个儿子娶了媳妇忘了娘，导演了一部新版的《墙头记》，在寒冬腊月把庞月花老人扔到了街上。为赡养问题，庞月花老人曾将两个儿子告上法庭。后因学校教室倒塌，仅有十几岁的程向前的儿子程小冬被活活夺去了生命，大儿媳也就是程小冬的母亲丁秀兰因受到沉重的打击过于悲伤而精神失常。

经历了这场磨难之后，庞月花老人的两个儿子，尤其是两个儿媳妇丁秀兰和项翠平真正体会和感受到了何谓母爱，体会和感受到了庞月花老人一生的不易，懂得了百善孝为先的道理。从此，两个儿子和两个儿媳都幡然悔悟，对老人恪尽孝道，使庞月花老人安度晚年，过上了幸福美好的生活。但由于老人操心劳累一辈子，积劳成疾，加之年事已高，没过上几天好日子，便撒手人寰，与世长辞了。

庞月花老人走了，她含着微笑，带着思念，带着眷恋离开了这个世界。庞月花老人的去世，使全家人都沉浸在悲伤和痛苦之中。尤其是她的两个儿子程向前和程向进，更是悲恸欲绝，抱着母亲的遗体哭得死去活来。想到母亲对他们的养育之恩，想到自己结婚后对母亲的冷漠和不孝，他们感到愧疚，感到自责，感到难过。

他们不会忘记，在他们小的时候，家里很穷，粮食不够吃，母亲每天做好饭都让他们兄弟二人先吃，等他们吃完饭上学后自己再吃。他们让母亲一起吃，母亲总是笑笑说："你们俩先吃吧，吃饱了好去上学。你们不用担心妈妈，我在家里有时间吃。"结果有一天，程向前因走得急，忘了带课本，回来拿课本时见母亲正在吃饭，看到母亲啥干粮也没吃，跟前只有一碗野菜粥。他这才明白母亲为啥不肯跟他们一起吃饭。看到眼前的情景，程向前鼻子一酸，泪水忍不住淌下来，喃喃地说道："妈妈，您咋光吃野菜不吃干粮，这样能受得了吗？"母亲笑着说道："孩子，妈在家里也不干啥重活，喝菜粥就行了，咱们家的粮食不多，留着给你兄弟俩吃。你们现在正是长身体的时候，不能饿着肚子。"程向前再也忍不住了，扑到母亲的怀里，母子俩抱在一起大哭了一场。

他们也不会忘记，当年他们家里穷，每到过春节的时候，母亲总会把家里积攒下不舍得吃的鸡蛋拿到集市上去卖了，然后到商店里买一块布料，给他们兄弟二人每人做一套新衣服。而母亲很少做新衣服穿，衣服破了缝缝补补再穿。

他们更不会忘记，在过去那艰苦的岁月里，有一天，兄弟二人到山上去挖野菜，弟弟程向进饿了，偷了生产队的一块地瓜吃，结果被巡山的治安人员发现了，不仅把地瓜从他的手里夺了下来，还把他狠狠揍了一顿。回家后，程向前把这件事跟母亲说了，母亲非但没有同情他们，又把程向进打了一顿。程向前抱着母亲的腿哀求说道："妈妈，别打了，都是我不好，是我没有看好弟弟，弟弟是因为饿了才偷生产队的地瓜吃的，要打你就打我吧。"母亲板着面孔非常严肃地说道："孩子，你们俩都给我记住了，人穷志不能短，咱们就是饿死，也不能去偷拿别人的东西。"程向进含着眼泪跪在母亲面前保证说道："妈妈，我错了。我以后再也不偷别人的东西了。"母亲听后潸然泪下，哽咽地说道："孩子，都是妈妈不好，都是妈妈没本事，才让你兄弟俩跟着妈妈受穷挨饿。"

……

现在，日子好过了，生活富裕了，母亲却走了。痛定思痛，程向前和程向进兄弟俩觉得亏欠母亲的太多太多。他们多么想让母亲能多活上几年，在母亲面前多尽一点孝心，弥补自己过去的过失。可这一切都已经无法挽回。他们所能做的就是对母亲的祭奠和哀悼，以寄托哀思。兄弟俩商量决定要为母亲举行一个隆重的葬礼，让老人风风光光地走，到阴间不再受穷挨饿，不再受人欺负，过上温馨幸福的生活。

庞月花老人的灵堂就设在大儿子程向前家的正房里。灵堂上安放着老人的遗体。遗体上方悬挂着老人的遗像。遗体前放了一张条桌，条桌上摆放着香炉、烛台以及水果糕点等祭品。灵堂的周边和院子里摆满了亲戚朋友送来的花圈。花圈上挂满了致哀的挽联。程向前和程向进兄弟二人披麻戴孝，一直守候在灵堂前，迎送着前来吊唁的人们。

为了把母亲的葬礼办得隆重一些，他们不仅请来了一个由十几名吹鼓手组成的致哀乐队和专门为母亲哭灵的“哭女”，还请了一个有几十个人组成的送葬队伍。

出殡这一天，天空布满了乌云，几只觅食的苍鹰在罗家村的上空盘旋。虽是盛夏酷暑，但却没有了火辣辣的太阳，天气也凉爽了许多。

送葬的队伍分成了五个方阵。第一个方阵，也就是走在最前面的方阵是由十几名吹鼓手组成的方阵。十几名吹鼓手分别手持锣鼓、唢呐、大喇叭、笙、京胡、二胡、板胡等乐器，演奏着一曲曲悲楚凄伤的乐曲。另外还有两名女歌手，在乐器的伴奏下，不时地演唱着一曲曲哀乐和流行歌曲，以引起村民的关注和观看。用当地村民流行的说法就是，前来观看的人越多，为死者送葬的人就越多，走的人就走得越风光，到了阴间就会越受到尊重。

第二个方阵便是由几十个人组成的送葬队伍方阵，这个方阵大约有四五十人。在送葬队伍的前边有一辆大货车，车头的前边悬挂着一朵用纸扎制而成的大白花。车上有一个直径近两米的大鼓和几个锣鼓手。锣鼓手们不时有节奏地敲打着锣鼓。其余的人则分成四路纵队，每一路纵队由十人组成。走在前面的四个人每人手举一块牌子，上书“回避”或“肃静”两个大字。后边的其他送葬人员则每人举着一面彩旗。彩旗的颜色各不相同，有红、黄、蓝、紫、白五种颜色。

第三个方阵是死者的亲朋好友送葬队伍，庞月花老人的娘家人都在这个方阵里。这是一个人数最多的方阵。所有前来参加庞月花老人葬礼的男性亲戚、朋友，都在这个方阵中。所不同的是，跟死者比较亲近的晚辈上身穿一件白色的孝服，死者的亲戚或其他人则只在胸前佩戴一朵用白纸扎制而成的小白花。

第四个方阵是死者的男性亲人。庞月花老人的两个儿子程向前、程向进以及她的几个侄子都在这个方阵中。这个方阵人数虽然不多，但他们都是庞月花老人最亲近的晚辈，个个都披麻戴孝，哭得也是最伤心、最悲切的。

灵车就在这个方阵的后边。灵车上安放着庞月花老人的骨灰盒，车前挡风玻璃上悬挂着老人的遗像。遗像的上方镶嵌着一朵用黑布扎制而成的花，两侧悬挂着一副“良操美德千秋在，亮节高风万古存”的挽联。灵车上不时播放着哀乐。

在灵车的后边，便是第五方阵。这个方阵全都是前来为庞月花老人送葬的女眷。走在这个方阵最前面紧挨着灵车的是庞月花老人的两个儿媳妇丁秀兰和项翠平。也许是感到内疚，也许是想起了庞月花老人一生的不易，两个儿媳妇也都哭得非常伤心。紧随其后的便是其他女性送葬者。

整个送葬队伍排成了一个长蛇阵，足有五六十米长。为了吸引更多的人前来观看，为老人送葬，送葬队伍离开了程向前的家不远，就在村里一个比较宽阔的地方停了下来。走在最前面第一方阵的吹鼓手和第二方阵的送葬队伍便摆开了阵势，八仙过海，各显其能，开始做各种表演活动。尤其是几个吹鼓手和歌手，他（她）们用手中的乐器和浑厚嘹亮的嗓音，演唱着一曲曲哀婉悠长的曲子。

庞月花老人一生只有程向前和程向进两个儿子，没有女儿。老人生前就曾一直盼着能有个女儿，有一个能经常围在她身边说话的人。尤其是前几年两个儿媳对她不孝的时候，老人曾在儿子面前经常哭诉说道：“我的命咋这么苦啊，要是能有个女儿就好了。”

现在，老人走了，为了能圆老人这个梦，在出殡的葬礼上，程向前和程向进兄弟俩还特地请了一个“哭灵女”，假扮老人的女儿为其“哭灵”。

这个“哭灵女”看上去有三十多岁，中等身材，体形有些发胖，单眼皮，圆脸蛋，虽然长得并不漂亮，但嗓音很好，演技也不错。不了解内情的人，还真的以为她就是庞月花老人的女儿。她双膝跪在灵车前，用悲切的嗓音先演唱了一首歌曲《母亲》：

你入学的新书包有人给你拿
你雨中的花折伞有人给你打

你爱吃的那三鲜馅有人给你包
你委屈的泪水有人给你擦
啊，这个人就是娘，啊，这个人就是妈
这个人给了我生命
给我一个家
啊，不管你走多远
无论你在干啥
到什么时候也离不开咱的妈
你身在（那）他乡住有人在牵挂
你回到（那）家里边有人沏热茶
你躺在（那）病床上有人掉眼泪
你露开（那）笑容时有人乐开花
啊，这个人就是娘，啊，这个人就是妈
这个人给了我生命
给我一个家
啊，不管你多富有
无论你官有多大
到什么时候也离不开咱的妈
啊，这个人就是娘，啊，这个人就是妈
这个人给了我生命
给我一个家
啊，不管你多富有
不管你官有多大
到什么时候也离不开咱的妈

“哭灵女”哭着唱完了《母亲》之后，又边哭边唱了一曲民间小调《哭灵》。

妈，您回来吧，
一眼看见灵堂，
不由泪水往下淌，

亲爱的妈妈您棺材里睡，
女儿好像做梦一样，
我的好妈妈
再叫一声我的亲娘
孩子我不敢相信眼前的一切
转眼之间我失去了娘
妈妈呀，孩子的亲妈妈
娘疼儿的一幕幕
我终生难忘
这一切好像梦一场
娘，孩儿把娘想
娘，您回头再望望
您的孩子都跪在您灵前
您舍得把俺都撇光
跪在灵前把泪滴
哭声妈妈您在哪里
叫声妈妈您回来吧
儿女们想念您
妈妈呀，我的妈呀
孩子千呼万唤叫声我的妈呀
妈妈您咋不搭理
忘不了送儿把学上
娘在村口等儿把学放
孩子病了疼坏了娘
更怕儿女火烧饭烫
娘为儿受尽苦难
娘为儿常把心担
娘为儿受十分苦
儿却三分也没报完
妈妈呀，我的亲妈妈

想起娘对儿的好
不由孩儿泪满面
妈妈呀，叫声我的好妈妈
不由泪水顺腮而下
心中的痛苦难以表达
孩子我没了亲妈
妈妈您回来吧
再看一眼您的女儿吧
临死之前也没能陪陪您
今生我愧对妈妈
妈妈呀，我的好妈妈
您想儿念儿不瞑目
女儿却辜负了妈妈
妈，孩儿对不起您呀
不孝的孩儿给您赔罪来了
妈妈您睁开眼
回头再看看俺
您的女儿跪在您面前
您咋就不理俺
孩子的妈妈呀
您为什么不说话
女儿多想在您面前撒娇
妈妈，您回来吧
妈妈呀，我的亲爱的妈呀
孩子我真想随您一起走
去阴间孝顺妈妈
妈妈呀，再叫声我的亲娘
想起妈妈痛断肠
从此后娘一去再也不回头
孩儿心里好悲伤

想娘再见不到娘
盼娘娘再不能还阳
娘的恩情永记心上
想起俺娘大哭一声
娘啊娘，我的亲亲的娘
孩儿有苦还跟谁诉
妈，您这一走谁还来疼您的孩子呀
您怎么就这样走了呀
跪在灵前把泪流
孩儿的心里好难受
妈妈，您回来吧
再拉拉孩儿的手
跪在灵前泪悲啼
妈妈一生没少受屈
吃苦受累都是您
从没有想过您自己
妈妈呀，我的亲爱的妈呀
辛辛苦苦操劳一生
老了您却命归西
妈，您这一辈子受了不少委屈
您从没想过您自己啊，妈
跪在灵前泪盈盈
忘不了娘的恩情
清明时节孩儿会记住
黄土给娘添上几层
妈妈呀，我的妈妈呀
娘的恩情比天大
女儿今生难以报答
娘，娘啊
女儿用世界上最美丽的词语

也难表达娘对儿的爱
孩子纵然哭死在灵前
也难挽回娘的生命
女儿只有在这里
最后再给您磕上几个头
也算尽了女儿一番心意
娘，娘啊

也许是想起了自己母亲的辛酸和不易，也许是触景生情，被眼前的悲伤气氛感染，“哭灵女”真的动情了。她哭得悲切欲绝，泪如泉涌，已经完全哭成了个泪人儿。她从地上爬起来扑到灵车上，一边用手抚摸着庞月花老人的遗像，一边继续哽咽地哭诉说道：

妈妈，我亲爱的妈妈，女儿给您唱的歌您听到了吗？您不是最爱听女儿唱歌吗？妈妈，您咋不说话，您咋不理女儿呀？

妈妈，您睁开眼睛看看，我是您的女儿呀！女儿有多少知心话想对您说，有多少辛酸和泪水想向您倾诉。女儿知道，世界上最伟大的就是母爱。母爱是最无私的、最纯洁的、最神圣的。女儿也知道，您老人家为了我们兄妹三人，吃尽了苦头操碎了心。而您却无怨无悔。

女儿怎能忘记，在我跟两个哥哥小的时候咱们家里的粮食不够吃的，您总是把粮食省下来给我们兄妹三人吃，而您却天天吃糠咽菜，哥哥把馒头塞到您的手里，让您跟我们一起吃，您却又把馒头放到我的碗里。

女儿怎能忘记，在您年轻的时候，爸爸早早离开了人世。您为了我们兄妹三人不受欺负和虐待，硬是没有再嫁，一个人拖着病体，撑起了这个家，把我们兄妹三人都抚养成人。

女儿又怎能忘记，有一年女儿生病高烧不退，您急得直抹眼泪。白天跟哥哥两人抱着我跑乡卫生院，晚上就守护在我的身旁，几天几夜都没有合眼。后来女儿的病好了，您却累得病倒了。我们兄妹三人看着您躺在病床上，不知如何是好，您却安慰我们说：妈妈没事，妈妈就是累了。

女儿又怎能忘记，在我和两个哥哥小的时候，家里没有人到地里干活，分不到粮食，没有办法，两个只有十几岁的哥哥跑到生产队去干活，结果被生产队队长赶回了家，说他们年龄太小，根本干不了啥活，纯粹是混工分。咱们全家人抱在一起哭成了一团。

妈妈，您老人家为我们操碎了心，吃尽了苦头，没过几天好日子。现在咱们生活好了，您却离我们而去。到那边以后一定要照顾好自己。告诉爸爸，我跟两个哥哥都挺好的，让他老人家放心，别惦记着。也请您二老在那边多照顾照顾俺那可怜的侄子程小冬，让他在那边不再孤独，不再寂寞。

妈妈，女儿跟您说了这么多话，您都听到了吗？您咋一句话也不说？难道您真的这么狠心扔下女儿不管吗？有妈的孩子像块宝，没妈的孩子像根草，女儿不能没有妈妈。妈妈，您快醒醒吧。女儿再给您唱首《世上只有妈妈好》。”

……

“哭灵女”真诚而撕心裂肺的哭诉，令人难过，令人心酸，不仅庞月花老人的家人听后都失声痛哭，就连那些前来围观看热闹的村民也都被感染，禁不住流下了眼泪。

送葬的队伍在司仪的指挥下，边演奏着各种哀乐边进行各种祭奠活动，在村子里缓缓而行。从村东头走到村南头，从村南头走到村西头，从村西头走到村北头，围绕整个罗家村转一个遍，直到临近中午，祭奠活动才全部结束，灵车才缓缓开出村子，驶向了墓地。

葬礼在一片悲哀声中结束了，参加葬礼的亲戚朋友们也都陆陆续续返回了自己的家中。这时，天空下起了滂沱大雨，像是在为这位伟大而慈祥的母亲的离去而哭泣。

二十四

罗家村虽然地处偏远山区，但这里山清水秀，风景宜人，资源丰富。那连绵起伏的山峦，清澈潺潺的溪水，怪石嶙峋的磐石，沁人肺腑的鸟语花香，构成了一幅美丽的田园风光画卷。真是一个天然氧吧，休闲旅游的好地方。尤其是凤凰山、蟒蛇山和蛤蟆湾一带的自然风光，更是令人心旷神怡，流连忘返。这里不仅有许多美丽的传说，而且苍松翠柏，古树参天，碧水掩映，曲径通幽。前些年，省地矿局地质勘测设计院的专家勘测发现，这里不仅有铁、锌、铜等丰富的矿藏，还有天然的温泉资源，水温高达60多度，而且含有许多对人体有益的微量元素，完全可以开发利用，造福于人民。

凤凰山温泉的发现，曾引起过县里、乡里、村里以及那些投资者的广泛关注。乡里及村两委会和一些开发商都曾动过开发温泉的念头，不是因为缺乏资金而放弃，就是因为这里地处偏远山区、交通不便，觉得没有开发价值而打消了这个念头。

开发凤凰山温泉，是罗家村人多年的梦想，也是新的村两委会带领罗家村人走上致富之路的一项重要举措。梁鑫上任之后，村里的经济发生了翻天覆地的变化，百姓的生活有了很大的改观，但离现代化新农村建设的标准还相差甚远。为了能尽快开发凤凰山温泉，他四处求助，曾试图通过银行贷款解决这个问题，可银行怕担风险，没有哪家银行愿意把款贷给他们；他也曾试图通过亲戚朋友寻找一些有钱的开发商，希望他们能跟村里合作，共同开发温泉，但都因怕赚不到钱不愿投资。最后，他想到了自己的老同学沈二虎。他听说沈二虎这几年跑到深圳打工虽然吃了不少苦，遭了不少罪，但也淘了金，发了财，现已是酒店的大老板。梁鑫与村两委会其他成员商定，准备到深圳去找沈二虎求援。

再说沈二虎。他是罗家村村民沈慕林的儿子，也是罗家村第一个跑出去淘金的青年。他前几年高中毕业回村后因追求罗小惠遭到拒绝自尊心受到了伤害，加之他是一个有理想、有抱负的青年，不安心像父辈那样一辈子待在大山里，过面朝黄土背朝天的日子。于是，一气之下，他怀着满腔的热血，带着自己在家里跑买卖挣的一千多元钱，跑到深圳打工。刚到深圳时，他历经磨难，由于不懂技术，文化水平低，没有人愿意录用他。屋漏偏遭连阴雨，在应聘时随身带的一千多元钱又被小偷洗劫一空，差点饿死在街头。无奈之下，为了活命，他只好蒙羞含泪沿街乞讨。天无绝人之路，在讨饭时他认识了从湖南来深圳打工的青年姑娘唐晨，才有了安身之地，并与唐晨喜结良缘。

沈二虎是一个头脑灵活、懂管理、会经营的人。他不仅把唐晨父母开的饭店搞得红红火火，还承包了另外两家大酒店，生意也做得风生水起。几年下来，他就成了一个拥有几千万固定资产的大老板。罗家村及周边村的许多青年都在他的酒店里打工。有了钱，沈二虎曾想把自己的父母接到深圳去，可他的父母说不习惯大城市的生活，在山沟沟里习惯了，不愿意去深圳。沈二虎只好时常给他父母寄些钱过来，并经常跑回家来看看两位老人。

这天上午，梁鑫和胡春光肩负着全村人的使命，踏上了南去的列车。列车经过两天一夜的颠簸，于第二天傍晚到达了深圳这个令人向往的城市。沈二虎亲自开着宝马车到火车站迎接他们。这真是让梁鑫和胡春光羡慕不已。

常言道，狗不嫌家贫，孩不嫌娘丑。沈二虎从小在罗家村长大，对罗家村有着深厚的感情。虽然他现在已经成为拥有固定资产几千万的大老板，但他仍然深深地爱着这块土地，也希望自己的家乡能够尽快走上致富之路。他跟梁鑫与罗小惠三人都是高中同学，虽然他与梁鑫曾因罗小惠而争风吃醋，但他现在已与唐晨喜结良缘，还有了一个十分可爱的儿子。他们之间的恩怨早就结束了。沈二虎了解梁鑫，知道他的能力，了解他的为人，打心眼里敬佩他。当他得知梁鑫当选为村主任并带领罗家村的父老乡亲走上了致富之路，由衷地感到高兴。所以，对梁鑫和胡春光的到来，他显得非常热情。当天晚上，就在他承包的大酒店里设宴款待了他们二人。

晚宴也真是够丰盛的，龙虾、海参、鲍鱼等高档菜品都上了。有些菜肴，梁鑫和胡春光连见都没见过，别说是吃了。胡春光在北京当过几年兵，倒是见过一些世面，而梁鑫从小就在山沟沟里长大，从未出过远门，最远也就是去过县城，前两年虽然曾与村民们一起到市里和省城去上访过几次，但吃的都是从自家带的干粮，睡的都是火车站候车室。哪里见过这样的场面，吃过这么丰盛的宴会？

看着一桌丰盛的饭菜，梁鑫既感慨而又好奇地说道："二虎，咱们都是自家人，你也太客气了。这庄稼人没有那么多讲究，能吃饱饭填饱肚子就行，何必这么客气。这一桌饭菜得花不少钱吧？"

"我没有客气，只是尽了点地主之谊，再说了，我在这里很难见到家乡来的人，见了家乡来的人就觉得格外亲。况且，你跟春光哥都是我的好兄弟、好朋友，是我的贵客，我当然要把最好的饭菜拿出来招待你们了。你们就放心吃吧，这酒店是咱们自己开的，钱的事你们不用操心，这桌酒席不贵，也就是几千块钱吧。"沈二虎不以为然地说道。

一听说一桌酒宴就要花几千块钱，梁鑫瞪大了眼睛，惊愕地说道："一桌酒席花几千块钱，还不贵呀。农村的老百姓一个人辛辛苦苦干一年也挣不了这么一桌酒席的钱，真是财大气粗腰杆壮，看来你沈二虎真是发大财了。"

"发啥大财呀，我在咱们罗家村可能算是个有钱的，但在这经济发达的深圳，有钱的人多了去了，过亿元资产的老板很多，有的甚至几十亿乃至上百亿，我在这里只能算是个打工仔，混口饭吃而已。"

"二虎，你开这么高档的酒店吃一顿饭就要几千块钱，有来消费的吗？"胡春光十分关切地说道。

"咋没有，你们不是看到了吗？今晚所有的包间都订满了，咱们用的这个包间还是挤出来的呢。在我们这个酒店里，天天宾客盈门，高朋满座，生意火着呢！"沈二虎很自豪地回答说道。

"我早就听说深圳这个城市很发达，有钱的人很多，可有钱的人总是少数，大多数还是平民百姓，哪会有那么多人天天跑到你这个高档酒店里来吃饭？再说了，那些老百姓即使再有钱，也不会舍得一顿饭吃掉几千块钱吧。"胡春光有些不解地说道。

"春光哥，亏你还在北京当过兵哪，这你就不懂了吧。现在出来吃饭的客人不怕贵，就怕没有好东西吃。我这个酒店之所以生意兴隆，讲究的就是品牌和档次，有很多原料都是从国外进口的。就说咱们今晚吃的这龙虾和鲍鱼吧，那可都是从澳大利亚进口过来的。咱们喝的这红酒都是正宗的法国干红，是从法国直接运进来的。就这只龙虾上到餐桌就需要上千块钱，一只鲍鱼也需要上百块钱，喝一瓶法国干红没有几百块钱是不行的。当然个人消费他们是不舍得花那么多钱的。我们这个酒店面对的消费群体是集体消费和公款消费。现在，城里那些当官的和国企大老板，他们花的是公家的钱，不差钱，你只要把他们伺候好了，到了逢年过节再给那些掌管权力的人意思意思就行了。如果你的酒店里没有这些高档的酒菜，他们还不来呢。”沈二虎眉飞色舞地讲起了他的生意经。

沈二虎滔滔不绝地谈着生意经，直听得梁鑫和胡春光目瞪口呆，佩服不已。他们真不敢相信眼前这个人，就是几年前那个开着农用三轮车满村转的沈二虎，两人一边听着沈二虎的演讲，一边敞开肚子尽情享用着这美酒佳肴。看着一盘盘剩下大半而吃不完的饭菜，梁鑫有些心疼地问沈二虎说道：

“二虎，咱们就这么几个人，你点了这么多饭菜，吃不完剩下咋办？”

“咋办，倒掉呗。”

“这么好的饭菜，倒掉不是太可惜了吗？”

“可惜啥，你以为这是在咱们农村呀，来了客人剩下的饭菜端下去自家人再吃。在酒店里可不是这样，客人吃剩下的饭菜全都倒掉。”

“这要造成多大的浪费呀？”

“浪费就浪费呗，反正有人买单，且大都是用公款买的单，谁也不心疼。你不知道咱们国家舌尖上的浪费有多么严重吧？”

“不知道，俺们在乡下孤陋寡闻，快给俺们讲讲吧！”梁鑫和胡春光几乎是异口同声地说道。

“这些年咱们国家确实是富了，但吃喝风也很盛行，屡禁不止。据有关部门统计，咱们国家每年仅公款吃喝消费就高达三千多亿元，一年光公款喝酒就能喝掉一个西湖，吃掉三个三峡。在餐桌上浪费的粮食就高达二千多亿元，被倒掉的食物相当于两亿多人一年的口粮，全国每年浪费食物的总量可养活两亿多人，折合粮食约八百多亿公斤，相当于我们国家粮食总量的百分之十五。而我国还有一亿多农民是扶贫对象。舌尖上的浪费实在是触目惊心，令人心疼。”

“唉，现在有些当官的，嘴里喊着立党为公，执政为民，全心全意为人民服务。可他们一旦有了权就不管老百姓的死活，贪污腐败，损公肥私。花这么多公款吃喝，每年浪费这么多粮食，这些贪官污吏也实在是太可恨了。”胡春光愤愤地说道。

“春光哥，我跟你有同感，也恨那些贪官污吏，看不惯这么铺张浪费，特别是刚承包这个大酒店的时候，看到一盘盘剩余的饭菜被倒掉，想到我刚到深圳打工时挨饿的滋味，心里也不好受，可慢慢就习惯了。心想，反正有人掏钱，浪费了也不是我的。惩治腐败，遏制腐败，那是当官的事，跟我们这些老百姓无关。我们只要把酒店办好，能挣到钱就行。”沈二虎显得有些麻木不仁、玩世不恭地说道。

“真是不算不知道，一算吓一跳。我在报纸上和电视上也经常看到腐败和铺张浪费的报道，不过，还是清官多，贪官少。惩治腐败，反对浪费，光靠自律是不行的，还得靠法律、靠监督来制约。相信我们的党和国家不会对这些腐败和浪费现象坐视不管的。”梁鑫有感而发说道。

“噢，我倒是忘了，你们俩现在也都是当官的。这当官的跟我们这些老百姓就是不一样，看问题、想事情看得就是远，站得就是高。”沈二虎调侃说道。

“我们这算啥官呀？放到显微镜底下都照不到纱帽翅。”梁鑫显得有些自卑地说道。

“村官也是官嘛，也有人捧着敬着。”

“行了，二虎，我们哪能跟你这个财大气粗、赫赫有名的酒店大老板相比，吃着山珍海味，坐着豪华轿车。你就别挖苦我们了。为了感谢你对我们的盛情款待，让我和梁鑫敬你一个酒吧。”胡春光也带着羡慕的口气说。

三人共同端起酒杯，一饮而尽。

沈二虎今天特别高兴，特别自豪，也特别自信。他知道胡春光所说的话不是恭维，是发自内心的赞叹。他确实成功了，确实是赫赫有名的酒店大老板。在深圳酒店行业提起他沈二虎的名字，无人不知，无人不晓。沈二虎谈完自己的生意经之后又谈起了家乡的事情。

“梁鑫，你当村主任这几年，村里的变化很大，老百姓都感谢你，我也非常感谢你。听说你经常到家里去看望我的爸爸、妈妈。来，今天借这个机会，我代表全村的父老乡亲和两位老人，敬你和春光哥一杯。”

梁鑫不以为然地说道：“二虎，这你就见外了，有啥好感谢的。咱们俩既是老同学，又是好朋友，你离家远，不在老人身边，我去看看两位老人还不应该吗？”

沈二虎接着又十分关切地说道：“梁鑫，听说你在竞选村主任时差一点把命搭进去，现在身体恢复得咋样了，凶手抓到了没有？”

“可不是咋的，差一点见了阎王爷，要不是阎王爷不收，恐怕今天就没有机会跟你在一起喝酒了。不过，放心吧，现在完全恢复了，就留下了几块伤疤做纪念。”梁鑫说完，掀起自己身上的衣服给沈二虎看。

沈二虎早就听说了梁鑫出车祸的事情，没想到会伤得这么严重。看了车祸给他留下的累累伤痕，还是有些震惊，有些愤慨。于是愤愤地问道：

“肇事司机查到了没有？”

“没有查出来，我到县交警队问过多次。他们说撞我的那个肇事司机套用的是假牌照，没法查。”梁鑫无奈地说道。

“这还用查啊，除了罗方钊那个王八蛋，谁还能干出这么伤天害理的事情来。”坐在一旁的胡春光气愤地说道。

“梁鑫，我看你还是别干这个村主任了，费力不讨好的事。你跟春光哥的能力和为人我都了解，论能力都在我之上。你们俩都到我这里来干吧。我这里正好缺人手，聘你们两人当公司的副总，一人帮我管理一个酒店，月薪两万元，到年底完成任务后，还可以拿到大红包。用不了几年，保准你们两个都会成为大老板。”沈二虎真诚地邀请说道。

“二虎，你抛出的这个绣球可真是太有诱惑力了，说得我心都痒痒了。我真想留在这里和你一块干，也尝尝这当老板的滋味。可是不行啊！虽然这个村主任不是什么官，也捞不到什么油水，可毕竟是大伙投票选的，是罗家村父老乡亲对我的信任。我哪能丢下全村老百姓不管光顾自己呢。看来这个老板我是当不成了。不过，我还是要谢谢你的美意和盛情邀请。”梁鑫非常感激而又显得有些惋惜地说道。

胡春光也深怀感激之情地说道：“二虎，梁鑫说得对，出来当老板，一年有二十多万块钱的收入，确实让我们动心。可是不行啊，如果我们两人扔下村里的工作不管，都跑到深圳来当老板挣钱，不仅有愧于全村老百姓对我们的信任，恐怕在全国也就出名了。等以后我不当这个村党支部副书记了，一定跑到你这里来跟着你干，也尝尝这当老板的滋味。”

听了梁鑫和胡春光的话，沈二虎既感到遗憾，又能够理解和钦佩。从他们两人身上，他看到了什么叫爱，什么是奉献，也看到了罗家村的希望。他颇为感慨地说道：“梁鑫、春光哥，你们两人的精神的确令我感动。咱们罗家村前些年来之所以贫穷落后，就是村两委会领导班子不行。像罗方钊那样的人，我压根就瞧不上他，除了会拍马屁，仗着他在县公安局工作的大舅子哥撑腰横行霸道、玩女人外，还能干点啥？村支书程大孟就是老好人，啥事也不想管，谁也不想得罪，没有啥能力。现在好了，有你们两人配合，咱们罗家村很快就会富起来的。我知道你们两位大老远地跑到深圳来找我，肯定不是来游山玩水的。是不是找我有事？有啥事就说吧，只要我能做到的，一定帮忙。我也愿意为家乡做点事情。”

“二虎，你一点都没变，还是上学时那个脾气，快人快语，说话办事都喜欢痛快，不绕弯子。你猜得没错，俺们这些当农民的才刚刚解决了温饱问题，哪有闲心跑出来旅游啊！我跟春光哥这次到深圳来找你，确实有事情想请你帮忙。”

“有啥事情就说吧，只要我沈二虎能办到的，决不推辞。”

“二虎，我不说你也知道，咱们罗家村经地质专家勘探有丰富的地下温泉资源，就在凤凰山和蟒蛇山一带，而且水质很好，很有开发利用价值。村里一直想开发，但由于缺乏资金一直没有开发。现在，村两委会已经把它纳入了开发规划，准备建一个温泉度假村和温泉疗养院。可苦于缺乏资金，想请你帮个忙，帮助筹措点资金。”梁鑫毫不掩饰地说出了他跟胡春光此行的目的。

“需要多少钱？”沈二虎问道。

“在来这里之前，我们村两委会请专家估算过，两个工程加上打井的费用少说也需要五千万元吧。当然，如果一下子筹不到那么多钱，也可以分两期进行。先开发温泉，建温泉度假村，等有了钱再建温泉疗养院。我们也知道你不一定有那么多钱，能帮我们筹到多少算多少。”

一听说要借钱，沈二虎不说话了，双眉紧皱，笑容顿失，热闹的场面顿时冷了下来。

梁鑫见沈二虎没有表态，怕遭到拒绝空手而归，忙又解释道：“二虎，你放心，这钱我们不会白用，是有利息的。银行贷款利息多少我们就付多少。”

沈二虎还是迟迟没有表态，沉默了良久，他才略显歉意地说道：“这不是付不付利息的问题，而是有钱没钱的问题。梁鑫、春光哥，你们是不是认为我沈二虎现在很有钱呀？其实，你们想错了，我是开了三个酒店，摊子铺得也挺大，但其中两个大酒店都是承包的，每月都要付给对方承包金，而且花销又很大，每天光购买原材料就需要几十万元。现在还欠银行很多贷款没还呢，哪有多余的资金借给你们！这么好的项目你们为啥不去向银行申请贷款呢。”

“这个法子我们早就想过了，咱们县里几家银行我们都跑了。他们都担心我们还不上贷款不愿意贷给我们。这不没有办法了才跑到你这里求援来了嘛。”梁鑫无奈地说道。

“梁鑫、春光哥，这个忙我还真的帮不了。如果你们两位家里有啥困难，帮助个十万八万的还可以，一下子让我帮助你们筹措这么多资金，我还真是爱莫能助。”

听了沈二虎的这番话，梁鑫和胡春光的心都凉了半截，知道再让他帮助筹措资金已经不可能了。这是他们早就预料到的。在来深圳之前，他们就准备了两套方案，第一套方案就是希望沈二虎能帮助筹措一些款项，然后回村再继续想办法筹借，由村里自己开发。第二套方案就是想让沈二虎入股或请他帮助联系找人入股，与村里联合开发温泉。现在看来，第一套方案已经行不通了。于是，梁鑫又抛出了第二套方案。

“二虎，你没有办法帮助我们筹措资金，我们能够理解。你看这样好不好，请你帮助我们在深圳找一位有钱的老板朋友出资，与村两委会联合开发温泉。”

沈二虎对这个方案倒是很感兴趣。因为他了解罗家村温泉的开发价值。于是他非常关心地问道：“咋个合作法？”

“由你的朋友出资入股，村里提供温泉资源和土地，联合成立‘温泉开发有限公司’。”梁鑫解释说道。

“温泉开发后由谁来经营管理？利润咋分配？”

“这个双方可以商量。”

“这个办法倒是可行。我虽然没有钱投入，可我在深圳有很多朋友手里有闲置的资金，我可以动员他们跟村里联合开发。”沈二虎刚才那张阴云密布的脸又绽出了笑容。

“二虎，那这件事情就拜托你了。只要能帮助我们找到开发温泉的合作伙伴，不仅我跟春光哥感谢你，咱们罗家村的父老乡亲也都会感谢你的。”

“好的，今晚回去我就帮你们联系。”沈二虎爽快地答应说道。

“二虎，啥时能联系好啊？期盼着你能尽快找到合作伙伴。等你回家的时候我们村两委会为你请功。”胡春光也急切而激动地说道。

“春光哥，我会尽力的。”

梁鑫和胡春光同时站起来十分动情地说道：“二虎，来，我们俩敬你一杯，等待着你的好消息。”

三人同时端起酒杯，一饮而尽。

真是老乡见老乡，两眼泪汪汪。沈二虎与梁鑫和胡春光好久没有见面了，见了面自然有说不完的话，道不完的情。沈二虎向他们讲述了自己刚到深圳时的坎坷遭遇，讲述了他创业的艰辛与酸甜苦辣，讲述了深圳这个走在全国改革开放前列的新兴城市日新月异的变化。梁鑫和胡春光则向沈二虎介绍了罗家村这几年的变化，介绍了罗家村今后发展规划。

晚宴在一阵欢声笑语中结束了。

二十五

沈二虎承包的这家大酒店，就在深圳市的闹市区，是一个五星级酒店。吃过晚饭后，他并没有急于安排梁鑫和胡春光住下，而是带他们对酒店进行了参观，目的就是要让他们看看自己所承包酒店的规模、档次和管理水平。

酒店的规模的确够大的、够壮观的，足有二十几层，可以同时容纳上千人住宿就餐。酒店的装修也够气派的，整个外墙全部都是玻璃的。顶部的造型就像一艘正在大海航行中的巨轮。到了晚上，霓虹灯闪烁，悬挂在楼顶正前方的“珊瑚海远洋大酒店”几个醒目的大字在几十米外都清晰可见。室内更是金碧辉煌，古朴典雅。一盏盏造型各异的玻璃吊灯遥相辉映。长廊里那橘红色的地毯在灯光的映照下，宛如一条条横卧在那里的长龙。酒店共由客房、餐饮、会议中心、商务中心和康乐洗浴中心五个部分组成。地下室是康乐中心，有游泳馆、保龄球馆、乒乓球室和棋牌室；一楼是酒店的总台和商贸区，不仅有日用百货店，还有玉器店、古玩字画店、服装店和水产店；二至四层是餐饮区，有大餐厅三个，雅间五十多个；五层以上是客房和会议室，有六百多间客房，大小会议室五十多个；九层是娱乐中心，不仅有专门供客人洗脚按摩的地方，还有歌舞厅、咖啡厅和茶室。每个区域的服务人员都在微笑着为顾客服务。尽管来这里住宿和就餐的客人很多，但整个酒店却显得忙而不乱，有条不紊。梁鑫和胡春光都看得眼花缭乱，惊叹不已。

沈二虎对梁鑫和胡春光也真够热情的，高规格接待了他们。当天晚上，他们就下榻在“珊瑚海远洋大酒店”，每人都安排了一个豪华的套间。

两个豪华套间的装修设计风格和房间布局基本一样，都是分里外两间，两个卫生间和两个大彩电。外边的一间是会客室，有一个卫生间、一组黑色真皮沙发和一个大彩电。里边一间是卧室，有一个宽大的席梦思床、两个床头柜、一个卫生间、一个书桌、一个行李柜、一对简易沙发和一个大彩电。

胡春光曾在北京当过兵，见过世面，这样豪华的套房虽然没有住过，倒也见过。而梁鑫则是第一次见这么豪华的酒店，第一次住这么豪华的套房。他走进房间，就像《红楼梦》里的刘姥姥进了大观园，眼都看傻了。他不忍心把沾满泥土的鞋踩在这洁净的枣红色且中间镶嵌着富贵牡丹图案的地毯上，只好把鞋脱下来拿在手里，从房间里找了一双拖鞋穿上。来到房间，他放下随身携带的行李包，先围着两个房间巡视了一圈，然后又跑到外边会客室的黑色真皮沙发上坐了一会儿，感受了一下坐这样高档真皮沙发的滋味，又回到卧室，躺在那富有弹性的席梦思床上，感受了一下睡席梦思床的滋味。

坐了两天一夜的火车，加之沈二虎为他们接风又喝了点酒，此时的梁鑫感到又累又困。他准备到卫生间里冲个澡，好好睡上一觉。就在这时，房间的门铃响了，梁鑫忙跑出来把房门打开，只见一个身高约在一米六五左右、身穿红色旗袍亭亭玉立的姑娘，手里端着一盘水果面带微笑站在门口。

“先生，您好，我是本楼层的服务员小张，给您送一盘水果过来。”还没等梁鑫开口，姑娘就先说话了，说话时面带微笑，显得彬彬有礼。

梁鑫看了一眼姑娘端的水果盘，只见里面放着两个香蕉、两个芒果和一串紫葡萄，还有两个黑乎乎的叫不上名字的水果（山竹），上面用塑料薄膜封盖着。望着姑娘手中的水果盘，他不解地问道：“姑娘，我没说要水果呀，这是谁让你给我送的水果？这水果要钱吗？”

“先生，这是我们老板让我给您送的，这水果不要钱，免费的。”姑娘仍然微笑着说道。

“在你们酒店里住宿都送果盘吗？”

“不是的，一般客人我们是不送的，除非客人提出要求才送。不过那是要收费的。”

“这么一盘水果要收多少钱呀？”

“这盘水果要收费的话，需要三十元钱。当然也有十五元钱、二十元钱的，客人要多少钱的，我们就配多少钱的。收费的标准不同，我们搭配的水果品种也就不同。”

“那你们为啥要免费给我提供呀？”

“因为您是我们老板的客人，也就是我们酒店的VIP。所以，这盘水果是免费赠送的。”

“啥是喂阿痞（VIP）？”梁鑫把“VIP”误解为“喂阿痞”，认为“喂阿痞”就是白吃白喝的意思，板起面孔有些不悦地问道。

“先生，在我们酒店行业，‘VIP’就是‘贵宾’的意思。您是我们老板的朋友，当然也是我们酒店的贵宾了。”服务员耐心地解释说道。

梁鑫一听心里乐了，心想这沈二虎还真是不错，想得这么周到，难怪他把酒店管理经营得这么好。如果能动员他回村投资共同开发温泉一定会成功。于是，他笑着说道：“好的，把果盘端进来吧。谢谢你，也请代我谢谢你们的沈老板。”

“先生，您不用客气，这是我们应该做的。如果您有啥需要我们服务的话，就打电话。我们一定竭诚为您服务好。”那个姓张的服务员说完，放下水果盘，带着甜甜的微笑离开了。

送果盘的服务员离开房间后，梁鑫便关上房门，脱光了衣服，准备冲个澡就上床睡觉。可等他走进卫生间后才发现，这里洗澡用的设施跟他过去住过的酒店不一样，是一个大浴缸。浴缸上面有很多机关，既可以冲浪，也可以按摩，但上面没有标识，闹不清哪个是热水开关，哪个是冷水开关，哪个开关是冲浪的，哪个是按摩的。他折腾了半天也没弄明白。要么拧不出水来，要么水流太急喷得满卫生间都是水，要么水太凉，要么水热得烫人，根本无法洗澡。他想打电话找服务员问个明白，又怕服务员嘲笑他没见过世面，丢了尊严。没有办法，他只好在洗手盆上简单洗了把脸，洗了洗头，洗了洗他那臭气熏天的双脚。

梁鑫简单冲洗完之后，用手机给罗小惠打了个电话，给家人报了个平安，便准备上床休息。就在这时，房间里的电话响了，他以为是沈二虎或胡春光打电话找他有事，便拿起电话非常客气地说道：“你好，哪位？请问你找谁？”

电话里传来一个娇滴滴的女人的声音：“先生，您好，需要按摩吗？”

“谢谢，不需要。我要休息了。”梁鑫非常客气地谢绝说道。

“先生，耽误不了您休息。您跑了一天的路也够辛苦的，按摩按摩放松放松，会休息得更好。”电话里的女子解释说道。

梁鑫早就听说过“按摩”这个词，但从来就没做过按摩，也不知道按摩是啥滋味。

听对方在电话里这么一说，倒是有点动心了，于是问道："按摩一次多少钱？"

"先生，这要看您都需要哪些服务项目，服务项目不同，价格就不同。不过，您放心，给您按摩是不收费的，这是老板安排的，按摩的钱老板都替您买单了。"

"请问是哪个老板让您来的？是沈老板吗？"

"是的，是沈二虎总经理安排的，他要求我们给您服务好，一切费用由他买单。"

梁鑫听说按摩不花钱，又是沈二虎安排的，就放心了，也来了兴趣，想品尝一下按摩究竟是啥感觉，便爽快地答应道："好吧，既然是沈老板安排的，你就过来吧。"

"好的，先生，您稍等，我马上就到。"对方说完就把电话挂了。

梁鑫放下电话后，睡意全无，忙又重新穿好衣服，坐在外屋的沙发上看电视，等待按摩女的到来。

不一会儿，门铃响了。梁鑫打开房门把按摩女让进房间。他仔细打量着眼前这个按摩女，但见她年龄约在二十岁左右，身高不过一米六〇，瓜子形脸蛋，殷红亮泽的樱唇，一双圆圆的、会说话的大眼睛，长长的睫毛，卷曲的秀发，浑圆饱满的臀瓣，身穿一件白底嵌着小碎花的低胸连衣裙，胸前那对高高隆起、极具弹性的双乳几乎有一半露在外面，妖娆至极，春情似火，风骚迷人，身上散发着香水味，虽算不上漂亮，倒也令人销魂。

按摩女站在身高一米八〇以上、高大魁梧的梁鑫面前，显得是那么小巧。也许是被梁鑫的英俊帅气吸引，也许是对他那土里土气的装束打扮感到诧异，两个人站在那里竟然半天没有说话。最后还是梁鑫打破了这个僵局。

"小姐，你坐吧，渴不渴，我给你倒水喝。"

按摩女半天才缓过神来，忙谢绝说道："噢，不用了，谢谢您，还是先给您按摩吧。"

"好的，咋个按摩法？"

"请您到床上躺下。"

梁鑫一听按摩女让他到床上躺下按摩，非常警觉地问道："为啥要到床上，在沙发上按摩不行么？"

"先生，在沙发上咋按摩呀？这样按摩会不舒服的，还是到床上按摩吧！"

梁鑫像个小学生一样，乖乖地趴到了床上，并说道："那就请你快按摩吧，按摩完了我也好早点休息。"

按摩女一看梁鑫趴在床上的姿势扑哧一声笑了，说道："先生，你需要把外边的衣服脱下来，这样按摩既会把你的衣服弄皱弄脏，也不舒服。"

梁鑫按照按摩女的要求坐起来，把上身的西服脱掉，说道："这样可以了么？"

"不行，裤子也要脱。"

"咋还要脱裤子呀？"梁鑫有些不好意思地问道。

"是的，因为我要给您做全身按摩，不脱掉裤子无法做全身按摩呀。"按摩女解释说道。

没有办法，梁鑫只好按按摩女的要求，很不情愿地把西服裤子也脱了下来。好在里面还穿着内衣内裤，倒不觉得难堪。

梁鑫按照按摩女的要求做好一切准备，按摩女便开始为他按摩。这个按摩女其实并不是来为梁鑫按摩的，她是住在酒店里专门从事卖淫活动的。以按摩为诱饵，凭借自己年轻和挑逗动作，挑逗客人上钩，达到卖淫赚钱的目的。当然，今天晚上的活动，是沈二虎专门为他们俩安排的。

按摩女双膝跪在床上，在梁鑫的身上从左到右、从上到下、从头部到肩部、从肩部到腹部、从腹部到臀部、从臀部到腿部，不断地推拿着，抚摸着。开始时还比较认真，比较用力，使梁鑫感到是那么舒服，那么惬意。可过了一会儿，她就开始有意无意地用她那对几乎裸露在外的双乳不断往梁鑫身上碰撞摩擦，并边摩擦边含情脉脉地说道：

"先生，您长得真帅，哪个女人见了不喜欢呀。"

随着按摩女双乳的一次次碰撞与摩擦，梁鑫感到自己的脑垂体开始被调动起来，荷尔蒙开始发作，一种无名的烈火迅速从小腹蹿起，瞬间就在全身燃烧起来。他感到心跳加速，口干舌燥，心旌摇动，下身搭起了帐篷。他有点不好意思，怕按摩女看到了嘲笑他，忙侧过身去用手捂住搭起的帐篷。心里暗暗责骂自己："他妈的，不争气的东西，咋这么没出息。"

其实，这一切按摩女早就看到了。这正是她想要的结果。她继续用挑逗的语气勾引梁鑫说道："帅哥，不用捂了，我都看到了。您这么捂着不憋得难受吗？您要是喜欢，我给您就是了。"

"你都看到啥了？"梁鑫觉得很尴尬，有些不好意思地说道。

"我看到您的下面都搭帐篷了呗。"

"别胡说了，谁搭帐篷了？"梁鑫矢口否认说道。

“您呗，还嘴硬哪，都快把裤子给顶破了，还不承认。”按摩女说着，趁梁鑫不注意，拿开了他捂住帐篷的手，用她自己的手抓住梁鑫下面的东西。

梁鑫急忙推开按摩女的手，翻身趴到床上，把搭起的帐篷死死地压在身子下面。

按摩女见梁鑫的欲火被点燃起来，该到出手的时候了。于是，她趁梁鑫趴在那里不注意，解开了乳罩，撩起了连衣裙，趴到梁鑫身上，把一对硕大的双乳压到了梁鑫的脊背上，用手上下抚摸着梁鑫的身子说道：“帅哥，您出门在外怪寂寞的，今晚就让小妹好好陪陪您吧！”

梁鑫顿时像泄闸的洪流亢奋奔涌，但他马上就意识到这样继续发展下去将意味着什么，也知道这么做的后果，很快便冷静了下来。他急忙爬起来，把按摩女掀翻到床的另一边，警觉地问道：“你这是要干啥？”

按摩女被梁鑫这突如其来的举动闹蒙了。她装着很生气的样子嗔怪说道：“哎哟，您这个人咋这么粗鲁，不知道怜香惜玉，都把人家弄疼了。我要干啥您还不清楚吗？”

梁鑫终于明白了按摩女的真实意图。也许是想到了自己的家庭，他觉得这么做对不起罗小惠；也许是畏慑于法律的尊严，他知道这么做属于嫖娼行为，是违法的。他越想越感到后怕，亢奋的脑垂体开始慢慢恢复平静，熊熊的欲火开始慢慢熄灭，高高搭起的帐篷也开始慢慢落下来。他坐起来非常严肃而认真地说道：“小姐，我知道你要干啥，可我不想那么做。你走吧，我不做按摩了。”

“先生，这是老板安排的，您不用有啥顾虑，没事的。我知道您也想，快来吧。”按摩女说完便闭上了眼睛躺在床上，等待着梁鑫狂风暴雨般的猛烈进攻。

“谁安排的也不行，我不想干那种事，你还是赶快穿上衣服离开这里吧，我要休息了。”梁鑫毫不客气地下了逐客令。在洪水即将决堤之际，他用理智守住了道德的防线，用坚强的意志挡住了诱惑，终于守住了苦苦垒起的心灵堤防。

按摩女没有想到梁鑫会挡住如此强烈的诱惑。自从她从事这一行以来，没有几个人能够如此镇静，坐怀不乱。虽然没有得手，没有挣到钱，但她还是打心眼里佩服眼前这个英俊魁梧的北方汉子。当然，她也知道再纠缠下去不会有啥结果，只好穿上衣服悻悻地离开了。

按摩女走后，梁鑫长长地舒了一口气，久久难以入睡。尽管他感到有些遗憾，但他更感到欣慰。因为他经受住了一次灵与肉的考验。随后又不时有电话打进来，他再也没有去接。他怕再有这样的按摩女开门闯进房间，干脆把会客室的沙发拖到门口顶着房门。这样，他还是不放心，又把衣服全部都穿在了身上，和衣睡了一个晚上。

胡春光倒不像梁鑫那么狼狈，那么心惊肉跳。他到了房间，痛痛快快洗了个澡，看了一会儿电视就上床睡觉了。他也跟梁鑫一样接到过几个想上门服务的按摩小姐的电话，但都没有上当，没有让她们踏进他的房间。不管对方如何花言巧语，如何软磨硬泡，他的回答都是干脆利落、斩钉截铁的三个字："不需要。"后来，为了防止骚扰电话影响休息，他干脆把电话线拔了下来。

这一夜，他睡得特别香。

二十六

梁鑫和胡春光南国之行，经历了一个不寻常的夜晚和一次严峻的考验，也找到了凤凰山温泉开发的合作伙伴。

沈二虎是个精明的生意人。这投资讲究的是回报，是效益和利润，别说他没有闲置的资金，就是有闲置的资金他也不会借贷给村里。但他是罗家村人，对罗家村地下温泉的情况还是比较了解的，也知道开发温泉的价值。过去，他曾萌发过回村开发温泉、筹建温泉度假村的念头。一方面是由于资金不足，另一方面则是因为罗姓人的祖坟就在凤凰山。如果要开发温泉建温泉度假村，就必须把罗家人的祖坟迁走。他知道罗方钊在村里的势力，怕惹麻烦而放弃了这个念头。现在，机会终于来了，罗方钊下台了，村两委会已将温泉开发纳入了村里的发展规划，梁鑫和胡春光又亲自找上门来恳求他与村两委会合作开发温泉，这是一个千载难逢的好机会，他当然不会放过。当天晚上回到家里，沈二虎就打电话找他那些有闲置资金的老板朋友，筹措到了上千万元的资金。第二天一早，沈二虎就来到酒店，告诉梁鑫和胡春光，谎称已为他们找到了合作伙伴，对方愿意出资与村里联合开发温泉，并委托他作为全权代表负责温泉的开发工作。

这么快就找到了合作伙伴，这是梁鑫和胡春光所没有想到的。他们都对沈二虎的人脉关系和工作效率表示敬佩。当然，他们并不知道这个合作伙伴其实就是沈二虎本人。经双方切磋协商，达成了凤凰山温泉开发的相关事宜：由沈二虎所在的“虎威餐饮娱乐有限公司”出资，罗家村村两委会负责温泉度假村和温泉疗养院开发的立项申报，提供温泉资源和开发温泉所需的土地。双方各占百分之五十的股份，项目开发后由“虎威餐饮娱乐有限公司”和罗家村村两委会共同经营，共同管理，并注册成立“凤凰山温泉开发有限公司”，成立董事会，董事会成员由双方主要负责人担任，温泉开发公司所发生的一切问题由董事会集体研究解决。

找到了温泉开发的合作伙伴，完成了南国之行的使命，梁鑫和胡春光甭提有多高兴了。他们已经忘记了疲劳，放弃了浏览南国风光的大好机会。本来，沈二虎还想留他们在深圳多玩几天，但他们归心似箭，第三天就乘坐火车，踏上了返乡的征程，回到了罗家村。

真是一石激起千重浪。沈二虎要回村与村两委会联合开发凤凰山温泉，建温泉度假村和温泉疗养院，无疑像一枚重磅炸弹。消息在罗家村一传开，立刻在村民中引起了轩然大波。有赞成拍手叫好者，也有坚决反对者。双方针锋相对，甚至剑拔弩张。多数村民认为，开发凤凰山温泉有利于村里的经济发展，是一项惠民工程，表示支持和赞同。也有一些村民坚决反对。那些反对者大都是罗姓村民。因为他们的祖坟就在凤凰山上。如果开发温泉、建温泉度假村和温泉疗养院，罗姓人的祖坟就要搬家让地方。为了阻止温泉开发，有人甚至扬言，如果有谁胆敢动迁罗家人的祖坟，就跟他拼命。

在村两委会上，赞成者和反对者双方更是唇枪舌剑，互不相让。

会议由村支书程大孟主持。乡里驻村工作组的姜涵、秦科明和何云飞也列席了会议。看着一副副严肃而冷峻的面孔，梁鑫预感到了会议不会开得很顺利。果然，会议一开始就充满了火药味。程大孟首先介绍了凤凰山温泉资源的基本情况和开发构想：

同志们，我不说大家也清楚，前些年，省地质部门的专家曾多次到咱们罗家村进行勘测，发现咱们罗家村的凤凰山、蟒蛇山和蛤蟆湾一带有丰富的地下温泉资源，而且水质很好，有许多对人体有利的微量元素。为此，我们上几届村两委会就曾多次研究过，想开发这个温泉，但由于种种原因，一直没有开发。新的两委会组建后，又把凤凰山的温泉开发列入了发展规划。为能尽快地把温泉开发出来，促进咱们村的经济发展，我们曾先后跑到乡里和县里求援，也曾联系过一些有钱的大老板，想请他们出资联合开发，可都没有结果。没有办法，前几天，梁鑫和胡春光同志到深圳找沈二虎求援。沈二虎帮助联系了开发商，准备与咱们村两委会联合开发凤凰山温泉。咱们今天召开这个会议，就是要讨论研究一下如何联合开发的问题。

下面就请梁鑫同志介绍一下他们与沈二虎谈判的情况。

主持会议的程大孟先来了个开场白，接着梁鑫就介绍了他和胡春光到深圳与沈二虎谈判的开发温泉的情况：

刚才，大孟书记已经说了，开发凤凰山温泉，是几届村两委会和全村村民的共同心愿，也是咱们这一届村两委会带领大伙走上致富之路的一项重大决策。咱们村两委会自上一届换届以来，就把对凤凰山温泉的开发纳入了规划。为尽快把开发工作落到实处，促进全村的经济发展，在座的各位尤其是乡里驻咱们村工作组的姜涵副乡长、秦科明和何云飞三位领导都没少操心，可始终没有进展。为此，前几天，我跟春光同志受村两委会的委托，一起跑到深圳去找到了沈二虎，想请他帮助融点资金或帮助咱们寻求一个联合开发的合作伙伴。想不到这沈二虎还真行，很快就帮助联系到了合作伙伴，并受合作伙伴的委托准备与咱们村两委会一起联合开发凤凰山温泉。整个温泉开发拟分两期进行，总投资五千多万元。第一期先开发温泉，建一个温泉洗浴中心和一个温泉度假村，等条件成熟后，再开发第二期工程，建一个温泉疗养院。他们提出的条件是：由他们出资，咱们村两委会提供温泉资源和土地，双方共同经营，共同管理，各占百分之五十的股份，并为此准备成立“凤凰山温泉开发有限公司”。大家讨论研究一下，看这个方案是否可行。如果大家没啥意见，咱们就可以把这个方案提交到村民代表大会讨论审议。

我就先讲这些，有遗漏的请春光同志补充。

“好吧，那我就说两句。关于凤凰山温泉开发的可行性和重要性，关于跟沈二虎所属的公司联合开发温泉的具体意见，大孟同志和梁鑫同志都讲得很具体、很详细了，我没啥可补充的，表示完全赞同。只是希望咱们村两委会能根据这个意见，拿出一个切实可行的方案来，使温泉开发尽快启动。”

胡春光的发言，简明扼要，态度明确。他的话音刚落，村委会副主任罗海生便情绪激动地站起来说道：

“我不同意开发凤凰山温泉。你们大家都知道，凤凰山是我们罗家人的祖坟所在地。我们罗家的先辈包括我的爷爷、奶奶都葬在那里，你们要开发凤凰山温泉，罗家的祖坟咋办？除非不动罗家的祖坟，否则，我坚决反对。”

罗海生的话引起了村委会委员、妇女主任韩玉霞的共鸣。她接着罗海生的话茬说道：“俺跟海生主任的意见一致。俺也不同意开发凤凰山温泉。咱们村两委会提出的‘充分利用资源优势，发展罗家村经济，实现三年脱贫、五年奔小康的目标’，俺完全赞同，但俺认为发展经济是好事，可不能以伤害老百姓的感情为代价。大伙都知道，这凤凰山是罗家人的祖坟所在地，要是开发凤凰山温泉，建温泉度假村，罗家人的祖坟就得迁移。且不说那些姓罗的村民不会同意，就是同意了，几百座坟墓往哪里迁呀？再说了，俺是罗家的儿媳妇，梁鑫，你不是也是罗家的倒插门女婿吗？咱们不能做那种不忠不孝、掘罗家人祖坟的事情。”

胡春光一听罗海生和韩玉霞反对开发凤凰山温泉就急了，反驳说道：“开发凤凰山温泉，这是咱们新一届村两委会早就规划好的。这个规划你们两人也是同意了的。现在真的要开发了，你们却又不同意了。你们知道吗？梁鑫上任后为了开发这个温泉操了多少心、跑了多少腿吗？跑了乡里跑县里，跑了县里找亲友，到处求爷爷、告奶奶，腿都跑折了，嘴皮都磨破了，好不容易才找到了这么个合作伙伴。我看你们是站着说话不腰疼。咱们今天开的是村两委会，讨论研究的是村里经济发展的大事，作为村两委会成员，不应当站在部分村民和家族立场上说话。”

“春光，你说这话我不爱听，我看你才是站着说话不腰疼哪。啥叫站在家族立场上说话？难道说你们要掘我们罗家的祖坟，我应当高兴才是？如果有人要掘你们胡家的祖坟，你会袖手旁观、无动于衷吗？”罗海生反唇相讥说道。

“海生，请你说话不要这么难听。谁掘你们罗家的祖坟了？咱们只是为了开发温泉迁移祖坟，而不是掘祖坟。如果为了村里的经济发展需要迁移我们胡家祖坟的话，我胡春光保证带头把我们家的祖坟迁走。”

“我罗海生可没有你那么高的觉悟。我刚才已经说了，开发温泉我没意见，要动我们罗家的祖坟，我坚决不同意。”

“是啊，事情摊不到自己的头上，这漂亮话谁都会说。”韩玉霞也冷嘲热讽地说道。

“我不过是说了句心里话，谁说漂亮话了？”

胡春光不满地反驳说道。

“谁说漂亮话谁心里清楚，说得比唱得还好听。”韩玉霞也毫不示弱地反驳道。

胡春光、罗海生和韩玉霞三个人你一言我一语，互不相让，气氛陡然紧张起来。梁鑫怕矛盾激化影响了温泉开发的研究，便朝胡春光使了个眼色，示意他别再争下去了。胡春光领会了梁鑫的意图，知道罗海生和韩玉霞都在气头上，火药味十足，再争论下去也不会有啥结果，便坐在那里抽烟没再说啥。

梁鑫早就预料到温泉开发方案不会顺利通过，因为这涉及罗家人的祖坟迁移问题，也能够理解罗海生和韩玉霞为啥会如此强烈地反对。因为他们一个姓罗，一个是罗家的媳妇，不仅自家的利益会受到伤害，更重要的是还要承受着全村罗姓人的压力。所以，当两人提出反对意见时，他并不感到意外，也并没有生气，而是心平气和地解释说道：

“海生哥、玉霞嫂子，你们俩的心情我完全能够理解。正如玉霞嫂子说的，我也是罗家的女婿。我所面临的困难和压力恐怕不比你们少。回家去也要做我岳父、岳母的思想工作，能否做得通也是个未知数。但是，我们不能因为有困难就退缩，我们村两委会的任务就是要带领全村人民摆脱贫困，走上致富之路，让全村人都过上好日子。开发凤凰山温泉，建温泉度假村和温泉疗养院，是一项利民、惠民工程，利在当代，功在千秋。将来条件好了，把城里那些有钱的人都吸引过来。可是，如果凤凰山上的坟墓不迁走，这些事情都没法做。所以，我们必须认识到开发温泉的意义和价值。提高认识，统一思想。如果我们村两委会的思想都统一不起来，咋去做群众的思想工作？要告诉大家，我们开发温泉，不是有意跟罗姓村民过不去，实为无奈之举，是在造福全村人民。当然了，迁坟工作是一件关乎村民切身利益的大事，我们一定要认真对待，充分尊重罗姓村民的意见，选好新的坟址，做好迁坟的补偿工作。”

也许是被梁鑫的真诚感动，也许是觉得他说的话在理。罗海生和韩玉霞没有再说啥。村党支部委员、民兵连长胡天凯和村委委员程友发则坐在那里一个劲地抽烟，始终一言未发。充满硝烟的会场顿时沉寂下来。这时，主持会议的程大孟看了一眼坐在自己对面的副乡长姜涵说道：

“姜乡长，您是乡里的领导，也是驻咱们罗家村扶贫工作组的组长，站得高，看得远，给大伙说两句吧。”

姜涵在罗家村扶贫包村已有几年的时间了，可以说对罗家村的情况了如指掌。他曾目睹过贫穷落后给村民们带来的辛酸和泪水；目睹过村民们因负担过重而屡屡上访的坎坷遭遇；也目睹了梁鑫当选村主任后村里所发生的巨大变化。当初，他到罗家村扶贫包村时曾立下过军令状，不摘掉罗家村贫穷落后的帽子就不回乡里。可前任村两委会，尤其是村主任罗方钊仗着有乡长许茂才为他撑腰，根本就没把他和工作组放在眼里，村里的大小事情都不跟他们商量，不跟他们通气。他们的意见再好也不会被采纳。他跟农业技术员秦科明都是农业方面的专家，却不能发挥作用。他们这个工作组成了聋子的耳朵——摆设。自梁鑫当选村主任后，他们的作用才得到了充分的发挥。村里的大小事情都跟他们一起商量，一起决策。开发凤凰山温泉，是村两委会与工作组共同策划的项目。当然，姜涵也是赞成的、支持的。他知道程大孟让他发言的目的，无非是想通过他的发言阐明乡里和工作组的意见，以便使这个联合开发温泉的方案能够顺利通过。因此，他没有推辞和谦让，而是扫视了一圈与会的村两委会成员，笑着说道：

我跟科明、云飞同志是来列席你们村两委会会议的，主要是听取你们村两委会的意见。既然大孟同志让我说，那我就说几句。

罗家村村两委会这几年来，认真贯彻落实中央关于农村工作的各项方针政策，紧密团结，共谋发展大业，做了很多富有成效的工作，也取得了很大的成绩，经济有了很大的发展，村民生活水平有了很大的提高，社会治安状况和精神文明建设都有了很大的改观。村民满意，乡里的领导也满意。这都是你们共同努力和奋斗的结果。

凤凰山温泉的开发，正如大孟同志和梁鑫同志所说的，是罗家村人多年的愿望和梦想，也是新一届村两委会带领群众致富的一项重大举措。为了能尽快开发这个温泉，你们村两委会可以说是费尽了心血，绞尽了脑汁。现在终于找到了合作开发的伙伴，这是一件大好事。关于开发温泉的意义和合作开发的具体要求，大孟同志和梁鑫同志都已经说得很具体很详细了。我就不再重复了。乡里对咱们村凤凰山温泉的开发也很重视，很关心。前几天梁鑫和春光同志从深圳回来后，我曾和他们俩一起到乡里跟欧阳书记汇报过。欧阳书记听了很高兴，指示我们要抓紧制订出一个切实可行的方案来，尽快使温泉的开发启动起来。在我们有困难的时候，有人伸出橄榄枝与我们合作，这是件好事，也是一个难得的机会。希望你们村两委会的同志能够提高认识，统一思想。如果连你们的思想都统一不起来，咋去做群众的思想工作啊？当然了，开发凤凰山温泉还有很多事情要做，应该好好研究一下，拿出一个切实可行的方案来，让温泉开发尽快实施，早见成效。

姜涵讲完话后，没有人再发言，也没有人再争论。会场再次陷入沉寂。

“大家还有啥意见请发表。”

主持会议的程大孟问了两遍，也没有回应。于是，他便对姜涵和梁鑫说道：“既然大家没有啥意见要发表了，那咱们就举手表决吧。”

“行，既然大伙没啥要说的，那咱们就举手表决吧。”梁鑫也回应说道。

“好吧，那咱们下面就对要不要开发凤凰山温泉进行表决。”程大孟继续主持说道。

“赞成开发凤凰山温泉的请举手。”

“反对开发凤凰山温泉的请举手。”

表决结果，参加会议的七个村两委成员中，赞成这个合作开发温泉方案的有五人，反对的有两人。罗海生和韩玉霞还是投了反对票。

沈二虎与罗家村村两委会联合开发凤凰山温泉的意向是通过了，但围绕着温泉开发的博弈和斗争才刚刚开始。

二十七

再说罗方钊，自从在上一届换届选举中与梁鑫竞选村主任落败后，便风光不再，门可罗雀，失去了往日的宠爱和专横跋扈的舞台。他恨透了梁鑫，觉得是梁鑫抢走了他的权力，毁掉了他的幸福。因而，自梁鑫上任后，他就处处跟梁鑫作对，总想寻找机会对他进行报复。现在，机会终于来了。当他得知村两委会要与沈二虎联合开发凤凰山温泉时，心中暗喜。因为他知道，只要开发温泉，建温泉度假村，凤凰山上罗家人的祖坟就得迁移，这无疑就是捅马蜂窝，搬起石头砸自己的脚。罗家人是不会同意迁移祖坟的。一方坚持要迁，一方坚决反对，势必就会造成村两委会与村民之间的矛盾冲突，造成全村三分之一以上的罗姓村民憎恨梁鑫，公开站出来跟他叫板。到那时，梁鑫即使不被赶出罗家村，村主任的乌纱帽也保不住，他罗方钊就可以东山再起。

“哼，想跟老子斗，你梁鑫还嫩了点。我让你折腾，让你嘚瑟，看你能嘚瑟几天，有你哭的时候。”罗方钊暗自发恨说道。

这些日子，罗方钊又活跃了起来，整天穿梭于罗姓村民中间，到处煽风点火，蛊惑人心。说梁鑫是黄鼠狼给鸡拜年没安好心；说梁鑫存心不良，是想借开发温泉的机会掘罗家人的祖坟，煽动罗姓村民对梁鑫的不满情绪。

罗方钊觉得这么做还不够狠。他又使出了更狠毒的招数——离间计。他听说梁鑫的岳父罗世龙也不赞成开发凤凰山温泉，两人曾为此多次发生过争吵，闹得不可开交。他知道罗世龙是个很要面子的人，也是一个家族观念非常强的人。这些日子，有不少罗姓村民找过罗世龙，希望他能够说服自己的女婿梁鑫放弃开发凤凰山温泉的计划。可罗世龙又说服不了梁鑫，搅得他心烦意乱，寝食难安。

罗方钊和罗世龙两家过去关系一直不错。由于罗方钊是村干部，一直是罗世龙家的座上客。两人经常聚在罗世龙的家里，让罗世龙的老伴炒上几个菜，在一起喝个小酒，聊聊家常。自从梁鑫跟罗小惠被开除村籍之后，两家就成了仇敌。罗方钊和罗世龙也成了水火不相容的冤家对头。罗方钊再也没有踏进罗世龙的家门，甚至两人在路上见了面都像陌生人一样，连个招呼都不打。

为了达到挑拨离间的目的，罗方钊准备趁梁鑫不在家的时候，屈尊到罗世龙家里走一趟，亲自找罗世龙谈一谈，再添上一把柴，浇上一桶油，加剧罗世龙与梁鑫之间的矛盾，让梁鑫内外交困，四面楚歌，腹背受敌。

就在梁鑫跟村两委会成员们一起讨论研究温泉开发方案时，罗方钊提着两瓶酒、几个罐头和几斤糕点来到罗世龙的家，恰逢罗世龙跟老伴方秀花都在家里。方秀花出来开门见是罗方钊，惊愕地站在那里瞪着眼睛看着他，半天没有说话。

罗方钊知道方秀花并不欢迎他。所以，他没有在意方秀花的表情，满脸堆笑说道：“咋了，嫂子，不认识了吗？”

“哟，这不是罗主任吗？咋能不认识。今天是不是太阳从西边出来呀？你走错门了吧！”方秀花连讽带刺地挖苦说道。

对于方秀花的奚落，这是罗方钊早就预料到的。他虽然心里不爽，但没有生气。他知道这些年来自己做了很多对不起她们家的事情，也没有忘记自己此行的目的。因此，他仍然满脸堆笑说道：“嫂子，咋了，不欢迎啊？我是来找世龙哥的，有点事情想跟他商量。他在家吗？”

方秀花尽管恨罗方钊，但听说他要找罗世龙有事情商量，手里又提着礼物，不便拒之门外。只好说道：“在家，进来吧。”

对于罗方钊的突然来访，罗世龙也感到有些意外。他不明白罗方钊这闷葫芦里究竟装的什么药。显得很冷淡地问道：“方钊，你是不是走错门了？咋跑到我家里来了？”

罗世龙如此冷漠的态度，这是罗方钊早就预料到的。他仍然强装笑颜，不愠不怒地说道：“世龙哥，真不愧是两口子。你咋跟我嫂子是一个调呀？我来看看你不行吗？不欢迎啊？”

“来看我？我可承受不起。你只要别害我们就心满意足了。”罗世龙毫不留情地反驳说道。

“害你们？现在是你的女婿当村主任，谁敢害你们呀？”

“难道你过去害我们还少吗？几乎害得我们妻离子散，家破人亡。”

“世龙兄，话不要说得这么难听。我过去当村主任时是做了些对不住你的事情，可那也是事出有因啊。如果梁鑫不组织煽动村民到处去上访，能开除他的村籍吗？再说了，开除他的村籍也不是我个人的意见。那是村两委会集体做出的决定。”

“啥叫事出有因？难道说开除梁鑫的村籍不是你提出来的？村里有那么多村民去上访，你们为啥不开除他们的村籍，为啥只开除梁鑫的村籍？你既然说事出有因，那我再问你，我的闺女小惠，我的那个小外孙梁罗明还是个吃奶的孩子，他们也去上访了吗？你们不是把他们的村籍也开除了吗？我看你这就是明着欺负老实人。”

“世龙兄，看来你对我的误会实在是太深了。咱们都是本家，这些年来我啥时候欺负过你？凭良心说话，我欺负谁都不会欺负你。”

“那好，方钊，我还有个问题要问你。今天就咱们俩，你要跟我说实话。上一次换届选举时梁鑫出的那场车祸，与你是否有关系？是不是你暗中搞的鬼？”

罗方钊一听罗世龙谈到梁鑫出车祸的事，心头为之一震。心想，难道说他知道了事情的真相？又一想，不会的。如果他真的知道了事情的真相就不会这么问了，只不过是他的猜测而已。当然，罗方钊是不会承认的。他装着很生气的样子矢口否认说道：

“我说世龙兄，这种脏水可不能乱泼，说话要有证据。你咋会这么想？是不是因为我跟梁鑫是竞争对手就怀疑我？梁鑫出车祸我也感到很痛心，怎么可能是我干的呢？这事跟我一点关系都没有。”

罗世龙知道这件事即使是罗方钊干的，他也不会承认，也知道跟他纠缠下去不会有什么结果，只会让自己更生气。于是，他没好气地下逐客令说道：

“方钊，我知道你这个人是无利不起早，无事不登三宝殿。你今天来找我有啥事就说吧，要是没事的话，我要下地干活去了。”

面对罗世龙的指责和冷落，罗方钊的肺都快要气炸了。真是凤凰落地不如鸡。要是在过去，他罗世龙敢这样对待自己吗？但阴险狡诈、老谋深算的罗方钊没有动怒，没有再与罗世龙争辩下去，而是强忍着心头的怒火略带歉意地说道：

“世龙兄，我罗方钊今天不是来跟你吵架的。纵然我过去当村主任时有对不住你的地方，还请你这个当大哥的多包涵、多担待。我在这里也向你和嫂子赔个不是。你不是问我今天来干啥吗？那我就告诉你。我今天来有两件事：一件事是来看看你跟嫂子，顺便给你们赔个不是，希望咱们两家以后还像过去一样和和睦睦，互尊互敬。这第二件事就是我受咱们村几百口子罗姓村民的委托来的，想跟你谈谈凤凰山温泉开发的事情。”

罗世龙是个心地比较善良的人。他一听罗方钊是来向他认错赔不是，并带着礼物，还找他有事，没再数落他。只是不解地问道：“谈开发温泉的事你去找村两委会呀，找我这个普通老百姓干啥？”

“世龙兄，你先别推辞，听我把话说完。我今天可是受咱们全村罗姓村民的委托来的，找你自然有找你的道理。因为梁鑫不仅是村主任，也是你的女婿，你是他的老丈人，希望你能够做做他的工作，让他放弃开发凤凰山温泉。”

“那你为啥自己不直接去找梁鑫谈哪？”

“我找他谈了，很多人都找他谈过。可你那个女婿梁鑫年轻气盛，很倔强、很固执，简直就是一根筋，谁的话他都听不进去，非要坚持开发凤凰山温泉不可。听说他和胡春光最近去了一趟深圳，并与沈二虎达成了联合开发凤凰山温泉的协议，不久就会开工。”

罗方钊所说的这些事情，罗世龙当然都知道。梁鑫这些日子为了开发温泉四处奔波忙碌，开始罗世龙是支持的，但后来由于那些罗姓村民在他耳朵边吹风多了，他便开始动摇，不再支持梁鑫开发凤凰山温泉了。两人为此曾多次发生过争执。当然，在罗方钊面前，他自然不会告诉他两人之间的分歧。当罗方钊提出想让他阻止梁鑫开发温泉时，他装作不以为然地说道：“开不开发凤凰山温泉，那是村两委会的事，与我没有关系。你有啥意见就去找村两委会吧。这事我管不了，也不想管。”

罗方钊知道罗世龙说的不是真心话，便用激将法激他说道：“世龙兄，咋能说跟你没关系呢？难道说你不姓罗？难道说你家的祖坟不在凤凰山上？难道说开发温泉你家的祖坟就不用迁移？你可别忘了老百姓常说的一句话：村看村，户看户，百姓看干部。梁鑫是村主任，你是村干部的亲属。即使要迁坟，你们家也要带头先迁。只要你们家不迁，别人是不会迁的。”

“那有啥，只要村两委会让我迁我就迁。”罗世龙不想让罗方钊知道自己不愿迁坟的想法，装出一副满不在乎的样子说道。

罗方钊见罗世龙虽然没有接招，但从罗世龙的表情和态度上看，他知道自己的激将法已经起了作用。于是，他又显得很关心的样子激罗世龙说道："世龙兄，这恐怕不是你的真心话吧？你也懂得入土为安这个道理。谁要是动了自家的祖坟，他的子孙后代是要遭报应的。难道你真的愿意看到那些已故的先人们被抛尸荒野吗？难道你真的希望你的子孙后代遭报应吗？再说了，你们家的祖坟迁与不迁也不是你一个人说了算，还有罗世贵大哥呢。即使你为了梁鑫同意迁坟，世贵大哥也未必会同意。"

"俺们家的事情自己会处理的，用不着别人操心。"罗世龙毫不客气地回敬道。

罗世龙虽然嘴上这么说，但很明显不如先前火气那么大，底气也不如先前那么足了。罗方钊的这番话戳到了他的痛处，这正是他所担心和忧虑的。

罗方钊见自己的离间计产生了效果，很是高兴。他装出一副十分关心的样子假惺惺地说道：

"我说世龙兄，你误会我的意思了。真是狗咬吕洞宾不识好人心。我是关心你才这么说的。要是换了别人，他爱咋做就咋做，与我有啥关系？虽然咱们过去曾有些过节，但毕竟都是本家兄弟。推上五代咱们还是一个老爷爷呢。亲不亲一家人，这血缘关系别人是无法割断的。我不希望因为这件事闹得你们兄弟不和，更不希望看到你和你的家人遭受不测。"

真是说的比唱的还好听。罗方钊见罗世龙沉默不语，继而又说道：

"世龙兄，不管你愿意听不愿意听，我还是要提醒你，梁鑫虽然有魄力，也很能干，可他毕竟还年轻，容易冲动蛮干，容易受到别人的挑拨，不知道罗家村的水有多深，淹死了都不知道是咋淹死的。你这个当岳父的应该给他当好参谋、帮他把好关，千万别让他受到伤害。就说开发温泉这件事吧，其实这并不是梁鑫的主意，是胡春光和项天发那些不怀好意的人煽动他干的。你知道村里的那些外姓人咋说的么？"

罗世龙尽管很讨厌罗方钊，也不想多跟他纠缠，但还是想听听那些外姓村民的反映。于是，他好奇地问道："他们都说些什么？"

"有人说开发凤凰山温泉根本不是梁鑫的主意，他不过就是个傀儡，其实背后的主谋是胡春光。他这是在借机报复咱们罗家人；有人说罗家人长能耐了，自己掘自己的祖坟；还有人说，女婿就是不如儿子，如果梁鑫是儿子的话，他绝对不会去掘自家的祖坟。"

罗方钊说完这些话，接着又烧火说道："世龙兄，你知道咱们村为啥叫罗家村吗？"

"为啥？别在这里卖关子了，有啥话你就说吧。"罗世龙有些不耐烦地说道。

"就是因为咱们姓罗的先在这里安营扎寨，才叫罗家村。凤凰山墓地是咱们的老祖宗专门从南方请来的风水先生选的，这是一座神山。听说当年曾有凤凰在这里住过，很有灵气。咱们的老祖宗安葬在这里，保佑着咱们罗家人世世代代繁衍生息，幸福安康。要是动了凤凰山的祖坟，就会破了咱们罗家人的风水。咱们罗家人就会遭殃，就会大祸临头。所以，我们要誓死保卫凤凰山，保卫我们的祖坟。一些罗姓村民让我给你捎话，也请你转告梁鑫，谁要是一意孤行，胆敢动凤凰山的墓地，就跟他血战到底，让他死无葬身之地。"

罗方钊的这番话，带着拉拢，带着挑衅，也带着恐吓和威胁，充满了血雨腥风。罗世龙坐在那里一个劲地抽烟，半天没有说话。罗方钊见火已经烧起来了，此行的目的达到了，又怕梁鑫回来撞见，便起身告辞说道：

"世龙兄，该说的话我都说了，乡亲们让我带的话也都带到了，听不听随你的便。不过，我还是希望你能够说服梁鑫。希望他不要听信别人的鼓动开发凤凰山温泉，不要掘罗家人的祖坟，不要成为罗家人的罪人。"

罗方钊扔下一堆狠话，没等罗世龙再下逐客令，便幸灾乐祸地离开了罗世龙的家。

二十八

罗方钊走后，罗世龙的心里如乌云翻滚，心乱如麻，矛盾极了。虽然他非常憎恨和讨厌罗方钊，但罗方钊的话却像一把把利剑刺痛了他的心脏。这些日子，反对开发凤凰山温泉的呼声、责骂声不绝于耳，都快把他的耳朵磨出茧子了。当然，他并不知道这是罗方钊和几个别有用心的人捣的鬼。

罗世龙非常疼爱自己的女婿梁鑫。梁鑫到罗家村当倒插门女婿这几年的所作所为，让他越来越喜欢这个倒插门女婿了。他为有这样的女婿而感到自豪，感到骄傲。梁鑫当选为村主任之后，罗世龙事事处处支持他，维护他。期盼着他能够不辜负全村父老乡亲对他的厚望，带领全村人民走上致富之路。可也为他担忧，担心他遭到什么不测，担心他再次受到伤害。特别是罗方钊临走时扔下的那几句话：如果梁鑫执意要开发凤凰山温泉，将与全村几百口子罗姓人为敌，将成为罗姓人的罪人，将死无葬身之地。使罗世龙感到不寒而栗，惶恐不安。

罗世龙也非常清楚，罗方钊说是来看他，来让他劝说梁鑫放弃开发凤凰山温泉，其实是来发出警告信号的，是来下战书的。他知道罗方钊和他的哥哥罗方谦，还有他的那个侄子罗大江，都是阴险狡诈、心狠手辣的人。尤其是他的那个侄子罗大江，简直就是一个亡命徒，一肚子坏水，啥缺德事都干得出来，村民为此而送他外号叫“罗亡命”。

罗方钊走的时候，罗世龙的老伴方秀花连送都没出来送他。他走后，方秀花十分关切地问罗方钊来干啥，都说了些啥？罗世龙怕老伴担心，没敢把真相告诉她，只是轻描淡写地说了句：没说啥，就是说他反对开发凤凰山温泉，不同意迁坟。

晚上，梁鑫开完会回到家里，天真活泼的儿子梁罗明正在院子里玩耍。儿子见梁鑫回来了显得格外高兴，扔下手里的玩具边跑边喊着“爸爸回来了”，就扑到梁鑫的身上。梁鑫抱起梁罗明狠狠亲了两口，问道：“儿子，在幼儿园里捣蛋了没有？惹老师生气了没有？”

梁罗明把头摇得跟拨浪鼓似的，说道：“爸爸，我很乖，没有捣蛋，也没惹老师生气，老师还表扬我来哪。”

梁鑫又在梁罗明的脸上亲了一口，说道：“这才是我的好儿子哪，玩去吧。”

这时，罗小惠从屋里走出来告诉梁鑫说道：“听咱妈说下午罗方钊那个王八蛋到咱家里来过，跟咱爸在屋里谈了很长时间，刚走不一会儿。”

“他到咱们家来干啥？”梁鑫有些不解和警觉地问道。

“不清楚，听妈说可能是为开发凤凰山温泉的事来的。”

“罗方钊这个王八蛋狗嘴里吐不出象牙。他到家里肯定没啥好事。他都说了些啥？”

“是咱妈告诉我的。妈问爸了，爸没说，只是说罗方钊找他谈凤凰山温泉开发的事。可能谈得不愉快。看咱爸出来送他时很不高兴。”

梁鑫听说罗方钊提着礼物到家里来访，感到很意外，很震惊。他不知道罗方钊闷葫芦里究竟卖的什么药，不知道他跟自己的岳父罗世龙究竟谈了些啥。于是，他来到罗世龙的房间，想问个明白。

“爸，我听小惠说罗方钊今天下午到咱们家里来了，他来干啥？”

“他能来干啥，还不是为你们村两委会要开发凤凰山温泉的事。”

“他同意我们开发凤凰山温泉了？”

“你想得倒美，他会同意吗？他是让我说服你不要开发凤凰山温泉。”

“爸，他同意不同意没关系，今天下午，村两委会已经开会研究通过了与沈二虎的‘虎威餐饮娱乐有限公司’联合开发凤凰山温泉的方案，他罗方钊就是再反对也没有用了，只能是螳臂当车，飞蛾扑火，是阻挡不了温泉开发的。”

听到这个消息，罗世龙并没有感到高兴，而是板着面孔，像是在恳求，又像是在命令似的说道：“梁鑫，事情并不像你们想象的那么简单，我看你们还是放弃开发凤凰山温泉的打算吧。”

“爸，这是为啥？”梁鑫不解地问道。

“不为啥，爸这都是为你好。”

“爸，您为啥让我们放弃凤凰山温泉的开发？是不是罗方钊跟您说啥了？”

“他说啥并不重要，他罗方钊是个啥东西你爸我心里清楚。你爸也不是一个任人摆布的人。不同意你们开发凤凰山温泉是我的意见。”

“爸，我知道您这是为我好，也知道您很疼爱我。既然您爱我、疼我，那就应该支持我的工作才是！”

“别的事情我都可以支持你，唯独开发凤凰山温泉这件事我不能支持你。不但不支持，而且还坚决反对。”

“爸，村里开发凤凰山温泉这件事我以前多次跟您说过。您老人家也是支持的，今儿到了关键时候咋就变卦了呢？”

“以前是以前，现在是现在。以前那是因为我没有想好，现在想明白了，就是不希望你去捅这个‘马蜂窝’。”

“爸，咱们都是自家人，有啥话不能说？请您告诉我，这到底是为啥？”

“不为啥。这么做也是为了你，为了这个家。就是不想让你跟那些罗姓人为敌，不想让你和咱们这个家受到伤害。”

“爸，我就不明白了，我们开发凤凰山温泉是为了全村人造福，咋会与罗姓村民为敌呢？这些日子，我们村两委会曾做过调查，走访过那些罗姓村民，大多数罗姓村民还是表示理解，赞成和支持我们开发凤凰山温泉的。只有少数人有抵触情绪，不愿迁移祖坟。在这少数人当中，还有像罗方钊这样个别从中捣蛋的。开发凤凰山温泉是一件有利于全村经济发展、造福全村人民的大好事。不管他们咋说，这个‘马蜂窝’我是捅定了。”

梁鑫的态度非常坚决，不容置疑，不容动摇。罗世龙见梁鑫不听劝阻，执意要开发凤凰山温泉，也急了，脸色变得铁青，态度也非常强硬地说道：

“我说梁鑫，你哪里都好，就是这个固执的毛病总是改不了。那我今天也把话撂在这里，你要是坚持开发凤凰山温泉，去捅这个‘马蜂窝’，我就不认你这个女婿。”

梁鑫不仅是一个聪明好学、勤奋能干的人，也是一个心地善良、为人坦城、忠厚老实的人。他尊老爱幼，孝敬父母。他到罗家村当倒插门女婿这几年来，一直跟自己的岳父罗世龙相处得很融洽，很和谐。两人别说是吵架，就连脸都没红过。当然，他也有自己的弱点，就是逞强好胜，比较倔强，认死理。只要是他认准的事情，别人很难说服他。罗世龙的这番话，把他闹蒙了。他怎么也没有想到自己一向敬重和深爱的岳父竟然会说出如此绝情的话来。他的大脑开始发涨，胸中开始冒火，理智开始崩溃。于是，他也毫不客气地回敬说道：

“爸，您今儿这是咋了？竟然这么绝情。那好，我也告诉您。不认就不认，就是您把我这个上门女婿给休了、把我的家籍给开除了，我也要把凤凰山温泉开发出来。”

罗世龙本想用这个办法吓唬吓唬梁鑫，让他放弃开发凤凰山温泉的念头。没想到梁鑫根本没领会他的意图，跟他叫起板来。他觉得自己的权威受到了挑战，自己的尊严受到了伤害。他真的生气了，毫不留情地说道：

“梁鑫，我没有想到你会这么固执。我说的话你听不进去，算我没说。那好吧，既然你执意要坚持开发凤凰山温泉，就别当我罗世龙的女婿。我绝对不会招一个来掘我们罗家祖坟的上门女婿。”

“既然您不认我这个女婿，那我走就是了。”

“你愿走就走，随你的便。”

性格倔强的梁鑫被彻底激怒了。他拿起手机、抓起衣服就离开了家。不管岳母方秀花和妻子罗小惠如何劝阻都无济于事。

其实，刚才罗世龙和梁鑫在屋里发生争吵的时候，方秀花和罗小惠在外边都听到了。她们本认为两人为工作发生点争执是很正常的事。所以，没有人去理会，也没有人进屋去劝阻他们。直到事情发生了，她们才认识到问题的严重性。她们怎么也不会想到会发生这样的事情，更不承想梁鑫会离家出走。罗小惠跑出来追也没追上。

回到家里，方秀花和罗小惠便向罗世龙开了火，开始数落和指责起来。

“你这个老东西，罗方钊给你灌啥迷魂药了？跟孩子发那么大的火？”

“爸，您俩有啥事不能好好说，为啥非要吵架不可？”

“你这个老东西，我看你真是老糊涂了。这么好的女婿到哪里去找啊？你还撵他走。”

“爸，您都跟梁鑫说了些啥？把他气走了。”

“梁鑫这孩子自从到咱家来这几年，哪一点对不起咱们。他自从当了村主任之后，天天没黑没白地为村里的工作忙活，都累成啥样子了，你不支持他的工作，反而拆他的台，他能不心寒吗？”

“罗方钊一来，我就知道他是黄鼠狼给鸡拜年没安什么好心。”

“爸，罗方钊不是啥好东西，这些年，他害得咱们还不够惨吗？以后你离他远一点。”

……

方秀花和罗小惠你一言、我一语，就像开批斗会似的。罗世龙坐在那里一个劲地抽烟，一句话也不说。他后悔自己刚才不应该那么冲动，不应该说那些过头话，更不应该把梁鑫赶走。本想保护梁鑫，却弄巧成拙，把他气走了。他感到懊悔，感到委屈。面对方秀花和罗小惠母女俩喋喋不休的数落和指责，他实在忍不住了才道出了实情：

“你们这是在开批斗会吗？你们以为我愿意这么做呀？罗方钊今天下午到家里来，表面上是来套近乎的，实际上是来挑战的。他扬言谁要是敢开发凤凰山温泉，动罗家人的祖坟，就跟谁血战到底。我知道罗方钊这种人啥缺德事都干得出来，怕梁鑫受到伤害，才劝他放弃开发凤凰山温泉。可没想到这孩子这么固执，非坚持开发不行。我说了几句气话，他就走了。”

听了罗世龙的解释，方秀花和罗小惠都没再说啥。

梁鑫走了，打手机联系已经关机。一家人急得像热锅上的蚂蚁，焦虑不安地期待着他的归来。

二十九

梁鑫失踪了。

这天晚上，罗世龙一家一夜也没有睡觉。梁鑫因凤凰山温泉开发与罗世龙发生争执离家出走之后，妻子方秀花和女儿罗小惠把罗世龙数落了一顿，就各自回自己的房间去了。晚上，全家人都没有吃饭，也没有出去寻找梁鑫。他们认为梁鑫可能是一时赌气，到外边散散心，一会儿就会回来的。可没有想到梁鑫竟然一去不复返，一夜都没有回来，手机也打不通。一家人开始焦急起来。尤其是罗小惠，更是坐卧不安，心急如焚。她不知道梁鑫去了哪里，也不知道他一晚上在哪里过的夜。

第二天天刚蒙蒙亮，罗小惠就起床了。她先把饭做好，把父母叫起来吃饭。父亲罗世龙还在怄气，咋叫也叫不起来。她心里惦念着梁鑫，便把儿子梁罗明交给母亲照顾，跑出去寻找梁鑫去了。

罗小惠先来到胡大禄的家。她觉得胡大禄是单身，两人又是好朋友，梁鑫很有可能在胡大禄家过了夜。可胡大禄告诉她，梁鑫根本就没到他家里来过。她又到项天发、程友民、程二茂等几个平日跟梁鑫关系不错的朋友家里去找，结果都扑了空，都说没见到梁鑫。

罗小惠在罗家村没有找到梁鑫，估计他有可能回梁家村父母那里去了，便又骑上自行车跑到了梁家村。罗小惠到梁家村时，正好是吃早饭的时候。母亲柳春秀见罗小惠一大早就跑到家里来找梁鑫，不知发生了什么事情，十分关切地问道：

“小惠，是不是你两口子吵架了？梁鑫这孩子脾气不好，别跟他一般见识，他要是惹你生气了你告诉妈，妈替你出气。”

“妈，我们俩没吵架，放心吧。只是这些日子村里的事情太多，他经常忙到很晚才回家，有时忙了连家都不回。这两天他又忙着温泉开发的事。昨天晚上没回家，也没跟家里打招呼。一大早您那宝贝孙子就闹着找爸爸，我不放心，才过来看看。”

“你没打他的手机吗？”

“打了，他关机了，也可能是手机没电了，没打通。放心吧，妈，没事的。梁鑫既然没回来，那我就先回去了，改日我再带着孩子回来看望您和爸爸。”

这时，坐在炕上准备吃饭的梁旺达听说儿子梁鑫找不到了，有些担心地问道：“小惠，梁鑫真的没事吗？你俩真的没吵架？他也没跟别人吵架？”

“爸，您老人家就放心吧，梁鑫真的没事。他没跟我吵架，也没跟别人吵架。”

“没吵架就好。孩子，别管他。他有工作让他忙就是了，这么大的人了，又不是个孩子，丢不了。”梁旺达安慰罗小惠说道。

“是啊，小惠，你爸说得对。梁鑫忙工作是好事，就让他忙去吧。这当干部的要是不忙了，老百姓就没有好日子过。家里你多操点心就是了。”母亲柳春秀也安慰罗小惠说道。

“爸、妈，我知道，我能理解他。我会支持他的工作的。您们二老也要照顾好自己，多保重身体。”罗小惠安慰两位老人说道。

“小惠，你还没吃饭吧？快脱了鞋上炕，吃了饭再回去。”柳春秀说完，就准备去拿碗筷。

罗小惠哪里还有心思吃饭，忙推辞说道：“妈，不用了，您跟我爸吃吧。我回罗家村去吃。那边的我爸和我妈还有您们那可爱的小孙子还在家等着我呢。”

梁旺达和柳春秀觉得罗小惠说的话在理，没有再挽留她。

罗小惠怕两位老人担心，没敢把真相告诉他们。但没有找到梁鑫，她的心立刻紧张起来，又急忙返回罗家村找到胡春光，把昨天下午罗方钊到他家里去和晚上自己的父亲跟梁鑫因温泉开发发生争吵的事情告诉了他。胡春光听后预感到了事情的严重性，忙从村里找了几个平日跟梁鑫关系不错的村民帮助四处寻找。他们在村里村外找了个遍，凡是认为梁鑫能去的地方都找了，甚至连村里的水井和塘坝都找了，但始终没有找到梁鑫的踪影。

此时，在罗世龙的家里已经乱成一锅粥。找不到梁鑫，全家人都急得像热锅上的蚂蚁。妻子方秀花和女儿罗小惠又开始向罗世龙发难，抱怨他不应该以如此冷漠的态度对待梁鑫，不应该把他赶出家门。罗世龙早就没了脾气，肠子都悔青了。他懊恼自己的所作所为，也为梁鑫担心，坐在那里像霜打了的茄子，一言不发，一个劲地抽烟。梁罗明则一个劲地哭着闹着要找爸爸。罗小惠则哭成了个泪人儿。

胡春光一边组织人寻找梁鑫的下落，一边跑到罗小惠的家里做他们的思想工作。乡里驻罗家村工作组的姜涵、秦科明和何云飞闻讯后也来到了罗小惠的家。

“姜乡长、春光哥，梁鑫会不会一时想不开寻了短见？”罗小惠忧心忡忡地问道。

“他临走都带的啥东西？说啥了没有？”胡春光十分关切地问道。

“他啥也没带，就穿着平日穿的衣服。啥话也没说，看着很生气的样子，我跟他打招呼他也没理我就走了。”罗小惠回忆说道。

“小惠，你别多想，也别难过。叔，婶子，您们也别再相互指责和抱怨了。事情已经发生了，抱怨有啥用？眼下当务之急就是尽快找到梁鑫。他既然没回梁家村，是不是到邻村的亲戚朋友那里去了？我了解梁鑫，您们也比我更了解他。他不是那种器量小的人，不会因为跟家里吵几句嘴就去寻短见的。您们就放心吧，他不会有事的。”胡春光安慰他们说道。

“那为啥他连手机都关了？”罗小惠不解地问道。

“可能是因为手机没电了吧。”胡春光解释说道。

“春光说得对，梁鑫是一个非常豁达的人，在竞选村主任时遭遇那么严重的车祸都挺过来了。他不会因为这点小事就想不开，就去寻短见的。你们就放心吧，再派人到处找找。他也许真的到别的村亲戚朋友那里去了。”姜涵也安慰他们说道。

“姜乡长、春光大侄子，这事全怪我。如果我当时不那么冲动，不说那些气话，梁鑫就不会离家出走。不过，我这么做也是为他好。我听说你们村两委会已经通过了跟沈二虎联合开发凤凰山温泉的方案？你们可千万别开发凤凰山温泉，千万别动罗家人的祖坟，罗方钊和他的哥哥、还有他那个亡命徒的侄子会跟你们拼命的。”罗世龙既自责又担心地说道。

“世龙叔，您跟我们说句实话，您是不是对咱们村两委会迁移凤凰山的祖坟也有抵触情绪？”

胡春光早就听梁鑫说过罗世龙对迁移凤凰山的祖坟有抵触情绪，两人曾为此多次发生过争执，闹得不愉快。他一语切中了罗世龙的软肋。罗世龙无言以对，嚅动了一下嘴唇没有回答。胡春光接着又说道：

“我说世龙叔，您好糊涂啊！罗方钊的话您也信？他是啥东西您老人家还不清楚吗？我知道你们是本家，过去关系一直不错，走得也很近。可自打梁鑫进了你们罗家的门当了倒插门女婿之后，由于他嫉妒梁鑫的能力，怕梁鑫抢了他村主任的位子，他就处处跟梁鑫作对，害得你们还不够惨吗？罗方钊这么做的目的就是要挑起和制造你们的家庭矛盾，从而达到他破坏凤凰山温泉开发的目的。梁鑫是一个有理想、有抱负的青年。他当村主任这几年，带领全村老百姓走勤劳致富的路子，村里的变化多大呀！老百姓得到了实惠，有饭吃，有衣穿，全村人谁不夸他？您老人家看了不高兴吗？他开发凤凰山温泉也是为了全村的老百姓。咱们当父母的应该理解他、支持他才是，不应该拖他的后腿、拆他的台。罗方钊几句温暖的话就把您说服了，几句恐吓和威胁的话就把您吓怕了，这不正是他们想要的结果吗？”

“大侄子，你说得没错。我看他就是老糊涂了。昨天下午罗方钊一来我就知道准没好事，也不知道他都灌了些啥迷魂药。梁鑫这孩子晚上一回来，他就跟孩子吵了起来。孩子连饭也没吃就让他给气走了，也不知道到哪里去了，到现在也没回来，真是急死人了。要是孩子有个三长两短，我跟你没完。”方秀花显得有些愤怒地数落道。

“我说婶子，事情都已经发生了，俺世龙叔也知道错了，您就别再相互抱怨了。姜涵乡长不是也说了吗，梁鑫不会有事的，他一定会回来的。”胡春光继续劝慰说道。

“是啊，叔、婶、小惠姐，你们都别伤心难过，梁鑫哥不会有事的。现在几乎全村人都在找他，一有消息，他们马上就会告诉家里的。”秦科明也安慰他们说道。

“唉，他离开家都这么长时间了，到现在连点音信都没有，能不焦急吗？”罗小惠沮丧地说道。

“光焦急有啥用？当务之急就是要尽快找到梁鑫，看看他到底去哪里了。云飞，一会儿你给乡党委欧阳书记打个电话，问一下梁鑫是不是到他那里去了。问问乡里今天有没有会议。春光，你马上再从村里找一些信得过的年轻人，组织他们进行拉网式搜索，任何地方包括水井、塘坝都不要放过。一有了梁鑫的消息，马上向我报告。”姜涵像是在下达命令似的吩咐说道。

……

姜涵、胡春光等人又劝慰了罗世龙、方秀花和罗小惠几句就离开了，又分头去寻找梁鑫了。

有道是，好事不出门，坏事传千里。梁鑫离家出走失踪的消息很快就在村里传开了。甚至连周边的村庄和乡里都知道了。顿时众说纷纭，谣言四起。那些对开发凤凰山温泉不满或是对梁鑫有意见的村民更是借题发挥，到处传播谣言，甚至绘声绘色，说得有鼻子有眼。

“你们听说了没有？梁鑫在外边偷情，让他妻子罗小惠发现了，两人为此大吵了一架。昨天晚上被他老丈人赶出了家门，到现在也没有回来，不知躲到啥地方去了，手机也打不通。”

“我听说他觉得没脸见人，吓得自杀了。”

“你们纯粹在胡说八道，梁鑫可不是那种人，他不可能干那种事情，更不可能去自杀。”

“那可说不准，他有情人还会告诉你们吗？这年头，人一有权有钱就变坏，听说他在外边有好几个情人哪。”

“你们说得不对，我听说他拿了村里的钱和情人一起潜逃了，好几百万呐。也不知道逃到啥地方去了，公安局都发通缉令了。”

“我咋听说是被黑社会绑架了呢。对方提出让村里拿着钱去赎人，要赎金好几十万。”

“唉，咱们村的工作刚刚有点起色就出这样的事情。想不到梁鑫竟然会是这种人，真是知人知面不知心啊。这回咱们罗家村又完了，老百姓又要遭殃了。”

“听说梁鑫昨天晚上离家出走之后在回梁家村的路上遇到狼群，被狼给吃了。”

“报应，真是报应啊。这都是他坚持要开发凤凰山温泉，掘罗家人的祖坟惹的祸。我们早就说过，罗家人的祖坟是动不得的。谁动罗家人的祖坟，谁就要倒霉。”

……

顿时，整个罗家村就像炸了锅，闹得乌烟瘴气，沸沸扬扬。梁鑫失踪的消息成了重大新闻，也成了罗家村人关注和议论的焦点话题。各种猜测、各种非议，甚至是莫须有的诬陷不绝于耳。但更多的是为梁鑫的安危而担心，为罗家村今后的命运而担忧。

三十

却说梁鑫在昨天晚上离开家之后，就来到了秀水河边的柳树林里。这里曾是几年前他与罗小惠谈恋爱时经常约会的地方。这里曾留下过两人相爱的足迹；留下过两人的山盟海誓；留下过他的苦苦等待。他已经很长时间没到这个地方来了。看着这似曾相识的地方，他思绪万千，百感交集，毫无目的地在柳林里游荡着、徘徊着。

夕阳慢慢躲进了西山，天色渐渐地暗了下来。夜幕降临了，暮色笼罩了这里的山川秀水，银色的月光穿过游移的乌云，为这块土地披上了温情的面纱，大地沐浴在皎洁的银辉之下。晚风从柳林边涌过来，此起彼伏的蛙鸣和各种昆虫的叫声，奏出了一曲曲悦耳动听的乐章。喧闹了一天的罗家村又恢复了山村夜晚的宁静。忙碌了一天的村民都团聚在自家的餐桌旁，品尝着丰盛的美味佳肴，享受着这几年村里的经济发展给他们带来的欢乐和幸福。

此时的梁鑫，就像一个断了线的风筝，随风飘荡；像一只无家可归的小鸟，不知栖身何处。他已经离开了那个温暖的家，又不知今晚该在哪里过夜，不知该向谁去诉说自己的苦衷。他想到了多年来一直关心他、支持他、和他并肩战斗的胡春光；想到了他挚爱的老同学项天发；想到了乡里驻村工作组的副乡长姜涵；想到了……想找他们聊聊，倾诉一下自己的辛酸和泪水；想请他们出面做做家人的思想工作。但又一一否决了。因为他不想给别人添麻烦；更不想让别人知道自家的后院起火，以致影响温泉的开发。

梁鑫不知在村头徘徊了多久，只知道家家户户的灯光渐渐消失，村民们都陆陆续续进入了梦乡。他却无处可去，想回去向自己的岳父罗世龙认个错，赔个不是，可又觉得自己没有错。这时，他想到了自己的父母，想先回梁家村过一夜明天再说。

罗家村和梁家村相距很近，一个在山前，一个在山后，几里山路，又有月光照明，一会儿就到了。整个村子都笼罩在了茫茫夜色之中，万籁俱寂，偶尔传来几声狗叫。

梁鑫来到自己的家门口，屋里没有灯光，静悄悄的。看来父母都已经入睡了。他用手推了推外边的大门没有推开，知道大门从里边插上了。

“爸、妈，我是泉子（梁鑫的乳名），开门呀？”

“爸、妈，我是梁鑫，快给我开门呀！”

……

可能是因为他的声音太小，也可能是因为父母睡得太沉没有听到他的喊声，梁鑫连喊了几声都没有回应，他怕深更半夜惊扰了左邻右舍，更怕父母知道了这件事为他担心，没有再喊下去。他坐在家门口的台阶上抽了一支烟，只好放弃了回家的念头，又无奈而沮丧地离开了梁家村。

夜深了，梁鑫拖着疲倦的身躯踉踉跄跄地走在山间的小路上，毫无目标地游荡着，徘徊着。借着月光，他看到山坡上有一个瓜棚，好像是村民看瓜用的。瓜棚是用几根圆木头和玉米秸搭建而成的。瓜棚的地面与顶部呈三角形结构，高度约有一人多高，底部的长度在三米左右，宽度近两米。瓜棚上端有一根横梁，两端分别有两根碗口粗的圆木作为支架，中间横着几根檩条。所有木架结构全部是用铁丝固定的。瓜棚周边除留有一个三角门之外，全部都是用玉米秸围起来的，既可以防止风吹日晒，又能遮雨。瓜棚里的地面为了防潮和供瓜棚主人休息，还铺上了一层厚厚的玉米秸。

此时的梁鑫，又累又饿又困。看到了瓜棚，就像看到了希望，找到了家。他再也不想走了。看来今天晚上只能在这里过夜了。

“棚子里有人吗？棚子里有人吗？”

梁鑫朝瓜棚里喊了几声没有回应，知道瓜棚的主人不在，便走进了瓜棚，一头栽到棚子里的玉米秸上，百感交集，心如刀绞。想想这几年到罗家村当倒插门女婿的坎坷遭遇，受歧视，被冷落，被打击。先是被开除村籍，后又留村察看，恢复村籍后为竞选村主任又差一点命丧黄泉。当了村主任后，为能让全村的百姓过上幸福的生活，他呕心沥血，废寝忘食，夜以继日地工作。他充分发挥自己的聪明才智，根据村里的资源优势和特点，积极调整产业结构，扩大经营范围，办工厂、开矿山，甚至连自己苦心经营的电器农机维修部都无偿地献给了集体。在短短几年的时间里就彻底改变了罗家村贫穷落后的面貌。为使凤凰山温泉能够得到开发，他不辞劳苦，四处奔波，吃不下饭，睡不好觉，好容易找到了个合作伙伴又遭到一些罗姓村民的反对。就连自己的家人都不理解他，不支持他，把他赶出了家门，甚至面临着被开除家籍的命运。

真是行路难，行路难，多歧路，今安在。停杯投箸不能食，拔剑四顾心茫然，欲渡黄河冰塞川，将登太行雪满山。梁鑫越想越觉得憋气，越想越觉得委屈，越想越觉得创业的艰难。这一桩桩、一件件，哪一件不是为了村里的百姓？哪一件不是充满血雨腥风的权力之争？他不明白自己从不跟别人过不去，而别人为啥总是跟自己过不去？不明白自己究竟做错了什么。难道说到罗家村当这个倒插门女婿真的错了吗？难道说倒插门女婿就应该受欺负吗？想着想着，泪水情不自禁地流了出来，像断了线的珠子顺着脸颊往下淌。最后干脆号啕大哭起来。

真是男儿有泪不轻弹，只是未到伤心时。梁鑫哭得是那么伤心，那么悲怆。也不知哭了多久，也许是眼泪哭干了，也许是实在太困了，他竟然睡着了。可不一会儿就被蚊子咬醒了。饥饿的蚊子，成群结队地轮番向他发起进攻。一群被打退了，另一群又攻上来了。梁鑫不得不爬起来与蚊子进行战斗，不住地挥动着两只胳膊，驱赶着向他发起进攻的蚊子大军。可那些饿极了的蚊子根本就不怕死，见缝就钻，见肉就咬。梁鑫顾了脸顾不了脚，顾了胳膊顾不了腿。把他逼得实在没有办法，干脆脱下上衣，蜷缩一团，连头带脚全部蒙上，使蚊子找不到进攻的地方，无处下口。

梁鑫就这样在瓜棚里熬过了一个痛苦而难忘的夜晚。直到天亮后蚊子大军撤退了，他才躺在玉米秸上睡着了。他实在太困了。没了蚊子的骚扰，没了喧嚣和吵闹，他在瓜棚里痛痛快快睡了一觉。当然，村里所发生的一切，他全然不知，全然不晓。等他返回罗家村的时候，已经是中午了。

“梁鑫回来了，梁鑫回来了。”

一直在村头寻找梁鑫的程海霞首先看到了他。在附近寻找的项天发和胡大禄等人听到喊声也赶了过来 。

“梁鑫哥，您可回来了，都快把俺小惠姐急疯了。她急得眼睛都哭肿了，咋劝也劝不住。您要是再不回来，恐怕就要出人命了。”程海霞眼含着泪水激动地说道。

“梁鑫，你昨晚去哪了？手机也不开，害得我们找了你一上午也没找到。”

“我的手机没电了。你们这都是咋了？一见面就兴师问罪。你们找我干啥？我昨天晚上到梁家村去看我爸我妈了，因为太晚了就没回来。”梁鑫并不清楚他们已经知道了自己跟岳父罗世龙吵架离家出走的事情，显得很惊异不以为然地说道。

“我说梁主任，说谎可不是你的风格。你就别蒙俺们了，小惠今天一大早就去梁家村找过你。你爸妈说你昨天晚上根本就没回家。老实交代，你昨晚到底在哪个相好的家里过的夜？”胡大禄有些愠怒地质问。

“大禄哥，连你都不相信我了？除了我的家人和你们这些好兄弟、好姊妹外，我哪还有啥相好的？”梁鑫辩解道。

“那可说不准，你现在不是过去的梁鑫了，是赫赫有名的村主任，声名显赫，有权有势，这年月谁不巴结当官的，有三个两个相好的，那不是很正常的事吗？既然你不是在相好的家过的夜，为啥不说实话呀？”胡大禄毫不留情地反唇相讥道。

“是啊，大禄说得对。不是我们不相信你，是你说的话让我们无法相信。既然你没到相好的家过夜，那为啥不说实话？”项天发也质问道。

“我说你们几个今儿这是咋了？一见面就像审犯人一样，没完没了地审问。我梁鑫到底犯啥罪了？”梁鑫不解地问道。

“审你是轻的，真的应该狠狠揍你一顿才解恨。你知道吗？小惠说你离家出走了。现在几乎全村人都在找你，就像炸了锅。村里的老百姓传得可邪乎了。有人说你在外面偷情被小惠赶出了家门；有人说你拿了村里的钱跑了；有人说你被别人绑架了；有人说你因经济问题寻了短见；甚至还有人说你被狼吃了。我们找了你整整一个上午，能找的地方都找了，就连村里的水井和塘坝也都找了。如果再找不到你的话，我们就要到公安局去报案了。”项天发数落道。

听了项天发的话，梁鑫这才明白他们已经知道了他跟自己的岳父罗世龙吵架的事情。知道没法再隐瞒了，只好把昨天晚上为何跟自己的岳父罗世龙发生争执，如何在瓜棚里熬过了一个艰难的夜晚的事情告诉了他们。

听了梁鑫的解释，项天发和胡大禄等人没有再抱怨和指责他，倒是开始同情起他来。这时，站在一旁的程海霞焦急地催促他说道：“好了梁鑫哥，俺们不跟您斗嘴了。您赶快回家看看吧，俺世龙大爷和秀花大娘还有俺小惠姐现在还不知道急成个啥样子呢，赶快回家给他们报个平安吧。”

梁鑫怎么也不会想到他的离家出走竟会闹出这么大的风波，惹出这么大的麻烦，竟会惊动全村村民。当一些村民见了他跟他打招呼时，他甚至觉得有点不好意思。

梁鑫回到家里，全家人那颗忐忑不安、悬在嗓子眼的心总算落了下来。

儿子梁罗明见梁鑫回来了，激动地扑到他的身上喊道："爸爸，您回来了，我又有爸爸了。"

梁鑫在儿子梁罗明的脸上亲了一口问道："好儿子，快告诉爸爸，想爸爸了没有？"

"想了，妈妈想您都想得哭了。"梁罗明眨巴着一双大眼睛说道。

梁鑫看了一眼罗小惠，见她脸色疲倦不堪，眼睛还有些红肿，知道她也没有休息好，而且还哭过。心里有些发酸，眼睛有些湿润地说道："爸爸也想你们。"

"爸爸，妈妈说您到阿姨那里去了，不要我们了，这是真的吗？"梁罗明显得非常认真地问道。

"别听妈妈胡说，你是爸爸的儿子，爸爸怎么可能不要你呢！"

梁罗明一听高兴地笑了，冲着罗小惠说道："妈妈、妈妈，您听到了吗？爸爸说他要我们。"说完就蹦着跳着跑出去玩去了。

望着儿子远去的身影，罗小惠也开心地笑了。她眼含着泪水，在梁鑫的身上"狠狠"地捣了两拳，嗔怪说道：

"昨天晚上你离开家之后，我给你打手机打不通，以为你一会儿就回来了，也没有出去找你。等到半夜也没等到你，又以为你可能到梁家村咱爸、咱妈那里去了。今天一大早我就去梁家村找你，咱爸、咱妈说你没有回家，可把我吓坏了，以为你出啥事了，或是真的生气离家出走了呢。"

"咱爸、咱妈知道这事了吗？"梁鑫警觉地问道。

"我怕老人知道了心里焦急，没敢告诉他们，一会儿你赶快给家里打个电话，向他们报个平安吧，免得让两位老人惦念着。"罗小惠解释说道。

梁鑫听后长长地松了一口气说道："千万别告诉他们。他们知道了会为我担心的。"

"你既没回家来，也没到梁家村去。那你昨天晚上在哪里过的夜呀？"罗小惠十分关切地问道。

当梁鑫告诉她昨天晚上在山上的瓜棚里过的夜时，罗小惠心疼地说道："你咋这么傻？你不知道山上有狼和狗熊吗？让它们伤着你咋办？"

这时，站在旁边的罗世龙深感愧疚地说道：“梁鑫，都怪爸不好，爸不应该说那些让你伤心的话，更不应该赶你走。不过，爸没有恶意，都是为了你好。爸是怕你受到伤害。因为罗方钊那个畜生啥缺德事都干得出来。希望你能够理解爸爸。”

“爸，这事不能全怪您，都是我不好，是我太冲动了，误解了您老人家的良苦用心，惹您老人家生气了，也让全家人受惊了。”梁鑫也深感内疚地自责说道。

方秀花见老伴罗世龙和女婿梁鑫和解了，感到欣慰。她高兴地说道：“回来就好，一切都过去了。一家人从昨天晚上到现在都没有吃饭，梁鑫，你肯定也没吃饭吧。小惠，快去做饭去，多炒几个菜，让你爸跟梁鑫喝两杯。”

隔阂消除了，一家人都笑了，罗小惠忙着做饭去了。

梁鑫一回来，那些谣言自然也就不攻自破了，罗方钊的离间计也落了空。

三十一

凤凰山温泉的开发，尽管遭到了以罗方钊为首的几个罗姓村民的强烈反对和极力阻挠，但在村两委会研究决定后，村民代表大会也很快就通过了这个开发方案。在乡党委、乡政府和上级有关部门的大力支持下，整个开发工作从规划设计到申报立项，都进展得非常顺利。“凤凰山温泉开发有限公司”正式注册成立，温泉的开发工作正式启动。

当然，要开发凤凰山温泉，眼下面临的最大困难就是必须把葬在凤凰山上的两百多座罗姓村民的坟墓全部迁走。村两委会根据实际情况，在充分征求和尊重罗姓村民意见的基础上，把桃花山作为罗姓村民祖坟的新墓地，并规定每迁一座坟由“温泉开发有限公司”补偿五百元的迁坟费用。多数罗姓村民表示理解和支持，积极响应村两委会的号召，纷纷行动了起来，把自家人的祖坟迁移到了桃花山上，梁鑫也率先垂范，帮助岳父罗世龙把他们家的祖坟迁到了桃花山。

就在罗姓村民忙着迁移祖坟的时候，村里发生了几件奇怪的事情，闹得村民议论纷纷，人心惶惶，迁坟工作也停了下来。

这第一件事就是在凤凰山墓地里，每到晚上夜深人静的时候，就会有一盏灯光出现。这灯光像幽灵一样若明若暗，忽上忽下。一会儿在山上，一会儿又到了山下，一会儿又看不见了，并不时从墓地里传出阵阵啼哭声和哀鸣声，时而好像还有人在对话。

“咱们罗家的祖坟不能动，动了祖坟就是动了龙脉，破了风水，罗家的子孙后代会遭灾祸的。”

“作孽呀，真是作孽呀！这些年来俺们在这里住得好好的，这些不肖子孙却无缘无故地把俺们的家给毁了，让俺们成了无家可归的孤魂野鬼。”

“这是哪个挨千刀的出的这个馊主意要在这里开发温泉？要毁掉我们的家？真是造孽呀。我们要到阎王爷那里去告他。阎王爷是不会饶恕他的，非把他打进十八层地狱不可。”

“儿呀，你要把我和你爸弄到哪儿去呀？你知道吗？掘祖坟是要遭报应的。罗家村将要大祸临头了。”

“他婶子，咱们做了这么多年的邻居，现在就要分开了，也不知道以后还能不能见面，真是舍不得呀。”

“谁说不是，我也舍不得你呀。你说咱们在这里住得好好的，为啥要搬家呀？”

“你们把俺们的家给毁了，你们还俺们的家。”

……

这魔幻的灯光和哀鸣的责骂声，令人悲怆凄凉，不寒而栗。

发生的另一件奇怪的事情是，在罗家人迁移凤凰山祖坟的这些日子里，每到晚上，经常有一些身穿白大褂的“孤魂野鬼”出没在村子周围。这些“孤魂野鬼”，有的披头散发，吐着红红的长舌头；有的伸着长长的臂膀，头上是一个可怕的骷髅；有的缺胳膊少腿，个个张牙舞爪，青面獠牙，怪相各异，四处游荡。它们忽而出现在村东头，忽而又出现在村西头，忽而窜到村南头，忽而又窜到村北头。有的甚至跑到马路中间，挡着过路的行人不让通过，吓得村民们连门都不敢出。

一天晚上，村民程向进在县城打工晚上回来晚了些，让“孤魂野鬼”在半路上拦住了。他走到哪里，那个“孤魂野鬼”就跟到哪里。他停下来，那个“孤魂野鬼”也停下来，就是不让他通过。嘴里还不住地喊着：“你们把我的家毁了，我无家可归了，你们还我的家。”

程向进本来就胆小，吓得腿都软了，扔下自行车，瘫坐在地上，灵魂出窍，当场就晕了过去。也不知过了多久，他才苏醒过来。等他醒过来的时候，那个“孤魂野鬼”早就不见了。最后也不知咋回的家。回家后他就大病了一场。

另有一天晚上，有两个正在读中学的女孩子因在学校有事回村晚了。当她们走到村头时，遇到了“孤魂野鬼”。两个女孩吓得魂不附体，扔下自行车，连哭带叫、跌跌撞撞跑回了家。当两个女孩的家长拿着棍棒和手电筒，带着孩子再次来到“孤魂野鬼”出现的地方时，“孤魂野鬼”早就不见了，自行车也没了，只有两个书包还静静地躺在那里。

还有一件奇怪的事情，就是每到晚上，程海霞家的院子里时常会出现一个青面獠牙、身穿白大褂、吐着红红长舌头的“孤魂野鬼”，嘴里还不住地喊着“还我的家呀，还我的家呀，我没有家了”。一个单身女孩哪里经得起这种惊吓，吓得程海霞连家都不敢回，只好跑到邻居家里暂住。

“闹鬼了，闹鬼了，咱们罗家村闹鬼了。”

“救命啊，救命啊，有鬼呀！”

“我见到鬼了，太可怕了，太恐怖了。”

“这都是掘罗家人的祖坟惹的祸。这些‘孤魂野鬼’无家可归，就跑出来四处游荡。”

“当心小鬼附体。如果让那些‘孤魂野鬼’扑到你的身上，就会大祸临头的。”

……

村民们一传十，十传百，望风捕影，以讹传讹，越传越离奇，越传越神秘，越传越恐怖。一时间，凤凰山墓地的“幽灵”显灵和“孤魂野鬼”闹村的流言蜚语搅得整个罗家村乌烟瘴气，人心惶惶，令人毛骨悚然，吓得村民们没有敢走夜路的。如果有急事要走夜路的话，只能约上几个人结伴而行。到了晚上，整个村子更是幽静阴冷，阴森恐怖。村民们吃过晚饭后都躲在自己的家里，没有人敢出门。一些村民甚至天还没完全黑下来就大门紧闭，生怕那些“孤魂野鬼”跑到他们家里来。

程大孟、梁鑫和胡春光这些村干部们当然不相信有什么“幽灵”，更不相信有什么“孤魂野鬼”。他们觉得这里面一定有鬼，一定是有人在暗中捣乱，故意制造这种混乱局面，其目的就是要破坏凤凰山温泉的开发。于是，他们让民兵连长胡天凯组织民兵进行夜间巡逻，以维护村里的社会治安，保护村民的安全，并选派了几个胆子大的民兵到凤凰山墓地去守候，想探个究竟，看看那些“幽灵”和“孤魂野鬼”究竟是咋回事。可奇怪的是，这些“幽灵”和“孤魂野鬼”似乎与巡逻民兵捉起了迷藏。从民兵巡逻开始，那些“幽灵”和“孤魂野鬼”就再也没有出现过。民兵巡逻一停止，那些“幽灵”和“孤魂野鬼”就又开始活跃起来。

村民们都说这是因为鬼怕人，有民兵巡逻吓得那些“孤魂野鬼”不敢出来。而程大孟、梁鑫和胡春光等人却不这么认为。这更加证实了他们的判断是正确的，这里面一定有鬼。要不然就不会有民兵巡逻的时候，那些“幽灵”和“孤魂野鬼”就销声匿迹；没有民兵巡逻，它们就四处游荡骚扰。一定是那些“幽灵”和“孤魂野鬼”得到了有关民兵巡逻的消息而收敛了自己的行动。

为了弄清事情的真相，消除村民的忧虑和恐惧心理，维护村里的社会治安秩序，还村民一个安定舒心的生活环境，也为了能够尽快开发凤凰山温泉，梁鑫、胡春光和胡天凯等几个人秘密策划，挑选了十几名信得过的基干民兵，重新组建起了一支新的巡逻队。巡逻队分成了三个巡逻小组，由梁鑫、胡春光和胡天凯三人分别担任各巡逻小组组长，带领各自的巡逻小组进行巡逻捉“鬼”。胡春光跟胡天凯带领的两个巡逻小组，负责在村子里和村子周围进行巡逻。梁鑫所带的巡逻小组负责到凤凰山墓地捉“鬼”。巡逻小组的活动都是秘密进行的，除了巡逻小组的成员之外，其他村民无人知晓。

胡春光所带领的巡逻小组，负责村西头和村北头的巡逻任务。胡天凯所带领的巡逻小组，负责村东头和村南头的巡逻任务。每天晚上夜深人静的时候，两个巡逻小组便神不知、鬼不觉地秘密蹲守在一些过去那些“孤魂野鬼”经常出没的地方。梁鑫所带的巡逻小组，每到晚上，便会悄悄溜出村子，潜伏在凤凰山旁边的山林里，等待着那些“幽灵”和“孤魂野鬼”的出现。

三个巡逻小组中最艰苦的就是梁鑫所带领的这个小组。其他两个小组的人累了渴了可以回到自己的家里或找个地方，喝点水、抽支烟休息休息，然后再去守候。而梁鑫这个组就比较辛苦了。虽然不是干体力活，但他们潜伏在山林里一待就是三四个小时，怕惊动了“幽灵”，既不能大声说话，也不能抽烟，只能苦苦地等待。

三个巡逻小组在各自的守候点守候了一个星期，也没见到那些“幽灵”和“孤魂野鬼”的影子，是谁又走漏了消息？还是那些“幽灵”和“孤魂野鬼”真的有啥感应？知道有人守候在这里不敢出来？那些情绪急躁的巡逻民兵开始动摇了，开始怀疑是不是真的有“幽灵”和“孤魂野鬼”。

“我看根本就没有啥‘幽灵’和‘孤魂野鬼’，纯粹是自己吓唬自己。”

“这肯定是那些不怀好意的人，或对开发凤凰山温泉不满的人故意散布的谣言，制造紧张空气。”

“我觉得没有什么‘幽灵’和‘孤魂野鬼’，也不是散布的谣言，倒像是有人在装神弄鬼，扰乱民心。”

“既然是有人在装神弄鬼，那为啥咱们守候了这么长时间也没看到呀？”

“是不是又有人走漏了消息，吓得这些‘幽灵’和‘孤魂野鬼’不敢出来了。”

“这绝不可能。我们这次行动是非常秘密的，连自己的家人都不知道，那些‘幽灵’和‘孤魂野鬼’怎么可能知道？”

梁鑫完全能够理解这些巡逻民兵的心情，守候了一个星期竟然一无所获。他也弄不明白这究竟是啥原因，究竟哪个环节又出了问题，为啥那些“幽灵”和“孤魂野鬼”再也没有出现？他曾找程向进、程海霞和两个遇到“孤魂野鬼”的女学生了解情况，从了解的情况看，他坚信这些“幽灵”和“孤魂野鬼”一定存在。于是，他鼓励大家说道：

“我知道大家这几天很辛苦，也很心焦，守候了这么长时间，都没有捉住那些可恨的‘幽灵’和‘孤魂野鬼’。甚至怀疑这些‘幽灵’和‘孤魂野鬼’是否存在。我也跟大家心情一样。不过，我坚信， 这些‘幽灵’和‘孤魂野鬼’一定存在，只是不知道是啥原因它们一直没有再出现。希望大家不要灰心。只要我们坚持下去，我想那些‘幽灵’和‘孤魂野鬼’一定会出现的。它们一天不出现，我们就一天不收兵。”

梁鑫、胡春光和胡天凯等人并未放弃，并未半途而废。他们继续坚持守候。果然不出所料，就在他们又守候了几天之后，那些“幽灵”和“孤魂野鬼”终于出现了，终于现出了原形。

原来，那些所谓的“幽灵”和“孤魂野鬼”都是罗方钊的侄子罗大江一手策划和扮演的。其主谋就是罗方钊。那些“孤魂野鬼”是罗大江从周边的村庄花钱雇佣的几个游手好闲的青年扮演的，每扮演一次佣金二十元，何时扮演、到啥地方扮演都是罗大江用手机通知他们。道具也是罗大江为他们准备的。凤凰山墓地的“幽灵”则是由罗大江自己亲自扮演的。

罗大江为了扮演这个“幽灵”，真可谓是煞费苦心，专门跑到县城去购买了录音机和录音带，然后拿着事先撰写好的录音内容，从邻村花钱雇人模仿“幽灵”的声音把录音带制作好。在村民们迁坟这些日子里，只要是天不下雨，他就会在吃过晚饭之后，把录音机和手电筒装在塑料袋子里，偷偷溜出村子，跑到凤凰山墓地，等候过往的行人。只要听到山下有行人走动，他就会把录音机打开，播放事先录制好的所谓的“幽灵”的声音。然后自己拿着手电筒装扮成“幽灵”，在墓地里四处游荡。忽而跑到这个坟头，忽而又跑到那个坟头；一会儿把手电打开，一会儿又把手电关闭。过往的行人见到墓地的灯光，又听到阵阵悲哀的啼哭声，以为真的有幽灵存在，真的是罗家人的祖宗显灵了，就会吓得丧魂落魄，仓皇而逃，哪里还顾得辨真伪。

罗方钊唆使罗大江这么做的目的，就是要蛊惑人心，制造混乱，煽动群众的不满情绪，最终达到阻止凤凰山温泉开发的目的。他的阴谋被戳穿后，更激起了村民们对他的愤懑。

罗方钊见事情已经败露，知道再抵抗下去也只能是螳臂当车，无济于事，只好无奈地把自己家的祖坟也迁出了凤凰山。

三十二

凤凰山温泉的开发，经过一段时间紧张有序的准备已基本就绪。万事俱备，只欠东风，就期待着合作伙伴沈二虎回村签订协议，投资开发了。

现在的沈二虎，已经不是十几年前的沈二虎了，今非昔比，鸟枪换炮。过去，他每次回家都是乘坐火车或汽车，中间要倒好几次车，需要几天的时间才能回到家。而现在出行，都是乘坐专车或飞机。这次，他回村签订温泉开发协议，更是拿出了大老板的派头。茂丘县没有机场，只有茂岭市有机场，接到梁鑫的电话后，他便预订了从深圳到茂岭市的机票。

真是应了古人说的那句话：穷过闹市无人问，富在深山有人围。罗家村对沈二虎这次回村投资开发凤凰山温泉非常重视，村两委会多次召开会议研究接待方案。从迎来送往到饮食起居等方方面面，都进行了认真的研究，做了周密细致的安排。甚至对欢迎仪式和签字仪式还事先进行了演练，生怕怠慢了这位大财神。

罗家村这几年所发生的巨大变化，令龙潭乡全乡人都刮目相看，也引起了乡党委和乡政府的高度重视。乡里的领导经常跑到村里来检查指导工作，传递致富信息，总结推广他们的致富经验。眼下，县里发出了招商引资、发展全县经济的号召。县委、县政府对县直各部门、各乡镇都提出了明确的要求，下达了具体指标。全县各乡镇的招商引资工作都进行得轰轰烈烈，热火朝天，风生水起。唯独龙潭乡由于地处偏远山区、交通不便，招商引资工作一直没多大进展，在全县招商引资总结大会上还被点名通报批评。这令乡党委和乡政府一筹莫展，心急如焚。

罗家村凤凰山温泉的联合开发，无疑为龙潭乡的招商引资注入了新的生机和活力。当然同时也引起了乡党委和乡政府的高度重视。乡党委书记欧阳山多次亲自到村里进行部署安排，与村两委会一起研究接待方案，并和梁鑫等人一起，亲自到茂岭机场去迎接沈二虎。

茂岭市是一个地级市，辖十个县、市、区。这座城市也是一座山城，三面环山，一面环水。城区的东边、西边和北边都是崇山峻岭，南边是辽阔的平原。从山上流下来的山泉水汇成了一条獐水河，穿城而过。山上重峦叠嶂，森林茂密，山下是一片绿色的海洋。茂岭机场就镶嵌在这片绿色的海洋里。

从茂丘县到茂岭市约有一百五十多公里的路程。沈二虎等人乘坐的航班下午才到，欧阳山和梁鑫等人怕路上堵车耽误了接机，上午就驱车来到茂岭市。他们中午在一家小饭店简单吃了点饭就来到机场等候。

眼下正是盛夏酷暑，七月流火，热浪袭人。火辣辣的太阳撕掉了温情的面纱，灼热的气浪蒸得人透不过气来，獐水河两岸到处都挤满了避暑纳凉的人群。那些飞翔在水面上嬉戏打闹的水鸟也都躲进了草丛的荫凉处。直到下午四五点钟之后，酷热的阳光才收起了它的骄横，逐渐温柔起来。这时，一架南航波音737航班徐徐降落在茂岭机场。沈二虎及其随行人员拖着行李走出了候机室。

梁鑫跟沈二虎是同学，欧阳山为了招商引资也曾到过沈二虎那里，彼此都比较熟悉。双方见了面寒暄了几句之后，便上了面包车直奔茂丘县城。

沈二虎这次回来，显得更加气派，更加光彩照人。头发似乎专门打理过，还打了发蜡，油光发亮。身上的行头是清一色的名牌，皮尔卡丹短袖衬衣镶嵌着枣红色的金利来领带，深蓝色的花花公子西装裤，黑色的意大利进口皮凉鞋，让人一看就是一个大老板的派头。

与沈二虎一起前来的还有三个人，一个是沈二虎所在“虎威餐饮娱乐有限公司”的副总经理，叫郝运来，一听名字就很吉利。广东人，白净的皮肤，圆脸盘，眼睛笑起来眯成一条缝，身高不过一米七〇。四十刚冒头，未老先衰，前额的头发已经掉光了。体形有些发胖，属于那种大众化的身材，不过看上去很精明，很干练。

另一名青年男子叫张才民，东北人。是公司的财务经理，听说还是某名牌大学财会专业的硕士研究生。年龄三十多岁，身高一米八〇左右。国字脸，鼻梁很挺，嘴唇宽厚，戴着一副近视眼镜，目光深邃，举止文雅，谈吐自如，浑身充满着青春的活力。

还有一名年轻靓丽的姑娘，名字叫宋彩霞，是公司的办公室主任。姑娘看上去也就是二十四五岁的样子。婀娜的身姿，楚楚动人，卷曲的秀发，瓜子形脸盘略施粉黛，眉如弯月，眸若点漆，齿似洁玉，唇如樱桃，说起话来总是面带笑靥，彬彬有礼。身穿一件白色带暗格条纹的低胸连衣裙，脖子上挂着一条白金项链，脚蹬一双红色高跟皮凉鞋。尤其是她那对半裸在外硕大挺拔的双乳，走起路来不时颤动，着实让人心旌摇动，脑垂体亢奋，但性感却不失庄重。说她有“沉鱼落雁”之美、“闭月羞花”之貌，一点都不为过。

面包车在盘山公路上颠簸了将近三个小时之后，在晚上七点多钟才到达了茂丘县县城。沈二虎一行受到了龙潭乡党委、政府和罗家村村两委会的高规格接待，被安排在茂丘县最好的酒店“万寿山庄”。沈二虎住在豪华套间，与他同行的三人也都安排了豪华单间。乡长许茂才，乡党委副书记齐为民，分管农业的副乡长杜志高、姜涵，罗家村党支部书记程大孟、副书记胡春光等乡里和村里的主要领导，几乎都悉数登场，早就在酒店等候。

本来是罗家村的招商引资项目，乡里唱起了主角。这一切都是乡党委书记欧阳山亲自安排的。欧阳山这么做的目的是出于三个因素的考虑：一是他曾带领乡里的领导到深圳参观学习过，受到了沈二虎的热情接待，为了答谢沈二虎对他们的盛情款待；二是想借此机会跟沈二虎套近乎，想把他这个大财神拉到乡里来，让他和他的朋友到乡里来投资建项目；三是为了增加乡里招商引资的政绩，项目虽然是罗家村村两委会引进的，但可以作为乡里的招商引资项目。当然，一切开支费用都是由罗家村买单。

梁鑫可没想那么多。他只是对乡党委书记欧阳山能够率领乡党委和乡政府的主要领导前来捧场，由衷地感到高兴，希望沈二虎此次回乡能够把凤凰山温泉开发的合作协议签了，把温泉开发尽快启动起来。不过，他对乡长许茂才的出现心里却极为不爽。他跟许茂才之间的矛盾冰冻三尺非一日之寒。自从前几年梁鑫的母亲柳春秀被许茂才的小舅子祁怀山开农用机动三轮车撞伤之后，两人就结下了怨仇。加之许茂才是罗方钊的大舅子哥杨立峰的同学这层关系，许茂才对梁鑫耿耿于怀，没少给他找麻烦。梁鑫当村主任这几年，村里的经济发生了翻天覆地的变化，社会治安有了明显好转，各项工作都走在了全乡的前面，欧阳山曾在乡党委会上提议要对梁鑫的突出贡献予以表彰奖励，并建议上级授予他市县“劳动模范”的荣誉称号，结果都被许茂才以种种借口否决了。所以，两人的关系，一直没有缓和。

中国人最讲究礼节，宴请时谁坐在啥位置是非常讲究的。宴请方谁当主陪，谁做副陪；客人中谁坐主宾的位置，谁是次宾，那是地位和身份的象征，是不能乱坐的。今天晚上的宴会，客人主次分明，很好安排，沈二虎是总经理，自然是第一客人。郝运来是副总经理，当然要坐第二把交椅。张才民跟宋彩霞分别为第三客人和第四客人。宴请方这边欧阳山是乡党委书记，也是陪客当中最大的官，主陪自然非他莫属。可由谁来当副陪，却使欧阳山犯了难。是让许茂才当这个副陪呢？还是让程大孟或梁鑫当这个副陪？许茂才是乡长，在今晚参加宴会的人当中，除了欧阳山之外，就数许茂才的官位最高了。可客人是罗家村村两委请的，宴会的费用是由罗家村村两委会买单，自然这个副陪应从罗家村的村支书程大孟和村主任梁鑫当中选一个。考虑再三，欧阳山觉得梁鑫跟沈二虎是同学，项目又是他联系的，最后还是让梁鑫当了副陪。其他陪客人员各自随便找个地方坐下了。

宴会开始后，乡党委书记欧阳山首先致欢迎词：

尊敬的沈二虎总经理、郝运来副总经理以及各位嘉宾：

借此机会，我首先代表龙潭乡党委、乡政府对您们的到来表示热烈的欢迎！去年，我跟许茂才乡长及乡里的几位领导到深圳参观学习，受到了您们的热情接待，在此也表示衷心的感谢！

沈总的老家是咱们龙潭乡罗家村，随行的各位嘉宾又都跟沈总在一起工作，想必对我们茂丘县的情况也早就有所耳闻。咱茂丘县是个贫困县，虽然这几年随着全国改革开放的不断深入和招商引资工作的全面展开，自己跟自己比有了很大的发展与变化，但与走在改革开放前列的深圳相比，还有天壤之别。生活和接待条件都比较差，就说咱们住的这“万寿山庄”，尽管是茂丘县最好的酒店，号称四星级，别说是跟深圳最好的酒店相比，就是跟你们经营的酒店相比也相差甚远。条件差了些，你们就凑合着住吧。

沈总致富不忘家乡，心系家乡人民，这种品德和精神令人感动，令人敬佩。这次回乡将与罗家村联合开发凤凰山温泉。这是一件促进全村经济发展、造福全村人民的大好事。我衷心祝愿你们合作愉快，开发成功，实现双赢。也真诚地希望沈总能够多关心一下咱们龙潭乡的经济发展和招商引资工作，把更多有钱的愿意到龙潭乡投资的大老板吸引过来。我们将为他们提供最好的投资环境和优惠条件。

下面，我提议，为欢迎沈总一行的光临，为预祝凤凰山温泉开发成功，干杯。

在欧阳山的提议下，在座的所有人都站了起来，端起酒杯，有的将杯中的酒一饮而尽，有的则送到嘴边沾了沾就放下了。服务员为那些喝完酒的客人重新斟满了酒。那些没动酒的客人也没有人强迫他们去喝。

主陪欧阳山敬完酒之后，坐在副陪位置上的梁鑫则开始敬酒，履行自己的职责。梁鑫让服务员在自己能盛二两半的酒杯子里倒了满满一杯，并在敬酒之前先发表了一段热情洋溢的祝酒词：

各位领导、各位嘉客：

沈二虎总经理是我的同学，我们从小在一起长大，彼此相互了解。他是一个有理想、有抱负的人，也是一个敢于吃螃蟹的人。当初他一个人跑到深圳去打工，我们都为他捏一把汗，没想到经过努力，他成功了。成为一个拥有几千万资产的赫赫有名的大老板。正如欧阳书记所说的，他富了不忘家乡。现在要与村两委会联合开发凤凰山温泉，这是一件造福全村人民的大好事。为此，我受大孟书记和春光书记的委托，代表罗家村村两委会和全村的父老乡亲，对沈二虎为家乡所做出的贡献表示衷心的感谢！

这些年来，乡里的领导对我们村里的工作也非常关心和支持。欧阳书记多次带领班子成员到村里检查指导工作，帮助我们村两委会联系招商引资项目。今天下午还亲自跟我一起到茂岭机场迎接沈二虎总经理一行。姜涵副乡长常年住在村里，与我们同吃、同住、同劳动，与村两委会一起研究村里的发展规划，指导我们的工作。也就是说，罗家村这几年的发展与变化，与乡里的领导关心和支持是分不开的。

借此机会，我敬各位领导和各位嘉宾一杯，祝大家工作顺利，身体健康，阖家欢乐，并预祝凤凰山温泉开发成功！

梁鑫致完祝酒词便端起酒杯一饮而尽。

“好，爽快！”酒桌上顿时响起一片喝彩声。

主陪欧阳山和副陪梁鑫敬完酒之后，便开始混战，相互敬酒。那些酒量大的甚至开始捉对厮杀。乡长许茂才本来就对今晚的座次安排极为不满。他想当副陪，欧阳山没有安排他。宴会开始后，他坐在那里很少说话，也没有敬酒。别人给他敬酒时只是勉强应付。欧阳山看出许茂才有些不高兴，为了调节气氛，便笑着对他说道：

“许乡长，你还没敬酒呢。你就给大伙说两句敬个酒吧。”

许茂才见欧阳山点他的名，虽然心里不痛快，但当着这么多人的面，不好意思驳他的面子，便让服务员倒了一小杯酒，用餐巾纸擦了擦嘴上的饭菜渣，拿出平时讲话的架势慢条斯理地说道：

我本不想讲了，不想扫大家的兴，既然欧阳书记让我讲，那我就说两句吧。首先为沈二虎总经理关心和支持家乡的经济建设的精神而感动，也希望今后能多关心和支持我们乡的经济发展，多为咱们乡引进一些好的经济项目来。我们乡虽然穷，但有丰富的矿产资源和农副产品资源。

关于你们这次要与罗家村合作开发凤凰山温泉，建温泉度假村和温泉疗养院的事情，我并不认为这是一个好项目。我这个人有个毛病，不会说奉承话，喜欢实话实说。且不说开发这个项目因为罗家人的祖坟迁移问题搞得老百姓怨声载道，不是我泼冷水，就是这个项目开发出来也不会有什么效益。你们也不想想，咱们这里地处偏远山区，交通又不方便，就是你把温泉开发出来了，把度假村和温泉疗养院建起来了，城里那些有钱的人，谁会来泡温泉？谁会跑到度假村来住？你让老百姓来泡温泉、来住度假村吗？他们一没有时间，二没有钱，是肯定不会来的。你们开发了温泉，建起了温泉度假村和温泉疗养院，投了那么多资金，如果无人来泡，无人来住，无人来疗养，别说是效益了，恐怕连本钱也收不回来。这种劳民伤财、没有效益的项目，我建议你们还是三思而后行。

咱们有些村干部素质就是低，做出点成绩来，就想翘尾巴，目中无人，不知天高地厚，好大喜功，好高骛远，不从实际出发，不按客观规律办事，拍着脑袋办事。咱们招商引资开发项目，是为了促进经济发展，不是搞所谓的样板工程、政绩工程。

沈总经理，我说这些话你们别在意，只是我个人的一点想法和担心而已，仅供你们参考。是否合作开发，还是由你们自己决定。不管咋说，你这种富了不忘家乡的精神还是令我感动的。来，我敬你和你一起来的几位客人一杯酒。

许茂才敬完酒之后便没有再说话，又坐在那里抽烟。他的这番话令在场的所有人都感到惊诧，感到意外。欧阳山跟他在一起共事多年已经习惯了，虽说心里不满但没说啥，只是用斜视的目光瞟了他一眼。梁鑫则忍不住了。他听出了许茂才的这番话是冲他来的。当着这么多人的面，他又不便发火，只好用一种不愠不火的语气反问许茂才说道：

“许乡长，你说这话是啥意思？谁目中无人好大喜功了？谁招商引资不考虑经济效益搞样板工程了？请你把话说明白。”

许茂才更不示弱，忽地从座位上站起来，一只手拿着烟，一只手抹着腰，冷嘲热讽说道：“哎呀，真是嗑瓜子嗑出个臭虫来。梁鑫，我指名道姓说你了吗？我点你梁鑫的名字了吗？我说的是谁谁心里清楚，你愿意往自己身上揽我也没办法。”

梁鑫被许茂才那傲慢的姿态和轻蔑的语气激怒了，反唇相讥说道：“你是没提我的名字，可在场的人谁听不出你是在说我呀？”

“你既然说我是说的你那就是你吧，你愿意咋想就咋想，随你的便。”

“许乡长，你是乡里的领导，我只是一个农民，一个普通老百姓。如果我工作中有啥缺点和错误，你可以给我指出来，我改就是了，你咋总是跟我过不去？”

“哼，普通老百姓？听起来可够谦虚的。你梁鑫现在可是一个红得发紫的人，老虎屁股摸不得，谁敢批评。”

许茂才一语双关，表面上说的是梁鑫，其实也影射着欧阳山。两人平日对梁鑫的看法就截然不同。在欧阳山眼里，梁鑫是一个有朝气、有魄力、有作为的好青年，优秀村干部。而在许茂才眼里，梁鑫则是一个浑身长刺、桀骜不驯、目中无人的人。

欧阳山已经听出了许茂才的弦外之音。不过，当着这么多人的面，他怕搅了饭局，并没跟他计较，也不想让梁鑫再继续跟他争辩下去。于是，他向梁鑫使了个眼色，示意他不要再跟许茂才争辩下去，并打圆场说道：

“梁鑫，你这个犟脾气能不能改一改，怎么这么没大没小，跟许乡长顶嘴。怎么说许乡长也是乡里的领导，他只不过谈了自己的观点和看法。开不开发凤凰山温泉，如何开发，那是你们村两委会与沈二虎总经理之间的事情。以后注意点，要学着尊重领导。”

在乡里的这些干部中，梁鑫最敬佩、最尊重的就是欧阳山。他知道欧阳山表面是在批评他，但实际上都是为他好。所以，他忍住了心中的怒火，没有跟许茂才再争吵下去。

沈二虎早就听说梁鑫跟许茂才之间有矛盾，怕他们再争吵下去真的打起来不好收场，也忙站起来打圆场说道：

“许乡长，非常感谢你能在百忙中参加今晚的宴会，为我们接风洗尘。有时间欢迎您再次到深圳做客，给我们一个回报的机会。您说得对，搞投资就是要慎重考虑，规避风险。关于我们‘虎威餐饮娱乐有限公司’与罗家村村两委会联合开发凤凰山温泉的事，您说得没有错，确实是有风险的。做好了是个大蛋糕，做不好很可能就血本无归。不过，这件事我们公司董事会已经研究过了，决定冒这个风险，还希望您以后多多支持啊！梁鑫是我的同学，我了解他，跟您一样，心直口快。您是乡里的领导，大人不计小人过，别跟他一般见识。来，我敬您及乡里各位领导一杯。”

许茂才本来是想借着酒宴乡里的几个主要领导都在场的时候当众羞辱一下梁鑫，以显示一下自己的权威，让梁鑫以后怕他、敬他。可不承想梁鑫根本就不吃这一套，当众顶撞他，让他下不了台，偷鸡不成反蚀一把米，心里也窝了一肚了火。好在有欧阳山和沈二虎为他打圆场，他才借着梯子下了台，没有再说啥，又坐在那里抽烟去了。梁鑫也没有再跟许茂才争辩下去。

本来是一场热闹的欢迎晚宴，却由于出现了这样不和谐的音符，使热闹的气氛一下子冷了下来，宴会很快就结束了。

三十三

茂丘县是个贫困县。茂丘县城的状况跟深圳比起来真是天壤之别。全县常住人口不足二十万。只有一条南北主干道和一条东西主干道。虽然伴随着改革开放的不断深入和招商引资的全面铺开，城区的建设有了很大的变化，甚至还增添了几座十几层的高楼，但仍掩饰不住它贫穷落后的痕迹。这里没有鳞次栉比的高楼大厦；没有车水马龙、川流不息的茫茫人海；没有五颜六色、大放异彩的霓虹灯；没有灯红酒绿、轻歌曼舞的热闹场面。才刚到晚上九点多钟，几乎所有的商场、店铺就都打烊关门了。街上的车辆行人稀少，不时有几辆车或那些急匆匆往家赶的人从街上走过，偶尔还有几个卖水果或鲜花的姑娘在沿街叫卖。只有那昏暗的路灯还在那里坚守着自己的岗位。

沈二虎等人本来参加完宴会准备到街上去走走，可不到半个小时，他们就围着县城走了一圈，见没有啥可玩的地方，只好返回酒店到房间里休息去了。欧阳山参加完宴会后回到了自己在县城的家中，准备第二天与沈二虎等人一起到罗家村参加凤凰山温泉开发的签字仪式。齐为民、杜志高等几个乡里的领导都返回了乡里。姜涵、程大孟、梁鑫也连夜返回了村里，准备第二天的村民大会和签字仪式。胡春光则在酒店里住下来照顾沈二虎等深圳来的客人。

许茂才当天晚上并没有回乡里。他谎称在县城里还有些事情要办，自己在酒店里单独开了一个房间。本来下午到县城欢迎沈二虎等人，欧阳山没有安排许茂才参加，让他在乡里主持工作。可许茂才坚持要来，欧阳山也不好反对就同意了。

其实，许茂才来县城的真实目的并不是来迎接沈二虎等人，而是想借此机会与自己的老情人蔡晓燕幽会。

许茂才与蔡晓燕之间的这种暧昧关系已经多年了。当年两人同在龙潭乡工作时就搅在一起，经常干那些偷鸡摸狗的事情。现在，虽然两人早就不在一起工作了，而且蔡晓燕已经结了婚，但两人仍然是魂绕梦缠，时常偷偷幽会。后来，许茂才与蔡晓燕的这种不正当关系被她的丈夫发现了，两人为此还大吵了一架，差一点分道扬镳。蔡晓燕从此收敛了很多。蔡晓燕怀孕生孩子后，她与许茂才两人就再也没在一起。但还是藕断丝连，经常通电话，用手机发短信，打情骂俏，倾诉彼此的思念之情。

"只要曾经拥有，不在乎天长地久，那刻骨铭心的感受，我将珍藏在记忆中一辈子。"

"为你守候，是心的意愿；为你守候，是真诚的回报；为你守候，是感激之情；为你守候，是夜的星光；为你守候，是月光的弥撒。"

"此刻我的心多么痛楚，它碎成无双的花雨，把往事淹没。无论你在哪里，我都会把你留在生命里。"

"相识的缘分来之不易，诚挚的友谊更加珍惜。愿我的每一个问候都带给你一个好的心情；愿我的每一个祝福都带给你一个新的起点；无论天涯海角，我都会深深地爱着你，祝福你。"

"知心朋友心连心，离山离海不离心；纯洁友谊生真心，心心相惜是知心；千金难买友谊心，友谊一生不悔心；海枯石烂不变心，祝你天天都开心。"

"时间冲不淡真情的酒，距离拉不开思念的手。"

……

这期间，许茂才也进过几次城，为了掩人耳目，他已经很少到办公室去找蔡晓燕了。每次进城，他都给蔡晓燕打电话或发短信，想跟她幽会，都因蔡晓燕的丈夫在家或身体不适等原因未能如愿。今天上午，许茂才见又有进城的机会，便又试探着给蔡晓燕发了短信。没想到蔡晓燕很快就回了短信。告诉他今天正好自己的丈夫到外地出差去了，孩子由父母照顾，期盼着他的到来。

许茂才收到蔡晓燕的短信自然高兴，满脑子都装着她，期盼着能尽快见到她。

下午四点多钟，许茂才就跟齐为民、杜志高等乡里的几个领导来到了"万寿山庄"，等待着沈二虎等人的到来。他本想去县委大院找蔡晓燕，又怕别人知道了说闲话，只好给蔡晓燕发了短信，告诉她自己住在“万寿山庄”，待晚宴结束后再见面。

蔡晓燕每次在丈夫出差之后，大部分时间都跑到父母家里住，帮助老人照顾孩子，有时单位有事或加班，也经常住在自己家里。今天下班后，她先回到父母那里看了看孩子，吃了点饭，谎称单位有事加班晚上就不回来住了。当父母的已经习惯了她这种做法，并没在意，只是嘱咐她注意安全，晚上睡觉时关好门窗。

蔡晓燕吃过晚饭后就从父母那里回到自己家里，等待着许茂才的短信。她见许茂才迟迟没给她发短信，就主动给许茂才发短信，询问宴会何时结束，她何时可以过去。许茂才见宴会没有结束，又不好提前退席，只好回短信安慰她，让她耐心等待，等宴会一结束马上就可以过来。

宴会一结束，许茂才把欧阳山等人送走回到自己的房间之后，就迫不及待地给蔡晓燕发了短信。告诉她宴会已结束，可以过来了。

许茂才发完短信后，就先到卫生间冲了个澡，然后就穿上睡衣躺在床上，期待着蔡晓燕的到来。

从蔡晓燕的家到“万寿山庄”，步行也不过二十几分钟的时间。蔡晓燕接到短信后，很快就来到了“万寿山庄”。今天为了见许茂才，她还特意打扮了一番，简单化了化妆，穿了一件自己平时最喜欢穿的米黄色连衣裙。她虽然已经生了孩子，但体形恢复和保持得还不错，身材还是那么苗条，只是那对坚挺的双乳有些下垂。

真是久旱逢甘露。两人一见面，啥话也没说，许茂才就像饿狼一样扑向蔡晓燕，把她紧紧搂住，并把舌头塞到了她的嘴里。蔡晓燕也积极配合。一边搂住许茂才的腰，一边跟他打起了舌战。两张嘴如胶似漆地粘合在一起，两个蛇一样的舌头搅在一起，相互润滑着、蠕动着，缠绕了很长时间才分开。

“你都这么长时间也没来看我，我还以为你又有了相好的，把我给忘了呢！”蔡晓燕把许茂才推开，装着很不高兴的样子嗔怪说道。

“谁把你给忘了？心里没有你还经常给你发短信干啥？心里没有你还跟你约会呀？我的心肝宝贝，忘了谁也不会忘了你啊。我来过县城多少次想跟你约会都没见到你，这能怪我吗？我还以为你在县委大院里另攀高枝把我给忘了呢！”

“你看我是那种人吗？要想攀高枝我早就攀了，还用等到今天。大院里的那些当官的哪个不比你官大？哪个不比你有钱？那不是因为人家不方便嘛。”蔡晓燕娇声娇气地说道。

“那你还怪我不来看你呀？晓燕，跟你说实话，我不是不想你，也不是不想常跑到县城里来看你，我是怕给你惹麻烦。怕你的丈夫知道了再跟你闹矛盾，影响你的家庭和睦；怕单位领导知道了对你影响不好。你现在还年轻，还要进步。”

听了许茂才的这番话，蔡晓燕心里美滋滋的，像一只依人的小鸟又依偎在许茂才的胸前，呢喃而撒娇地说道：

“许乡长，谢谢你想得这么周到。你真是个大好人，看来我没有爱错你。人家并没有怪你，只不过是说说而已。我知道你是为我好。”

“晓燕，你咋总叫我许乡长？听起来显得多疏远，以后不准这么叫。”

“在乡里工作时你是我的领导，叫习惯了改不过来。那该叫你啥？”

“叫老许或茂才都可以，就是别叫许乡长。”

“那好吧，我听你的。以后在有人的时候，我还叫你许乡长，就咱们俩在一起的时候我就叫你茂才吧。”

“行，就这么办。以后在公共场合或有人在的时候，你还叫我许乡长。就咱们俩的时候，你就叫我茂才。”

许茂才边说边撩起蔡晓燕的连衣裙，并熟练地解开了她的乳罩扣子，用他那双粗壮而充满魔力的大手，抚摸着她那对硕大的乳房，继而又徜徉在她的小腹上，随后又滑向她那茵茵的草丛之中。直把蔡晓燕弄得心里发痒，情潮涌动，浑身酥软。她紧紧地靠在许茂才的身上，双眼紧闭，任凭他抚摸，任凭他为所欲为。许茂才也开始欲火萌动，脑垂体亢奋，下面早就搭起了帐篷。他把蔡晓燕抱起来放到床上，就想脱下睡衣行男女之事。

这时，蔡晓燕收住欲火，坐起来娇声娇气地说道：“你真是个馋猫，刚进门就想吃，也不怕撑着。我今天晚上跟家里说好了，不回去了。在这里陪你一个晚上，时间多着呢。你想吃不要紧，我保证让你吃个够。你没听人家说过吗？色是刮骨的钢刀，温柔乡是英雄冢。你等着，我先去洗个澡，天这么热，出了一身汗，不洗澡身上不舒服。等我洗完澡再陪你玩，保准让你吃个够。到时候你可别向我求饶说自己不行了。”

许茂才放开蔡晓燕，穿好睡衣，点上了一支烟，边抽边毫不示弱地说道：“那好吧，你先去洗澡，我等着你，接受你的挑战。只要你想吃，我就奉陪到底，保证让你吃饱喝足，到时谁向谁求饶还不一定哪。”

也许是等得太久了，也许是欲火难耐，蔡晓燕很快就洗完了澡。她从浴室里刚出来，两人就滚到床上行起了云雨之事。许茂才积郁已久的情欲顿时像狂暴的火山熔岩一样喷发出来。蔡晓燕则像火山岩浆里的一块石头，很快就被熔化了，在许茂才的一阵阵震颤中欢悦地配合着、呻吟着……

经过一阵狂风暴雨般的激战之后，两人都筋疲力竭。蔡晓燕像散了架似的软绵绵地躺在床上，依偎在许茂才的身旁，把手放在他的胸前，含情脉脉地说道：

“茂才哥，不知为啥，跟你在一起，我就感到亢奋，感到温馨，感到陶醉，好久没有这种感觉了。”

许茂才把一只胳膊垫在蔡晓燕的头下，紧紧地把她搂在怀里有些诧异地问道：“咋了，难道跟你的丈夫在一起不开心吗？”

“刚结婚那阵子还可以。他整天缠着我，跟我一起逛商店、轧马路，甚至还经常下班时在县委大院门外等着我。自从他知道了咱们俩的事之后，就开始对我变得冷淡了。每天不是到外地出差，就是找一些狐朋狗友在一起喝酒，晚上很晚才回家。有时我想凑过去跟他套套近乎，他也不理会我。”

“他是不是外边有人了？”

“不清楚，也许吧。我听邻居说，经常看到他跟一个年轻女孩在一起。”

“那你们是怎么生的孩子？”

“那是因为他父母抱孙子的心情急切。他是个孝子，不想让他爸妈伤心，我们才要了孩子。生了孩子之后，他对我的态度比过去好了许多，但还是很少在一起。有时即使在一起，他也心不在焉，就像送传单一样，随便一塞就算完事了。我这块芳草地几乎都快荒废了。”

许茂才沉默了好久没有说话。过了一会儿，他才有些自责地说道：“晓燕，都是我不好，给你添了这么大的麻烦。”

“茂才哥，你可千万别这么说。我觉得今生今世能够认识你，这是我们的缘分，也是我的福气。在乡里工作时，你就很照顾我。如果不是你帮忙，我能到县委大院工作吗？你没听古人说过吗：十年修得同船渡，百年修得共床枕。能跟你在一起，我不后悔。”

听了蔡晓燕的这番表白，许茂才深受感动。他又紧紧把蔡晓燕搂在怀里，非常动情地说道：“晓燕，我知道你很爱我，心里一直装着我。我也很爱你。但我没有你想象的那么好。不过，真正爱一个人，就是希望她幸福。我们俩属于那种有缘无分的人，不可能一辈子在一起。你现在还年轻，又结了婚，有了孩子，还是应该好好珍惜这个家庭，尽量跟你丈夫把关系处理好。我还是衷心祝愿你一辈子都开心幸福。”

尽管许茂才说得是那么真切，那么动情，但蔡晓燕已经听出了许茂才话里的弦外之音，知道两人的这种关系不可能长久保持下去。也许这就是一场梦，一场随风而逝的梦。蔡晓燕突然心里涌起了一阵莫名其妙的伤感，杂乱的心绪在胸中乱窜。刚才那种亢奋的欲火早已荡然无存。她拿开了枕着的许茂才的胳膊，长叹了一声说道：

“茂才哥，谢谢你的关心和提醒，我知道该咋做，走一步看一步吧。”

许茂才还想说啥，蔡晓燕说道：“茂才哥，我累了、困了，咱们睡觉吧！”

就这样，许茂才和蔡晓燕在“万寿山庄”度过了一个疯狂而郁闷的夜晚。

三十四

经济基础决定上层建筑。经济发展了，人们的观念也在逐渐发生变化。随着罗家村经济的发展，村民的理念也变了。他们不再像过去那么保守、那么不思进取，小富即满。解决了温饱问题，他们想得更高、更远，开始向中国新农村建设的目标迈进。

罗家村村两委会对与沈二虎联合开发凤凰山温泉协议的签订极为重视，不仅在村里的大街小巷都张贴了标语，安排了声势浩大的欢迎队伍，召开隆重的村民大会，而且还把县剧团请到了村里，把那些与村里有经济合作关系或拟与村两委会联合开发其他项目的企业老板都请到了村里，并邀请了县农业局、林业局和国土局等相关部门的负责人以及乡党委、乡政府的领导出席签字仪式。他们这么做的目的，就是要让村民们知情知政，进一步了解村两委会发展经济的整体思路；就是要让村民们充分认识到开发凤凰山温泉的重要性和必要性，提高认识，统一思想，扫清障碍，形成合力，使凤凰山温泉尽快开发；就是要吸引更多的企业老板到罗家村投资办厂，促进全村经济发展。

会场仍设在村两委会办公室的大院内。不过，现在会场舞台的布置已今非昔比，鸟枪换炮了。这几年村里的经济条件好了，村两委会投资搭建了一个长三十多米、宽二十多米的舞台，还安装了灯光、音响等设施，并在舞台的两侧分别修建了一个化妆间和一个休息室。舞台的正前方两侧悬挂着一幅红底白字标语。标语的内容是：“弘扬艰苦奋斗精神，建设现代化新农村。”舞台前的正上方悬挂着这次会议的会标：“凤凰山温泉开发动员大会及签字仪式。”

程大孟和梁鑫连夜返回罗家村之后，就忙着张罗第二天要召开的村民大会及签字仪式，检查会议的各项准备工作。他们与在家里的其他几个村两委成员一起，一直忙到深夜才回家休息。

也许是因为这几年的经济发展给村民们带来了实惠，村民们对新的村两委十分信任与爱戴；也许是因为对罗家村出了沈二虎这么有钱的大老板感到羡慕和好奇，想一睹他今日的风采；也许是为了观看县剧团精彩的文艺节目表演，第二天一大早，村民们就像过大年一样，潮水般地涌进了村两委大院的会场。一些村民尤其是那些爱热闹的孩子们更为积极，早早就跑来抢占位置。有的甚至为了抢占一个好的位置，连早饭都没顾得上吃。罗家村小学的师生们为了配合村两委会的这次活动，也停课一天。就连附近村庄的不少村民闻讯后也都跑来凑热闹，观看演出。

程大孟和梁鑫吃过早饭后也早早来到了会场。他们对村两委几个成员进行了简单的分工。有的负责在办公室里照顾客人；有的负责到村头迎接前来参加会议的领导与嘉宾；有的负责维持会场秩序。分完工之后，程大孟和梁鑫就带着由学生和部分村民组成的欢迎队伍，来到村头等候着那些前来参加温泉开发签字仪式的领导和嘉宾。

欢迎的人群排着整齐的队伍，手里挥舞着小彩旗，嘴里有节奏地不停地喊着：“欢迎、欢迎，热烈欢迎！欢迎、欢迎，热烈欢迎！”高跷队、秧歌队则轮番登场，各显神通。

前来参加温泉开发动员大会及签字仪式的领导和嘉宾们在欢迎队伍的簇拥下，陆陆续续走进会场。上午九点多钟，这次活动的主角沈二虎等人在乡党委书记欧阳山和村党支部副书记胡春光的陪同下，来到了会场。

沈二虎成为今天最耀眼的明星和主角。他仍然穿着昨天那套名牌行装，显得风度翩翩，气宇轩昂，风光无限。三名随行人员为他拿着公文包，毕恭毕敬地跟在他的后面。村民们见状都向他投来了敬佩和羡慕的目光，不少村民都跑过来跟他打招呼、套近乎。就连沈二虎的父亲沈慕林、母亲张彩凤也都成了焦点人物，成了村民们关注的对象。不少村民围着他们问寒问暖，问长问短。

今天的村两委大院也真是够热闹的。能容纳上千人的会场人山人海，挤得水泄不通。为防止有坏人破坏捣乱和意外事件的发生，村两委会还专门安排民兵连长胡天凯负责，组织了二十多个基干民兵负责维持会场秩序。

上午九点三十分，罗家村凤凰山温泉开发动员大会及签字仪式正式拉开帷幕。沈二虎及乡党委书记欧阳山和县农业局、县林业局、县国土局等参加会议的领导都在主席台就座。沈二虎的随行人员以及其他被邀请的嘉宾都被安排在会场的前排就座。乡长许茂才谎称有事没有前来参加签字仪式，他当然不会跑来给梁鑫捧场。原村主任罗方钊看到梁鑫上任后这几年村里的变化，自愧弗如，心里极为不爽。这次凤凰山温泉的开发，他没少设障碍，几乎使出了浑身解数，最终还是以失败而告终。现在，他不仅妒恨梁鑫，也恨透了沈二虎。他觉得如果没有沈二虎投资，凤凰山温泉就不可能开发。今天的会议他也没有来，一个人躲在家里生闷气，喝闷酒。

今天的动员大会和签字仪式仍由程大孟主持。他还是过去那个老习惯，在讲话前首先要敲几下话筒，然后扯开喉咙喊道："请大家静一静，下面马上开会，请大家静一静，下面马上开会。"

也许是生活富裕了，村风和谐了，大家心情舒畅了；也许是对新的村两委会的信任与爱戴；也许是想急于了解凤凰山温泉开发的进展情况；也许是想在会议结束后能尽快看到县剧团精彩的文艺节目表演。在过去召开村民大会时，程大孟扯破嗓子喊半天会场才能静下来，而今天他一说会议马上开始，沸沸扬扬、人声嘈杂的会场立刻就静了下来。程大孟见会场静了下来，便宣布会议开始。

会议进行的第一项就是由梁鑫代表村两委会讲话。梁鑫今天也刻意打扮了一番。上身穿一件白底蓝格短袖衬衣，下身穿一件深蓝色的裤子，脚穿一双黑色皮凉鞋。虽然不是名牌，但从外表看起来，并不比沈二虎逊色多少。只是沈二虎肤色细嫩白净，而梁鑫的皮肤却是红黑粗糙，深深地打着黄土地上风吹日晒所留下的烙印。

梁鑫很有礼貌地向台上的领导以及台下的嘉宾和村民们分别深深鞠了一躬，便开始了他的演讲。

尊敬的各位领导、各位来宾、各位父老乡亲：

在此，我首先代表罗家村村两委会和全体村民对各位领导和嘉宾的光临，表示热烈的欢迎！并借此机会，对各位领导和嘉宾对罗家村工作的关心和支持，表示衷心的感谢！对全体村民为罗家村的经济发展和社会稳定所做出的贡献表示衷心的感谢！

几年前，我在这里参加村主任竞选演讲时曾向各位父老乡亲做出过承诺，要在三五年内彻底改变罗家村贫穷落后的面貌，让大家都有饭吃、有衣穿，都能过上好日子。现在，在党的富民政策指引下，在乡党委、乡政府及上级有关部门领导的正确引导下，在各位来宾的关心支持下，这个目标已经实现了。我们下一个目标就是要继续发扬艰苦奋斗的精神，继续坚持改革开放，进一步调整产业结构，促进全村经济快速发展；进一步加强文化建设和精神文明建设，不断提高广大村民的文化素质和道德水平；进一步加强民主政治建设，继续坚持民主决策，政务公开；进一步加强村容村貌的规划与建设。真正把我们罗家村建设成为一个生产发展、生活富裕、乡村文明、村容整洁、管理民主的社会主义新农村。

我们罗家村虽然地处偏远山区，但有着丰富的资源。既有苹果、板栗、山楂等干鲜水果，也有丰富的矿产资源和温泉资源，有些资源我们已经进行了开发，并见到了效益，给大家带来了实惠。有的资源还有待于我们去开发。开发凤凰山温泉是咱们罗家村人多年的意愿，也是一项利民惠民工程。过去由于资金不足一直没有开发。现在，我们终于找到了投资的合作伙伴。这个合作伙伴大家都熟悉。他就是咱们村的沈二虎总经理。沈二虎总经理现在是深圳酒店行业的大老板，管理和经营着好几个星级酒店。他富了不忘家乡，富了没有忘记咱们父老乡亲，决定投资与我们村两委会联合开发凤凰山温泉，筹建温泉度假村和温泉疗养院。今天，沈二虎总经理带领他们公司的副总经理郝运来以及有关部门的负责人到咱们村来，将与咱们村两委会签订联合开发凤凰山温泉的协议。为此，我提议，让我们以热烈的掌声对沈二虎总经理为咱们家乡所做出的贡献，表示衷心的感谢！

在这里，我还要代表村两委会感谢各位父老乡亲，尤其是那些罗姓村民。您们为了使温泉能够尽快得到开发，顾全大局，把凤凰山周围承包的土地和山冈退还给了集体，把祖坟都迁移了出去。没有您们的支持，凤凰山温泉的开发就不会这么顺利。我们一定不辜负大家的期盼和厚望，尽快把凤凰山温泉开发出来，把温泉度假村和温泉疗养院建起来，造福社会，造福全村人民。将来有条件，我们还要建凤凰山公园，开发旅游产业。尽快实现我们的目标，让全村人民都过上幸福美好的生活。

梁鑫讲完话后，便是沈二虎代表“虎威餐饮娱乐有限公司”讲话。当主持人程大孟把沈二虎隆重推出时，沈二虎风度翩翩，很有礼貌地走到台前，向主席台下的罗家村村民们深深地鞠了一躬，然后不慌不忙地走到演讲台前开始了他的演讲：

尊敬的各位领导、各位来宾，罗家村各位父老乡亲：

其实，不用大孟书记介绍，大家也都认识我。我沈二虎就是土生土长的罗家村人，是吃着罗家村的粮食、喝着秀水河里的水长大的。这俗话说得好，狗不嫌家贫，孩不嫌娘丑。我对罗家村这块土地有着深厚的感情。我爱自己的家乡，爱各位父老乡亲。这就是我坚持要回乡投资的主要原因。

几年前，我高中毕业后没有考上大学。为了了解大山外边的生活，为了摆脱贫穷，也为了寻求一条致富之路，我孤身一人瞒着自己的父母，带着一千多块钱跑到了深圳。在深圳这几年里，我饱尝了创业的艰难，饱尝了人生的酸甜苦辣。刚到深圳时，由于人生地不熟，加之文化水平低，又没有技术，找不到工作，钱又被小偷偷了。我饿着肚子沿街乞讨，差一点饿死在街头。是好心人救了我，是深圳这块土地给了我创业的机会，我才有今天。

说实话，我算不上什么大老板，也没有多少资金，可我愿意为家乡的发展做些事情。前些日子，梁鑫主任和春光副书记找到我，让我帮助寻求开发凤凰山温泉的合作伙伴。我找了深圳几个有钱的朋友，他们答应出资，并让我全权代表他们与咱们村两委会联合开发凤凰山温泉。今天，我带着我们“虎威餐饮娱乐有限公司”的几位负责同志过来，就是要代表他们与村两委会签订联合开发协议，共同开发凤凰山温泉，造福全村人民。

有人曾对我说，开发凤凰山温泉不会有效益，让我放弃。我知道，要在咱们这个贫穷落后的偏远山区开发温泉，建温泉度假村和温泉疗养院，是有风险的，经营不好就有可能把投入的资金全部赔进去。但为了家乡的经济发展，为了全村的父老乡亲，我愿意冒这个风险。这也算是我沈二虎为自己的家乡建设做一点贡献吧！

梁鑫和沈二虎的发言，赢得了全场的一片喝彩声和赞扬声。这掌声和喝彩声含着感激，含着敬佩，含着期盼。

乡党委书记欧阳山则代表乡党委和乡政府也在动员大会上讲了话。他在讲话中说道：

同志们、朋友们、罗家村的父老乡亲：

很高兴能够参加今天凤凰山温泉开发的动员大会及签字仪式。借此机会，我首先代表龙潭乡党委和乡政府，向出席今天大会的县农业局、县林业局及县国土局的各位领导以及各位来宾，表示衷心的感谢！向罗家村的各位父老乡亲表示亲切的问候！

看到罗家村今天的变化，我们由衷地感到高兴。看到大家一张张灿烂的笑脸，就知道大家的生活是多么幸福。要不是亲身经历，要不是亲眼所见，谁也不会想到，几年前这里还是一个在贫困线上挣扎，并因贫穷落后、负担过重而屡屡上访，甚至在省里都挂了号的穷山村，在短短几年的时间里，就变成了远近闻名的富裕村。年人均收入由原来的几百元达到了近万元。村民富裕，村风和谐，人们的精神面貌也发生了翻天覆地的变化。这都是党的富民政策在农村的具体体现，是你们罗家村村两委会和全体村民共同努力的结果。希望你们谦虚谨慎、戒骄戒躁，继续发扬艰苦奋斗的精神，进一步解放思想，开拓创新，百尺竿头，更进一步。

沈二虎总经理是一个敢于吃螃蟹的人。他不甘心守候在大山里过贫穷落后的日子，怀着满腔的热血，只身闯荡江湖，凭着自己的智慧和能力，闯出了一条成功之路，成为深圳酒店行业的大老板，是你们罗家村人的骄傲，也是我们龙潭乡的骄傲。他富了不忘家乡人民，不忘养育了他的这块土地。这种精神令人赞叹，令人敬佩。我衷心祝愿“虎威餐饮娱乐有限公司”与罗家村村两委会合作愉快，祝凤凰山温泉开发成功！

听了欧阳山的讲话，村民们都感到非常自豪，脸上都绽出了欣慰的笑容。

会议的重头戏就是沈二虎与村两委会签订联合开发凤凰山温泉的合作协议。当主持人程大孟宣读完合作协议的具体内容后，会场顿时锣鼓喧天，鞭炮齐鸣。沈二虎与梁鑫神采奕奕地走到签字台旁，分别代表“虎威餐饮娱乐有限公司”和罗家村两委会在合作协议上签了字。这标志着罗家村村民们期盼已久的凤凰山温泉的开发即将变为现实。

动员大会和签字仪式结束后，县剧团精彩的文艺演出便拉开了序幕。村民们在欢歌笑语中度过了愉快而难忘的一天。

三十五

罗家村村两委会与沈二虎签订了联合开发凤凰山温泉的合作协议之后，便开始紧锣密鼓地筹备温泉的开发工作。“凤凰山温泉开发有限公司”正式挂牌运营。公司成立了董事会，由梁鑫出任董事长，沈二虎出任副董事长兼任总经理，郝运来、胡春光任副总经理，程大孟、张才民、宋彩霞、罗海生、胡天凯、程友发等为董事会成员。公司的具体业务由总经理负责，重大事项由董事会研究决定。

经过一段时间的准备，凤凰山温泉的开发和温泉度假村的建设正式拉开了帷幕。打井机、塔吊、铲车、抽水泵等一些大型建筑机械陆续开进了工地。

施工的管理人员和技术人员大都是沈二虎从深圳带过来的，“罗家村鸿达建筑有限公司”承揽了整个温泉开发和度假村建设工程。沈二虎亲自坐镇指挥。他把深圳公司的业务暂时交给了一位副总经理管理，几乎把所有的精力都用在了温泉开发和温泉度假村的建设上，并对施工的各个环节都进行了具体部署和安排。他跟梁鑫负责工程的全面工作，郝运来与“鸿达建筑有限公司”总经理程大奎负责工程质量和对施工队伍的管理，张才民和程友发负责建筑材料的选购和财务管理，胡春光和宋彩霞负责后勤保障工作，胡天凯负责安全保卫工作。

沉寂了多年的凤凰山、蟒蛇山和蛤蟆湾顿时热闹起来。整个工地机声隆隆，马达轰鸣，人声鼎沸，欢歌笑语，到处洋溢着一片热闹的景象。

经过两个多月的勘测钻探，当打井机钻探到地下八百多米处，一股清澈的温泉喷涌而出。温泉的雾霭弥漫在凤凰山、蟒蛇山与蛤蟆湾的青山绿水之间，构成了一幅美丽壮观的风景画。

“温泉出水了，温泉出水了。”

……

凤凰山沸腾了，罗家村沸腾了，村民们多年的夙愿终于变成了现实。人们欢呼着，奔走相告着，传递着这个特大的喜讯。不少村民都闻讯跑来一睹温泉喷涌的壮观景象。一些村民甚至迫不及待地泡起了温泉。他们在温泉中嬉戏打闹着，陶醉在沐浴温泉的欢乐之中。

凤凰山温泉的水经专家测试鉴定，水温在六十度左右，最高可达八十度。温泉中含有偏硅酸、氟、碘、溴、锂、锶等三十多种有益于人体健康的矿物质微量元素，属偏硅酸性温泉。

由于在开发前对整个温泉工程进行了充分的调查研究与规划，工程进展得非常顺利。不仅温泉开发所需要的抽水泵的安装、管道铺设以及温泉洗浴中心的建设都在有条不紊地进行，温泉度假村的施工建设也在紧张有序地进行着，两个主楼的土建工程已基本完成。按照公司的规划、预计整个温泉洗浴中心和温泉度假村的工程建设，都将在年内完成，并投入使用。

然而，正如人们所说的，天有不测风云，人有旦夕祸福。就在温泉开发即将大功告成的时候，一件令人意想不到的事情发生了。

这天上午，在度假村工地参加施工的本村村民罗大明像往常一样，吃过早饭后，准备到工地去上班。他那天真活泼的小儿子罗海涛坐到他的腿上，搂着他的脖子，缠着让罗大明给他讲故事。

罗大明今年刚跨过四十岁的门槛。父母都还健在，上面还有一个哥哥、一个姐姐。哥哥和姐姐也都早就成家立业了。罗大明结婚后也和父母分了家，自立门户。由于他勤劳能干，妻子又是一个持家的好手，小日子过得还不错。罗大明是一个泥瓦匠，前几年一直在外边打工。近几年村里经济发展了，工副业生产项目多了，村里也成立了建筑公司，有了用武之地，他才又回到村里。

罗大明有两个孩子，一个女儿，一个儿子。大女儿罗紫艳已经十几岁了，正在读小学四年级。儿子罗海涛只有三岁多，已经上幼儿园了，长得非常活泼可爱，天资聪颖，十分讨人喜欢。整天围着罗大明的屁股转，罗大明只要下班一回家，儿子罗海涛就缠着他，让爸爸给他背古诗、讲故事。今天早饭后，儿子罗海涛又缠着罗大明给他讲故事。罗大明看了看墙上的挂钟，知道时间已经来不及了，便抱起儿子，在他脸上亲了两口，安慰他说道：

“乖儿子，爸爸到上班时间了，该去上班了，等爸爸下班回家后再给你讲故事，好吗？”

“不嘛，我要听爸爸讲故事。爸爸，你就给我讲一个吧。”罗海涛嗲声嗲气地恳求说道。

罗大明的妻子于彩凤见儿子缠着他爸爸不肯下来，便跑过来哄劝儿子罗海涛说道：“涛涛，别缠着爸爸了，你也该上幼儿园了。爸爸要去上班，等爸爸下班回来再给你讲故事。让爸爸给你讲很多很多故事。幼儿园的老师说你是最听话的孩子，对吗？”

活泼可爱的罗海涛一听妈妈表扬他，显得非常高兴，自夸说道：“爸爸、妈妈，我在幼儿园里可听话了，老师经常表扬我，昨天还得了一朵小红花呢。”

罗大明抚摸着儿子罗海涛的头嘱咐说道：“乖儿子，好样的。在幼儿园里一定听老师的话，不要淘气，不要跟小朋友打架。等爸爸下班回来后，一定给你讲很多很多故事。”

“爸爸，我一定听老师的话，不跟小朋友打架。你下班回来后别忘了给我讲故事。”懂事的儿子罗海涛说完就找妈妈去了。

罗大明放下儿子就到温泉度假村工地上班去了。没想到他这一去竟成了与家人的永别。

罗大明来到温泉度假村建设工地，像往常一样，穿好工作服，戴上安全帽，嘴里哼着小曲，准备爬上施工架干活。当他爬到施工架的顶部时，不幸的事情发生了。施工架上的横杆突然脱落，罗大明猝不及防，从十几米高的施工架上摔了下来，当场就昏了过去。殷红的鲜血染红了施工架，染红了地面，跟他在一起干活的工友们见状都跑了过来。他们为他堵住了伤口，并叫车把他送进了县医院进行抢救。

罗大明一到县医院就被送进了手术室。他的父亲罗方利、哥哥罗大光、妻子于彩凤以及送他到医院的两个工友，都面带忧伤，焦虑不安地在手术室外边的走廊里等待着抢救的消息。

这突如其来的事件，让沈二虎、梁鑫、胡春光以及村里的鸿达建筑有限公司总经理程大奎等几个负责温泉开发和度假村建设的人都感到震惊，感到始料不及、难以置信。他们平日里对工地上的安全生产还是非常重视的，要求也十分严格。

但悲剧已经发生了，他们又不得不面对，几个人闻讯后立即赶到了县医院。

梁鑫一见到在医院走廊里等候的两个工友，就急切地问道："快告诉我们，这究竟是咋回事？为啥会发生这样的事情？"

"俺们也不清楚，这个施工架用了很长时间了，一直很稳固。俺们天天在上面施工，从未发生过架杆脱落的事情。不知咋的，今天早上，罗大明上去干活，架杆就脱落了。他毫无防备，于是就从架杆上摔了下来。"其中一个工友解释说道。

"摔得重吗？"沈二虎又急切地问道。

"嗯，看样子摔得不轻。他是从十几米的高空直接摔下来的。头部还让地面的石头撞破了一个大口子，血流不止，身上伤成啥样子不清楚，反正一路上痛得他直喊爹叫娘，到了医院就进了手术室。现在大夫正在抢救。"那个工友又回答说道。

"施工架不是都由螺丝固定的吗？咋会脱落呢？"沈二虎有些不解地回答。

"没错，安装施工架时我也参加了，每一根架杆都是用螺丝固定的。不信你可以问问春光书记和程大奎总经理，俺们安装完架杆后，他们俩还亲自带人上去检查过呢。"另一个工友解释说道。

"是啊，他们说得没错。自从温泉开发和度假村开工以来，我们对安全生产还是非常重视的，对各道工序和每个作业面要求都十分严格，一切都是按操作规程进行的，凡不符合要求的，一律不准施工作业。施工人员不穿工作服，不戴安全帽的，一律不准上岗。度假村工地上的这个施工架，我跟春光书记上去检查过多次，并没有发现有啥问题。施工架的架杆都是用螺丝固定的。咋就会脱落呢？"程大奎也有些疑惑不解地说道。

"会不会是固定的螺丝断了造成的架杆脱落？"梁鑫提醒道。

"你说的这种情况我也想过。事故发生后，我带人到现场看过，并没有找到断裂的螺丝。也就是说，那根脱落的架杆根本就没有螺丝固定。"程大奎十分肯定地回答道。

"怎么会是这样呢？你们不是说每根架杆都有螺丝固定吗？那根脱落架杆的螺丝去哪儿了？"梁鑫不解地质问道。

"我也感到纳闷。可事故发生后，我让施工人员在脱落架杆的附近找了个遍，也没有找到固定那根架杆的螺丝。"程大奎也有些不解地说道。

"会不会是罗大明跟哪个施工人员有仇，有人报复他，故意把架杆上的螺丝卸掉了，才造成了这次事故的发生？”沈二虎提醒说道。

“不可能，我了解罗大明，他们一家都很老实，没听说他跟谁有仇。”程大奎否定说道。

听了程大奎和两个施工人员的情况介绍，沈二虎开始警觉起来。他意识到这很有可能不是一件意外事故，恐怕是有人故意破坏造成的。他对梁鑫和胡春光等人提议说道：“既然不是架杆固定不牢或断裂脱落的原因，也不是有人报复所致，我觉得这很有可能是有人故意搞破坏造成的事故。我看咱们还是到公安局去报案吧，让公安局帮助咱们查出那个搞破坏的人，以防止类似的事情发生。”

其实，在沈二虎提议之前，梁鑫就想到了这个问题。他也觉得这绝不是一次偶然的事故，像是有人蓄意搞的破坏。沈二虎这么一说，更坚定了他的判断。于是，他也附和说道：

“我同意二虎的判断。咱们眼下最要紧的是抢救伤员，安抚受伤者的家属，做好事故的善后处理工作。我看这样吧，一会儿我们一起过去安慰一下受伤者的家属，然后再分头行动。二虎，你还是先回村里的工地去，咱们几个人都出来了，工地上没有人指挥可不行。春光哥，你先到乡派出所去报个案，请他们出警帮助查清事故的原因。然后再安排人写一份关于这次事故的详细报告，以便提交董事会。我留在医院里和大明的家人一起，配合医院对他进行抢救治疗。彼此有啥情况咱们再通过手机联系沟通。”

罗大明被推进手术室里已经两个多小时了，手术室里的灯光还亮着，手术仍在进行中。罗大明的父亲罗方利、哥哥罗大光、妻子于彩凤等亲人那颗悬在嗓子眼的心始终吊在半空中，坐在手术室外边的走廊里，神情紧张、焦虑不安地等待着、期盼着。期盼着手术能尽快结束，期盼着罗大明能逢凶化吉、转危为安。看到梁鑫、沈二虎和胡春光走过来，谁也没有理会，谁也没有跟他们打招呼。最后还是梁鑫先开了口，打破了这个僵局：

“方利叔、大光哥、彩凤嫂子，真是对不起您们，造成这样的事故，是我们的工作没有做好。我跟二虎、春光哥在这里代表村两委会和温泉开发公司，向您们赔礼道歉，并希望大明哥能尽快脱离危险，恢复健康。”

罗大明的家人对梁鑫的赔礼道歉并不领情，还是没有人理会他们，没有人跟他们搭话。罗大光用一种不满的眼光看了梁鑫等人一眼，又低下了头。于彩凤坐在那里连头都没抬，不时地抽泣着，用手抹着眼泪，只有罗大明的父亲罗方利没好气地回敬了一句：

“早干啥来？人都伤成这个样子了，赔礼道歉顶个屁用。”

梁鑫也在这个手术室被抢救过，也在死亡线上挣扎过。他当然理解罗大明家人此时的心情。所以，他没有生气，而是和颜悦色地安慰说道：

“方利叔，我能理解您老人家的心情。发生这样的事情，我们心里也很难过。可现在不是难过的时候，眼下最要紧的是尽快把大明哥的伤治好。”

“是啊，方利叔，梁鑫说得对，俺们跟您们的心情都是一样的，心里也非常难过。谁也不希望发生这样的事情。可事情已经发生了，咱们就必须面对。我们村两委会和温泉开发公司会全力配合医院抢救大明的。大明他不会有事的。您们一定要多保重。”胡春光也安慰罗大明的家人说道。

“方利叔、大光哥、彩凤嫂子，发生这样的事情是谁也不愿看到的，要怪您们就怪我吧，我是建筑公司的负责人，主要责任在我，是我没有把工作做好。”程大奎也自责地说道。

也许是为儿子罗大明的安危而担忧，也许是对这突如其来的悲剧感到难以接受，罗方利的眼眶里早就注满了泪水，站在那里很长时间说不出话来。沉寂了好久，他才哽咽地说道：

“梁鑫主任、春光书记、二虎总经理、大奎总经理，你们说的这些俺都明白，你们的心意俺也领了，可你们就是再难过也不如俺这个当家长的难过。你们知道吗？大明在进手术室之前，医院就下了病危通知书，并让俺们在病危通知书上签了字。也不知道能不能抢救过来，俺心里焦急呀！不是俺责怪你们。你们修温泉，建温泉度假村，俺不反对，全力支持村两委会的工作。你们让俺迁移祖坟俺迁了，让俺出劳动力俺也出了，两个儿子都在你们的工地上干活。一个大活人，早晨从家里走的时候还好好的，现在却伤成这个样子，不知是死是活。你们这安全工作是咋做的？如果大明真的有个三长两短，撇下两个孩子，大的才十几岁，小的才三岁多，你让她们孤儿寡母以后的日子咋过呀？你让俺们这白发人送黑发人，俺怎么能承受得了这个打击呀？”

听了罗方利如泣如诉的话，罗大明的妻子于彩凤忍不住失声痛哭起来。梁鑫、胡春光和沈二虎等人也心如刀绞，无言以对。他们完全理解罗大明一家人的心情，不知用啥办法去安抚一颗颗破碎的心。触景生情，梁鑫想起了自己几年前被货车撞了后住在医院里那痛不欲生的感觉，泪水也禁不住地流了出来。他掏出手帕擦了擦泪水，显得非常深沉地说道：

“方利叔，我知道您跟您们全家对我和村两委会的工作非常支持。您说得对，大明兄遭此不幸，确实是我们的工作没有做好。不过，请您放心，我马上去找医院领导，让他们把最好的医生找来，把最好的药都用上，不管花多少钱，一定要把大明兄抢救过来。”

罗方利、罗大光和于彩凤都没有再说啥。胡春光和沈二虎也没再说啥。胡春光到乡派出所报案去了，沈二虎回到了温泉开发工地，梁鑫跟程大奎则留在医院里，与罗大明的家人一起，守候在手术室外边的走廊上，等待着手术能够尽快结束，期盼着罗大明的好消息。

三十六

真是祸从天降。由于罗大明的伤势过重，不仅头部大出血，身上也多处粉碎性骨折，更为严重的是脾胃破裂，出血不止，生命垂危。他知道自己很可能闯不过这一关，知道留给自己的时间不多了。他紧紧抓住妻子于彩凤的手，喃喃地说道：

“彩凤，我恐怕是不行了，不能跟你白头到老了。结婚时跟你说好的咱们要互敬互爱，白头到老，可是我食言了。你嫁给我罗大明，没让你过几天好日子。前几年咱们村里穷，让你跟着吃了不少苦。现在日子刚刚好过了，我又要走了，真是对不住你。你还年轻，我走了以后，你就再嫁个好人家吧。两个孩子你能带就带，不能带就把他们托付给咱爸、咱妈吧。我没有别的要求，只有一事相求。就是我走了以后，每年的清明节让两个孩子到我的坟头上烧点纸、添几把土。噢，还有件事别忘了，我临离开家时答应给儿子讲故事的，你就代我把这个任务完成吧。”

看着伤痕累累的罗大明，听着他那撕心裂肺的嘱托，于彩凤的心都碎了，早就泣不成声，哭成了个泪人儿。她也紧紧抓住罗大明的手哽咽地说道：

“大明，嫁给你俺不后悔。你别胡思乱想。你不会有事的，会好起来的。我和孩子不能没有你，这个家不能没有你。我谁也不嫁，永远跟你在一起。”

罗大明叹了口气，摇了摇头，接着又时断时续、有气无力地对父亲罗方利说道：“爸，您和俺妈含辛茹苦把儿子养大，期盼儿子能够有出息，能够过上好日子；期盼着儿子能够为您们二老养老送终。可儿子让您们失望了，不能报答您们二老的养育之恩了，不能给您们二老尽孝了，请原谅儿子的不孝。您们二老的养育之恩，等儿子来世再报答吧。”

听着儿子罗大明那悲切的话语，望着他那绝望的表情，罗方利老泪纵横，木呆呆地站在那里，一句话都说不出来。

接着，罗大明又对一直守候在他身边的哥哥罗大光说道：“哥，小的时候，你没少疼俺，啥事都依着俺，有了好吃的你总是舍不得吃，都让给俺吃。有你这样的好哥哥，俺真是感到自豪，感到骄傲，下辈子你还做俺的哥哥。爸、妈拉扯咱们姐弟仨不容易，本来想跟你和姐姐一起孝敬咱爸咱妈，看来现在已经不行了，我已经没有办法为老人尽孝了。我走了以后，咱爸咱妈就只好拜托你跟姐姐照顾了，辛苦你们了。俺到那边以后会为你们祈福的。另外，还有件事想拜托哥哥，请你辛苦一下把姐姐接到医院里来吧，她可能还不知道我出事了。我好想姐姐呀！我想在临走之前再见她一面。”

罗大光走到罗大明的病床前，帮他整了整被子，强忍着泪水安慰他说道：“大明，你胡说些啥呀？你不会有事的，会好起来的。你就别再胡思乱想了，安心养伤吧。咱爸咱妈我会照顾好的，家里的事我也会帮你安排好的。你摔伤的事由于事发突然，光忙着抢救了，姐姐家里又没有电话，还没来得及告诉她。我现在就让人去陈家村跑一趟，把姐姐接过来，让她在医院里好好陪陪你。”

罗大明紧紧抓住罗大光的手绝望地说道：“哥，你就别再劝慰我了，我伤成啥样子心里清楚，你答应我，一定照顾好咱爸咱妈。”

罗大光再也忍不住了，泪水像断了线的珠子顺着脸颊淌下来。他喃喃地回应说道：“我的好弟弟，我答应你。”

罗大明跟自己的亲人交代完事之后，又对站在旁边的梁鑫和程大奎说道：

“梁主任，俺知道您是个好人，心地善良，为人厚道，年轻有为。您当村主任，是咱罗家村人的福气。自从您当了村主任，咱罗家村的人才有饭吃，有衣穿，才过上了好日子。俺也知道，这开发温泉、建温泉度假村，都是在为全村老百姓造福，可惜俺没有这个福气，洗不到温泉了，也不能跟着您们一起过好日子了。大奎经理，是您把俺招进了建筑公司，并处处关心俺，照顾俺，俺知道您对俺好。俺不怪您，是俺自己不小心摔下来的。不过，我总觉得这架杆脱落有些蹊跷。我这些日子天天在上面干活都没事，咋就会突然脱落了呢？我怀疑是有人故意搞破坏。希望能让公安局查一下，把这个搞破坏的人找出来，别让其他工友再受到伤害。”

听了罗大明的话，梁鑫百感交集，心如刀绞，眼睛湿润了。多么淳朴而善良的人，伤成这个样子了还想着别人。他不知该说啥，不知该如何安抚眼前这个即将离开人世的人。他走到罗大明病床前，满含深情和歉意地安慰罗大明说道：

“大明兄，谢谢您对我的理解。我对不住您，也对不住您们全家，是我梁鑫工作没有做好才让您受到这样的伤害。您就指责我吧，骂我吧，这样我的心里还会好受些。您一定要挺住。您会好起来的。我们还等您的伤好了以后跟我们一起创造美好的生活呢！”

也许是累了，也许是该交代的事都交代了，罗大明看了在场的人一眼，叹了口气没有再说啥，似睡非睡地闭着眼睛躺在那里。悲伤和痛苦笼罩了整个病房。病房里的每一个人都心知肚明，罗大明随时都有可能离开他们。所以，谁也没有再说话，谁也没有离开，都静静地守候在病房里。

第二天凌晨，罗大明终因伤势过重没有抢救过来，带着痛苦、带着遗憾、带着牵挂、带着眷恋走了，永远离开了这个令他向往的世界。

罗大明的死，令全村人都感到震惊。多数村民都为他遭此不幸而感到伤心难过，也有少数对开发温泉不满的村民借机煽风点火，造谣滋事，大做文章。

“我们早就说过，罗家祖坟是动不得的。看吧，这就是报应。”

“你们知道吗？咱们村自从动了罗家人的祖坟之后，到处都是‘孤魂野鬼’。这‘孤魂野鬼’附到谁的身上，谁就会大祸临头。罗大明就是让‘孤魂野鬼’附身而被阎王爷带走的。”

“这都是开发温泉破坏了凤凰山的风水造成的恶果，倒霉的首先就是咱们罗姓村民。”

“阎王爷已经发话了，要从咱们罗家村带走一百个罗姓村民，以惩罚对老祖宗的不孝。罗大明只是个开头，下一个还不知道要落到谁的头上呢。”

“梁鑫这个鳖犊子就没安什么好心。他开发温泉，其目的就是要毁掉咱们罗家人的祖坟，破坏咱们罗家人的风水，让咱们没好日子过。”

……

这谣言，传得沸沸扬扬，越传越邪乎，越传越恐怖，搅得整个罗家村人心惶惶。一些在温泉度假村工地上干活的罗姓村民都吓得辞职不干了。

事故发生后，梁鑫、沈二虎和胡春光等人都觉得这不像是一起简单的责任事故，很可能是有人蓄意破坏造成的。他们到乡派出所报案后，派出所所长何润生带人到工地出事现场勘查后得出的结论是，没有证据表明是有人蓄意破坏，这就是一起责任事故。尽管事后梁鑫和胡春光又多次跑到乡派出所和县公安局，提出了许多疑点，希望公安部门能够重新立案调查。可得到的答复是：此案已结，没有发现疑点，除非能够拿出证据来。否则，公安机关是不会再介入的。

嫉妒是万恶之源。怀有嫉妒心的人不会有丝毫的同情心。喜欢嫉妒他人的人一旦屡遭别人比他好的冲击，脆弱的道德防线很容易就会被击垮，就会完全丧失人性。罗方钊是一个嫉妒心特别强的人，沉寂了几年而又不甘失败的他又开始活跃起来，开始蠢蠢欲动。他一方面煽动那些对梁鑫和村两委会有意见或对温泉开发不满的村民到处散布谣言，在村里制造混乱局面；另一方面实施离间计，对罗大明的家人表现出了异乎寻常的关爱。他在前几年担任村主任时，根本就没把罗方利父子放在眼里，两家人虽然都姓罗，却很少有来往。罗大明事件发生后，罗方钊一反常态，不仅自己多次跑到罗方利家里问寒问暖，还送去了五百元钱的慰问金，以对罗大明遭此不幸表示哀悼。与此同时，他还让自己的哥哥罗方谦和侄子罗大江天天靠在罗大明家里，帮助料理后事。真是猫哭耗子假慈悲，黄鼠狼给鸡拜年没安好心。

在罗方钊的挑唆煽动下，本来是很平常的一起伤亡事故，开始变得复杂起来。罗大明的家人向村两委会和温泉开发公司提出了五条要求：一是要求村两委会和温泉开发公司赔款两百万元，并负责为罗大明的父母养老送终，将罗大明的两个未成年的子女抚养至十八岁；二是强烈要求村两委会和温泉开发公司立即停止对凤凰山温泉的开发，以防止悲剧再次发生；三是强烈要求追究事故责任人及村两委会和温泉开发公司相关领导的责任；四是要求村两委会的全体成员及温泉开发公司和建筑公司负责人为罗大明守灵，披麻戴孝，以告慰死者的亡灵；五是强烈要求罢免梁鑫村主任的职务，进行村两委会重新选举。如不答应这些条件，罗大明的尸体就不准火化，温泉度假村的建设就不能施工。

与此同时，罗方钊还暗中挑拨和煽动罗大明的家人和部分罗姓村民，抬着罗大明的尸体到乡里和县里去上访，给村两委会和温泉开发公司施加压力，并煽动少数村民打着“强烈要求停止温泉开发”“血债要用血来偿”等横幅，聚集在温泉度假村的工地上，阻挠施工人员施工。

梁鑫和沈二虎等人怎么也不会想到一向忠厚老实、淳朴善良的罗方利和罗大光父子会提出如此苛刻的要求，村两委会和温泉开发公司的几个负责人在事故发生后，曾多次到罗大明家里进行哀悼和慰问，并与其家人商讨如何料理罗大明的后事以及经济赔偿问题。可令他们不解的是，每次见面，罗方利和罗大光父子以及罗大明的妻子于彩凤的态度都大相径庭。有时非常通情达理，表示愿意与村两委会和温泉开发公司协商尽快处理罗大明的后事和经济赔偿问题；有时态度却又非常强硬，扬言只要不答应所提出的条件，罗大明的尸体就不能火化。但从谈话中他们听出罗家提出如此苛刻的条件，好像并不是他们的本意，似乎另有隐情。

“方利叔、大光哥、彩凤嫂子，这事故发生是我们大家都不愿意看到的。大明哥遭此不幸，我们村两委会和温泉开发公司是有责任的。特别是我这个当村主任的，又是温泉开发公司的负责人，有着不可推卸的责任。我们应该吸取这个教训，加强安全生产，确保此类事情不再发生。人死了不能复生，您们也要节哀，保重身体。关于大明哥的死，村两委会和温泉开发公司会依照国家法律和有关政策规定给予经济补偿的。不过，您们提出的这些条件，实在是令村两委会和温泉开发公司难以接受。您们这样抬着大明哥的尸体到处去上访，这不仅对死者不敬，也不是解决问题的办法。咱们还是应该坐下来好好谈谈，争取尽快把问题解决了，让死者早日入土为安。”梁鑫满含深情地劝慰说道。

“方利老兄，梁鑫主任说得对。大明的不幸不仅是你们全家人的不幸，也是咱们整个罗家村的不幸。大明这孩子是我从小看着长大的。他很孝顺、很憨厚、很能干，从小就讨人喜欢。谁想到会发生这样的事情呢？可事情已经发生了，咱们就得面对。你们的心情我完全能够理解，你们向村两委会和温泉开发公司提出经济补偿，这是情理之中的事情。但提要求不应该狮子大开口，漫天要价，更不应该提出一些无理要求。”程大孟平日跟罗方利的关系不错，年龄也差不多，说话比较随便。他毫不客气地抱怨罗方利说道。

“方利叔，温泉度假村发生这样的悲剧，主要责任在我。是我没有把公司的安全生产搞好，没有把大明兄弟照顾好，我程大奎在这里代表建筑公司向您老人家赔礼道歉。刚才，大孟书记和梁鑫主任已经说了，公司会按照国家的有关法律和有关规定赔偿经济损失的。也会考虑照顾大明家庭生活的。同时也希望您老人家不要责怪和难为大孟书记和梁鑫主任，不要听信坏人的挑拨煽动，到处去上访，这样做是解决不了问题的。”程大奎也真诚地劝慰说道。

梁鑫、程大孟和程大奎的话，句句情真意切、推心置腹，对罗方利似乎有所触动，他也觉得自己提出的这些要求有些过分。但丧子之痛的现实还是让他难以接受，他心中那团悲愤和怨恨的烈火还在熊熊燃烧，并没有意识到罗方钊等人煽动他这么做是在利用他，以达到自己的目的。他坐在那里一个劲地抽烟，一句话也不说。过了很长时间，他才带着愤懑的口气说道：

“俺不是不明事理的人。你们说的这些话俺都晓得，可这俗话说得好，养儿防老。现在是白发人送黑发人，好端端的一个大活人就这么走了，好端端的一个家就这么毁了，俺心里能好受吗？大明这一走，将来我跟老伴养老的事就全压在大光一个人身上了。再说了，大明走了，他的两个孩子咋办？大的才十几岁，小的才三岁多，彩凤又没有工作，他们娘仨今后咋生活呀？”

“俺爸说得对，事故是你们造成的，人是在你们温泉度假村死的，你们就必须承担责任，必须给俺们经济赔偿。我觉得俺们提出的这些要求一点都不过分。”坐在一旁一直没有说话的罗大光也气呼呼地插话说道。

听了罗方利和罗大光父子的这番话，梁鑫当然理解他们此时的心情。所以，他并没有生气，而是继续心平气和地解释说道：

“方利叔、大光哥，您们的心情我们当然能够理解。我们并没有推卸责任，也没有说不赔偿经济损失。为了做好事故的善后处理工作和经济赔偿问题，村两委会和温泉开发公司多次召开专题会议进行研究，并拿出了处理意见和赔偿标准，可您们就是不接受。这样拖下去也不是办法。我看这样好不好，您们不是提出让村两委会成员和温泉开发公司主要负责人为罗大明守灵、披麻戴孝吗？我既是村委会主任，又是温泉开发公司的董事长，还是大明哥的兄弟，为大明哥守灵和披麻戴孝就由我一个人全权代表好了。至于您们提出要罢免我村主任的职务，我不知道这是您们真实的愿望还是别人的意见。如果您们觉得我这个村主任当得不称职，那就等我把大明哥送走后，我辞职就是了。”

这时，坐在一旁始终没有说话的胡春光按捺不住了，显得有些气愤地说道：

“我不同意梁鑫主任的意见。我说方利叔、大光老弟，你们父子俩好糊涂啊。大明老弟出了这事谁心里都不好受，你们口口声声说提出的这些要求不过分，那我请问，你们提出让村两委成员和温泉开发公司的领导为罗大明守灵、披麻戴孝，这过不过分？大孟书记还是个长辈，哪有长辈为晚辈披麻戴孝的道理？还有，你们提出要求罢免梁鑫村主任的职务，进行村主任重新选举。梁鑫当村主任这几年，咱们罗家村变化多大呀！老百姓都有饭吃，有衣穿，有钱花了。他为村里的经济发展操碎了心。就因为一次意外的事故，你们就提出要求罢免他的村主任。你们还有良心没有？我知道，这不是你们本意，肯定是一些别有用心的人在暗中挑拨，方利叔，我说得对吗？”

胡春光的这番话，切中了罗方利和罗大光父子的要害。提出如此苛刻的条件，当然不是他们的本意。他们也不想这么做。是罗方钊在暗中挑拨，甚至成为这次村民上访的主谋。他是想借这次事件，把事情闹大，把梁鑫赶下台去。罗方利和罗大光父子通过这几天的上访，已经认识到了这个问题。虽然他们知道这么做对不住那些村两委成员和温泉开发公司的领导，尤其是对不住梁鑫，也知道这么闹下去不会解决啥问题。他们也想尽快把问题解决了，让罗大明早日入土为安。但他们已经完全被罗方钊等人利用和控制了。听了胡春光的数落和指责，罗方利既没有反驳，也没有再说啥，只是长长叹了一口气。

梁鑫和程大孟等人见工作做得差不多了，也没有再说啥，又安慰了他们几句就离开了。

这几天，乡长许茂才倒是活跃起来了，多次带着乡派出所的所长何润生和公安人员到村里来，表面上是来帮助解决问题的，实则是助纣为虐，为罗方钊等几个上访闹事者打气撑腰。他们以配合调查事故为由，下令让温泉度假村工地停工整顿，在村民上访平息之前不准开工，否则以抗法论处，追究其法律责任。

在罗方钊等人的挑拨唆使下，在许茂才的庇护支持下，罗大明事件还在继续发酵，尸体迟迟不能火化，少数村民的上访还在继续，温泉度假村被迫停工还没有恢复。

三十七

其实，罗大明悲剧的发生，完全是由罗方钊和他那个阴险狡诈、心狠手辣的侄子罗大江一手策划制造的。当初村两委会决定开发凤凰山温泉时，罗方钊就挖空心思、绞尽脑汁组织煽动部分罗姓村民极力阻挠温泉的开发。看到温泉开发即将成功，罗方钊心里非常清楚，留给他的机会已经不多了。因为温泉一旦开发成功，将给罗家村带来巨大的经济效益。梁鑫这个村主任的宝座将会坐得更加牢固，他想东山再起，重返村主任这个宝座的美梦就将彻底破灭。为此，罗方钊又开始暗中唆使他的侄子罗大江对温泉开发工地进行破坏和捣乱。

按照罗方钊的授意，罗大江经常在夜间拿着手电筒，穿着白大褂，披着长头发，伸着红红的长舌头，假扮“孤魂野鬼”，跑到温泉开发工地，恐吓那些施工人员，并在凤凰山罗姓人墓地的旧址上挖坑做新坟，坟前插上木牌。木牌上写着“梁鑫之墓”“沈二虎之墓”“胡春光之墓”等等，以此来诅咒那些他所仇视的人。与此同时，他还经常在夜深人静时，偷偷溜进施工工地，破坏工地设施，毁坏已经建好的工程。为防止破坏，两个工地都安排了夜间值班人员，加强夜间巡逻，但都无济于事，真是家贼难防。

这天晚上，罗大江又像幽灵一样，偷偷溜进了度假村施工工地，爬上施工架，把施工架上一根横杆上的固定螺丝卸掉了，然后又神不知鬼不觉地溜出了工地，从而导致了这场悲剧的发生。

当然，这一切，梁鑫和沈二虎等这些决策者们以及那些施工人员怎么也不会想到。尽管他们在事故发生后也曾提出过质疑，认为这是有人故意破坏造成的，并请公安部门到事故现场进行勘查过，但公安机关并没有采纳他们的意见，认为这是一起责任事故。

这几天，村两委会的几个成员尤其是梁鑫被搞得焦头烂额，心乱如麻。他一方面要协调处理罗大明的后事，应对那些上访者对他的责难；另一方面还要忙于处理村里的日常工作。由于罗大明家人提出的经济赔偿过高，提出的其他几个条件过于苛刻，村两委会与温泉开发有限公司多次与其协商都未达成共识，温泉度假村工地又被勒令停工，上百口子施工人员天天闲在那里无事可做，公司每天都要损失数万元。他跟程大孟、沈二虎和胡春光等人多次跑到乡政府和乡派出所，请求尽快恢复施工。但得到的答复是啥时把问题解决了，村民不去上访了，啥时就可以恢复施工。以罗方谦和罗大江为首的几个上访村民天天堵在乡政府和县信访局的大门口，要求追究事故责任人和相关领导者的责任；要求罢免梁鑫村主任的职务。这一切，都需要他去面对，去应付，去协调，去解决。

梁鑫虽然不知道制造这起事故的凶手就是罗大江，但他知道，造成这一切困境的那只幕后黑手就是罗方钊。是罗方钊等几个别有用心的人在利用罗大明事件大做文章；是罗方钊在依仗着有许茂才和杨立峰两个靠山撑腰，在向他发难，对他实施报复。他不知道自己究竟做错了什么，不明白罗方钊为何总是跟他过不去。他感到困惑和迷惘，感到愤懑和委屈。他实在是太累了，真想找一个没有人的地方好好休息几天；真想找一个能够理解他、信任他的人倾诉一下自己的苦衷。他想到了乡党委书记欧阳山。他知道在他担任村主任这几年来，欧阳山是一直关心他、支持他的。过去，村里很多难以解决的问题，都是欧阳山出面帮助协调解决的。罗大明事件发生后，梁鑫就给欧阳山打了电话，详细报告了事故发生的情况。恰逢这段时间欧阳山随县里的考察团到外地参观学习去了，乡里的日常工作由乡长许茂才主持。由于许茂才袒护罗方钊，又与梁鑫有过节，自然不会替梁鑫说话，对罗大明事件和少数村民上访做出如此处理决定也就是情理之中的事情了。

欧阳山在外地参观学习期间就听说了罗家村有少数村民上访的事情，也听说了许茂才下令让温泉度假村停工的消息。他对许茂才的这种做法极为不满，曾给他打电话，希望能够尽快协调将罗大明的尸体进行火化，让温泉度假村恢复施工，但许茂才以死者亲属工作难做为由，根本不予理睬。

欧阳山参观学习回来后，梁鑫便跑到乡里来找他，向他详细汇报了事故发生的经过以及目前所面临的困境，希望他能够尽快帮助协调解决这个问题。两人便一起来到许茂才的办公室商讨此事。

“许乡长，我认为你对罗家村少数村民上访和罗大明事件的处理有些不妥。”欧阳山有些不满地说道。

“有啥不妥的？我是为了维护大局才这么做的。”许茂才理直气壮地说道。

“罗家村温泉度假村发生这样的事故确实是一件令人心痛的事情。这说明他们的安全工作还有漏洞。作为乡党委和乡政府，应该帮助他们总结经验教训，解决问题，为他们保驾护航，有问题解决问题，而不应该去查封他们的工地，使工程无法进行，让公司蒙受更大的损失。”欧阳山谈出了自己的观点和看法。

“是啊，许乡长，您知道吗？您下令让温泉度假村停工，这一天就要损失好几万元呢。”梁鑫插话说道。

许茂才本来就对梁鑫有气，见他插话，气不打一处来，恶狠狠地瞪了他一眼，连讽带刺地说道：“我是大老粗，不会算账，公司损失多少钱我管不着。我只知道稳定压倒一切。你们施工发生事故死了人，那么多村民抬着尸体到处去上访，那么多人打着‘血债要用血来偿’的横幅堵在施工工地上，再闹出人命来咋办？我是怕矛盾激化才下令停止施工的。难道这也错了吗？”

“许乡长，你别误会，我没说你维护稳定错了。我是说你处理这件事情的方法不够妥当。我们应该帮助他们协调关系，化解矛盾。你这么做是解决不了问题的，只能助长那些上访闹事者的嚣张气焰。你下令他们在问题解决之前不允许复工。难道说那几个上访者这么闹下去，你就永远不让他们复工吗？据我了解，那几个上访者上访的目的并不是为了解决问题，而是在借罗大明事件故意挑起事端，制造矛盾。”欧阳山有些不满地道。

“欧阳书记，你这是找我兴师问罪的吗？你刚回来，并不了解实情，别光听梁鑫的一面之词，事情不像你说的那样。罗大明事件发生后，我曾带着派出所的同志到村里去给他们调解过几次，因双方在经济赔偿问题上分歧很大，始终没有达成共识，使矛盾不断激化，才导致了村民上访，咋能说不是为了解决问题呢？”许茂才有些不悦地辩解说道。

“虽然我刚回来还不完全了解事件发生的详细情况，但大概的情况我还是了解的。当然这不是梁鑫的一面之词。我也不会只听梁鑫的一面之词。那我请问，他们上访提出要求村两委和温泉开发有限公司赔偿经济损失两百万元，要求村两委成员和温泉开发有限公司的领导为死者罗大明守灵、披麻戴孝，要求罢免梁鑫村主任的职务，这是不是事实？”

“是事实，他们是提出了这些要求。”

“你不觉得他们提出这些要求太离谱、太过分了吗？”

“他们提的要求是有些高，但我并不认为过分。再说了，提啥要求那是他们的权利，采不采纳是另一回事。”

“咋不过分，你就说他们提出要求村两委成员和温泉开发有限公司的领导为死者守灵、披麻戴孝这件事吧，这难道还不过分吗？”

“他们提出这样的要求是有些过分，但我已经跟他们谈了，让他们取消这一条。”

“我听说这次少数村民上访，大都是罗姓村民，是不是有人在暗中挑拨，故意想把事情闹大？”

“这我没调查过。不过，我觉得这很正常，因为死者是罗方利的儿子，他们应该都是本家吧。况且开发温泉动了罗家人的祖坟，他们本来就对开发凤凰山温泉有意见。”

“那罗方谦父子也是罗方利的本家吗？我咋听说他们父子在这次上访中表现得最活跃、最积极？”

欧阳山从外地参观学习一回来，就到罗家村跑了一趟，对温泉开发工地发生的事故及少数村民上访的情况进行了了解，知道这次罗家村少数村民上访的主谋就是罗方钊，也知道这些年来许茂才一直在袒护罗方钊。他不想跟许茂才发生不愉快，所以就没有把这层窗户纸捅破，而是心平气和地带着商量的口气说道：

“许乡长，首先声明梁鑫今天来找我不是来告状的。他是来要求我们解除温泉度假村工地施工禁令的。我听说温泉度假村工地已经停工好几天了，施工人员都在那里闲着无事可做，可工钱还要照付，这样下去对温泉开发公司和建筑公司来说损失太大了。你看这样好不好，该由温泉公司和建筑公司承担的责任让他们承担，需要解决的问题咱们帮助他们协调解决，还是先让他们复工吧。”

梁鑫心里非常清楚许茂才这样做的目的，一方面在袒护罗方钊；另一方面是在报复他。尽管他心里非常气愤，但他懂得人在屋檐下不得不低头这个道理。知道这样僵持下去受损失的是温泉开发公司和全村的老百姓。因此，他没有再跟许茂才争辩，而是非常诚恳地说道：

“欧阳书记、许乡长，我作为村主任和温泉开发公司主要负责人，事故的发生我有不可推卸的责任，我愿意接受组织的调查处理。至于那些上访村民，提出要求罢免我村主任的职务，如果大伙觉得我这个村主任当得不称职，不让我当这个村主任，我没啥意见。我现在只有一个请求，就是希望您们二位领导能尽快把乡里做出的不让温泉度假村施工的禁令撤销了，让工地尽快恢复施工建设，以减少损失。”

许茂才早就猜到了欧阳山跟梁鑫找他的目的。所以，当欧阳山和梁鑫提出要求让温泉度假村恢复施工时，他装着很冤枉、很无奈的样子说道：

“欧阳书记，你是不是认为温泉度假村停工是我下的命令？你想错了，让温泉度假村停工的禁令不是乡里下的，是县公安局和县信访局要求我们这么做的。他们也是怕矛盾激化才这么做的。要解除这个禁令还得找他们。没有他们的同意，我们是不能随便撤销这个禁令的。”

欧阳山知道许茂才这是在故意推卸责任，踢皮球。他心里非常清楚，没有乡里的意见，县公安局和县信访局是不会做出这样的决定的。他知道再争论下去不会有啥结果，便说道：

“那好吧，咱们到县城跑一趟，跟县公安局和县信访局的领导同志沟通一下，叫他们先把禁令撤销了，让温泉度假村先复工。关于村民上访提出的问题，咱们随后再研究解决。你看这样行吗？”

“好啊，我也希望罗大明事件能尽快平息，老百姓不再去上访。不过，我今天还有件急事要办，脱不开身。你是乡党委书记，你去就行了。”许茂才皮笑肉不笑地推辞说道。

欧阳山知道许茂才是不会去的。他这么说，也不过是客套客套而已。他从许茂才的办公室里出来，便跟梁鑫直接驱车进了县城。到了县城之后，他们没去县公安局，而是先到了县信访局，找到了县信访局局长韩正义，详细了解了罗家村少数村民上访的情况。当欧阳山说明来意后，韩正义一听就笑了，说道：

“我说欧阳书记，你是真不懂还是揣着明白装糊涂啊，跑到我这里寻开心来了。你要是想让我请客就明说，何必找这样的理由呢！”

“韩局长，啥叫揣着明白装糊涂？你这话倒是把我给弄糊涂了。我今天来不是寻开心的，也不是来找你请客的，找你是有正事要办。是想让你们把罗家村温泉度假村施工工地停工的禁令给解除了。”欧阳山非常认真地说道。

“我说欧阳书记，你是真不知道还是装不知道，我们信访局的职责就是接访和督办，只负责接待人民群众的来信来访，督促案件的办理，很少插手和承办具体案件，除非有领导提出要求我们协助办理的。这几天，罗家村的确有一些村民抬着一个死者的尸体来上访过，而且闹得很凶，我还亲自接访过。可我们并没有下达过罗家村温泉度假村的停工禁令。据我了解，这个禁令应该是你们乡里自己下的吧。你跑到信访局来找我干啥？你们觉得不妥把它撤销了不就行了吗？”

欧阳山已经完全明白了这是许茂才从中搞的鬼。他没有说出自己在乡里曾跟许茂才交谈过，是许茂才告诉他停工禁令是县信访局要求这么做的。他深表歉意地说道：

“韩局长，我只知道信访局是接待群众上访的，但信访局究竟有哪些职责和权力还真不清楚。这几天我随县里的考察团到外省参观学习去了，前两天才刚回来，家里的情况还不了解，还没来得及跟茂才乡长他们沟通，这不他们罗家村的村主任就找上门来了，告诉我温泉度假村的工地出了事故被勒令停工了，让我帮助他们协调解决。我以为是你们信访局下的停工禁令，就跟他们一起向你求援来了。你说的可是实情？”

“当然是真的了。你这个当书记的亲自出马，我能骗你吗？这个禁令肯定不是我们信访局下的，你们找错门了。”韩正义笑着回答说道。

“不是信访局下的禁令，会不会是县公安局或其他部门下的禁令？”

“这我就不清楚了，你回乡里问问不就清楚了吗？不过，不管是哪个部门下禁令，都会跟乡里打招呼的。”

“那好吧，韩局长，既然不是你们信访局下的禁令，就不打扰了，我们回去了。”

“欧阳书记，刚才是跟你开了个玩笑。你这个乡党委书记难得到我们信访局来一趟。为了感谢你对我们信访局工作的支持，今天咋说也得吃了饭再走，我请客。”

“谢谢韩局长。你的好意我们心领了。我知道信访局经费紧张，就给你们省点吧。我回乡里还有事。”

韩正义见欧阳山执意要走，也没再挽留。欧阳山和梁鑫从信访局里出来，为进一步落实这个停工禁令究竟是哪个部门下的，又先后到了县公安局和县安全生产办公室。他们都说不知情。欧阳山这时完全明白了，这个停工禁令其实就是乡里下的，是许茂才一手策划和导演的。他没有想到许茂才的心胸会如此狭隘。

三十八

罗大明事件在乡党委和乡政府的协调下，经过村两委会和温泉开发有限公司与其家人多次谈判磋商，讨价还价，最终达成共识，由温泉开发有限公司向罗大明的家人赔偿经济补偿款及丧葬费六十万元，并安排罗大明的妻子于彩凤到温泉度假村上班，罗家人不再提其他要求，不再去上访。至此，这场因罗大明事件而引发的少数村民上访事件，历经近一个月的时间，终于得到了平息，画上了一个圆满的句号。温泉度假村也恢复了施工建设，罗方钊企图借此东山再起的美梦再一次破灭，罗家村的生产和生活秩序又恢复了正常。

为防止类似事件的发生，温泉洗浴中心和度假村建设两个工地都加强了安全生产和保卫措施。重新修订和完善了安全生产的各项规章制度，加强了工地的夜间巡逻。施工人员进工地施工必须进行严格的登记，凡是与施工无关人员一律不准进入施工工地。施工人员进入施工现场必须穿工作服，戴安全帽。施工之前都要对架杆进行严格检查，看是否有松动的螺丝或安全隐患。每天晚上巡逻人员都会彻夜围绕着两个工地进行巡逻，防止有人破坏捣乱。

由于两个工地都加强了安全保卫措施，从此，再也没有发生安全生产事故，再也没有“孤魂野鬼”出现。工程进展得非常顺利。经过近一年的紧张施工，“温泉洗浴中心”和“温泉度假村”的建设全部竣工。

温泉洗浴中心就在凤凰山上，通过高压水泵把温泉水抽上地面，然后通过铺设的管道送往各个温泉池。大小不一、温度不同的温泉池星罗棋布，几乎遍及整个凤凰山。既有露天温泉，也有室内温泉；既有泡温泉，也有冲浪温泉，还有桑拿浴。有些温泉还直接通过管道输送到度假村，甚至在客房的豪华套间和商务套间里不出房间便可以洗到温泉。

温泉度假村就坐落在凤凰山和蟒蛇山之间的山坳里，占地总面积六百多亩。左边是凤凰山，右边是蟒蛇山，前边不远处便是富有传奇色彩的蛤蟆湾。周边森林茂密，古树参天，鸟语花香，景色宜人。真是一个天然氧吧，也是一个旅游度假的好地方。

温泉度假村建有两个六层高的主体楼。一个取名为“迎宾楼”，另一个取名为“贵宾楼”。楼内设计装修非常讲究，古朴典雅，独具特色，设施齐全，功能完备。中央空调、卫星电视、程控电话和宽带网络等各项服务功能应有尽有。两个主体楼共有客房二百多间，既有豪华的套间和商务套间，也有豪华的单人间和普通双人间；既有能容纳六百多人的礼堂和风格迥异的会议室，也有商务中心、康乐中心和美容美发室等。餐饮更是美味可口，风味各异。既有中式餐厅，也有西式餐厅；既有粤菜、川菜风味，也有鲁菜、徽菜风味。另外，还建有游泳馆、网球馆和高尔夫球场等体育场馆。游客来到这里，不仅可以尽情地泡温泉，还可以进行体育锻炼。走进温泉度假村，首先映入眼帘的便是镶嵌在大门上方“凤凰山温泉度假村”那几个醒目的大字。尤其是晚上在霓虹灯的闪烁下，更是赫然在目。

温泉度假村的大院也是独具特色。院中不仅保留了原来的一些古树和竹林，还挖掘修建了一个足有几千平方米的人工湖。人工湖与度假村前边的蛤蟆湾相互贯穿，遥相辉映。湖中放养了许多可供人们观赏的鲤鱼和金鱼。在人工湖的中央还有一个湖心岛。岛上不仅栽满了各种树木和鲜花，还修建了一个可供人们休闲和娱乐的八角亭。并专门修建了一条栈道直接通往湖心岛。游客在茶余饭后可以到岛上休闲娱乐。

整个温泉度假村就像一幅大自然的美丽画卷，山中有水，水中有山，浑然一体，相映成趣，令人流连忘返。

温泉洗浴中心和温泉度假村的管理服务人员，都是梁鑫跟沈二虎等人在罗家村和附近的村庄精心挑选的，并把他们送到深圳进行了为期三个月的学习培训。

经过一段时间的精心准备，温泉洗浴中心和温泉度假村正式开业了。开业这一天，曾任茂丘县县委书记、现任茂岭市副市长的林海风，市旅游局局长杨方舟，县长丁忠信，县里分管旅游工作的副县长夏立本，县旅游局局长牛光辉，乡党委书记欧阳山，乡长许茂才等市、县、乡的领导都应邀参加了开业典礼。沈二虎不仅从深圳带来了一个庞大的观摩指导团，还带来了两个共有几十几个人的旅游度假团队。罗家村的秧歌队和高跷队等也前来助兴。整个凤凰山温泉洗浴中心和温泉度假村到处都是人声鼎沸，彩旗招展，鲜花簇拥，锣鼓喧天。

开业典礼就在温泉度假村的礼堂举行。由凤凰山温泉开发责任有限公司董事长梁鑫主持。他在主持中首先介绍了应邀前来出席开业典礼的市、县、乡的领导与嘉宾，并对其参加开业典礼表示感谢。宣读了祝贺单位的名单，然后便是公司副董事长兼总经理沈二虎讲话。

在这近一年的时间里，沈二虎几乎把全部的精力都用在了温泉开发和温泉度假村的建设上。虽然他的家就近在咫尺，但他很少回家，基本上是吃在工地上、住在工地上。为了两个工程的开发与建设，他冒着风险，顶着压力，费尽了心血。现在，温泉开发成功了，他当然高兴。所以，他今天显得特别开心，特别激动。在讲话之前，他首先向主席台上的领导和台下的嘉宾分别深深地鞠了一个躬，然后走到话筒前开始了他的演讲：

尊敬的各位领导、各位来宾、女士们、先生们：

借此机会，我首先代表公司的全体员工对您们能够在百忙之中拨冗参加凤凰山温泉洗浴中心和温泉度假村的开业典礼，表示热烈的欢迎和衷心的感谢！

罗家村是一个山清水秀、人杰地灵的地方。这里有着丰富的矿产资源和地下温泉资源。开发凤凰山温泉，是罗家村人多年的夙愿，也是新的村两委成员带领全村人民走上致富之路的一项重要举措。我是土生土长的罗家村人，也是“深圳虎威餐饮娱乐有限公司”的法人代表。我深深地爱着生我养我的这块土地，愿为自己的家乡做点贡献。为此，我们“虎威餐饮娱乐有限公司”与罗家村村两委会联合开发凤凰山温泉，建起了凤凰山温泉洗浴中心和温泉度假村。

凤凰山温泉能够开发成功，这得益于各级领导的关心与支持，得益于各位嘉宾和兄弟单位的帮助与支持，也得益于“虎威餐饮娱乐有限公司”与罗家村村两委会的真诚合作，更得益于全体施工人员所付出的辛勤劳动。在这里，我向所有关心和支持凤凰山温泉开发有限公司的各位领导与嘉宾道一声“谢谢”，向所有为凤凰山温泉开发和温泉度假村做出贡献的施工人员道一声“你们辛苦了”。与此同时，由于我们的安全生产工作没有做好，罗大明同志还在施工中不幸遇难，我在这里也代表“凤凰山温泉开发有限公司”向他表示深切的哀悼，并向他的家人表示亲切的慰问。

从今天开始，温泉洗浴中心和温泉度假村都即将全面向社会开放。开业之后，我们将坚持“宾客至上，服务第一”的经营理念，牢固树立宗旨意识，把服务理念贯穿各项工作的始终。不断加强对管理人员和服务人员的思想素质、业务素质和心理素质教育，增强服务意识，提高服务技能。努力把温泉洗浴中心和温泉度假村办成宾客的乐园。

随后，县旅游局局长牛光辉和乡党委书记欧阳山也分别在开业典礼上讲了话，对温泉洗浴中心和温泉度假村的开业表示祝贺。副市长林海风则做了总结讲话。他在讲话中深有感触地说道：

要不是亲眼所见，我怎么也不会相信，一个几年前还是贫穷落后、负担过重而屡屡上访，因学校教室破烂不堪，砸死砸伤多名学生，而在全省都出了名、挂了号的穷山村，竟然变成了全省闻名的富裕村。无论是经济发展还是文化建设和精神文明建设等方面，都发生了翻天覆地的变化，真是令人难以置信，令人赞叹！

前几年，我曾在报纸上看到过一篇《轮椅上的演讲》的报道，如果我没记错的话，说的就是你们罗家村现在的村主任梁鑫同志吧。我当时看了这篇报道就很受感动。有这种不畏艰险、坚忍不拔的精神，还有什么不可战胜的困难？实践证明，梁鑫同志没有辜负全村父老乡亲对他的厚望，践行了自己在竞选演讲时所做出的承诺，与其他村两委成员一起，认真贯彻落实党中央、国务院对农村的致富政策，带领全村人民闯出了一条在偏远山区如何脱贫致富的新路子。我们当干部的，尤其是领导干部，无论是什么级别，无论在什么岗位，都必须牢记全心全意为人民服务的宗旨。做到情为民所系、权为民所用、利为民所谋。只要我们牢记这一点，就没有做不好的工作，就会受到人民群众的拥护和爱戴。

大家都知道，我曾在茂丘县工作过，也曾到你们罗家村来过。不过那一次是陪省委郑廉风副书记来参加扶贫工作现场会的。当时看到你们衣不蔽体、食不果腹的艰难困苦的生活，使我感到汗颜，感到愧疚，也使我终生难忘。看到你们的变化，看到你们过上了幸福美满的生活，我真为你们的创业精神所感动，为你们所取得的骄人成绩而感到自豪，感到欣慰。

今天，我又看到你们成功开发了凤凰山温泉，建起了温泉洗浴中心和温泉度假村，为罗家村的经济发展开创了一个新的增长点，也为全市乃至全省人民提供了一个休闲娱乐的好地方。这是一件大好事。为此，我代表茂岭市人民政府向你们表示祝贺！也衷心希望你们能够继续发扬艰苦创业的精神，再接再厉，再创辉煌，把罗家村建设得更好、更美丽！

林海风的讲话，引起了全场与会人员一片热烈的掌声。他的讲话结束后，进行了隆重的剪彩仪式。八位身穿红色绣凤旗袍、亭亭玉立的姑娘，分别端着一个摆放着大红布花和剪刀的托盘，排着整齐的队伍走到主席台上。出席开业典礼的领导们为温泉洗浴中心和温泉度假村开业剪了彩。

从此，凤凰山沸腾了，温泉度假村沸腾了。一批批泡洗温泉的宾客纷至沓来，一个个前来休闲旅游度假的团队接踵而至。温泉开发的第二期工程温泉疗养院的建设以及凤凰山公园的开发也由此而拉开了帷幕。

三十九

科技是第一生产力，科技是兴国之本、兴农之本。振兴和发展农村经济，离不开科学文化知识。没有先进的科学文化知识，没有高素质的劳动者群体，就不可能有社会主义现代化的新农村。

梁鑫深深懂得科教兴农这个道理。这些年来，他不仅自己注意加强对科学文化知识的学习，参加了“工商管理”“经济管理”等函授大学的学习，还注意加强对村民的科学文化知识教育。在刚到罗家村当倒插门女婿时，他就怀着满腔的热情，联络罗家村的广大团员青年，自筹资金、自己动手创办起了农民科技夜校，向村民们传授科学文化知识和致富信息，收到了良好的效果。但好景不长，由于当时村两委会并不支持这项工作，加之办学条件简陋，管理不善，培训没有计划和目标等原因，很快就夭折下马了。虽然村里也曾荣获过乡里和县里颁发的“文化建设先进单位”和“科教兴农先进单位”等荣誉奖牌，但那都是“智能小屋”发挥的作用，徒有虚名。

这几年，随着村里经济的飞速发展和人民生活水平的不断提高，越来越显现出知识贫乏和科技落后给村里的经济发展所带来的困境，给百姓生活造成的不和谐。为此，村两委会在抓好经济工作的同时，也加强了对村民的文化教育和科技知识培训。采取走出去、请进来的办法，一方面派人到省内外一些大中专院校和科研单位进行学习深造；另一方面把一些专家学者请到村里来进行技术指导和业务培训。与此同时，梁鑫还提出了“建设文化大院、创办科技夜校、提高村民科学文化素质”的建议，得到了村两委会和村民代表大会议事会的赞同和支持。在重建了罗家村小学之后，村里又投资五百多万元，建起了文化大院和科技夜校，建起了图书馆、阅览室和文体活动中心。开设了建筑工程、机械制造、计算机应用、畜牧养殖、果疏栽培、会计金融、酒店管理和文化初级补习班、中级补习班等十几个专业和文化补习班。由程大孟担任科技夜校的党支部书记、梁鑫担任科技夜校的校长、胡春光和罗海生担任副校长，并聘请曾在村里扶贫包村的科技副乡长姜涵担任名誉校长，从社会上的大中专院校和科研单位中聘请一些教授、讲师和专家学者到夜校担任授课老师。

生活富裕了，人们的观念也变了。村民学习的热情空前高涨。不仅本村的大多数村民都根据自己的实际情况和工作需要报名参加了科技夜校的学习培训，就连那些在罗家村村办企业打工的外来务工人员也都报名参加了学习培训。村两委会对前来参加学习的人员一视同仁。无论是本村村民还是外来务工人员，全部实行免费教育，并建立了严格的规章制度和奖惩机制。凡学习成绩优异者，除给予一定的物质奖励外，还根据学员的成绩和技术特长优先安排工作，以鼓励和调动他们的学习积极性。

从此，文化大院便成了罗家村政治、经济和文化活动的中心，也成了罗家村人休闲娱乐的场所。科技夜校开学典礼这一天，整个文化大院就像过大年一样热闹。一大早，村民们就潮水般地涌进了文化大院，在各个村办企业打工的村民和各个班的学员都排着整齐的队伍列队入场。茂丘县一些主管部门以及龙潭乡党委和乡政府、各个村办企业的合作伙伴以及与罗家村关系友好的村庄，都向科技夜校发来了贺信、贺电或向科技夜校赠送了鲜花、花篮等贺礼，以表示祝贺。不少单位还派代表参加了开学典礼。县农业局、县教育局、县乡镇企业局、县科委、县民政局等县里相关部门的领导，龙潭乡党委书记欧阳山、乡长许茂才、乡党委副书记齐为民、副乡长姜涵等，都应邀出席了开学典礼。村里各个企业和各个单位还都自编自导了一些精彩的文艺节目，为开学典礼助兴。与其说是科技夜校的开学典礼，倒不如说是罗家村经济大发展，再上新台阶、再创新辉煌的动员大会。

开学典礼由村党支部书记、科技夜校党支部书记程大孟主持。当了多年村干部的程大孟过去由于村里穷，外出参加活动的机会不多，很不注意自己的衣着打扮，平日里春夏秋冬都是老一套。春秋两季总是穿一身深蓝色的中山装，夏季里上身穿一件灰色的衬衣，下身穿一条深蓝色的裤子，冬天穿一身黑色的棉衣棉裤。村里有重要活动需要抛头露面时，才舍得把当兵的儿子送给他的那件军大衣穿出来。这几年，随着生活水平的提高，他开始注意自己的形象，穿着也讲究起来，常常是西装革履。参加活动时，更是要刻意打扮一番。就是有一个习惯没有改。在讲话之前，总是习惯用他那只粗糙的大手敲打几下麦克风，以引起听众的注意。今天，他穿了一套黑褐色的皮尔·卡丹西装，脖子上打了一条咖啡色的领带，脚踏一双黑色三节头牛皮鞋，看上去还真颇有点领导的派头。只见他习惯地用手敲了敲麦克风，扯着嗓子喊道：

"请大家静一静，开学典礼马上开始。请大家静一静，开学典礼马上开始！"

程大孟这两嗓子还真管用，刚才还是人声鼎沸的会场立刻静了下来。他见会场静了下来，便宣布开学典礼开始。他首先介绍了应邀出席开学典礼的领导和嘉宾，介绍了在主席台上就座的村两委会及科技夜校的相关负责人。然后宣读了县教育局、县农业局等有关部门对科技夜校的贺词。

县教育局的贺词是：

罗家村村两委会，欣闻你们创办了农民科技夜校，这是一件利在当代、功在千秋的大好事，是实现国家提出的科教兴农战略的重大举措。为此，谨向你们表示热烈的祝贺，并祝愿你们的科技夜校办出特色，办出水平，为罗家村的经济发展培养出更多的优秀人才，使罗家村的经济发展更上一层楼、村民的文化素质再上一个新台阶，为社会主义现代化新农村建设打下坚实的基础。

茂丘县教育局

县农业局的贺词是：

罗家村科技夜校的创办，充分体现了村两委会对科技教育和文化建设的重视，体现了罗家村全体村民对学习科技知识的渴望。学校一成立就开办了近二十个适应农村经济发展的科技专业班和文化学习班，踊跃报名参加学习的村民和外来务工人员达上千人。学校还聘请了许多教授和专家学者到夜校任课，传授科学文化知识和致富信息。层次之高，规模之大，参加学习人员之多，都是空前的。

这几年，罗家村经济之所以发展这么快，成为全县新农村建设的一面旗帜，除了有党的好政策、有一个好的村两委会领导班子外，这与你们重视科学知识，重视人才，坚持走科教兴农的路子是分不开的。

我们坚信，罗家村科技夜校在龙潭乡党委和乡政府的关心支持下，在村两委会的正确领导下，会越办越好，不仅可以为全村的经济发展培养和输送更多的技术人才，为提高全体村民的文化素质和精神文明建设发挥重要作用，还可以逐渐发展成为一个为全乡甚至全县培养农村科技人才与管理人员的基地和摇篮。

茂丘县农业局

……

程大孟宣读完了县教育局和县农业局的贺词后，又宣读了县科委、县乡镇企业局等几个单位的贺信及贺词。宣读了对科技夜校表示祝贺的单位和村庄。开学典礼进行的第二项，就是村委会主任兼科技夜校校长的梁鑫讲话。

这几年，罗家村的工作，都是梁鑫领着大伙干的。村里的情况他当然了如指掌，轻车熟路；科技夜校是他倡议创办的，他当然知道办学的意义所在；村里的远景规划和发展蓝图是他跟村两委成员们一起精心设计的，也都印在了他的脑子里。所以，他今天虽然也准备了一份讲话稿，但他并没有念稿子，而是对着话筒，如数家珍、滔滔不绝地开始了他的讲话：

尊敬的各位领导、各位来宾、各位父老乡亲：

罗家村科技夜校在上级各有关部门及乡党委和乡政府的关心支持下，经过大家的共同努力，今天就要正式开学了。这是咱们罗家村的一件大喜事，也是我们贯彻落实党中央、国务院提出的科教兴农战略思想的一个重大举措。

饮水思源。我们罗家村人不会忘记，在科技夜校筹建过程中，县教育局、县农业局、县民政局、县科委以及乡党委和乡政府等许多单位都给予了大力的支持和帮助，一些领导还亲临现场指导我们的工作；我们也不会忘记，有不少大中专院校和科研单位向我们伸出援助之手，帮助我们解决了师资力量不足的问题。借此机会，我代表罗家村村两委会及科技夜校，对所有关心支持和帮助科技夜校创办的各位领导及单位，表示衷心的感谢！并对各位领导和嘉宾能在百忙中拨冗莅临开学典礼，表示热烈的欢迎！

这俗话说得好，穷则思干，穷则思变。过去，咱们罗家村是一个远近闻名的穷山区，全村村民受尽了贫穷的折磨与煎熬。这几年，在党的富民政策的指引下，在各级领导的关心支持下，经过全体村民的共同努力，咱们罗家村发生了翻天覆地的变化，告别了贫穷，过上了幸福美满的生活。村民的年人均收入由原来的几百元增加到了近万元。

近几年，我们根据罗家村的实际情况，充分发挥资源优势，不断调整产业结构，扩大生产规模，改革经营模式，先后成立了农业生产合作协会、畜牧水产养殖协会、果蔬协会和矿产协会等多个农民合作组织，实现了产供销一条龙。成立了“恒润食品有限公司”“鸿达建筑有限公司”“油脂有限公司”“商贸有限公司”和“电器农机维修有限公司”等多个生产经营项目，并与“虎威餐饮娱乐有限公司”联合开发了凤凰山温泉，建起了“温泉洗浴中心”和“温泉度假村”，目前经营形势非常好。不少外来务工人员也投入到了我们村的经济建设之中。与此同时，我们重新修建了罗家村小学，建起了幼儿园和老年公寓，实现了全村村民少有所教、老有所养。

随着经济的发展和人们生活水平的提高，我们越来越感受和体会到科技在农村经济发展中的作用，感受到加强文化建设和精神文明建设的重要性和必要性。为此，我们建起了这个文化大院，创办了科技夜校，其目的就是要为咱们罗家村的经济发展培养更多的技术人才，提高全体村民的文化素质，真正把咱们罗家村建设成为一个生产发展、生活富裕、乡村文明、村容整洁、管理民主的社会主义新农村。

为了鼓励更多的人参加学习培训，经村两委会研究决定，大家在科技夜校学习的一切费用全部免收，由村两委会出资报销。希望每个学员都能够充分认识到参加学习的重要性和必要性。珍惜这次学习机会，努力学习科学文化知识，做一个有文化、会技术、讲文明、懂礼貌的社会主义新型农民。

梁鑫的讲话虽然不长，但内容丰富实在。这些年，他用自己的实际行动赢得了村民们对他的信任和厚爱。

梁鑫讲完话后，罗大海和程海霞分别代表科技夜校的学员在开学典礼上发了言。表达了他（她）们渴求学习科学文化知识的热情和决心。

开学典礼的重头戏便是乡党委书记欧阳山的讲话。他是今天出席开学典礼级别最高的官员。当主持人程大孟宣布“下面让我们以热烈的掌声欢迎乡党委书记欧阳山讲话”时，欧阳山显得很有派头毫不客气地抓过话筒，亮开嗓子讲了起来：

同志们，今天是罗家村科技夜校开学的日子，应该说这是一个大喜的日子。有这么多人参加学习培训，又有这么多人前来参加这个开学典礼，足以说明罗家村人对科学文化知识的渴望与追求。今天，县里有很多业务部门的领导都来了，这也充分说明咱们茂丘县对科技兴农的重视。刚才，听大孟同志宣读了县教育局、县农业局、县科委等十几个单位的贺电与贺词，听了梁鑫同志代表村两委会和科技夜校的讲话，令人振奋，很受鼓舞。

科教兴农是实现农业产业化和农业现代化的必由之路。解决“三农”问题的最有效的途径就是依靠科技进步，提高农民素质。党中央、国务院历来就十分重视科教兴农工作。早在1989年12月27日国务院就做出了《关于依靠科技进步振兴农业，加强农业科技成果推广工作的决定》，把科技兴农作为振兴农业的重大战略措施。《决定》中指出：“要从根本上解决关系到国家兴衰的农业问题，科技兴农尤为重要。”1991年11月29日，党的十三届八中全会做出的《中共中央关于进一步加强农业和农村工作的决定》中也指出：“推动农业现代化，必须坚持科技教育兴农的发展战略。”开始把科教兴农作为我国的发展战略。1998年10月14日，党的十五届三中全会通过的《中共中央关于农业和农村工作若干重大问题的决定》中也指出：“实施科技兴农，农业的根本出路在科技、在教育。实现农业科教结合，加强农业技术的研究和推广，注重人才培养，把农业和农村经济增长转到依靠科技进步和提高劳动者素质的轨道上来。”党的十六大、十七大、十八大报告都提出了“加强农业科技进步”“大力发展教育和科学事业”的要求。由此可见，实施科教兴农的战略，是兴农、强农、发展农村经济的必由之路，是我们党坚定不移的方针。我们应坚定不移地实施科教兴农战略，以市场为导向，以科技为动力，以培育农村新的增长点为突破口，不断完善科教服务功能，加快科技成果向生产力转化，努力提高农民的文化素质和专业技术水平。

这几年来，罗家村村两委会十分重视对全体村民的科技教育和文化素质教育，坚持走科教兴农之路，注重对科技人才的培养和使用，注重引进各种技术人才，收到了显著的效果。现在，村里又建起了文化大院，创办了科技夜校，这对于进一步贯彻落实党中央、国务院科教兴农战略思想具有十分重要的意义。为此，我代表龙潭乡党委和乡政府，对罗家村科技夜校的成立，表示热烈的祝贺，并祝科技夜校办出特色，办出水平，为提高全体村民的科学文化水平，为推动全村乃至全乡的经济快速发展发挥更大的作用。

欧阳山的讲话结束后，便开始精彩的文艺节目演出。由各个单位自编自导的文艺节目纷纷登场献艺。

开学典礼在一片欢歌笑语中结束了。罗家村科技夜校的创办，必将对罗家村的经济发展和精神文明建设注入新的生机和活力。

四十

再说程海霞，自从父亲程大山因病去世、母亲史娅琴因缴不上提留不堪忍受清欠小分队的羞辱而含恨离开人世之后，使这个本来就不富裕的家庭更是雪上加霜，才只有十六七岁的她就辍学回家，挑起了这个家庭的重担，跟弟弟程小川相依为命。

梁鑫和罗小惠夫妻俩都是心地善良、乐善好施的人。他们非常同情程海霞的不幸遭遇，把他们姐弟俩看作自己的亲人一样。看到他们家里有啥困难，总是千方百计地去接济他们，帮助他们。程海霞遇到啥困难和问题，也总是喜欢找梁鑫和罗小惠去诉说、去求助，让梁鑫和罗小惠帮助她拿主意，想办法。程海霞成了梁鑫和罗小惠家里的常客。闲着没事的时候，她就跑去找罗小惠玩，帮助她照顾孩子，做些家务。梁鑫和罗小惠也都非常喜欢程海霞。梁鑫当了村主任之后，为了帮助程海霞解决家庭困难，便把她安排到了村里的恒润食品有限公司去上班，使她的家庭生活条件有了很大的改观。尤其是这几年村里富了，程海霞家里的生活也如同芝麻开花节节高。

程海霞非常感激梁鑫和罗小惠对她的帮助，也十分敬重他们的人品。尤其是对梁鑫，她更是打心眼里敬佩和爱戴。她觉得梁鑫不仅人长得帅气，有抱负，是她心目中崇拜的偶像。作为女人，能干的不如会嫁的。她羡慕罗小惠找了这么一个好老公，甚至渴望自己将来也能找一个像梁鑫这样的白马王子。

有道是，女大十八变，越变越好看。程海霞虽然是一个农村姑娘，但却是天生丽质。如今她已成为一个大姑娘了，更是青春靓丽，楚楚动人。苗条的身材，亭亭玉立，乌黑的秀发，高高的鼻梁，长长的睫毛，双眼皮，一双水灵灵的大眼睛闪动着幽幽的光泽，含着朴实，透着灵气，殷红亮泽的樱唇犹如带血的海棠。尤其是她那温馨而恬静的脸庞上镶嵌着的两个匀称的小酒窝，说起话来总是带着微笑。那对丰盈而坚挺的乳峰，更是令人陶醉，让男人们春心萌动，垂涎欲滴。村里有不少尚未娶媳妇的青年都想把丘比特的神箭射向她，千方百计寻找机会向她套近乎，试图打开她那情窦未开的心扉。有不少人甚至公开托媒上门求亲，而程海霞却总是婉言谢绝，说等弟弟娶了媳妇成了家，她再嫁人。

程海霞不仅人长得漂亮，而且也是一个非常勤奋酷爱学习的姑娘。由于父母双亡，家境贫寒，她失去了继续上学读书的机会，但她并没有放弃学习。村里办起了科技夜校后，她便积极报名参加了文化和技术两个班的学习。程海霞在学习中遇到不懂的问题，总是喜欢跑去找梁鑫帮助解决，有时还经常把梁鑫请到家里帮她辅导功课。

木秀于林，风必摧之。梁鑫跟程海霞两人接触多了，时间久了，加之程海霞迟迟不肯嫁人，闲言碎语和流言蜚语也开始多了起来。有人说程海霞之所以不肯嫁人，心里早就有人了；也有人说程海霞与梁鑫关系不正常，经常看到两人偷偷幽会，这孤男寡女凑到一起能干啥好事；有人说曾看到程海霞跟梁鑫去县城里一起逛商场，梁鑫给程海霞买了很多衣服和化妆品；还有人说曾亲眼看到程海霞跟梁鑫拥抱在一起偷情。

这些流言蜚语很快就传到了罗小惠的耳朵里，说得绘声绘色，有鼻子有眼，甚至连时间地点都有，使罗小惠难以置信又不得不信。她开始对程海霞冷淡疏远。当然，这一切程海霞并不知晓，一直蒙在鼓里。她像往常一样，一有时间就往梁鑫和罗小惠家里跑，梁鑫倒是没有表现出什么异常，而罗小惠却是跟过去判若两人。程海霞跟罗小惠拉呱聊天，罗小惠显得冷冰冰的，答非所问。程海霞跟罗小惠的儿子梁罗明玩，罗小惠就把儿子叫到自己的身边，不让程海霞碰她的儿子。程海霞帮助她干家务，她便把程海霞推开说不用。

单纯而善良的程海霞被罗小惠的异常举动闹蒙了，丈二和尚摸不着头脑。她不明白罗小惠为何突然对她变得如此冷淡，不知道自己究竟做错了啥事。她感到疑惑不解，感到委屈，感到伤心难过。终于有一天，她忍不住不解地问道：

“小惠姐，不知道俺哪里得罪您了？我发现这些日子您对俺特别冷淡，特别反感，似乎不欢迎俺到您家里来。您告诉俺这到底是为啥呀？”

“难道你心里还不清楚吗？还在这里明知故问。”罗小惠没好气地反驳道。

“小惠姐，俺没做对不起您跟梁鑫哥的事情呀！俺要是知道哪里做错了，就不问您了。俺究竟啥地方做错了，就请您告诉俺吧。”程海霞非常诚恳地说道。

“瞧瞧，一口一个梁鑫哥地叫，叫得多亲热呀！”

“小惠姐，这么多年俺不是一直都叫梁鑫哥吗？难道说叫错了？那您说俺该叫啥？难道说该叫梁主任？这么叫多疏远啊！”程海霞笑着解释说道。

“疏远点好，这大男大女的走得太近了可不好。”

“小惠姐，您这话啥意思？俺咋听不明白。”

“你这是揣着明白装糊涂，其实你心里比谁都清楚。海霞，我问你，这些年来我罗小惠对你咋样？”

“这还用说吗，这些年来您待俺像亲人一样，事事处处关心俺，照顾俺，保护俺，您对俺的大恩大德，俺这辈子都忘不了。”

“你知道就好，我不需要你念我的好，也不需要你报答，只希望你别忘恩负义，做对不起俺的事情就行了。”

“小惠姐，您说的这些咋叫俺越听越糊涂啊。请您把话说明白，俺究竟做了啥对不起您的事情了？”

“那好，你既然说没做对不起我的事情，那我问你，你梁鑫哥是不是经常到你家里去？你们俩是不是经常单独在一起？”

“是啊，俺文化水平低，学习上有困难，梁鑫哥经常给俺辅导功课。咋了小惠姐，这也有错吗？您觉得这样做不妥，以后俺不找梁鑫哥给辅导功课就是了。”程海霞非常坦诚地说道。

“海霞，今天就咱们两个女人，你实话告诉我，你梁鑫哥到你家里就只是帮你辅导功课，就没干别的事吗？”

程海霞很精明。她从罗小惠的表情和话语中已经听出了她质问自己和生气的原因了。她觉得既好笑，又可气。这些年来，她虽然非常崇拜和敬佩梁鑫，甚至曾经喜欢过他，暗恋过他，把他作为自己的偶像和择偶的标准。但两人都恪守了道德的底线，从未越过雷池半步，从未做男女之间那种偷鸡摸狗的事情。她终于明白了罗小惠为何如此生气，如此动怒，为何用这种态度对待她。她知道这肯定是那些不怀好意的人从中嚼舌头，制造和散布的谣言传到了罗小惠的耳朵里。她也明白那些不怀好意的人为何要这么做。无非就是要给她和梁鑫制造点桃色新闻，破坏梁鑫的家庭团结，让他不得安宁。她没有想到会给梁鑫带来如此大的伤害。她也非常理解罗小惠此时的心情。因此，她没有生罗小惠的气，而是捺着性子解释说道：

“小惠姐，请您不要相信那些谣言，不管别人咋说，也不管您是咋想的，请您相信俺。俺没做对不起您的事情。俺跟梁鑫哥是清白的。”

听了程海霞的这番表白，罗小惠将信将疑。她感到迷惘，感到困惑，不知道该相信谁。是程海霞在说谎？还是那些传言是假的？不管咋讲，听程海霞这么一说，她的心里还是宽慰了许多，那张阴云密布的脸也好看了许多。但她知道，程海霞比自己年轻漂亮，英雄难过美人关。即使梁鑫与程海霞现在没有传言中说的那种事情，两人在一起时间久了，将来早晚也会出事的。所以，她带着歉意和告诫的口气说道：

“海霞，这么说是我罗小惠冤枉你们了？我倒是真希望你们俩啥事都没发生。不过，这孤男寡女经常在一起，免不了别人说闲话。不管你们俩有没有那种事，我还是希望你以后不要再让梁鑫到你家里去了。你小惠姐也是高中毕业生，如果你在学习上有啥困难的话，可以直接来找我，我会帮你的。”

程海霞终于完全明白了罗小惠为何生气。她觉得好笑又好气，但又能够理解。所以，她没有怪罪罗小惠，而是非常爽快地答应说道：

“小惠姐，您的心情俺能够理解。真不好意思，都怪俺年轻不懂事，给您和梁鑫哥添了这么大的麻烦。以后俺注意就是了，没事尽量不让梁鑫哥到俺家里去。俺有啥问题和困难就直接来找您。”

听了程海霞的这番话，罗小惠似乎觉得不好意思。她紧紧抓住程海霞的手笑着说道：“海霞，姐相信你不是那种人。姐今天有些话说得可能重了些，请你别往心里去，不要怪罪姐姐，咱们都是女人。姐这么做也是为你好。你还年轻，还要嫁人。姐将来一定帮你找一个比梁鑫还要好的对象。”

程海霞也笑着说道：“小惠姐，俺不怪您。俺知道您是为俺好。俺听您的。”

罗小惠和程海霞两人都没再说啥，程海霞便离开了罗小惠的家。她万万没有想到自己与梁鑫的正常交往会带来如此大的麻烦。她知道自己虽然已向罗小惠解释清楚她跟梁鑫的关系是清白的，但罗小惠未必相信。人言可畏。她恨那些制造和散布谣言的人，更为梁鑫而担心。怕他为此而与罗小惠发生矛盾冲突，影响家庭团结；更怕他为此而蒙受不白之冤而受到伤害。她想把这件事告诉梁鑫，让他有个思想准备，可又不知道如何开口；她想再去找罗小惠问个明白，弄清楚是谁嚼的舌头。又怕罗小惠不肯告诉她，弄巧成拙，引起罗小惠更多的猜测与怀疑。她所能做的，就只能是远离梁鑫，还他一个清白，也还自己一个清白。

事情正如程海霞所担心的一样。尽管她一再向罗小惠表明自己与梁鑫是清白的，从未做那种偷鸡摸狗的事情，但罗小惠还是不信。而那些制造和散布桃色新闻的人不仅像小喇叭一样到处广播，而且还给罗小惠的手机上发了短信，寄去了梁鑫与程海霞偷情的照片。照片中既有程海霞跟梁鑫打情骂俏的镜头；也有程海霞跟梁鑫亲吻拥抱的镜头；甚至还有程海霞跟梁鑫在一起寻欢作乐的镜头。看着这些照片，罗小惠难以置信又不得不信。她怎么也不会想到这个为了追求爱情而甘愿当倒插门女婿、曾经深深爱着自己的丈夫会欺骗她、背叛她；怎么也不会想到自己曾经帮助和接济过的一个纯洁善良的小姑娘，竟会干出这样伤风败俗的事情来，夺走她心爱的男人。看着这些手机上的短信和照片，她爱恨交加，泪如泉涌，心都快要碎了。

四十一

俗话说，良言一句三冬暖，恶语伤人六月寒。程海霞与梁鑫的桃色事件不断升温，不断发酵。而梁鑫整天忙于村里的工作，每天晚上都是很晚才回家。这一切，他都还一直蒙在鼓里。只是他发现这段时间，家人突然变得对他特别冷淡，一家人就像躲瘟疫一样躲着他。他不管跟家里的谁打招呼，都显得非常冷淡，不愿意搭理他。甚至就连他最疼爱的儿子梁罗明见了都躲着他，不愿意跟他说话。罗小惠更是跟他打起了冷战。他想跟她说说话，罗小惠根本就不予理睬。晚上，他想跟她套套近乎，做男女之间的那种事情。罗小惠毫不客气地把他推开，并愤愤地怒斥说道："别碰我，离我远一点，找你的相好的去吧。"

梁鑫对罗小惠的这种反常表现感到莫名其妙，丈二和尚摸不着头脑。他非常生气而不解地问道："小惠，你这是咋了？为啥不要我碰你？你说让我去找相好的，我的相好的在哪里？我发现这几天家里人都怪怪的，对我特别冷淡，这到底是为啥？我究竟做错啥事了？"

心情烦躁的罗小惠并没有理会梁鑫，拽着被子把身子侧过去躺在那里生闷气。梁鑫讨了个没趣，见罗小惠不理他，心里非常窝火。这是他们两人结婚几年来从未有过的。对于罗小惠如此冷漠无情的举动，联想到这几天家里人对他的态度，他知道这里面一定有问题，不知道究竟发生了什么事情。他想弄个明白。于是，他又捺着性子心平气和地问道：

"小惠，请你告诉我，究竟发生什么事了？为啥全家人都不理我？"

罗小惠还是没有回答梁鑫的问话，一个人卷着被筒蜷缩在那里，心如刀绞，泪水禁不住像断了线的珠子顺着脸颊往下淌，继而抽泣起来。梁鑫见罗小惠哭得如此伤心，更是纳闷。不过，从罗小惠的话语和态度中，他已经嗅出了其中的味道，接着又满含深情地说道：

"小惠，咱们俩从结婚到现在都已经这么多年了。这些年来，咱们同甘苦、共患难。你跟着遭了不少罪，受了不少委屈，担了不少风险，可你从来没有抱怨过我，没有嫌弃过我。现在，风风雨雨都过去了，日子也好过了。咱们应该好好珍惜这幸福美好的生活。我知道你是一个心地善良的人，也是一个心直口快的人，以前有啥话你都跟我说，有啥事你都跟我商量。可这一次是咋的了？好像你们有事一直瞒着我。这么冷战下去别说我受不了，你们也受不了。究竟发生什么事情了？咱们是两口子，请你告诉我。就是死你也得让我死个明白吧！"

梁鑫的这番话，像打碎了醋坛子，勾起了罗小惠的心酸和怨恨。她边抽泣边愤愤地说道："你自己做的啥缺德事自己还不清楚吗？还来问我！"

看到罗小惠如此伤心和愤怒的样子，梁鑫完全被闹蒙了。他疑惑不解地问道："小惠，请你把话说清楚，我做啥缺德事了？"

罗小惠终于忍不住从炕上爬起来打开灯，从口袋里掏出了手机，又从衣柜的抽屉里找出别人寄给她的那些梁鑫与程海霞偷情的照片，扔到他的面前，气愤地说道："还说没做缺德事，你自己看吧。"

梁鑫打开罗小惠的手机，仔细看了手机上那些说他跟程海霞有不正当关系的短信，又看了那些不堪入目的照片，终于明白了罗小惠和家人生气的原因。他感到非常震惊，也非常气愤地质问道："小惠，你这些短信和照片都是从哪里来的？"

"你先别问这些短信和照片是从哪里来的，我倒是要问问你，短信上说的和这些照片是不是真的？这是不是你跟程海霞干的那些缺德事？"

"这纯粹是胡说八道。小惠，请你相信我。我跟程海霞是清白的。我梁鑫自从跟你结婚到现在，从没做对不起你的事情，也从未碰过别的女人。"梁鑫矢口否认道。

"梁鑫，你别再演戏了。我也希望这不是真的，可事实就摆在眼前，你还不承认，还在狡辩，让我咋相信你啊？"

“小惠，我不需要解释，这不是真的。身正不怕影子斜，信不信由你。这肯定是别人造的谣。现在用手机编造假短信造谣诽谤他人的事情多着呢。他们这么做的目的就是要破坏咱们这个家庭，破坏我们俩之间的关系，把我搞垮搞臭，把这个家庭拆散。我希望你一定要冷静，千万别上他们的当。”

“手机上的短信我可以不信，那这些照片可是真的吧？这不是在造谣吧？”

“照片也不是真的。我再跟你说一遍，我和程海霞真的啥事都没有。我们从没做那些见不得人的事情，请你相信我。我怀疑这些照片都是那些别有用心的人通过电脑合成的。”

“梁鑫，别演戏了。我看你这是在狡辩，是在掩饰自己的错误，照片咋能合成？你把我当成三岁的孩子了，用这种谎言来欺骗我。”

“小惠，我没有欺骗你。照片当然能够合成了。我听说现在有一种高科技，用电脑可以把人的图像进行移花接木，改头换面，制成新的图像。我怀疑这些照片是他们先在电脑里是找了一些男女之间亲吻拥抱或寻欢作乐的图像，然后再把我和程海霞的头像放进去重新组合而成。”

“世界上竟然还有这种技术，照片也能合成？你这是在蒙谁哪？”

“小惠，我咋说你才会相信？不相信你可以找懂电脑的人去问问，看看照片到底能不能合成？”

听了梁鑫的解释，联想到程海霞也矢口否认这件事，罗小惠困惑了，迷惘了。她不知道该相信谁，不知道该如何面对。难道说是梁鑫与程海霞事先订了攻守同盟，统一了口径？还是真的冤枉了他们？难道说真像梁鑫所说的是有人故意编造假信息、合成假照片，制造他们的家庭矛盾，破坏他们两人的和谐关系？她没有再说啥，也没有再理会梁鑫，一个人卷着被子蜷缩在那里熬过了一个不眠之夜。

第二天一大早，罗小惠连早饭也没吃就骑着摩托车进城了。她要去找懂电脑的人证实一下照片究竟能不能合成，看梁鑫说的是不是真的。她找到了在县城开印务公司的老同学范光辉。她知道范光辉对电脑方面的知识比较精通。

罗小惠虽然与范光辉也是同学，也曾多次到范光辉这里来过，但每次都是跟梁鑫一起来的，单独来找范光辉这还是第一次。对于罗小惠的突然到来，范光辉感到很意外，很震惊。一见面，他就开玩笑道：

“罗小惠同学，今天是不是太阳打西边出来的呀，你咋一个人跑到我这里来了呀，也不怕梁鑫知道了吃醋啊？”

“咋了，不欢迎啊？”

“欢迎，当然欢迎。既是老同学，又是大美女，主动送上门来了，哪有不欢迎的道理。”

“行了，光辉，别耍贫嘴了。我今天来找你是有事相求。”

“有啥事打个电话或叫梁鑫来就行了，还用你亲自跑。”

“这事谁也办不了，必须我自己亲自来。你先回答我这个忙你帮不帮吧？”

“你还没告诉我是啥事情，我咋回答你。”

“这事你肯定能帮上忙，就看你肯不肯帮忙了。”

虽然罗小惠还没告诉范光辉究竟发生了啥事情，但从她那怒不可遏的面容和紧张的表情上看，范光辉预感到了事情的严重性。他为罗小惠倒了一杯茶水，让她坐下，安慰说道：

“好吧，我答应你，只要能帮上忙的，我一定帮。快告诉我，究竟发生了什么事情，是不是梁鑫又遇到什么麻烦了？”

“不是梁鑫遇到麻烦，是我遇到麻烦了。”

“你遇到啥麻烦了，梁鑫不能帮你解决还来找我？”

“这事梁鑫解决不了，必须你帮忙。”

“啥事？是不是跟梁鑫闹矛盾了？”

“那好，请你回答我，这电脑能合成照片吗？”

“小惠，你咋突然问起这个问题来了？你现在也在学电脑吗？”范光辉有些不解地问道。

“你别管，只要你回答我能还是不能就行了。”

“当然能了。你问我这个问题可是找到专家了。我们搞印务工作的经常根据客户的需求从电脑上下载图片。如果对下载的图片不满意，还可以把几张图片重新进行剪辑合成一张新的图片。”

“光辉，你说的可是真的？”

“当然是真的了，我没有必要欺骗你，小惠，你问这个干啥？”

“你能演示一下我看看吗？”

“好啊，你想要啥图片告诉我。我演示给你看看。”

“随便，只要能证明电脑上的图片可以合成就行了。”

“好的，这很简单，我马上就演示给你看。”

范光辉说完，当场就打开了自己办公桌上的电脑，选择了几个图像，仅用了几分钟的时间，就重新合成了一张新的图片。

听了范光辉的介绍，看了他的演示，罗小惠那张阴云密布的脸顿时转阴为晴，绽出了欣慰的笑容，心中的愤懑顿时释然。她这才恍然大悟，才知道梁鑫说的是真话，没有欺骗她。也觉得自己很有可能是上了坏人的当，误会和冤枉了梁鑫跟程海霞。

帮助罗小惠合成完图片之后，范光辉接着又问道：“你不说要找我帮忙吗？快说吧，究竟需要我帮啥忙？”

罗小惠一听开心地笑了，说道：“你已经帮完了，谢谢你。”

“就帮这个忙呀？也太简单了吧？那你为啥还紧张兮兮的，这到底是怎么回事？”范光辉有些不解地问道。

这时，罗小惠从手提包里拿出了别人寄给她的那几张梁鑫和程海霞偷情的照片，有些不好意思地解释道：“前几天，我收到了一些关于梁鑫和程海霞偷情的短信和照片。我问他们俩，他们俩都不承认。梁鑫说这些短信是编造的，照片是通过电脑合成的，是有人在故意陷害他。我不相信他说的话，认为他在骗我，所以就跑来向你请教，看看电脑究竟能不能合成照片。现在，你已经帮我把这个谜团解开了，我就放心了。”

范光辉一听扑哧笑了，开玩笑道：“原来是这么回事呀？你刚进门时那个表情吓了我一跳。我还以为发生什么大事了呢？想不到我们的校花、大美女也遇到了挑战。”

“谁遇到挑战了？我才不怕哪。如果他们俩真的有那种关系，我就跟他离婚。”

“你舍得吗？看你刚才那样子，如果梁鑫真的跟别人好上了把你给休了，你还不得哭鼻子啊！”范光辉挖苦罗小惠道。

“光辉，你别把我说得那么没出息，没有梁鑫，我们娘俩照样过好日子。”罗小惠辩解道。

“行了，我的老同学，你别嘴硬了。你是啥样的人我还不清楚啊。”

“好了，光辉，我不跟你斗嘴了。你再帮我到移动公司和联通公司去查一下这些短信都是谁发的。”

范光辉非常理解罗小惠此时的心情，没有再跟她开玩笑，又跟她一起分别到了移动公司和联通公司，找到他的朋友，帮助她查找发短信的手机号码。查了半天也没查到机主是谁，证明发给她信息的那些手机号码并未登记。他们再拨打那几个手机号码，有的始终处于关机状态，根本就不通；有的已停机。

罗小惠终于弄清了事情的真相，证明这些短信都是编造的，照片都是合成的；也证明梁鑫和程海霞是清白的。她觉得自己真是太幼稚，太无知了，轻信别人的谣言，差一点毁了梁鑫和程海霞的名誉，毁了这个家。她越想越觉得可怕，越想越觉得惭愧，连饭都没在范光辉那里吃，跑到商场里给老人和孩子买了几件衣服，又跑到菜市场去买了一些鱼肉和青菜，就返回了村里。她亲自下厨做了一桌丰盛的饭菜，并把梁鑫早早请回了家，全家人吃了一顿团圆饭。在餐桌上，她道出了事情的真相。全家人听后都开心地笑了，冷战了多日的家庭又冰雪消融，和好如初。

晚上，罗小惠小鸟依人似的依偎在梁鑫的怀里，满含歉意而深情地说道："梁鑫，你不知道，我当时收到那些短信和照片之后，肺都快要气炸了。我以为你真的跟程海霞好了，真的背叛了我，背叛了这个家庭。请你别怪我，因为我太爱你了，我怕失去你。"

梁鑫也边抚摸着罗小惠的身子边说道："我咋会怪你呢，高兴还来不及呢。我知道你爱我，我也爱你。放心吧，我梁鑫一辈子都不会背叛你的。"

听了梁鑫的这番话，罗小惠激动得流出了泪水，娇声娇气地说道："梁鑫，你真好，我也永远爱你，以后再也不听信那些谣言了。"

罗小惠的泪水淌在了梁鑫的胸膛上。梁鑫帮罗小惠擦掉泪水，忍不住笑了。罗小惠不解地问道："梁鑫，你笑啥？"

"我是在笑你昨天晚上那个样子，让人看了真是又气又好笑，我咋劝你也不听。"

罗小惠见梁鑫揭自己的短处，捂住他的嘴说道："这不都是让你气的吗？你坏，你坏，不准你说。"

梁鑫没再说啥，紧紧抱住罗小惠，两个香舌滑进了对方的嘴里，两团熊熊的烈火在燃烧，两颗心紧紧地融在一起，一切尽在不言中。

梁鑫与罗小惠因桃色事件所引发的多日冷战，在两人的欢欲中结束了。

四十二

“黑屋子，土台子，里面坐着泥孩子。”

“泥巴房，泥巴床，泥巴囤里没有粮，光棍汉子排成行。”

“臭水沟，破草房，风天土飞扬，雨天更遭殃。”

“宁做单身女，不嫁罗家郎。”

……

这一首首民谣，便是昔日罗家村人生活的真实写照。前些年，由于经济落后，生活贫穷，罗家村人的居住条件和生活环境也非常差。整个村落布局横七竖八，杂乱无章，街道狭窄，房屋破旧，垃圾成堆。全村除了几户家庭经济条件比较好的村民建有几幢像样的瓦房外，其余的住房全部都是低矮潮湿、陈旧不堪的破茅草屋。这些破茅草屋由于年久失修，早已是伤痕累累，残墙断壁，缺胳膊少腿。有的檩条弯曲，房顶凹凸不平；有的门窗破损严重，难以遮风挡雨；有的茅草稀疏，在屋里就能看到外边的天空；有的甚至摇摇欲坠，不知何时就会倒塌。它们在暴雨中呻吟，在狂风中挣扎。每当到了夏秋涝雨季节，便是道路泥泞，满街粪便，臭气熏天。床头屋漏无干处，雨脚如麻未断绝。冬天则是百泉冻皆咽，我吟寒更彻。那些缺少御寒冬衣的村民们只能躲在破茅草屋里，一家人相互依偎蜷缩在热炕头上，抵御着寒冷的蹂躏和进攻。

这几年，随着罗家村经济的发展和村民生活水平的提高，改善居住条件和生活环境已成了全体村民的共同心愿。为实现村民的这个梦想，村两委会将旧村改造纳入了议事日程，决定对原有的村容村貌进行重新规划。他们在村民代表大会充分酝酿并请建筑专家规划设计的基础上，制定出台了一套完整的旧村改造方案。计划用三年的时间建造三百套新建住房，每年建造一百套。三年后让全村所有村民都搬进新建住房。所需费用由村两委会与村民各承担百分之五十，特困户、五保户和孤寡老人经村民代表大会审查通过后由村里全部承担。

负责旧村改造和新建住宅施工的是村里的鸿达建筑有限公司。由于资金到位，施工队伍力量雄厚，工程进展得非常顺利。第一批新建的五十套住房仅用半年的时间就完成了。

旧村改造，这本来是一项皆大欢喜的惠民工程，可万万没有想到在第一批村民搬进新建住宅之后，却因旧房拆迁问题遇到了麻烦。由于村民原来房屋的新旧程度不同、质量不同、面积大小不同，而村两委会规定每户村民只分给一套新建住房。虽然村两委会在拆迁之前曾组织相关人员对村民原有的旧房进行了评估，并给予了相应的补偿。但还是引起了那些房子多、质量好的村民们的强烈不满，认为原来的房屋评估低了，认为原来的房子多只给一套新房不公平。尽管他们已经搬进了新房，但还是拒绝拆除旧房。带头闹事的不是别人，正是罗小惠的亲二叔罗世贵和罗方钊的哥哥罗方谦，罗世贵前几年为给两个儿子娶媳妇花了几万块钱盖了八间大瓦房。而罗方谦则因前几年承包村里的塘坝发了财，为给儿子罗大江娶媳妇盖了五间新瓦房。两家都觉得跟那些只有几间破茅草屋甚至没有房子的村民享受同样的待遇吃了亏，要求多分新建住房，否则就坚决不拆除旧房。第一批搬进新建住宅的村民已经搬迁完毕，旧房的拆迁工作也基本结束，只有罗世贵和罗方谦两家的旧房子还没有拆除。村两委会和建筑公司的负责同志曾多次分别找他们两家做思想工作，希望他们能够顾全大局尽快把旧房子拆掉，以免影响旧村改造工作的正常进行。而罗世贵和罗方谦都似乎是吃了秤砣铁了心，扬言只要村两委会不答应他们的要求，就坚决不拆除旧房子。罗方谦的儿子罗大江还扬言说道：“谁要是敢动我们家的房子，就白刀子进去红刀子出来。”

为了使旧村改造工作能够正常进行下去，没有办法，村两委会只好决定对这两个钉子户进行强制拆除。

这天早饭后，建筑公司总经理程大奎首先带着拆迁队、开着铲车和推土机来到了罗方谦的家。罗方谦和罗大江父子得到消息后早就等候在那里。罗方谦手里拿着一把铁锹，罗大江手里握着一把菜刀。两人面带杀气，摆出一副要拼命的架势堵在大门口。

拆迁队的成员大都是罗家村的本村村民，对罗方谦父子的为人十分了解，知道他们都是亡命徒，啥缺德事都干得出来。望着眼前这阵势，没有人敢靠前，更没有人敢动手拆他们的房子。程大奎也知道罗方谦父子不好惹，只好走上前去心平气和地说道：

“方谦叔，真是不好意思，俺们是奉命来拆除你们家这套房子的。您看这房子里还有啥东西没有搬完，请抓紧把它收拾出来，以免弄坏了您们家的东西。如果忙不过来，我可以派人帮助您们。”

“俺们家的房子俺们自己会收拾的，用不着别人操心。看这阵势你们是来拆房子的吧？我劝你们还是赶快滚回去吧。在村两委会没有答复之前，谁也别想动这个房子。如果谁敢动俺们家的房子，可别怪俺们不客气。”罗方谦威胁道。

罗大江也一边舞弄着手里的菜刀，一边恶狠狠地说道：“俺爸说得对，谁要是敢动我们家的房子，我一定让他走着进来，躺着出去。”

看到两人如此恶劣的态度，程大奎知道如果进行强拆，双方很有可能动起手来，甚至发生流血事件。于是他仍赔着笑脸，装着不解地问道：

“方谦叔，您们家的房子村两委会不是已经评估补偿了吗？为啥不让我们拆呀？”

“房子是评估补偿了，可俺们家两套房子，凭啥只分给俺们一套新建住房？”罗方谦怒气冲冲地抱怨道。

“这次旧村改造一户分一套新建住房，这是村两委会定的，村民代表大会也通过了。”

“村两委会的这个规定不公平、不合理，应该有几套旧房就分几套新房子。他们只要不答应再分给俺们一套新房子，就甭想动俺们的旧房子。”

程大奎知道罗方谦父子这是在无理纠缠，明明已经把旧房补偿款拿到手了，却不让拆旧房子。但为了不把矛盾激化，他还是捺着性子解释道：

“方谦叔，我们建筑公司只负责拆迁工作，其他的事情我们管不了，您有啥意见和问题可以找村两委会去反映。希望您们能够配合我们的工作。”

罗方谦被说得理屈词穷，无言以对。他当然知道既然自己已经拿了村两委会给他的旧房补偿款，房子就已经不属于他了，他无权拒绝拆迁。但为了能多要一套房子，他还是胡搅蛮缠，强词夺理，又说道：

“我看你们这是吃柿子专拣软的捏，觉得我罗方谦好欺负。这第一批搬进新房子还没有拆除旧房子的也不光是俺们一家。罗世贵家的房子不是也没拆除吗？你们咋不去拆他们家的房子？不就是因为他的侄女婿梁鑫是村主任吗？如果罗方钊现在还当村主任，你们敢吗？”

“方谦叔，您别误会，我们不是这个意思，您们家和世贵叔家的房子我们都要拆。拆完您们家的就去拆他们家的。”

罗方谦在这之前曾多次与罗世贵沟通过，知道罗世贵比他怨气还大，是不会同意拆除他们的房子的。他想把皮球踢到罗世贵那里，看他如何应付。于是说道：

“那你们就先去拆他们家的房子吧，只要罗世贵同意你们拆他们家的房子，我罗方谦无话可说。”

“方谦叔，这可是您说的，只要我们拆除了世贵叔家的房子，就可以拆您们家的房子，您可不要反悔。”程大奎说道。

“我不反悔，只要你们能把罗世贵家的房子拆了，就过来拆俺们的房子，我罗方谦绝不拖后腿。”

程大奎心里非常清楚罗世贵和罗方谦这两个钉子户都不好惹。一个是现任村主任梁鑫岳父的亲弟弟，一个是原村主任罗方钊的亲哥哥。而且罗方谦的儿子罗大江还是全村出了名的“拼命三郎”。在这之前，他曾受村两委会的委托多次找他们两家谈过，希望他们能够自行把房子拆除，但两家的态度都非常强硬，最终也没谈出啥结果。没有办法，村两委会才只好下令强行拆除。到罗方谦家强拆碰了钉子，程大奎知道罗世贵家的这块骨头也不好啃。

就在程大奎带着拆迁队来到罗方谦家时，消息早就传到了罗世贵的耳朵里。他知道拆迁队肯定要到他们家里来。所以，他一方面派自己的大儿子罗大川前往罗方谦家暗中打探消息；一方面组织家人守护在自家的房子前，严阵以待，等待着拆迁队的到来。

当程大奎带着拆迁队来到罗世贵家时，罗世贵和他的妻子范爱珍以及两个儿子罗大川和罗大超早就守在那里，手持棍棒、铁锨、镰刀等器械，个个表情严肃，面带怒容。看到眼前的阵势，程大奎立刻就明白了罗世贵一家的用意，倒抽了一口冷气。但他还是故作不解地问道：

“世贵叔，您们拿着铁锨棍棒站在这里，这是准备干啥？”

“不干啥，保卫俺们的家园，防止有坏人来扒俺们的房子。大侄子，你带着这么多人、开着推土机兴师动众地跑到俺家里来干啥呀？”罗世贵也装着不解地质问程大奎道。

“世贵叔，我们今天是奉命来拆这个房子的。既然您们全家都在，那就请您们配合一下，看看房子里还有没有没搬完的东西。如果有的话，请您们赶快把它搬出来，以免拆房子时损坏了东西。”

“你们是奉谁的命令？是谁让你们来拆房子的？”罗世贵质问道。

“我们是奉村两委会的命令，是梁鑫主任让我们来的。”

程大奎把梁鑫抬了出来，觉得罗世贵肯定会给面子。这样既可以完成村两委会交办的任务，又可以避免发生矛盾冲突。

“谁让你们来的也不行。房子是我的，我说了算，其他人谁也无权处理。在村两委会没有答复之前，谁也别想拆俺们家的房子。”

程大奎没有想到罗世贵根本就不给面子，知道仅靠说服动员恐怕是解决不了问题的。看来只能进行强拆了。于是，他带着歉意地说道：

“世贵叔，您们的心情可以理解，您们的要求我们也可以帮助向村两委会反映。不过，也希望您们能够理解我们。村两委会已经给我们下达了死命令，要求我们在五天之内必须把第一批搬进新居的所有旧房拆除完毕。对不住了，这房子我们今天非拆不行，有得罪的地方还请您多多谅解。”

程大奎说完，就冲着拆迁队的人喊道：“大家过来，开始动手拆房子。”

随着程大奎一声令下，拆迁队的人冲了上去，准备动手拆房子，推土机也开始徐徐前行。

罗世贵见拆迁队的人真的要拆他们家的房子，急了，一边舞弄着手里的棍棒，一边怒不可遏地大声吼道：“谁要敢动俺们家的房子，可别怪我罗世贵手里的家伙不认人。谁要是不怕死，就过来吧。”

罗世贵的两个儿子罗大川和罗大超也迎着拆迁队冲了过来，拉开了决斗的架势。拆迁队的人见状都吓得连连后退。罗世贵的妻子范爱珍则索性躺在了推土机前面的地上，嘴里不住地喊道：

“谁想拆俺们家的房子，就从我身上轧过去。”

“婶子，您这是干啥？请您快起来把路让开。我们也是没有办法。”

程大奎跑过去试图把范爱珍搀扶起来。可不管他怎么拉怎么劝，范爱珍就是不起来，双方对峙引来了不少围观的村民，程大奎知道这样僵持下去不是办法，只好打电话向梁鑫求援。梁鑫接到电话后怕双方发生冲突难以收场，立即赶了过来。

其实，罗世贵一家对梁鑫这个倒插门侄女婿还是很敬重的。平日里家里有啥事都找他商量拿主意，梁鑫的意见他们也都能听得进去。可唯独这件事罗世贵就是想不开。虽然梁鑫曾多次找他谈过，且村里也对他们的旧房进行了评估补偿，可他总觉得自家三套房子只换了一套房子吃了亏，非坚持要三套房子不可，否则，就拒绝拆除旧房子。

梁鑫来到现场，看到眼前的情景，他一切都明白了。但他还装着不解的样子跑过来把范爱珍扶起来十分关心地问道：

“婶子，您咋躺在这里？是谁欺负您了？”

范爱珍没有想到梁鑫会来。她显得有些不好意思地说道：“侄女婿，你快给俺们做主呀，他们要扒俺们的房子。”

“叔、婶，这房子村两委会不是已经给您们补偿了吗？咋还不让拆呀？”

“房子是给补偿了，可俺们家三套房子，凭啥只分给俺们一套房子？”罗世贵气愤地说道。

“叔，这次拆迁一户只分给一套住房，这是村两委会集体研究决定的。”

“可俺不说你也知道，俺盖的这两套房子是准备给你的两个弟弟大川和大超结婚用的。村里只分给一套住房，将来他们结婚咋办？”

“叔、婶，我不是早就跟你们二老说过了吗？等我两个弟弟结婚娶媳妇的时候，村两委会会分给他们房子的。”

“话是这么说，可俺就是不放心，到时村两委会不给房子咋办？”罗世贵不无担心地说道。

“叔、婶，这您们不用担心。这次村里建房是按户头建的，没有多余的。不过村两委会已经研究过了，今后凡是咱们罗家村的村民，不管男女，只要领了结婚证想在咱们罗家村自立门户的，村里都会分给他们房子的。”

“你说的这些俺也知道，道理俺也懂，可俺就是担心。要不这样，空口无凭，你让村两委会给俺们立个字据吧。”范爱珍要求道。

“婶，难道您们连我也不相信了吗？我还能骗您们不成？”

“侄女婿，你别生气，不是俺们不相信你，是不相信村两委会。如果到那时你不当这个村主任了，政策变了咋办？”范爱珍也不无忧虑地说道。

“叔、婶，您们的担心是可以理解的。但不管您们咋想，村两委会是不可能立这个字据的。如果给您们立了字据，其他村民也提出这种要求咋办？再说了，现在第一批搬进新房子的村民都已经把原来的旧房子拆除了，只剩下您们家和罗方谦家的旧房子没有拆除，而罗方谦盯着您们，只要您们不拆，他们就不拆。你们两家不拆除，咱们村的旧村改造工程就无法进行下去。您们是小惠的亲叔叔和亲婶婶，也是我的亲人，全村的村民都盯着您们，盯着我，看我怎么处理这件事。我希望您们能够理解我，支持我的工作。”梁鑫近乎恳求地劝说道。

听了梁鑫这番推心置腹的话，罗世贵夫妇半天没有说话，但一家人仍挡在推土机的前面，没有让开的意思。围观的村民越来越多。梁鑫心里非常清楚，如果今天不能做通罗世贵一家人的工作，让他们把房子拆除掉，不仅旧村改造无法进行下去，今后他在村民中的威望和号召力也会大打折扣。他只好又捺着性子做工作说道：

“叔、婶，我知道您们担心，您们看这样好不好，先把房子拆除了。如果将来我的两个弟弟找了对象结婚时村里不分给他们房子的话，就把我跟小惠分的那套房子腾出来给他们用。”

梁鑫的这个承诺，既让罗世贵夫妇感到意外，也让他们吃了一颗定心丸，消除了顾虑。他们没有再说啥，也没有再固执己见，只好配合拆迁队把房子拆除了。

罗方谦见罗世贵的房子已经拆除，知道再抗下去也不会有啥结果，只好也乖乖地把自家的房子拆除了。

这场因房屋拆迁引发的风波平息之后，整个旧村改造工作进展非常顺利。经过三年的紧张施工，三百套设计新颖、装修精美的新建住房全部落成竣工。全村所有村民都搬进了新建住房。

这些新建住宅均为二层小楼，分上下两层，每户面积二百六十多平方米。一层是会客室、餐厅、厨房和储藏间，二层是卧室。每两户为一个楼体。楼与楼之间都有宽敞的街道，栽有树木和花草。有两条几十米宽纵横交错的柏油马路横贯整个村子。村子中间是商贸中心，村东是新建的文化大院，村西是幼儿园和老年公寓，村前还开挖了一个面积两万多平方米的人工湖，修建了一个供村民休闲娱乐的公园。

从此，罗家村人告别了黑房子、土台子，告别了低矮潮湿的茅草屋。

四十三

百善孝为先，孝乃百善之源。夫孝者，天之经，地之义，人之行，德之基也。

孝德是中华民族的传统美德，孝文化是中华民族的文化瑰宝。家庭有孝，尊老爱幼，其乐融融；单位有孝，上行下效，竭忠尽智，事业兴旺；社会有孝，人人抱有一份尊重情怀，社会便会和谐。

罗家村村两委会在加强经济建设的同时，也没有忘记加强对村民的精神文明建设。坚持两手抓，两手都硬。为弘扬孝德文化，倡导孝德精神，提高全体村民的孝德文化水平和道德素质，他们经过认真研究并经村民代表大会审议通过，决定将每年的九月九日老年节这一天作为罗家村的“孝德文化节”，每年举行一次。每次从村民中评选出十户“孝德模范家庭”和十名“孝德标兵”。

为使这项活动富有成效地开展下去，村两委会专门成立了孝德文化活动领导小组和评选办公室。由村党支部书记程大孟任组长、村党支部副书记胡春光担任副组长并兼任评选办公室主任，其领导小组成员由各生产组组长和部分村民代表大会代表组成。整个评选活动分为组织发动、个人申请、群众推荐、民主投票和组织审核五个步骤进行。

为使评选工作有章可循，评选领导小组还分别制定了“孝德模范家庭”和“孝德标兵”标准。他们制定的“孝德模范家庭”标准是：夫妻相爱，互敬互让；家庭和睦，邻里团结；热爱劳动，家务整洁；讲究礼仪，举止文明；遵纪守法，乐于助人；爱家爱国，关心国事。“孝德标兵”的标准是：尊老爱幼，孝敬父母；

品行端正，作风正派；勤俭持家，节欲知耻；爱岗敬业，诚实守信；为人谦和，礼貌待人；处事公道，不谋私利。

通过孝德文化活动的开展，村里涌现出了很多令人称颂、可歌可泣的孝德故事。

村民胡景宗已是八十多岁高龄的老人，四世同堂，德高望重，还是一个有着六十多年党龄的老党员。老人一生为人坦荡，光明磊落，爱憎分明，嫉恶如仇，生活俭朴，乐善好施。他曾先后参加过抗日战争和解放战争，在战场上立过功，受过伤，至今肋骨上还有一块弹片，在部队上还当过连长。战争结束后他就回到了家乡务农。他很多活着的战友都当了领导，有的甚至还当了大官。但他从无怨言，从没有向组织提出任何要求。前些年，孩子们曾多次提出希望他能够去找找那些老战友谋个一官半职或帮助安排个工作。可他总是非常严肃地说道："想想那些在战场上死去的战友，我这就已经是够幸福的了，咱们别给国家和组织添麻烦，当农民有啥不好的？如果大家都不想当农民，都不想种地，人们吃啥喝啥？"组织上每年发给他残废补助金，他也不舍得花，总是拿出一部分来帮助接济那些家庭特别困难的村民。村里要发展经济缺乏资金，他就把儿女们孝敬他的零花钱全部都拿出来交了集资款。在他的影响和教育下，儿女们个个都非常孝顺，待人谦和，夫妻恩爱，家庭和睦。在这次孝德评选活动中，他们家被评为"孝德模范家庭"。

村民胡春林为人忠厚老实，心地善良，不仅夫妻相亲相爱，家庭和睦，而且宽容大度，从不跟街坊邻居吵架闹矛盾。他的母亲患有严重的气管炎和肺病，长年卧床不起，尤其是到了冬天更为严重。前些年由于家庭生活困难，家境贫寒，无钱医治。老人常常是久咳不止，还时常有痰堵在嗓子眼里，憋得喘不过气来。每当遇到这种情况，胡春林都会毫不犹豫地用嘴给老人吸痰，帮助老人减轻痛苦。在家中不幸发生火灾时，他首先把老人背到安全的地方才去救火。全家人对老人也都非常孝顺，家里有啥好吃的都不舍得吃，省下来给老人吃。他的妻子刘翠凤对婆婆也是精心照顾，为老人洗脚洗脸，端饭喂药，从无怨言。老人曾多次心怀感激之情而又深感内疚地说道："唉，都是我的病拖累了你们，还不如死了好。"刘翠凤总是笑着安慰老人说道："妈，您老人家可千万别这么说，谁没有长病的时候，谁没有老的时候。再说了，孝敬老人是俺们这些当晚辈的应该做的。"在这次孝德文化活动中，他们家也被评为"孝德模范家庭"。

青年村民罗大华既聪明伶俐，勤奋好学，又非常懂事，还是一个大孝子。他从小家境贫寒，父母都有病，两个弟弟妹妹又小。每天放学回家后都要上山去挖野菜、拾柴火，还要帮助母亲做家务。星期天节假日就到责任田里帮着父亲干农活。看到父亲一个人种着十几亩地，身体又有病，罗大华于心不忍，曾多次要求退学回家帮助父亲。可父亲说啥也不同意，坚持让他上学读书，并希望他能够考上大学。罗大华不负父亲所望，学习成绩一直名列前茅，并在高中毕业后以优异成绩考上了一所名牌大学。但为了照顾生病的父母，也为了不给这个家庭增加负担，他却隐瞒了考上大学的实情，谎称自己没有发挥好高考落榜了。

收到大学录取通知书的这天晚上，罗大华几乎一夜没有合眼，泪水伴随着他度过了一个不眠之夜。他多么想走出大山，走出黄土地，走进高等学府的殿堂，去看看大山外边的世界，去实现自己的人生梦想。可当他想到每年上万元的学费和生活费，想到生病的父母无人照顾，想到含辛茹苦的父母，想到年幼的弟弟妹妹，他只好含泪放弃了上大学的念头，把大学录取通知书藏到了纸箱的书堆里。

第二天吃早饭的时候，母亲看到他红肿的眼睛、无精打采的样子，十分关切地问道：“华子（罗大华的乳名），你的脸色咋这么难看呀？是不是生病了，要不要找医生看看？”

“妈，我没病，您就放心吧。”

“没病脸色咋这么难看？”

“可能是没有休息好吧。”

“你考大学有消息了吗？”

“还没哪。”

这时，坐在一旁正在吃饭的妹妹罗小霏有些不解地问道：“哥，我咋听你们班里的同学说你已经收到大学录取通知书了呢？”

“没有啊，你别听他们瞎说，那是我一个上一级的同学从大学里给我寄来的信。我没有发挥好，可能是落榜了吧。”罗大华掩饰住内心的痛苦，矢口否认道。

“华子，别难过，没考好没关系，我知道你学习好，在家里好好复习一年，明年再去考，一定会考上的。”母亲安慰他道。

听了母亲这番话，罗大华的眼泪差一点流出来。他强忍着泪水说道：“爸、妈，我不想再考了。我想在家里照顾您们。我现在已经长大了，不想再给您们增加负担了。”

坐在一旁一直没有说话的父亲长叹了一口气，显得有些无奈地说道：“没考上也好。你就是考上了咱们家也拿不出那么多钱来供你上大学。别复习了，回来帮我干活吧，这样我也轻松轻松。”

从此，罗大华彻底放弃了上大学的梦想回到村里，天天下地帮着父亲干活。直到有一天，妹妹罗小霏到纸箱里找书看才发现了这个秘密。一家人围在一起伤心地痛哭了一场。

在这次孝德评选活动中，罗大华荣获了“孝德标兵”的荣誉称号。

村民梁桂英自从嫁到罗家村之后，就挑起了照顾这个家庭的重担。丈夫长年在外打工，两个孩子又小，婆婆因患脑血栓瘫痪在炕上不能自理。梁桂英一边要承担起繁重的家务劳动，一边还要照顾两个孩子和瘫痪在炕上的婆婆的饮食起居。她对公公婆婆就像对待自己的亲生父母一样，天天为婆婆喂饭喂药，端屎端尿，擦洗身子。婆婆病重时，她时常整夜守护在婆婆的身旁，虽然经常累得腰酸腿疼，筋疲力竭，但她从无怨言。家里有啥好吃的，她也从来都不舍得吃，总是留给公公婆婆和孩子们吃。她的公公婆婆逢人便夸她：“俺们真是娶了一个贤惠孝顺的好儿媳妇，也不知是哪辈子修的福。”每当别人夸梁桂英时，她总是笑笑说道：“这都是俺这个当儿媳妇的应该做的，只要公公婆婆满意就行。俺苦点累点没啥。”在这次孝德评选活动中，梁桂英被评为“孝德标兵”。

……

“孝德模范家庭”和“孝德标兵”评选活动结束后，村两委会召开了隆重的表彰大会。村党支部副书记、孝德文化活动领导小组副组长胡春光主持了会议。荣获“孝德模范家庭”和“孝德标兵”荣誉称号的部分代表在大会发了言，介绍了他们的孝德经验。村党支部书记、孝德文化活动领导小组组长程大孟在表彰大会结束时讲了话。他在讲话中说道：

今年是咱们罗家村开展孝德文化教育活动的第一年，也是首次评选“孝德模范家庭”和“孝德标兵”。活动开展得很成功，很有成效，达到了预期的目的。

在孝德文化教育活动期间，我们先后召开了动员大会和“孝德文化研讨会”，开展了“孝德模范家庭”和“孝德标兵”评选活动。通过组织发动、个人申请、群众推荐、民主投票和组织审核等步骤，评选出了胡景宗、胡春林、何新洲、罗方辉、沈慕林、罗世贵、马善良、钱光富、胡凯明、胡天力十个家庭为“孝德模范家庭”。韩玉霞、项天发、罗大华、梁桂英、罗大海、胡天祥、程向前、程友生、韩顺民、程大康十位同志荣获了“孝德标兵”的荣誉称号。他们当中有的虽为我国的解放事业做出过贡献，但却不居功自傲，不向组织伸手，甘愿过清贫生活，并用组织上发给他的补助金去救助那些贫困家庭；有的夫妻恩爱，家庭和睦，邻里团结，乐善好施；有的爱岗敬业，诚实守信，在平凡的工作岗位上做出了不平凡的事迹，为咱们罗家村的经济发展做出了突出贡献；有的尊师重教，不计得失，一心扑在教育事业上；有的见义勇为，敢与坏人坏事做斗争；有的孝敬父母，为了不给父母增加负担，放弃了自己梦寐以求的上大学的机会；有的任劳任怨，精心照顾瘫痪在炕的婆婆十几年如一日。他们都以实际行动为我们村树立了一个好榜样。

有句俗语说得好，鸦有反哺之义，羊有跪乳之恩。不孝父母，敬神无益。在我们国家，自古以来人们就把父母抚养子女、子女孝敬父母，看成是做人的最基本的道德，曾涌现出无数的孝德模范人物，古代二十四孝的故事流传至今。汉朝有个皇帝叫刘恒，是汉高祖刘邦的第三个儿子，为薄太后所生。他的仁孝闻名于天下，侍候母亲薄太后从不懈怠，母亲卧病在床三年，他常常整夜不睡觉，不脱衣服，守候在母亲的身旁。母亲所服的汤药，他都是亲口尝过后才放心让母亲服用。他在位二十四年，重德治，兴礼仪，注意发展农业。使西汉的社会稳定，人丁兴旺，经济得到恢复和发展，他与汉景帝的统治时期被誉为“文景之治”。

在二十四孝中还有一个芦衣顺母的故事。说的是春秋战国时期鲁国有一个叫闵损（字子骞）的人。他的生母去世得早，父亲又娶了一个老婆，生了两个儿子。继母经常虐待他。冬天，两个弟弟穿的是用棉花做的棉衣，而他的棉衣都是用芦花做的，根本无法御寒。有一天，他的父亲赶着马车出门，闵损为父亲牵马，因为天气寒冷打战，把缰绳掉在了地上，遭到父亲的斥责和鞭打，芦花随着打破的衣服飞了出来。父亲这才知道闵损受到了继母的虐待。父亲回到家后，就要休掉他的后妻。闵损跪在地上求父亲饶恕继母。说道：“留下母亲，只有我一个人受冷，休了母亲三个孩子都要挨冻。”父亲十分感动，就依了他，没有休掉他的继母。他的继母听后也悔恨知错，从此对他也像对待自己的亲生儿子一样。

这些孝德故事，感人肺腑，令人赞叹。我们建立“孝德文化节”，研究宣传孝德文化，评选“孝德模范家庭”和“孝德标兵”，就是要传承孝德文化，弘扬孝德精神，就是要在咱们罗家村形成一个人人讲孝德、人人做孝子的良好的社会风气。使年轻人都能受到良好的道德教育，使老年人都能够老有所为、老有所养、老有所亲、老有所乐。

孝德文化活动的开展，像一股沁人肺腑的暖流，浇灌了罗家村的精神文明建设和孝德之花，催生了村风的文明与和谐，使全村出现了一个乡风文明、村民和谐的良好局面。

四十四

历览前贤国与家，成由勤俭败由奢。崇尚礼仪、勤俭节约、勤俭持家，这是中华民族的传统美德。

然而，这些年来，随着我国经济的快速发展和人们物质生活水平的不断提高，讲排场、比阔气、慕虚荣、请客送礼、挥霍浪费的奢靡之风愈演愈烈，婚丧嫁娶大操大办。举办一个婚礼少则几万元、多则几十万元甚至数百万元，举行一次丧礼也要花费几万元甚至几十万元。除此之外，还有诸如“升学宴”“生日宴”“生子宴”“入伍宴”“乔迁宴”“立碑宴”等等。在一些地方的农村，甚至母猪下崽都要摆酒席，大宴宾客。一些领导干部更是借各种名目的酒宴非法敛财。

风俗之变，关系盛衰。风成于上，俗化于下。人情猛如虎。这名目繁多的各种宴请和人情债，令人目不暇接，不堪重负。城里人称其为“红色罚款单”。在一些地方的农村甚至流传着这样的民谣：“人情大于债，头顶锅来卖。”

在罗家村，村民们也曾饱受过“人情债”之苦。过去虽然村里穷，但婚丧嫁娶大操大办的陋习却非常盛行。如果村民谁家有儿子结婚娶媳妇或女儿出嫁，村里几乎所有的同姓族人都要送贺礼并大吃大喝一顿，使那些本来就不富裕的村民雪上加霜，苦不堪言。现在，罗家村富了，这种婚丧嫁娶大操大办的陋习更是甚嚣尘上。为建设文明乡村，摒弃这些陈规陋习，村两委会采取多种积极有效的措施，引导村民过文明节俭、健康向上的新生活，并成立了“罗家村红白喜事理事会”，由村委会主任梁鑫兼任理事会主任，村党支部副书记胡春光、村委会副主任罗海生兼任副主任，其成员由村里的共青团组织和妇委会领导以及部分村民代表大会代表组成。与此同时，他们还制定了红白喜事管理办法和实施细则，并向全体村民发出了《大力推进移风易俗、勤俭节约的倡议书》，逐步在全村范围内树立起了婚丧从简、厚养薄葬的乡村文明新风尚。

然而，村民们多年形成的传统观念根深蒂固，要想一下子摒弃谈何容易。这项工作一开始就遇到了阻力。秦科明与马玉芳、程二茂与钱领娣等几对新人要结婚，村两委会与红白喜事理事会商讨决定为几对新人举行一个集体婚礼，倡导文明节俭新风尚。没想到消息一传出，就立即遭到了几对新人父母的强烈反对。尤其是马玉芳的父母和钱领娣的父亲，反应最为强烈。

秦科明在罗家村驻点包村多年，亲眼目睹了罗家村这几年的发展变化。他不仅深深爱着马玉芳，也深深爱上了这块土地。他跟梁鑫一样，也准备到罗家村当倒插门女婿。他身为国家干部，受党培养教育多年，加之家庭条件又不好，当然赞成和支持村两委会和红白理事会举办集体婚礼的做法。他的父母和未婚妻马玉芳也都赞成他们参加集体婚礼。可不承想当两人把这个想法告诉了马玉芳的父亲马善良和母亲唐亚珍之后，却遭到了坚决反对。

“爸、妈，我跟玉芳商量好了，准备参加村里举办的集体婚礼。”秦科明道出了他们的想法。

“啥叫集体婚礼？”唐亚珍不解地问道。

“妈，集体婚礼您还不知道啊？就是很多准备结婚的人在一起举行婚礼。”秦科明解释道。

“自古以来结婚是单独进行的，哪有几个人凑到一起结婚的？俺从来就没听说过。那么多人在一起结婚，不就乱套了吗？”唐亚珍反对道。

“妈，您老人家真是没出过家门孤陋寡闻，现在城里有不少年轻人结婚都是由单位牵头举行集体婚礼，咋会乱套呢？”马玉芳反驳道。

“那么多人在一起举行集体婚礼，亲戚朋友送的贺礼咋收？收了贺礼归谁所有？酒席咋摆？由谁来牵头组织？谁出钱？”马善良十分关切地问道。

“爸，举行集体婚礼就不收贺礼了，也不请客摆酒席。”秦科明回答说道。

“不收贺礼？不摆酒席？”马善良惊愕地问道。

“对，村两委会举行集体婚礼的目的就是为了反对铺张浪费，倡导节俭文明的新风尚，所以就不能收贺礼，也不能摆酒席了。”秦科明又解释道。

“你们俩要参加集体婚礼，这是谁的主意？”马善良又问道。

“这是我们两个人共同商量的意见，村里的红白喜事理事会也找过我们，希望我们能够参加集体婚礼。”秦科明又回答道。

“那你爸你妈同意吗？”

“我爸妈尊重我们的选择。”

“爸、妈，科明说得对，俺们参加村里举办的集体婚礼不仅为了响应国家勤俭节约的号召，您们也就不用为操办俺们的婚事操心了。”马玉芳也附和道。

“对啥对，你一个女孩子家懂个屁，跟着瞎起哄。不管是谁的主意，反正我不同意你们参加集体婚礼。”马善良态度十分强硬地反对道。

“为啥？”秦科明跟马玉芳几乎同时异口同声地问道。

“这是为你们好。结婚是两个人一辈子的大喜事，不能太简单了，总得把亲戚朋友请到家里吃顿饭吧。如果连顿饭都不请他们吃，连杯喜酒都不请他们喝，他们咋看待我们？再说了，这些年来，亲戚朋友或街坊邻居谁家有儿子结婚或闺女出嫁，咱们家都随了份子，送了贺礼。如果你们俩结婚咱们不收他们的贺礼，岂不是亏大了吗？”马善良道出了自己反对的理由。

“芳芳（马玉芳的乳名），你爸说得对。妈就你这么一个闺女，咱们家里也有条件，咋说也得把你们的婚礼办得风光一点、排场一点，别让亲戚朋友和街坊邻居笑话。况且，你舅、你姨还有你姑他们都盼着喝你们的喜酒呢。如果你们俩结婚连喜酒都不请他们喝，他们能高兴吗？”唐亚珍也反对道。

“爸、妈，您们二老别生气。我能理解您们的心情，也知道您们都为我们好。结婚确实是两个人一辈子的大事。其实，举行婚礼不过是一种形式。婚礼搞得隆重不隆重、排场不排场并不重要，关键是两个人是否真心相爱。再说了，我作为乡里的干部，又在罗家村包过村。村两委会倡导移风易俗、婚事从简，我们应该带个好头。”秦科明非常诚恳地说道。

“不行，我知道你是一个有爱心、有孝心的人，也相信你刚才说的话。别的事情都好商量，唯独这件事没得商量。你们俩就是磨破了嘴皮子，我跟你妈也不会同意你们去参加这个集体婚礼。”马善良断然否决道。

马善良和唐亚珍老两口都非常喜欢秦科明。尤其是当秦科明决定要到他们家当倒插门女婿时，老两口更是喜得合不拢嘴。他们之所以固执己见坚决反对秦科明和马玉芳参加村里举办的集体婚礼，一方面是受传统观念的影响，觉得儿女结婚是人生大事，不请客、不摆酒席，怕亲戚朋友笑话；另一方面觉得这些年来别人家的儿女结婚，自己都随了份子，而如果自己的女儿出嫁不收贺礼就吃了亏。

秦科明和马玉芳做了半天思想工作，也没有说服两位老人。没有办法，他们只好向梁鑫求援，让梁鑫出面做两位老人的思想工作。

这天晚饭后，梁鑫来到了马玉芳的家。恰巧马善良、唐亚珍和马玉芳三人都在家里。几个人寒暄了几句之后便扯到了正题。

“叔、婶，听说村里准备让科明和玉芳参加集体婚礼，您们二老不同意？”梁鑫开门见山地问道。

“是的，我跟你婶子都不同意他们参加集体婚礼。”马善良毫不隐讳地回答道。

“这是为啥？”梁鑫故作不解地问道。

“我听说参加集体婚礼就不让收贺礼，不让摆酒席了，是这样吗？”

“是这样。咱们举行集体婚礼的目的就是为了破除婚礼大操大办的陋习，倡导文明节俭新风尚。”

“结婚是一个人一辈子的大事，过去咱们穷的时候都要摆上几桌酒席在一起庆贺庆贺。现在咱们富了却连酒席都不摆了，这让亲戚朋友咋看我们？就是不大操大办，总要把亲戚朋友请到一起吃顿饭吧？”

“可不是咋的，芳芳她舅、她姨还有她姑早就盼着来喝他们的喜酒了。”唐亚珍也插话道。

“叔、婶，您们想把科明和玉芳的婚礼办得隆重一点没有错。您们的想法和担忧我完全能够理解，不过，现在国家倡导移风易俗，勤俭节约。为了响应国家号召，村两委会和村里的红白喜事理事会还专门发出了《大力推进移风易俗、勤俭节约的倡议书》，并准备为咱们村今年结婚的几对新人举行集体婚礼。科明是乡里的干部，又在咱们村驻点包村多年，玉芳还是我的同学，希望您们能够支持他们参加集体婚礼，为全村的年轻人带个好头。至于那些盼着来喝喜酒的亲戚朋友，我想跟他们说清楚，他们会理解的。”

“爸、妈，梁鑫说得对，科明是国家干部，我又是梁鑫的同学，不应该拖村两委会的后腿。您们就答应俺们参加集体婚礼吧。俺舅、俺姨和俺姑等亲戚朋友的工作由我跟科明去做。他们不来喝喜酒，也就不用随份子了，高兴还来不及呢，不会生气的。俺跟科明已经商量好了，准备举行完集体婚礼就到北京去旅游，看看北京城、看看天安门广场、看看故宫和万里长城，到时您们也一起去。俺长这么大还没出过远门呢。”马玉芳说道。

梁鑫听后表示赞同道：“玉芳，你们这个主意不错。应该借这个机会到外边去看看，开开眼界。我在这里也告诉你们一个好消息，为了鼓励这些新婚青年参加集体婚礼，也为了对你们表示祝贺，村两委会和红白喜事理事会研究决定，为每对新人准备了五千元的红包作为贺礼。这样你们出去旅游的经费也就解决了。”

“那不参加集体婚礼的呢？”马善良非常关心地问道。

“不参加集体婚礼，当然这五千块的贺礼就不能给了。”梁鑫回答道。

也许是为梁鑫的真诚所感动，也许是怕失去那五千元钱的贺礼，也许是真的想通了，马善良沉思了半天没有说话。他与唐亚珍到外边嘀咕了一阵之后，最终还是答应让秦科明和马玉芳参加集体婚礼。

再说钱光富老汉听说女儿钱领娣和女婿程二茂准备参加村里举办的集体婚礼，气得火冒三丈，暴跳如雷，并扬言道：“不花钱就想娶媳妇，想得倒美。参加集体婚礼可以，但彩礼一分不能少，酒席一桌不能减，否则就别想结婚。”

不管程二茂和钱领娣如何解释，甚至项天发、钱招娣和梁鑫等人都出面做工作也无济于事。钱光富就是不让步，态度非常坚决。见钱光富如此固执，程二茂的父母也被激怒了，并放出话来，如果不让两个孩子参加集体婚礼就退婚。

围绕着是否参加集体婚礼，双方父母各持己见，互不相让。这样一来，可就苦了程二茂和钱领娣，不知如何是好。程二茂的母亲李桂芝看到儿子愁眉不展的样子，看在眼里，痛在心里。不仅程二茂喜欢钱领娣，她也非常喜欢这个儿媳妇。尽管她也曾放出风去如果不让两个孩子参加集体婚礼就退婚，但那不过是气话，是想逼钱光富让步。而钱光富也非常固执，根本不吃这一套。没有办法，她准备找钱光富谈一谈，说服他放弃大操大办的念头，遂了两个孩子的心愿。

这天早饭后，李桂芝来到钱光富的家。恰好钱光富与老伴夏丽萍都在家里。夏丽萍非常疼爱钱领娣，啥事都依着她，也赞成程二茂和钱领娣参加集体婚礼，无奈她当不了这个家。她知道李桂芝是为两个孩子的婚事而来的。她跟李桂芝打了个招呼就忙家务去了。

“你今天是为两个孩子的婚礼来的吧？我早就说过了，不管用啥形式结婚，彩礼一分不能少、酒席一桌不能减，同意就让他们结婚，不同意免谈。”

真的话不投机半句多，两人一见面就交上了火，还没等李桂芝开口说话，钱光富就亮出了自己的态度。

李桂芝早就料到了钱光富会这么说。所以，她并没有生气，也没接招。而是板着面孔非常严肃地说道：“我不是来跟你商量两个孩子结婚的，我是来退婚的。”

“你说啥？退婚？”钱光富似乎不相信自己的耳朵，又问道。

“是的，退婚。”李桂芝没好气地回答道。

“这是你的意见还是二茂的意见？”钱光富也有些吃惊地问道。

“这是俺们娘俩的意见。”

“二茂跟领娣马上就要结婚了，为啥要退婚？”

“俺觉得这门亲事不合适，所以才要求退婚的。”

“当初咱俩谈对象的时候快要结婚了，你却说父母不同意退了婚。现在二茂和领娣快要结婚了你又来这一套。真是有啥大人就有啥孩子，想不到你们娘俩一个德行，嫌贫爱富，喜新厌旧。”钱光富愤愤地指责道。

“你不要血口喷人好不好。你说我可以，但不能诬赖孩子。”李桂芝反驳道。

“难道我说的不是事实吗？你既然说不合适，那我请问咋不合适了？是不是因为二茂当了公司的经理成了大老板，追的女人多了，心就变了？”

“你胡说些啥呀，俺家二茂可不是那样的人。”

“那为啥要退婚？”

“这都是被你逼的。”

“你们别既想当婊子，又想立牌坊，把屎盆子往我头上扣，我啥时逼你们退婚了？”

“你是没有提出退婚，可你不让两个孩子参加集体婚礼，还扬言说彩礼一分不能少，酒席一桌不能减，不然就不让他们结婚。这不是难为孩子吗？你想过没有，二茂是公司的经理，村两委会号召婚事从简，不大操大办，他能不响应吗？可你这老倔头，孩子们咋跟你商量你都不同意，没有办法，俺只好退婚。”

李桂芝了解钱光富的脾气，知道如果直接说服他让两个孩子参加集体婚礼，钱光富肯定不会同意。所以，她来了个欲擒故纵，提出了退婚的要求。钱光富信以为真，惊出了一身冷汗。听了李桂芝的这番话，他才明白了她提出退婚的原因，那颗悬着的心也放了下来，理直气壮地辩解道：

“我这么做不也都是为了两个孩子吗。”

“你真是说的比唱的还好听，你肚子里的那个小九九谁看不出来，无非就是想借两个孩子结婚的机会多敛点贺礼，摆摆排场。你要真的为孩子们好，那就应该尊重他们的选择。”

“我并没有反对他们参加集体婚礼。我只是说参加集体婚礼可以，但亲戚朋友送的贺礼要收，酒席要摆。”

“村里举办集体婚礼的目的不就是为了倡导节俭文明新风尚，不让请客，不让收贺礼。你这么做村两委会是不会同意的。”

“我听说举行集体婚礼就是几个准备结婚的人凑在一起开个会，请领导讲讲话就算完事了，这也太简单了吧。”

“你管它简单不简单干啥，只要孩子们愿意，只要他们能够相亲相爱就行了。”

“话是这么说，可结婚毕竟是一个人一辈子的大事。谁家的孩子结婚不收点贺礼，不摆上几桌酒席，亲戚朋友凑在一起热闹热闹？前些年领娣她大姐盼弟和二姐招娣结婚的时候，家里虽然穷还摆了十几桌呢，现在咱们富了，更应该把婚礼搞得隆重一些、场面一些才对。这老祖宗定下的规矩，哪能说改就改？”

“你真是个老顽固，老祖宗定下的规矩就不能改了吗？我听二茂说现在城里有不少年轻人结婚都是举行集体婚礼。城里人都能这么做咱们为啥不能这么做？”

“你说的这个理我也懂，可我总觉得孩子结婚连酒席都不摆怕亲戚朋友笑话。”

“谁会笑话你？你以为这个喜酒他们愿意来喝呀？他们不来喝喜酒就不用随份子了，不用花钱了，高兴还来不及呢。我知道你在想啥。你放心吧，就是两个孩子参加集体婚礼，彩礼一分不会少你的。你想要贺礼也可以给你，你说个数吧，只要能让孩子们参加集体婚礼就行。”

钱光富知道李桂芝的脾气，也知道她非常疼爱自己的女儿钱领娣。他并不是为彩礼，只不过是受传统观念的影响一时想不开。听了李桂芝的数落，他无言以对，显得很无奈地说道：

“你这张嘴就是厉害，我说不过你。既然你们都同意参加集体婚礼，我再坚持也没有啥意义，那就按照你们的意见办吧。”

李桂芝见钱光富同意让程二茂和钱领娣参加集体婚礼，非常高兴地说道：“不是我的嘴厉害，是俺说的话在理。你这个老顽固终于开窍了，那我在这里就代表两个孩子谢谢你了。”

李桂芝的话音刚落，程二茂和钱领娣就出现在了他们面前。几乎异口同声地说道：“谢谢爸爸、谢谢妈妈。”

对于程二茂和钱领娣的突然出现，钱光富和李桂芝都感到非常惊讶。钱光富有些不好意思地说道：

“你们俩啥时回来的？”

“爸，俺俩早就回来了，听见您们二老在商量俺们的婚事，就没打扰您们。”钱领娣笑着回答道。

原来，当程二茂得知母亲李桂芝要去找钱领娣的父亲钱光富商量他们参加集体婚礼的事情，他知道钱光富脾气倔强认死理，不会轻易改变自己的意见。也知道母亲性情急躁得理不饶人，担心两人谈崩了难以收场，便打电话把已去上班的钱领娣叫了回来，躲在院子里偷听他们的谈话准备劝架。这才发生了刚才的那一幕。

几个人见钱光富终于同意程二茂和钱领娣参加集体婚礼，都开心地笑了。

四十五

通过做思想工作，除秦科明与马玉芳、程二茂和钱领娣外，罗大鹏与程海霞、罗大川与董玉玲、胡大禄与与杨梅香等几个新人也都报了名，准备参加村里为他们举办的集体婚礼。国庆节这一天，村两委会与红白理事会联合为这五对新人举行了集体婚礼，开创了罗家村移风易俗、婚事从简的先河。

集体婚礼是在村里新建的文化大院里的礼堂举行的。能容纳一千多人的礼堂座无虚席，不仅有五对新人的家人及亲朋好友前来为他们祝贺，还有不少村民出于好奇也都赶来凑热闹。

集体婚礼在一片欢歌笑语中拉开了帷幕。由村主任梁鑫亲自主持。他在主持中说道：

尊敬的各位来宾、女士们、先生们，大家上午好！

金秋十月，阳光明媚，金菊吐蕊，硕果飘香。这是一个收获的季节，美丽的中华大地将为爱迸发出无穷的力量，释放出万丈光芒；这是一个金色的季节，神奇的太阳之光将让美丽的传说在今日重新唱响，见证这永恒的时刻。在这惠风送爽、天赐吉祥的美好日子里，在这春华秋实的大好时光，我们罗家村迎来了秦科明与马玉芳、程二茂与钱领娣、罗大鹏与程海霞、罗大川与董玉玲、胡大禄与杨梅香这五对新人的幸福结合。前来参加今天集体婚礼的除了他们的亲朋好友外，还有村两委会和红白理事会的全体成员、各分公司的负责同志和部分村民。首先我代表这五对新人以及他们的家人对各位来宾的光临表示衷心的感谢和热烈的欢迎!

传说中每个女孩都是一个天使，她们因为爱而来到人世间。而每个女孩的诞生就注定了有一个男孩的等待。今天，我们的新郎都终于等到了他们心爱的天使，而这五位新娘也都终于等到了她们心爱的白马王子。他们穿过相爱的时光隧道，经历了激情燃烧的岁月，今天终于登上了婚礼殿堂。

现在我宣布，这五对新人的新婚庆典仪式正式开始。让我们燃起鞭炮，奏响婚礼进行曲，有请五对新人闪亮登场。

五对沐浴在幸福甜蜜之中的佳人，新郎个个身穿崭新的西装，打着红色的领带，脚蹬黑色皮鞋。新娘则个个穿着洁白的婚纱，亭亭玉立、婀娜多姿。新郎新娘在婚礼进行曲的伴奏下，在鞭炮齐鸣和来宾的欢声笑语中，肩并着肩、手牵着手、心贴着心，面带灿烂的笑容，款步走上婚礼台。

待五对新人在婚礼台依次排好后，梁鑫接着又主持说道：

珠联璧合，佳偶天成。爱是古老而永恒的话题，也是不朽的人生主题。一对对恋人在经历了似水柔情的浪漫和温馨后，终于迎来了携手共赴爱情红毯的美好时刻。此时此刻，我们的新郎个个容光焕发，神采奕奕，活力四射。而我们的新娘个个如花似玉，婀娜多姿，银装素裹，宛如仙女下凡。这俗话说得好，“有缘千里来相会”。在这茫茫人海之中，他们能够相遇、相知、相爱，直至相伴，是缘分把他们结合在了一起，是天地把他们融合得恩恩爱爱，亲密无间。

下面，我受五对新人的委托，宣读中华人民共和国民政部向他们颁发的结婚证书。

梁鑫分别宣读完了五对新人的结婚证书，并一一送到他们的手中之后，又幽默地说道：

从此，你们五对新人拥有了婚姻执照，可以合法经营了。祝你们相亲相爱早生贵子。

下面，让我们以热烈的掌声欢迎咱们村的党支部书记程大孟同志为五对新人致贺词。

也许是为了引起参加婚礼者的关注树立自己的形象，程大孟虽不是新郎，也不是新郎新娘的亲人，但他却非常注意自己的形象。在举行集体婚礼的头天下午，他还专门跑到理发店里理了个发。今天，他穿了一套崭新笔挺的中山装和一双乌黑的牛皮鞋，昂首挺胸，颇有一个领导者的风范。但见他来到婚礼台的麦克风前，习惯性地干咳了两声，便亮开那沙哑的嗓门致起了贺词。

今天，是秦科明与马玉芳、程二茂与钱领娣、罗大鹏与程海霞、罗大川与董玉玲、胡大禄与杨梅香这五对新人结婚的大喜日子。在这里，我首先代表罗家村村两委会、代表咱们村的红白喜事理事会对你们表示热烈的祝贺，并祝各位来宾身体健康，工作顺利，精神愉快，阖家欢乐！

这几年，咱们罗家村的经济有了很大的发展，百姓的生活水平有了很大的改善，精神文明建设和文化素质也有了很大的提高，人们的生活观念也发生了很大的变化。我们今天在这里为五对新人举行集体婚礼，就是要破除婚丧嫁娶大操大办的陋习，倡导移风易俗、节俭文明的新风尚。他们的精神值得我们学习，也为咱们村的年轻人树立了一个榜样。

有句俗话说得好："十年修得同船渡，百年修得共枕眠。"爱是心灵的碰撞，爱是水乳的交融。你们能走到一起，这就是缘分。在这激动人心的时刻，我衷心地祝福你们。祝你们互敬互爱，风雨同舟；祝你们爱岗敬业，努力工作，事业有成；祝你们永结同心，百年好合。同时，也希望你们能够响应国家号召，搞好计划生育；希望你们吃水不忘打井人，尊老爱幼，孝敬父母。

程大孟致完贺词后，新郎代表秦科明、新娘代表钱领娣以及五对新人的父母代表罗大鹏的父亲罗方亭分别在婚礼上致了辞。秦科明在致辞中说道：

尊敬的各位领导、各位来宾、各位亲朋好友们，大家上午好！

在罗家村工作这几年里，我目睹了这里人民的勤劳、淳朴和善良，也见证了这里的变化。为此，我不仅深深地爱着马玉芳，也深深爱上了这块土地。能融入这个大家庭，成为罗家村的一员，我感到非常高兴，也感到非常自豪。

今天，为响应乡里和村两委会提出的移风易俗、建设文明乡村的号召，我们五对新人在这里举行集体婚礼。

在这里，首先要感谢村两委会给我们提供了这么好的一个机会；感谢各位来宾和各位亲朋好友前来捧场，参加我们的婚礼；感谢这些年来党和人民对我们的教育和培养。

在这里，我们还要感谢父母的养育之恩。可怜天下父母心，可怜天下父母情。是父母含辛茹苦把我们养大成人；是父母把我们领进了婚姻殿堂。我们要道一声："爸、妈，您们辛苦了。"我们做儿女的一定不会辜负您们的期望，坦荡做人，努力工作；一定会好好孝敬您们，让您们度过一个幸福快乐的晚年。

在这里，我也代表我们五位新郎向新娘做出郑重承诺，我们将永远爱你们，做你们生命中的守护神。风雨袭来，我们是你们头上一把坚贞的雨伞；茫茫沙漠，我们是你们心灵中一条甘美的清泉；冰川雪谷，我们是你们胸中一缕温柔的春风；漫漫长夜，我们是你眸子里一颗永恒的“启明”；孤独之中，我们是你们的枝头一只分忧的百灵。总之，千言万语并着一句话，就是要和你们携手并肩，共同建设我们美好的家园，共同铸造我们人生的辉煌。

性格泼辣的钱领娣也满含深情地致辞：

科明哥真不愧为是个大秀才，喝的墨水多，说出话来一套一套的，让人听了好受感动啊！俺没念过几天书，没有多少文化，不会咬文嚼字，也不会说啥大道理。可俺懂得做人要本分，要诚实，要讲孝道。俺在这里就代表今天做新娘的几个姐妹们向各位领导、各位来宾和各位长辈们表个态。俺们结婚之后一定跟自己的丈夫好好过日子。在家里，做一个好女儿、好儿媳、好妻子、好母亲；在外边，做一个好邻居、好同志、好村民。

钱领娣的致辞虽然不多，却是真诚实在，引起在场来宾的一片热烈的掌声。罗大鹏的父亲罗方亭在致辞中说道：

今天是我儿子罗大鹏和儿媳程海霞结婚的大喜日子，也是秦科明与马玉芳、程二茂与钱领娣、罗大川与董玉玲、胡大禄与杨梅香等四对新人结婚的大喜日子。有这么多领导和父老乡亲前来参加他们的婚礼，我们感到非常高兴，非常感动。在此，我代表我们这些当父母的对各位来宾的到来表示衷心的感谢！

结婚是人生的大事，也是每个家长的大事。借着这个机会，我送给你们每对新人三句话：这第一句话就是希望你们能够相互理解，相互包容，相亲相爱，同舟共济。第二句话就是希望你们能够孝敬双方的父母。可怜天下父母心，父母为了养育你们，培养你们成人，付出了自己一生的心血和汗水。现在你们结婚了，父母也老了，希望你们能够多关心他们，常回家看看，为父母多做些事情。这第三句话就是希望你们每对新人好好学习，努力工作，以实际行动回报社会，回报父母。

最后，我代表所有新郎新娘的父母衷心祝愿你们生活美满幸福。祝各位领导和来宾身体健康，工作顺序，阖家欢乐！

新郎、新娘以及双方父母代表致完辞后，婚礼进入了高潮。主诗人梁鑫接着主持说道：

谁言寸草心，报得三春晖。父母为了儿女们的成长染白了青丝，费尽了心血。父爱像辽阔的海洋包容着我们的缺点和不足。母爱像涓涓细流无时无刻不在滋润着我们的心田。岁月可以冲洗很多往事，但父母之爱却使让我们终生铭记。慈祥的微笑，那是母亲最辉煌的乐章。父亲不再挺拔的腰板，在儿女的心中永远是最坚实的脊梁。

下面，让我们以热烈的掌声欢迎五对新人的父母闪亮登场，接受自己儿女们的拜见与祝福。

五对新人的父母在婚礼进行曲的音乐声中相继走上婚礼台，与自己的儿女们相互拥抱、相互问候，并在主持人的指挥下开始拜天地。

下面请新人们行大礼，行三拜九叩之礼。

一拜天地：一鞠躬，一拜天地之灵气，三生石上有姻缘；再鞠躬，二拜日月之精华，万物生长全靠她；三鞠躬，再拜春夏秋和冬，风调雨顺五谷丰。

二拜高堂：一鞠躬，养育之恩永远不忘，祝愿父母身体健康；再鞠躬，多福多寿安享天伦，祝愿父母夕阳温馨；三鞠躬，子孙绕膝和谐美满，祝愿父母颐养天年。

夫妻对拜：一鞠躬，夫妻恩爱永结同心，早生贵子广耀门庭；再鞠躬，同舟共济夫唱妇随，勤俭持家共创大业；三鞠躬，尊老爱幼家庭和睦，有福同享百年好合。

五对新人在梁鑫这个司仪的主持下，拜了天地拜高堂，拜了高堂夫妻对拜。拜完之后，梁鑫又接着主持说道：

百年佳偶今朝合，一世姻缘此时成。恋爱是两朵带电的彩云在空中相遇，婚姻是两个人手牵手、心贴心地在大地上行走；恋爱是五月榴花热烈地绽放，婚姻是为累累硕果奉献付出；恋爱是在理想王国里痛饮葡萄美酒，婚姻是在自己家中面对柴米油盐酱醋茶；恋爱是争取权利，婚姻是履行义务。恋爱时，家长为你们修桥补路。结婚之后，你们要为现在和未来筹划担当。昨天，你们是家中的公主与王子，父母为你们遮风挡雨。今天，你们要为自己撑起一片蓝天，为这个家园创造辉煌。今天，你们是咱们罗家村一道亮丽的风景线。明天，你们将成为建设咱们罗家村的栋梁。

在这激动人心的时刻，我代表村两委会和全村的父老乡亲，向你们献上真诚的祝福：祝你们终生相爱，风雨同舟；祝你们职场奋进，爱河泛舟，激情不减，和美厮守，早生贵子；祝你们永结同心，幸福终生。

下面我宣布，婚礼到此结束。

婚礼在一片欢歌笑语中降下了帷幕。婚礼结束之后，五对新人到村前的秀水河畔栽种了五棵像征着爱情的常青树。

四十六

却说罗方钊自从两次竞选村主任失败之后，一直不甘心，总想寻找机会东山再起，夺回他那梦寐以求的村主任的宝座。他对梁鑫更是耿耿于怀，时时处处与他作对，与新的村两委会作对，挖空心思，绞尽脑汁，破坏村里的经济发展，煽动村民的不满情绪，挑拨梁鑫与其他村两委成员之间的关系，制造梁鑫与村民之间的矛盾。策划和唆使他的侄子罗大江，先后在村里制造了多起纵火事件，致使胡春林一家无家可归；破坏塑料大棚事件，致使十几个塑料大棚毁于一旦，大棚里种植的蔬菜全部冻死，造成直接损失五十多万元；组织煽动罗姓村民拒迁祖坟，制造了迁坟闹鬼风波，阻止凤凰山温泉的开发；制造了温泉度假村安全生产事故，组织煽动部分村民群体上访；还制造了梁鑫与程海霞的“桃色新闻”，企图把梁鑫搞垮搞臭，把他赶下台去。

然而，罗方钊所做的这一切，都是螳臂当车，飞蛾扑火，自取灭亡，并没有阻挡住罗家村的经济发展，也没有离间梁鑫与村民之间的关系。与此相反，梁鑫用自己的智慧和着胆识，用汗水和着泥土，用高尚的品质和着宽广的胸怀，殚精竭虑，造福百姓，改变了自己，改变了罗家村，用自己的实际行动赢得了村民们对他的信任和爱戴，在罗家村站稳了脚跟。罗家村的村民们更加喜欢他这个倒插门女婿，更加拥护这个新的掌门人。而罗方钊则逐渐被村民憎恶、唾弃、遗忘。

常言道：宰相肚里能撑船，将军额头能跑马。尽管罗方钊一再跟梁鑫过不去，不断挑起事端，给他制造了很多麻烦，但梁鑫是一个心胸豁达的人。他不计前嫌，在村办企业中给罗方钊安排了一份比较轻松、收入丰厚的工作。可罗方钊当了多年的村主任，颐指气使为所欲为惯了，不愿屈从于他人，干了没几天就辞职不干了。跟他的侄子罗大江外出做生意又没能赚到钱，整天闲在家里无事可做，想入非非，寻衅滋事。妻子杨端芬气得说他几句，罗方钊非但不听，还把她大骂了一通，气得杨芳再也不管他了。这就更放纵了罗方钊。

现在，罗方钊虽然不是村主任了，也没有人再理会他。但他那寻花问柳、总喜欢围着女人转的恶习没有改。他曾多次去找村里那些过去跟他好过的女人，想找回过去的尊严，想重温旧梦。可没有人再理会他，没有人再愿意跟他好，不是碰软钉子，就是被骂出来。最后，他又想到了贾菊花。

这贾菊花是本村村民胡天祥的妻子。自从她嫁到罗家村之后，当时担任村主任的罗方钊见其长得漂亮，就动了邪念，整天往贾菊花家里跑，并抓住贾菊花在结婚前曾与本村一个已婚男子有出轨行为的软肋相要挟，加之当时贾菊花的丈夫胡天祥常年在外打工，一个人待在家里寂寞难耐，很快就成了罗方钊的囊中之物。两人并以房檐下挂一串红辣椒作为幽会的联络暗号。罗方钊几乎天天从贾菊花门前走过，只要看到那串红辣椒，便会跑到贾菊花家里与她偷偷幽会，寻欢作乐。后被贾菊花的丈夫胡天祥发现，用计让罗方钊仓皇出逃掉进粪堆里。贾菊花也受到了良心的谴责，从此再也没有跟罗方钊偷情幽会。罗方钊虽然事后又多次从贾菊花门前走过，期盼着能够看到那串红辣椒，但那串红辣椒再也没有挂出来。

这些年来，贾菊花再也没有跟罗方钊幽会过，有时甚至在路上见了都绕道而行。现在，她虽然已是两个孩子的母亲了，但风韵不减当年，还是那么漂亮，那么楚楚动人。繁忙的家务挡不住她青春的靓丽，黝黑的肤色挡不住她少妇的娇俏。她那婀娜娉婷的身材，那双闪动着幽幽光泽的眼睛，那对随着身体摆动而起伏摇曳的豪乳和丰润的肥臀，令人羡慕，令人心旌摇动，也令村里一些好色之徒对她垂涎欲滴，献媚讨好，试图打开她的心扉。但贾菊花始终坚守着自己的阵地，没有再红杏出墙，没有再做那些偷鸡摸狗的事情，安安分分与丈夫胡天祥一起过日子。

罗方钊对贾菊花更是贼心不死。尽管贾菊花早就不再理会他了，但他还是不甘心，还在暗恋着她。两人过去幽会偷情、寻欢作乐的情景至今还让他魂牵梦萦。这些日子，他又打起了贾菊花的主意。他时常从贾菊花的门前走过，或跑到她家的责任田里，只要看到只有贾菊花一个人在的时候，就故意找借口跟她搭讪套近乎。贾菊花早就厌倦了罗方钊，也不想再跟他有啥瓜葛，只是出于礼节，碍于面子，表面上对他还是很客气的。

其实，罗方钊这么做是在投石问路。已经好久不联系了，他不敢贸然行事。他不知道贾菊花心里是否还装着他，是否还恋着他。经过几次接触，他发现贾菊花并没有冷落他，于是便萌发了与贾菊花重温旧梦的念头。

这些日子，罗方钊一直在贾菊花家的周围徘徊窥探，想寻找机会与贾菊花再次幽会。机会终于来了。这天上午，当他看到贾菊花的丈夫和两个孩子都离开了家，又见大门敞开着，知道此时很可能只有贾菊花一个人在家。他看了看周围没有人，便像幽灵一样溜进了贾菊花的家。

罗方钊估计得没有错，贾菊花的丈夫和孩子走后，贾菊花正在家里忙着刷锅洗碗收拾家务。对罗方钊的突然到来，她感到十分惊愕和不安。她非常了解罗方钊的为人，知道他满肚子坏水，见了女人拉不动腿。但出于礼貌，她还是很客气地跟他打招呼，故作不解地问道：

"方钊叔，你咋来了？"

"咋了？菊花，不欢迎啊？"

"欢迎，哪能不欢迎。您是咱们村的大干部，谁敢不欢迎啊！"贾菊花连讽带刺地挖苦道。

"菊花，你说这话是啥意思？这不是分明在挖苦我吗？"

"谁挖苦您了，难道俺说的不是事实吗？"

"当然不是事实，你这分明是在挖苦我。你明明知道我现在不是什么村干部了，还说我是村里的大干部，不是在挖苦我又是啥？唉，凤凰落地不如鸡，这年头人都是势利眼，谁还会理会我这个落马的村干部？你该不是那种人吧？"罗方钊试探着问道。

"哪能啊，您当不当村干部跟俺有啥关系，俺可不是那种攀附权贵的人。"

"菊花，我就知道你不是那种势利小人，要不然我也不会来找你。"罗方钊用一双色迷迷的眼睛看着贾菊花恭维道。

贾菊花知道罗方钊这是在跟她套近乎，也知道他到家里来是黄鼠狼给鸡拜年，没安啥好心。她不想跟他纠缠，也不想得罪他。所以，她一直站在屋门口没让罗方钊进屋，显得很有礼貌地问道：

“方钊叔，你到家里来找俺有事吗。”

罗方钊看透了贾菊花的心思。他没有回答贾菊花的问话，有些不悦地高声说道：

“咋了，菊花，不欢迎啊。如果不欢迎我就走。哪有你这样待客的，把客人晾在院子里，连屋都不让进。”

贾菊花见罗方钊嗓门这么大，怕让左邻右舍听到了嚼舌头，只好很不情愿地闪开身子，让罗方钊进了屋里。接着又问道：“方钊叔，您到底找俺有啥事？说吧。”

“也没啥事，前两天给你买了一个小礼物，今天正好从你家门口路过，就给你送过来了。”罗方钊皮笑肉不笑地说道。说完，便从衣服口袋里掏出一个包装非常精致的小方盒递到了贾菊花的面前。

贾菊花并没有去接罗方钊送给她的礼物，她看了一眼那个小方盒，有些好奇地问道：“啥礼物呀。”

“是你最喜欢的化妆品，听说还是名牌呢，听推销人员说，如果经常用这个化妆品，可以永葆青春，让你永远年轻，永远这么漂亮。”罗方钊显得有些得意地说道。

“方钊叔，千万别听那些推销人员的鬼话，人怎么可能不老呢。不过，俺还是要谢谢您的好意。俺不需要，您拿回去给俺婶子用吧。”贾菊花婉言谢绝道。

“菊花，我知道你喜欢化妆品，这是专门为你买的，你就收下吧。你婶子用这个不合适。她一个老太婆，人老珠黄，就像是老黄瓜涂绿漆，再好的化妆品对她来说也没啥用。再说，她也从来就不用化妆品。”

“方钊叔，俺过去是喜欢化妆品，这女孩子谁不爱美。可俺现在有孩子了，整天忙孩子、忙家务，谁还有那份闲心打扮？俺确实用不着，您还是把它拿回去吧。如果俺婶子用不着，您就给您家俺小妹妹用吧。”

“孩子需要啥化妆品，她自己会买的，不用我操心。菊花，既然我已经给你买了，你就收下吧。”罗方钊边说边把化妆品往贾菊花的手里塞。

“方钊叔，俺真的不需要，您把它拿回去吧。”

不管罗方钊咋说，贾菊花始终没有接受他送给她的那盒化妆品。其实，贾菊花非常喜欢化妆品。她特别注意自己的形象，从小就喜欢打扮，不管是在结婚前还是结婚之后，就是家务再忙，每天早晨起来后都要梳洗打扮一番。罗方钊也知道贾菊花爱打扮的习惯，两人过去偷情时，罗方钊经常跑到县城的商场里为她买化妆品，以取得她的欢心。每当看到化妆品，贾菊花都会显得非常开心，非常高兴。罗方钊十分了解贾菊花。这次又给她买化妆品，无非是想跟她重温旧梦。贾菊花当然也知道罗方钊的心思。她不想再跟他来往，更不想再跟他保持过去那种不正当的关系。

罗方钊见贾菊花不肯接受他的礼物，感到非常失望。他手里拿着那盒化妆品，木呆呆地站在那里，总也不肯离去。而那双贪婪的眼睛却始终紧紧盯着贾菊花胸前高高隆起的地方，直把贾菊花盯得心里发毛，忐忑不安。她板起面孔非常严肃地说道：

“方钊叔，您还有事吗？如果没啥事的话，就请赶快走吧，这村里人多嘴杂，天祥和孩子都不在家，让街坊邻居看到了会说闲话的。”

罗方钊没有想到热脸贴到了冷屁股上，讨了个没趣，刚一进门贾菊花就撵他走，心里极为不爽，非常生气地说道：

“咋了，菊花，难道你现在就这么讨厌我吗？我这刚一进门你就下逐客令，也忒不近人情了吧。以前我经常到家里来，你也不怕别人嚼舌头、说闲话。难道你一点都不念旧情了吗？我原以为你是一个有情有义的人，没想到你竟然这么薄情寡义，这么绝情。”

“方钊叔，不是俺薄情寡义，过去都是因为俺年轻糊涂，所以才做出了那些出轨的事情来。俺现在已经有了孩子，天祥对俺也很好，俺早就跟你说过，俺不想再干那些偷鸡摸狗的事情了，不想毁掉这个家。”贾菊花解释道。

听了贾菊花的解释，罗方钊的心凉了半截。他知道贾菊花已不想再跟他好了。但他于心不甘。望着贾菊花那漂亮的脸蛋和那高高隆起的双乳，他那颗淫荡的心又开始蠢蠢欲动。趁贾菊花不注意，他放下手中的化妆品，像饿狼一样扑到她的身上，把她紧紧抱住，一只粗壮的大手伸到她的衣服里边，开始抚摸起来，并边抚摸边恳求地说道：

“菊花，我能理解你的心情，也尊重你的选择。放心吧，我不会死缠着你的。不过，我既然来了，就让我跟你亲热一次吧。好久没和你在一起了，真的好想你。”

贾菊花一边用手紧紧地护住自己的前胸，不让罗方钊的手伸进去，一边奋力挣脱他的拥抱，把他推开说道：“方钊叔，您别这样，俺不是跟您说过了吗，俺不会再干那种事情了，您还是赶快走吧。”

罗方钊本想占贾菊花的便宜，却讨了个没趣，还被推了个趔趄，心里极为不悦。但他并没有离去。他这个人做事的风格就是不达目的誓不罢休。他从口袋里掏出烟点上，用狡黠的目光看了贾菊花一眼说道：

“菊花，我没想到你会这么绝情，连碰都不让碰。你这是既想当婊子，又想立牌坊啊。”

“方钊叔，您说这话是啥意思？”贾菊花非常生气地质问道。

“啥意思你还不明白吗？难道我说错了吗？过去咱们俩好的时候，我经常到家里来，你也不怕别人嚼舌头、说闲话。现在不想跟我好了，就拿这些话来搪塞我，吓唬我。你不是有了新的相好的讨厌我了，想把我甩开吧？”

“方钊叔，您胡说些啥呀？俺可不是那种人。俺只是不想再干那种偷鸡摸狗、对不起天祥的事情了，请您能够理解俺，成全俺。”

“菊花，放心吧，我不会逼你的。好啊，你不是想立牌坊吗？我成全你。不过，到时候我把你在娘家偷汉子的那些风流事和咱们俩的事都说出去，我看你这个牌坊还能不能立起来。”

罗方钊的话明显带着威胁的口气。贾菊花太了解罗方钊了，她知道罗方钊是一个卑鄙无耻的小人，说到做到，啥缺德事都干得出来。她后悔当初不该冲动，不该走这条路。她开始有些担心，有些后怕，怕罗方钊丧尽天良，把她在娘家的那些事和他们两人之间的事情传出去，毁了她的名誉，毁了这个家。她像一个木偶似的站在那里，低头不语。罗方钊当然也了解贾菊花的特点，虚荣心强，要面子，胆小怕事。他见贾菊花不说话，也没再赶他走，知道刚才的话起了作用，这正是他想要的结果。他又试探着抓住贾菊花的手，假惺惺地安慰道：

“菊花，刚才是跟你开了个玩笑。放心吧，我不会把你在娘家的那些事和咱们俩的事说出去的。”

也许是怕了，也许是不知如何是好，这一次，贾菊花并没有把手抽回，也没有说话，任凭罗方钊抚摸。罗方钊见贾菊花没有拒绝，胆子又大了起来。他再次把她紧紧地抱住，并不时地在她的身上亲吻着抚摸着。

“方钊叔，俺求求您，别这样，……”

不管贾菊花如何哀求，罗方钊根本就不予理会。他在贾菊花身上抚摸了一阵之后，心中的欲火开始喷发。他抱起贾菊花来到里屋，把她放到炕上，脱去了她身上的衣服，像一头发了疯的野兽，把她死死地压在身子底下，疯狂地抚摸着、发泄着。

贾菊花就像一只入了虎口的羔羊，没有再反抗，也没有再挣扎，任凭他摆布，任凭他发泄。

经过一阵狂风暴雨之后，罗方钊得到了满足。他穿好衣服又坐在那里吸了一支烟才离去。临走时扔下一句话："菊花，只要你对我好，我会永远保守咱们俩这个秘密的，有机会我还会再来看你的。"

四十七

罗方钊走了，贾菊花躺在那里半天没有起床。她懊恼极了，后悔极了。她原本以为她跟罗方钊之间的那段不光彩的历史早已结束了。没想到几年过去了，罗方钊又旧病复发，卷土重来，打破了她平静安逸的生活，再次冲垮了她的道德底线。她知道罗方钊是个卑鄙无耻的小人，不会就此罢休，还会再来找她，还会再来纠缠她。她不知该如何是好，如何摆脱这个恶魔的纠缠。

晚上，丈夫胡天祥下班回来了。他见妻子贾菊花满面愁容，一脸的不高兴，十分关切地问道：

“菊花，你的脸色咋这么难看？是不是身体不舒服，要不要到医院去看看？”

“俺没病，不用去医院。”贾菊花有气无力地回答道。

胡天祥非常疼爱自己的妻子。他知道贾菊花是个性情中人，心里藏不住事，有啥事都写在脸上。他从她的神态和表情上看出，她可能遇到了什么烦心的事情，于是又问道：

“菊花，我咋看你不高兴啊？是不是又跟孩子她奶奶闹矛盾了？”

贾菊花摇了摇头说道：“没有，俺今天没到咱爸咱妈那里去，他们也没过来。”

“那到底是为啥呀，究竟发生什么事情了？”胡天祥有些不解地问道。

贾菊花想告诉胡天祥，但又难以启齿，怕他听了后责怪自己，怕他经受不了这个打击去找罗方钊拼命。所以欲言又止，站在那里低头不语。

胡天祥看出贾菊花似乎有啥难言之隐不愿说出来。便劝慰她道："菊花，我是你丈夫，有义务保护你，就是天塌下来我也会帮你撑着。究竟出啥事了？不管发生什么事情，你都要告诉我，别憋在心里，这样会憋出病来的。"

在胡天祥一再追问下，贾菊花道出了实情。她把罗方钊上午到家里来的所作所为以及自己的担忧告诉了他。胡天祥一听气得火冒三丈，肺都快要气炸了。他抓起菜刀就要去跟罗方钊拼命，贾菊花劝了半天才把他劝住。

胡天祥虽是一个忠厚老实的人，但也是一个复仇心理极强的人。自从上一次发现罗方钊与贾菊花偷情之后，他就恨透了罗方钊，曾设计让罗方钊仓皇出逃掉进粪堆里，惩罚了这个恶魔，使贾菊花痛改前非，断绝了与罗方钊的联系，挽救了这个家。他万万没想到罗方钊会恶习不改，旧病复发，又跑到家里来调戏强奸自己的妻子。他岂能咽下这口气，岂能容忍这个耻辱！岂能甘愿戴这个绿帽子！从贾菊花提供的情况分析，他知道罗方钊吃腥了嘴，尝到了甜头，一定还会回来的。也知道捉贼捉赃、捉奸捉双这个道理。于是，胡天祥找到了自己的哥哥胡天明和几个平日跟罗方钊有矛盾的朋友，共同策划了新的复仇计划，等待着罗方钊自投罗网。

正如胡天祥所猜测的那样，罗方钊利用恐吓威胁的手段逼贾菊花就范，达到了目的。他觉得贾菊花胆小怕事，不会也不可能把这件事告诉她的丈夫胡天祥。这样一来，他就又可以继续保持跟贾菊花的这种暧昧关系，以达到长期占有她的目的。真是机关算尽，咎由自取。

这些日子，胡天祥跟往常一样，好像什么事情没有发生过，既没有去找罗方钊拼命，也没有责难自己的妻子贾菊花。每天还是照常去上班，下班按时回家。其实，他的复仇计划正在秘密进行。他的哥哥胡天明和他们家住得只有一墙之隔。他家里所发生的一切，在哥哥胡天明家里只要留意，都能听到，都能看到。当他得知罗方钊竟然又跑到家里来骚扰强奸自己的妻子贾菊花之后，便跟他的哥哥胡天明和嫂子于梅玲讲了，并让他的嫂子于梅玲帮助注意留神观察家里的动向，看罗方钊是否还会到家里来。只要发现罗方钊再到家里来，马上打电话通知他。

为帮助胡天祥除掉这个恶魔，维护这个家庭，这些日子，于梅玲既没有下地干活，也没有到邻居家里去串门。只要胡天祥跟孩子不在家的时候，她就装着在院子里干活，注意观察胡天祥家里的情况。

罗方钊自那天与贾菊花偷情寻欢得手之后，便整天想入非非。开始几天，他也有些紧张，怕贾菊花告诉她的丈夫胡天祥，怕胡天祥找他寻仇。几天过去了，他见胡天祥毫无反应，误以为贾菊花怕了，没有敢把这件事告诉胡天祥，胆子也开始大了起来。总想寻找机会再次与贾菊花幽会偷情，并像一个幽灵似的经常在贾菊花门前游荡。这天早饭后，当他看到贾菊花送儿子去幼儿园回来时，便尾随着跟了进去。一进门，还没等贾菊花说话，罗方钊就把她紧紧抱住，在她的身上乱摸起来，并边摸边含情脉脉地说道："菊花，我想死你了。"

贾菊花虽然很讨厌罗方钊，也不想再跟他来往，但两人毕竟曾经偷过情，有一段不光彩的历史。她只想尽快摆脱他，远离他，并不想把事情闹大，也不想去伤害他，更不想毁坏这个家。所以，她用力挣脱了罗方钊的拥抱后非常严肃地说道：

"方钊叔，您咋又来了？俺不是已经跟您说过了吗，俺不想再做那些见不得人的事情了，只想跟天祥好好过日子，请您赶快走吧。"

被欲火烧得丧心病狂的罗方钊根本就听不进贾菊花的劝告，竟然厚颜无耻地说道：

"菊花，你让我跟你亲热亲热吧，亲热完了我就走。"

贾菊花见罗方钊赖着不走，很是无奈，生气地说道："不行，说啥也不行。方钊叔，您要是再不走，俺真的要喊人了。"

"你喊呀，有本事你就大声喊，把全村的人都喊过来，让我告诉他们你在娘家做的那些风流事情，告诉他们咱俩是怎么偷情的。"罗方钊威胁道。

贾菊花没有想到罗方钊会说出这样的话来。她后悔极了，肠子都快悔青了，后悔上一次屈从了他的要求。她多么希望这时胡天祥能出现在她的面前，把这个恶魔赶出去，为她解围。她拿起手机准备给胡天祥打电话，结果被罗方钊夺了下来。罗方钊见贾菊花执意不肯跟他亲热，凶相毕露，恶狠狠地说道：

"菊花，实话告诉你，我罗方钊想要的东西，还没有得不到的。你不是想给天祥打电话吗？那就打吧。我现在就脱光了衣服到炕上等着你。只要你满足了我的要求，我立马就走人，保证保守咱们两人的秘密。如果你打电话把天祥叫回来，我就说是你让我到家里来的，是你勾引我的，让你有嘴也说不清楚。"

贾菊花气得脸色铁青，说道："方钊叔，俺一直很尊重你，没想到你这么无赖，这么无耻。"

罗方钊并没有生气。他知道贾菊花有把柄抓在自己手里，贾菊花拿他没办法，不敢不依他，更不敢把这事张扬出去。所以，他显得非常放肆，皮笑肉不笑地说道：

“早知如此，何必当初。何去何从，你自己看着办吧。”

贾菊花木呆呆地站在那里，欲哭无泪，欲罢不能，不知如何是好。罗方钊见贾菊花不说话，以为她害怕了，服软了，索性跑到炕上脱光了衣服，等待着贾菊花跟他亲热。就在这时，胡天祥、胡天明、项天发和胡大禄等几个人闯了进来。看到罗方钊赤身裸体躺在炕上，几个人又气又恨，尤其是胡天祥和胡天明，更是义愤填膺。兄弟二人冲上去就是劈头盖脸一顿暴打，胡大禄也过去帮忙。罗方钊扯着被子盖在身上顾头不顾腚，被打得哭爹喊娘，求饶说道：

“天祥老弟，别打了，我错了，我再也不敢了，你们饶了我吧。”

打了一阵之后，项天发说道：“算了，别把他打残了，咱们还要承担法律责任，快去找几张纸和笔过来，让这个王八蛋把他所犯的罪行都写下来，签字画押。”

“天发说得对，让这个披着人皮的狼老实交代，这些年来他糟蹋了多少良家妇女？做了多少坏事？”胡大禄也斥责道。

罗方钊万万没有想到胡天祥等人会突然出现。看着眼前的阵势，他知道今天是凶多吉少，早就没有了昔日盛气凌人的霸气，像一个丧家之犬，赤裸着身子，耷拉着脑袋，狼狈不堪地用手护住下身蜷缩在炕头的一角，感到懊恼，感到无地自容。

这时，胡天祥找来了笔和纸，还搬了一张小饭桌，放到罗方钊的面前说道：“狗杂种，快写吧，把你是如何勾引和强奸我老婆的事实都写出来。如果你敢抵赖，我今天就阉了你。”

“天祥，你们误会了，我跟菊花是自愿的。我没有强迫她，更没有强奸她。不信你们可以问问菊花。”罗方钊辩解道。

站在那里茫然不知所措的贾菊花一听罗方钊说他两人是自愿的就急了，反驳道：“你胡扯，不是俺让你来的，是你自己跑到俺家里来的。”

“菊花，做人要讲良心说真话。难道说当初不是你在屋檐下挂红辣椒做暗号约我到家里来的吗？你咋就不承认了？”罗方钊可怜兮兮地注视着贾菊花说道。

“那都是被你逼的，俺不依你，不跟你好，你就威胁俺，恐吓俺。”

“菊花，你咋血口喷人呢？明明是你约的我，咋就成了我调戏强奸你了呢？”

“谁血口喷人了？难道俺说的不是事实吗？当初俺刚嫁给天祥时，你就跑到俺家里要跟俺好，俺不愿意不依你，你就拿俺娘家的那点事威胁俺，逼着俺跟你好，用辣椒做暗号也是你让俺这么做的。再说这件事已经过去好多年了，俺早就断了这个念头，可你还像恶魔一样缠着俺，难道俺说错了吗？”贾菊花也为自己辩解道。

罗方钊本想亮出与贾菊花通奸这张牌为自己解脱，没承想贾菊花矢口否认，把全部责任都推到了他的身上，使他有口难辩，连连叫苦。他知道自己今天在劫难逃。当然，他更知道招供画押的后果。所以，他非常沮丧，战战兢兢地蜷缩在那里，始终不肯动笔。

胡天祥知道罗方钊阴险狡诈，鬼点子多，不知道他又要耍什么花招。他见罗方钊迟迟不肯动笔写供词，气愤地骂道：

“罗方钊，你他妈的简直就是一个披着人皮的狼，禽兽都不如，临死还要抓个垫背的。实话告诉你，你跟菊花那些事，菊花都告诉我了。要不然怎么会让你吃大粪？要不然我们今天怎么会抓住你？你别在这里胡说八道、胡搅蛮缠、诬陷好人了。你也别再抱啥幻想了，赶快写供词吧。”

罗方钊知道今天这个供词看来是不写不行了。他拿起笔，望着一双双愤怒的目光，祈求说道：“我写，我马上写。不过我还有个小小的请求。”

“有屁快放。”胡天祥不耐烦地说道。

“我光着身写不得劲，能不能让我穿上衣服再写。”罗方钊恳求说道。

胡天祥虽然非常憎恨罗方钊，但看到他赤身裸体地坐在那里很不雅观，加之自己的妻子贾菊花还在旁边，便动了恻隐之心，准备让他穿上衣服再写供词。项天发见状突然站出来制止说道：

“天祥，千万别信他的，不能让他穿衣服，就让他这么写。这是证据，如果让他把衣服穿上了不认账咋办？不仅要让他这么写，还要把他丑陋的面貌都照下来，以防他翻供不认账。等他把供词写完了，承认了自己的犯罪事实，然后在上面签上自己名字，摁上手印，再让他把衣服穿上。”

项天发所想到的，也正是罗方钊所期盼的。他之所以提出要穿上衣服再写供词，就是想摆脱困境，毁灭证据。只要他把衣服穿上，就完全可以不承认调戏强奸贾菊花的事实，可以说是胡天祥、项天发等人诬陷他，打击报复他。没想到这一招已被项天发识破了。为了达到目的，他还想再做最后的努力，于是故作无奈的样子说道：

“你们也太多心了，我罗方钊敢做敢当，不会赖账的。再说了，有你们这么多人在现场作证，我就是想赖账也赖不掉。你们还是让我先穿上衣服吧。”

站在一旁一直没说话的胡天祥的哥哥胡天明看到罗方钊这副可怜相，觉得又气又好笑。他也看出了罗方钊的企图，有些不耐烦地说道：

“你没有资格跟我们谈条件，你要是愿意写的话就这样光着身子写，不愿写也不勉强。天祥，你快去找根绳子把他捆起来，拉出去游街示众，让罗家村的父老乡亲都看看这个乌龟王八蛋的光辉形象。何去何从，你自己选择吧。”

“天明大哥的这个主意不错，我看咱们也别跟他费口舌了，干脆就这样把他拉出去游街示众算了，游完了街再把他送到公安局去。看他还敢不敢抵赖。”胡大禄也愤愤地说道。

罗方钊知道胡天祥、胡大禄和项天发这些人对他恨之入骨，啥事都干得出来；也知道如果真的就这样赤身裸体被拉出去游街示众，他以后将无脸见人，生不如死。迫于无奈，他只好乖乖地把自己如何勾引调戏贾菊花的犯罪事实都写了出来，并在供词上签字画押摁上了手印。

罗方钊写完供词画完押之后，胡天祥等人才让他把衣服穿上。然后用绳子将他捆起来，带着供词，把他押送到了县公安局。等待他的将是正义的审判、法律的严惩。

四十八

罗方钊因调戏强奸妇女被当场抓获，并被押送到公安机关的消息不胫而走。成了罗家村的头号新闻，也成了人们街头巷尾、饭后茶余议论的热点话题。

“你们听说了吗？罗方钊跑到胡天祥家里调戏他的老婆，被胡天祥发现了，把他狠狠揍了一顿，还五花大绑押送到了县公安局。”

“听说罗方钊被抓的时候还赤身裸体呢，这样做也太便宜他了，就应该把他拉出来游街示众，让全村的老百姓都看看他的丑恶嘴脸。”

“可不是咋的。你们是没有看到罗方钊的狼狈相，被胡天明和胡天祥兄弟俩光着身子按倒在炕头上，打得屁滚尿流，皮开肉绽，顾头不顾腚，跪在那里呼爹喊娘，一个劲地求饶。”

“罗方钊这个乌龟王八蛋也太可恨了，见了女人就拔不动腿，这些年来不知糟蹋了多少良家妇女，这种人就是欠揍。”

“你们不用再担心了，听说胡天祥气得把他下面那个东西都给割掉了，成了太监。他以后再也不会祸害那些良家妇女了。”

“多行不义必自毙，这就是报应。想不到罗方钊也会有今天，这就叫做善有善报，恶有恶报。”

“你们也别高兴得太早了。没听古人说过吗，朝里有人好做官，饭店有人好吃饭。罗方钊的大舅子哥就在咱们县公安局当副局长，他能见死不救袖手旁观吗？有他大舅子哥护着、罩着，不会有啥事的，说不定过几天就会放回来的。”

“这怎么可能呢，罗方钊犯的可是强奸罪。”

“咋不可能，前几年在修水库时他强奸钱招娣，犯的不也是强奸罪吗？项天发和钱招娣到公安局告了很长时间才把他抓起来，可没过几天就以证据不足为由把他给放了回来。”

“这一次跟上次不一样，这一次是当场抓获，证据确凿，他想赖也赖不掉。他那个大舅子哥就是再有权有势恐怕也无能为力了。”

“但愿你们说的是对的。罗方钊和罗大江叔侄俩一天不除，咱们罗家村就永无宁日。”

……

人们议论着、猜测着、期盼着，希望正义能战胜邪恶，希望罗方钊能够受到法律的惩罚。

当然，这一切，罗方钊是听不到了。他被押送到公安机关的当天晚上，就被送到了县公安局看守所，与另外十几个犯罪嫌疑人关在同一个监舍里。这些犯罪嫌疑人，都是一些已经构成犯罪而待审的未决犯。有盗窃抢劫的，有诈骗他人钱财的，有贪污挪用公款的，有打架斗殴致人伤残的，有交通肇事逃逸的，也有流氓强奸犯罪的。

罗方钊虽然不是第一次进看守所，前几年因钱招娣强奸案也曾在这里待过几天，但当时有他当公安局副局长的大舅子哥杨立峰这棵大树罩着，看守人员对他都非常客气，没有人鄙视他，也没有人为难他，没过几天就被“无罪”释放了。而这一次就没有那么幸运了。他不仅被关在了一个能容纳二十多人的大监舍里，看守人员对他也不像先前那么客气，没有人理会他，更没有人关照他，个个表情严肃，态度冷漠。

罗方钊心里非常清楚，上一次他强奸钱招娣，是杨立峰利用手中的权力为他销毁了证据，才使他躲过了一劫，逃过了法律的制裁。这一次恐怕是凶多吉少，在劫难逃。晚上，躺在监舍的土炕上，透过铁窗和院子里的探照灯光，望着神圣庄严的武警战士和高墙电网，他的眼睛模糊了，懊悔的泪水像断了线的珠子滚下来，湿透了枕套，湿透了衣衫，冲洗着他那肮脏的灵魂。痛定思痛，他开始懊悔，开始反思，为啥自己会走到这一步，从一个曾经受百姓尊重和爱戴的村干部沦为阶下囚。贪欲是一切痛苦的根源，也是万恶之源。此时此刻，他深深感受到了这句话的内涵。是贪欲让他利令智昏，导致了他权力欲的膨胀，点燃了他内心的妒火，泯灭了他的良知，冲垮了他的道德和法律的底线。如果不是贪欲作祟嫉贤妒能；如果不是贪欲作祟管不住自己拈花惹草的恶习；如果当初能够听女儿和儿子的劝告外出打工，也许就不会有今天。但这一切都已经晚了，都已无法挽回，留给他的只有悔恨，只有法律的惩罚。回想起胡天祥和项天发等人那怒不可遏的样子，回想起他被押送到公安机关时村民们那一双双愤怒的眼睛，想到慈善仁厚的妻子和两个未成年的孩子，他感到无地自容，感到沮丧绝望，甚至想到了死。他悄悄爬起来，想寻找一条绳子或其他能够自杀的工具，以死了之，结束自己罪恶的生命。可找了半天也没有找到，大概是看守所的公安人员怕有犯罪嫌疑人想不开自杀，早就有了防范。他只好又回到原来的地方躺下，让恐惧和悔恨的泪水伴随着他度过了一个不眠之夜。

罗方钊被押送到看守所的第二天上午，公安人员就过来提审他。当看守人员把他带进审讯室时，提审他的两名公安人员早就等候在那里了。两名公安人员都身着警服，显得非常严肃，面无笑容。年龄大的公安人员名叫严纪卫，约莫在五十岁上下，身高一米七五左右，从警衔看应为二级警督。那位年轻的公安人员叫何军，约有三十多岁，身高在一米八〇以上，从警衔看应为一级警司。

审讯室设在看守所监舍的东边。这是一个二层楼房。二楼是前来提审犯罪嫌疑人的公安人员办公和休息的地方。一楼是审讯室，共有十几个。每个审讯室的规格模式基本相同，面积都在二十平方米左右，中间有一道高约八十公分的隔离墙。隔离墙的上面是一根根大拇指粗细的钢筋，把审讯的公安人员与被审讯者隔离开来，这大概是为了防止被审讯者行凶，保护公安人员的安全吧。两边的墙上张贴着“坦白从宽、抗拒从严”和“认罪服法、重新做人”的横幅标语。审讯的公安人员这边摆放着一张写字台、一个电脑桌和两把椅子，被审者那边放了一把椅子。整个审讯室虽然布置得非常简单，但却不失庄重威严。

罗方钊被带进审讯室之后，审讯便正式开始了。那个中年公安人员严纪卫负责讯问，那个青年公安人员何军则负责记录。

“你叫什么名字？今年多大年龄了？是哪里人？”严纪卫板着面孔问道。

“严公安，您不认识我了？我是罗方钊啊。”罗方钊见又是严纪卫来审这个案子，似乎又看到了希望，显得有些激动地站起来套近乎道。

“不认识，坐下，这里是审讯室，不准乱说乱动，老老实实接受审问，问你啥你就回答啥。”严纪卫非常严厉地斥责道。

严纪卫说不认识罗方钊，那不过是个推辞。其实两人早就认识。这些年来罗方钊经常到公安局找他的大舅子哥杨立峰。杨立峰在县公安局分管治安和刑侦工作。而严纪卫就在刑侦大队工作，属于杨立峰的管辖范围。两人经常见面，还在一起吃过几次饭。前几年罗方钊强奸钱招娣的案子，就是严纪卫一手查办的。本来案件事实清楚，证据确凿，可杨立峰硬是逼着他把证据销毁了，让罗方钊逃过了法律的制裁。虽然严纪卫是一个嫉恶如仇、富有正义感的人，也看不惯杨立峰这种徇私枉法的做法，但顶头上司的话他又不敢不听。这件事让他一直深感内疚，甚至有一种负罪感。前不久，杨立峰因徇私枉法、行贿受贿等问题被县纪委双规了，正在接受调查。今天，当再次看到罗方钊因强奸妇女站在被告席上时，他感到愤慨，感到憎恶。他暗暗发誓，一定要将这个恶魔绳之以法，为民除害。

罗方钊本想跟严纪卫套近乎，结果讨了个没趣，只好灰溜溜地又坐了下来。但他还是贼心不死，又提出要求说道：

“严公安，您不认我不要紧，杨立峰副局长你总该认识吧。那就请您把杨立峰叫来，我想见他。”

严纪卫知道罗方钊找杨立峰是要为自己找靠山，给他施压，逃脱罪责。但还是故作不解地问道：“你找杨立峰干啥？与本案有关系吗？”

“没有关系，他可能还不知道我在这里呢。”

“既然没有关系，那就没有必要见。”严纪卫回绝道。

“严公安，我跟杨立峰的关系您是知道的，我没有别的意思，就是想见他一面。”罗方钊坚持道。

“罗方钊，我告诉你，这是公安局看守所，是关押犯罪嫌疑人的地方，不是攀亲结缘的地方，不能你想见谁就见谁。另外，我告诉你，你可能还不知道吧。你的那个大舅子哥杨立峰也因徇私枉法、行贿受贿已被县纪委双规了。他现在连自己都自身难保，不可能再来看你了，也不可能再帮你销毁证据了，你就死了这条心吧，别再抱什么幻想了，还是老老实实交代你的犯罪事实吧。”严纪卫义正词严地说道。

罗方钊一听杨立峰被县纪委双规了，顿时像一个泄了气的皮球瘫坐在椅子上，感到绝望，半天都没说话。他望着严纪卫放在桌子上的香烟，烟瘾又上来了。他用舌头舔了舔嘴唇恳求说道：“严公安，您的烟能不能让我抽一支？”

严纪卫知道罗方钊是个大烟鬼，便拿出了一支烟点上递给他说道："行，烟我可以给你抽，抽完烟可要好好配合我们接受调查。"

罗方钊知道杨立峰这个靠山已经不复存在，也知道不会有人再庇护他了，对严纪卫开始客气起来，满口应诺说道："放心吧，严公安，我会配合您们接受调查的。"

"你能这么想就好。我们党的政策你是知道的，坦白从宽，抗拒从严。希望你能够把自己的犯罪事实都交代出来，争取宽大处理。"

"严公安，您们让我配合调查可以，但让我认罪服法我无法接受。"

"为啥？"严纪卫不解地问道。

"因为我没有犯罪。"

"罗方钊，我说你这个人真是厚颜无耻，说的比的得还好听。你没有犯罪怎么会跑到公安局的看守所里来？难道说你强奸妇女不是犯罪吗？"严纪卫反驳罗方钊道。

"那是他们诬陷我，我没有强奸妇女。我跟贾菊花是通奸，不是强奸。我虽然不懂法律，但我知道通奸是道德问题，根本就构不成犯罪。"罗方钊狡辩道。

"照这么说，你罗方钊是一个好人了，是我公安机关冤枉你了？那我问你，那份《认罪书》是不是你写的？上面可是清清楚楚地记录着你强奸贾菊花的犯罪事实，而且还有你的亲笔签名和你所按的手印。"

"那份《认罪书》是我写的不假。不过那里面所写的不是事实，是他们逼着我这样写的，我不写他们就打我。我是被冤枉的、被陷害的。不信你们可以到村里去调查。"罗方钊完全推翻了他在《认罪书》里面所供认的犯罪事实。

严纪卫原以为罗方钊强奸案事实清楚，证据确凿，审讯工作应该进展得比较顺利才是，却不承想罗方钊矢口否认自己的犯罪事实。他非常严肃地驳斥罗方钊道：

"你跟贾菊花究竟是强奸还是通奸，不是你说了算。我们会到村里去找当事人调查的，会做出公正结论的。我们公安机关办案坚持以事实为根据，以法律为准绳，决不会冤枉一个好人，也决不会放过一个坏人。"

……

审讯工作整整进行了两个多小时，也没有审出什么结果来。罗方钊一口咬定他与贾菊花是通奸而不是强奸。问到村民检举他的其他问题时，他也都是一一矢口否认。严纪卫与何军只好又把他送回了看守所的监舍，准备在调查取证后再进行审讯。

公安机关在掌握了充分的证据之后，经过几次审讯，罗方钊失去了杨立峰的庇护，心理防线完全被冲垮了，交代了这些年来他所犯下的全部犯罪事实，包括几年前强奸钱招娣的犯罪事实。至此，罗家村这些年来所发生的一系列纵火案、投毒案，梁鑫在竞选村主任时所遭遇的车祸，凤凰山温泉度假村施工工地架杆脱落致人死亡案，等等，全部都浮出了水面，皆为罗方钊和其侄子罗大江所为。

几天之后，罗大江也被公安机关带走了。最终，司法机关做出了公正的判决。罗方钊因犯强奸罪、破坏选举罪、行贿受贿罪等被判处有期徒刑七年。罗大江因犯纵火投毒罪、破坏选举罪和故意伤害致他人死亡罪被判处有期徒刑十五年。

作恶多端的罗方钊和罗大江，终于得到了应有的惩罚。清除了这两个害群之马，罗家村又恢复了往日的平静，村民们过上了安定幸福的生活。人们四处奔走相告，欢欣鼓舞，有不少村民甚至放起了鞭炮，庆祝这久违的胜利。

四十九

罗家村富了。在党的富民政策指引下，在梁鑫和新的村两委会的带领下，经过村民们十几年的艰苦创业，现在的罗家村，不仅完全摆脱了贫穷，而且成了远近闻名的富裕村。一个个充满生机和活力的村办企业；一排排种植着各种水果和蔬菜、争相斗艳的塑料大棚；一座座掩映在青山绿水、苍松翠柏之间的温泉度假村和温泉疗养院；一幢幢设计精美、装修豪华的村民别墅群；一条条纵横交错、宽敞整洁的柏油马路；学校和文化大院里的琅琅读书声；幼儿园和养老院里的悦耳动听的欢歌笑语声……构成了一幅精美壮观的中国社会主义新农村的画卷。

从此，这里成了罗家村人生活的乐园；成了人们旅游度假、休闲娱乐的胜地，也成了人们关注的焦点。无数研究中国农村问题的专家学者以及新闻媒体的记者纷至沓来，研究和探索罗家村从贫穷走上致富之路的秘诀，总结推广他们成功的经验，曾任省委副书记、现任省长的郑廉风在报纸上看到了一篇《凤凰山传奇——罗家村新农村建设纪实》的报道后，感到非常欣慰，非常震惊。十几年前他到罗家村处理群众上访问题时的情景还历历在目，记忆犹新。那低矮潮湿的破茅草屋，又脏又乱的村容村貌，村民们衣不遮体、食不果腹的艰难困苦的生活，时常浮现在他的脑海之中，使他难以忘怀。他在介绍罗家村经验的材料上做出批示：**罗家村的经验值得借鉴，可在全省范围内推广，以推动我省的农村经济工作和新农村建设全面发展。**他决定再亲自到罗家村走一趟，看看这个昔日贫穷落后的穷山村究竟变成了啥样子。

茂丘县和龙潭乡的领导得知省长郑廉风要亲自到罗家村召开现场会，总结推广他们的经验，非常重视，多次召开专题会议研究接待方案。

县长丁忠信过去在担任县委副书记时也曾分管过政法和信访工作，与郑廉风担任省委副书记时分管同样的工作。他经常到省里参加会议，对郑廉风的为官之道和工作作风还是比较了解的。他知道郑廉风是一个为人谦和、作风严谨、求真务实、亲民爱民的好官；也知道郑廉风不喜欢阿谀奉承，不喜欢搞特殊讲排场，对官僚主义、腐败之风和奢靡之风非常憎恶。十几年前，郑廉风到罗家村召开扶贫现场会时下令撤走负责安全保卫的警车和公安人员，在会上痛斥官僚主义和腐败之风，要求参加扶贫现场会的官员们与村民一起吃野菜团子的情景，丁忠信始终没有忘记。他对罗家村的发展变化更是了若指掌。当年为了解决处理罗家村的群众上访问题，他曾多次到过罗家村，甚至还为此搞过暗访。这几年罗家村的经济有了飞速发展，他又多次带人到罗家村进行过调研，总结过他们的经验，并多次在罗家村召开过发展农村经济工作的现场会。罗家村的变化，也给了丁忠信很大的启示。

上好下甚，上行下效。丁忠信没有把精力放在郑廉风的生活安排上，只是在安全保卫方面做了一些简单的布置，而把主要精力都用在了工作上，用在了总结如何发展农村经济工作的经验上。他要求县政府及有关部门借此机会对全县农村工作及经济发展情况，进行一次全面的排查摸底，并提出今后的发展思路，以接受郑廉风省长等有关领导的检阅与考问。

这些年来，对罗家村人来说真可谓是好事连连，捷报频传，百姓的生活如同芝麻开花节节高。各种产业协会的成立，塑料大棚的开发及蔬菜、水果基地的建立，农林牧渔生产的全面发展，电器、农机维修公司规模的不断扩大，玉米油及葡萄糖等玉米系列产品的研发成功，凤凰山温泉及温泉度假村和温泉疗养院的开发成功，凤凰山公园的对外开放，促进了全村经济的快速发展，村民年人均收入达到两万多元，真正步入了小康社会。文化大院的落成和科技夜校的创办，推动了全村文化建设和精神文明建设，提高了村民的文化素质和精神文明素质；村民代表大会的成立以及各项规章制度的不断完善，推动了全村的民主政治建设，保证了社会的稳定；村容村貌的改造与建设，改善了村民的生活条件和生活环境。所有村民都住进了新建的二层别墅小楼。

如今的罗家村，真正成为一个生产发展、生活宽裕、乡风文明、村容整洁、管理民主的社会主义新农村。先后被授予“全国新农村建设模范村”“全国精神文明建设先进单位”“全国基层民主政治建设先进单位”“全省农村经济工作先进单位”“全省综合治理先进单位”“全省文化建设先进单位”等荣誉称号。村党支部书记程大孟被授予“全国优秀党务工作者”“全省优秀党员”等荣誉称号。村主任梁鑫先后被授予“全国劳动模范”“全省振兴农村经济先进个人”等荣誉称号，并被选为省人大代表。

村民们听说省长郑廉风要来村里召开发展农村经济现场会，都由衷地感到高兴，感到振奋。提前好几天，他们就开始做准备，排练自编自演的文艺节目，清理打扫环境卫生，布置会场。

几天之后，郑廉风跟分管农业的副省长庞凯一起，带着省政府秘书长项瑞光和省农业厅、省教育厅、省民政厅以及省信访局等有关部门的负责同志，来到罗家村开展调研工作，召开现场会，总结他们的成功经验。

郑廉风此次罗家村之行，还是保持了过去那种工作作风，不讲排场，轻车简从，没有警车开道，没有前呼后拥的陪同人员，所有参加调研和现场会的领导一律不准乘坐小轿车，统一乘坐中巴车。

这天一大早，龙潭乡里的主要领导与罗家村村两委会的成员们以及部分村民和学生就穿着节日的盛装，井然有序地聚集在村口，准备迎接郑廉风和庞凯等人的到来。

上午九点多钟，郑廉风和庞凯等省、市、县参加现场会的领导乘坐着几辆中巴车，缓缓驶进了罗家村，整个罗家村沸腾了。站在道路两旁欢迎的人们穿着崭新的服装，手里挥动着小彩旗，嘴里不停地喊着：“欢迎、欢迎，热烈欢迎！欢迎、欢迎，热烈欢迎！……”

郑廉风和庞凯等人从汽车上走下来，漫步在宽广整洁的柏油马路上，不时地向欢迎的村民们招手致意，并与他们亲切地握手。

这时，由青年村民和敬老院的老人们组成的高跷队、秧歌队和花鼓队边表演边向郑廉风和庞凯等人走来。这些表演者们的脸上都洋溢着丰收的喜悦，绽放着幸福的微笑。他们精湛的表演和欢快的表情让郑廉风和庞凯等人都赞叹不已。

参加罗家村经济发展调研工作和现场会的省、市、县的领导在乡党委书记欧阳山、村党支部书记程大孟以及村主任梁鑫等人的陪同下，视察了恒润食品有限公司、电器农机维修有限公司、油脂有限公司、恒温库、冷藏厂、畜牧养殖场、塑料大棚等村办企业和种植基地；视察了温泉洗浴中心、温泉度假村和温泉疗养院；视察了文化大院和敬老院；视察了村容村貌建设。

罗家村的变化，让郑廉风和庞凯等人都感到震撼，赞不绝口。视察完村办企业和村容村貌后，郑廉风和庞凯等领导便来到了村里文化大院新建的礼堂。罗家村经济工作现场会将在这里举行。

参加现场会的村民们早就等候在那里，能容纳一千多人的礼堂座无虚席。当郑廉风省长和庞凯副省长、项瑞光秘书长等省、市、县的领导走进礼堂时，顿时爆发出一阵热烈的掌声。

现场会由县长丁忠信主持。他在主持中首先介绍了出席会议的省、市领导，接着说道：

尊敬的郑廉风省长、庞凯副省长、项瑞光秘书长以及省、市的各位领导，尊敬的新闻媒体的各位朋友，尊敬的罗家村各位父老乡亲：

今天，郑廉风省长和庞凯副省长等领导在百忙中到罗家村来召开现场会，开展调研和视察工作，看望大家，这是罗家村乃至全县人民的一件大喜事，充分证明了省、市领导对农村工作的重视。

大家都知道，咱们茂丘县是个农业大县。这些年来，我们在党中央、国务院和省委、省政府富民政策指引下，始终坚持把农村工作放在首位，解放思想，改革创新，采取科教兴农、城乡统筹、工业反哺农业等一系列惠农政策，使全县的农村经济和农村工作都有了很大的发展。尤其是罗家村这几年的发展变化更是令人振奋，成为我们全县新农村建设的一面旗帜。你们的经验值得借鉴，值得总结，值得推广。刚才，各位领导视察了你们的村办企业和村容村貌。下面就先请罗家村的村委会主任梁鑫同志向各位领导汇报一下罗家村的基本情况。

这些年，罗家村成了远近闻名的富裕村，梁鑫经常被邀请到外地去作报告，介绍经验。所以面对这些省、市、县里的领导，他并没感到紧张，而是不慌不忙地走到主席台上，向台上和台下分别深深地鞠了一个躬，连发言稿也没带，便亮开了那充满底气的嗓音，如数家珍地把罗家村这几年的经济发展情况、文化建设、基础民主政治建设、村容村貌建设以及未来的发展规划，向在场的省、市、县的领导和全体村民作了汇报。

现场会的重头戏便是省长郑廉风的讲话。他在讲话中十分亲切而动情地说道：

罗家村的父老乡亲，我想在座的大多数人可能都还记得我吧？十几年前，你们曾因贫穷落后、负担过重而到处去上访。那时我在省里担任省委副书记，就分管信访工作。为了解决你们提出的问题，我曾让省信访局的同志到村里来了解过情况，也曾跟省里几个相关部门的负责同志到村里来召开过扶贫工作现场会，看到你们住的是低矮潮湿的破茅草屋，吃的是野菜团子，喝的是野菜粥，啃的是萝卜咸菜，一家老少几代人盖着一床露着棉絮的破被子。我为此而感到震惊，感到心酸，感到惭愧。要不是亲眼所见，我咋也不会相信改革开放二十多年了，在我们省还有这样贫穷落后的地方。我记得有个小姑娘，她的父亲因患病去世，母亲也因缴不上提留不堪忍受清欠小分队的羞辱而寻了短见，撇下了她跟一个只有十几岁的弟弟，姐弟二人相依为命。她小小年纪就撑起了这个家，日子过得非常艰难，天天吃糠咽菜。还有一个中年村民，叫啥名字我已经记不清了。只知道他一家老少五口人就挤在三间破茅草屋里，清贫如洗，家徒四壁，靠着上边发的那点救济粮过日子，粮食不够吃的就吃野菜团子，喝野菜粥，冬天因没有棉衣穿全家人连门都出不了，家里还有一个因无钱医治而常年卧床不起的老母亲。不知道这两个家庭现在情况怎样了，今天来了没有？如果来了，请你们站起来。

郑廉风说完后朝台下看了看。只见一个青年姑娘和一个中年男子站了起来。他亲切地问二人道：“你们叫啥名字？现在生活咋样了？”

那个青年姑娘告诉他，她叫程海霞，现已经结婚，丈夫是本村人，叫罗大鹏，现在村里的商贸有限公司上班，还有了个儿子。她现在在村里的恒润食品公司上班。她的弟弟也工作了，在村里的电器农机维修有限公司上班。生活很幸福。

那个中年男子告诉郑廉风，他叫胡春林，在村里的建筑公司上班。女儿也工作了，在温泉度假村上班，儿子正在读大学，他母亲的病也治好了。全家人都住在村里统一规划新建的二层小楼上，不仅摆脱了贫穷，而且过上了富裕的生活。

听了两人的介绍，郑廉风又接着说道：

程海霞同志、胡春林同志，我记住你们两个人的名字了，请你们坐下吧。看到你们有饭吃、有衣穿，都过上了幸福美满的生活，我真为你们高兴。党中央、国务院近年来所采取的一系列兴农惠农政策，就是要让广大农民都富起来，都有饭吃、有衣穿，都能过上好日子。罗家村这几年的经济发展很快，变化很大，工作很有成效，经验值得推广。

常言说得好，民以食为天，农为天下之本。全面建小康，关键在农村。农村工作一直是各级党委和政府工作的重点。党中央、国务院历来都十分重视农村工作。我们省委和省政府也始终把“三农”工作放在首位，不断深化农村改革力度，调整农村产业结构和经营理念，完善发展思路，强化农业的基础地位；坚持城乡统筹，城市支持农村，工业反哺农业，不断加大了农业和农村基础设施的投入；不断加强了农村的文化建设和基层民主政治建设。使我省广大农村的综合实力明显增强，农民生活水平有了很大的提高，人居环境得到明显改善，文化素质和精神文明建设有了很大的提高，基层民主政治建设得到了进一步加强，各项事业得到了全面发展，新型合作医疗制度基本完善，农村最低生活保障制度基本得到落实。

当然，我们也应该清醒地看到，在我省许多地方的农村还并不富裕，有的地方的农村甚至还没有完全摆脱贫困。我们要深刻领会和把握党中央、国务院关于全面深化农村改革的战略部署，肩负起时代赋予我们的使命，以改革创新的精神推动全省的农业和农村工作，促进农村经济全面发展。进一步加强农村的文化建设和基层民主政治建设，进一步加强农村的基础设施建设和村容村貌建设，进一步完善扶贫机制和农村合作医疗机制，使我省的农村工作再上一个新台阶。也衷心祝愿罗家村能够在村两委会的领导下，再创佳绩，再创辉煌。

也许是从未见过如此大的场面，也许是为郑廉风的讲话所感动和鼓舞，郑廉风的话音刚落，全场的村民们就爆发出一阵热烈的掌声，经久不息。

当天晚上，郑廉风省长和庞凯副省长等参加调研和现场会的省、市、县的领导就下榻在温泉度假村，并与村民们一起观看了罗家村艺术团为他们表演的精彩文艺节目；观看了村民们为庆祝丰收而燃放的烟花爆竹。

绽放着五颜六色、喷射着不同造型的烟花、爆竹，划破了宁静的夜空，照亮了这里的青山秀水，照亮了罗家村人的心。

这一夜，罗家村的村民们都陶醉在丰收的喜悦中，沉浸在欢乐的海洋里，憧憬着美好的未来。

我们坚信，罗家村的明天会更加美好，更加灿烂辉煌！